❖ 전국시대 일본의 지도

도호쿠東北
간토關東
주부中部
긴키近畿
주고쿠中国
시코쿠四国
규슈九州

주고쿠

오키 제도

긴키

쓰시마섬

쓰시마해협

나가토

이즈모

호키

이나바

다지마

단고

오바

와카

이와미

스오

아키

빗추

미마사카

하리마

단바

비젠

히메지

오사

히로시마

빙고

빗추

오카야마

사카이

이즈미

가의

와카야마

요시

야도

이와쿠니

지쿠젠

고루라

부젠

후쿠오카

마쓰라

히젠

지쿠고

분고

아와지

다카마쓰

사누키

이요

이와지

도쿠시마

아와

기이

나가사키

히고

다케다

가쓰사

구마모토

도사

사쓰마

휴가

오스미

규슈

시코쿠

도호쿠

주부

사도섬

노토

요네자와

니가타

에치고

시라카와

가가

엣추

시나노

고즈케

시모스케

히타치

후쿠이

다카야마

히다

가이

무사시

간토

비와
호수

에치젠

미노

에도

이가

세키가하라

시모우사

이세

나고야

오와리

스루가

이즈

사가미

가즈사

오카자키

도토우미

미카와

요코스카

오다와라

가마쿠라

SHINSYO TAIKOUKI
by YOSHIKAWA eiji

Copyright ⓒ YOSHIKAWA eiji
Korean Translation Copyright © 2015 MOONYECHUNCHUSA Publishing Corp.

전국지 2
인간오십人間五十

초판 1쇄 발행	2015년 9월 20일
초판 2쇄 발행	2015년 11월 20일
지은이	요시카와 에이지
옮긴이	강성욱
펴낸이	한승수
펴낸곳	문예춘추사
편 집	김성화, 조예원
마케팅	안치환
디자인	김선영
등록번호	제300-1994-16
등록일자	1994년 1월 24일
주 소	서울특별시 마포구 연남동 565-15 지남빌딩 309호
전 화	02 338 0084
팩 스	02 338 0087
E-mail	moonchusa@naver.com
ISBN	978-89-7604-272-9 04830
	978-89-7604-269-9(전 10권)

＊책값은 뒤표지에 있습니다.
＊잘못된 책은 구입처에서 교환해 드립니다.

인간오십 人間五十

②

戰國志

강성욱 옮김

요시카와 에이지 지음

문예춘추사

차 례

✿ 전국지 2권 등장인물

이케다 가쓰사부로 노부데루池田勝三郎信輝(1536~1584)
미노의 이케다 군에서 태어났지만 부친 대부터 오다 노부히데를 섬겼으며, 어릴 적부터 노부나가의 측신으로 아라키 무라시게의 반란을 제압하는 등 무공을 세운다. 노부나가가 죽자 히데요시와 손을 잡고 아케치 군을 격과했으며, 훗날 이에야스와의 패권 다툼에서 미카와의 오카자키를 급습하려다 반격을 당해 전사한다.

이마가와 요시모토今川義元(1519~1560)
스루가의 다이묘였던 이마가와 가의 7대 당주인 이마가와 우지치카의 다섯째 아들로 태어나 불문에 들어가지만 후사를 둘러싼 내분에서 승리한 뒤 제9대 당주가 된다. 일찍이 도카이도東海道 지역의 강자로 군림하며 천하 패권을 위해 대군을 이끌고 상락을 결행하지만 오케하자마 싸움에서 노부나가의 기습을 받고 전사한다.

아시카가 요시데루足利義輝(1546~1565)
무로마치 후기 무로마치 막부의 제12대 장군인 요시카가 요시하루의 장남으로 태어나 열한 살 때, 제13대 장군직에 오른다. 난세의 실추된 장군가의 권위와 권력을 되찾기 위해 각지의 다이묘 간의 분쟁을 조정하며 실력을 쌓기 위해 노력하지만 결국 마쓰나가 히사히데와 미요시 세력의 공격을 받고 살해당한다.

모리 산자에몬 요시나리森三左衛門可成(1523~1570)
미노의 다이묘인 도기 가의 가신이었으나 도기 가가 사이토 히데다쓰에 의해 멸망당하자 노부나가를 섬긴다. 노부나가 밑에서 상락의 선봉을 맡는 등 많은 공을 세우지만 아사이 나가마사와 아사쿠라 요시카게 연합군과의 우사宇佐 산성 싸움에서 선전하다 전사한다.

도쿠가와 이에야스德川家康(1543~1616)
약소국인 미카와에서 태어나 어릴 적부터 강대국인 이마가와의 볼모가 되어 인고의 세월을 보낸다. 젊은 시절에는 마쓰다이라 모토야스松平元康라고 불렸으며, 노부나가가 죽자 히데요시와 패권을 둘러싸고 치열한 다툼을 벌이지만 승부를 내지 못하고 동맹을 맺은 뒤 히데요시를 돕는다. 히데요시 사후, 다이묘들의 권력 투쟁을 제압하고 패권을 잡은 뒤 에도 막부를 세워 전국 통일을 완성한다.

다이겐 세쓰사이大原雪齊(1496~1555)
임제종 승려이자 이마가와 일족인 이하라 사에몬노조의 아들로 이마가와 가의 군사軍師 역할을 담당한다. 이마가와 요시모토가 패권을 잡는 것을 돕고 내정과 외교와 군사에 수완을 발휘해 이마가와 가의 전성기를 구축하는 데 큰 공을 세운다. 요시모토에게 천하 패권의 대망을 심어주고, 볼모로 잡혀 있던 이에야스에게 학문과 병법을 가르쳐준 스승이기도 하다.

다키가와 카즈마스滝川一益(1525~1586)
노부나가의 가신으로 통칭 히코에몬彦右衛門으로 불렸지만 노부나가를 섬기기 전까지의 발자취는 불분명하다. 시바타 가쓰이에, 니와 나가히데, 아케치 미쓰히데와 더불어 '오다 사천왕'으로 불리며 노부나가가 죽기 전까지 대부분의 싸움에서 활약한다. 노부나가가 죽자 시바타 가쓰이에 쪽에 가담하지만 히데요시에게 패배하고 영지를 몰수당한 뒤 출가한다.

사이토 다쓰오키斎藤龍興(1548~1573)
미노의 사이토 요시다쓰의 아들로 태어나 부친이 죽은 뒤 열네 살의 나이로 사이토 가의 후사를 이어 미노의 영주 자리에 오른다. 주색에 빠져 국사를 돌보지 않다가 노부나가의 공격을 받고 에치젠의 아사쿠라 요시카게에게 도망친 뒤, 요시카게와 함께 노부나가에게 대항하다 이치죠다니 성 싸움에서 패해 전사한다.

에케이恵瓊(1539?~1600)
아키노구니安藝國 누마다에서 태어난 임제종 승려다. 한동안 이마가와 가에 머물렀으나 요시모토가 죽은 뒤 모리毛利 가로 가서 외교 부문을 맡아 히데요시와 외교 교섭에서 활약한다. 그 뒤 세키가하라의 싸움에서 서군에 가담했으나 도쿠가와 쪽에 잡혀 교토에서 참수당한다.

오사와 지로자에몬 마사히데大澤治郎左衛門正秀(?~?)
사이토 가의 가신으로 '우누마鵜沼의 호랑이'라고 불릴 정도로 맹장이었으나 히데요시의 설득에 넘어가 노부나가의 가신이 된다. 그 뒤로는 히데요시와 히데쓰구를 섬겼으나 히데쓰구가 자결하자 오다와라의 만송원에서 칩거하다 생을 마친 것으로 알려져 있다.

| 일러두기 |

1. 이 책은 일본 고단샤講談社에서 발간한 요시카와 에이지 역사·시대 문고(吉川英治歷史時代文庫) 22∼
   32권,『신서 태합기(新書太閤記)』(전11권, 1990년 4월 23일∼1990년 8월 3일)를 저본으로 삼았다.

2. 원서는 총 11권으로 구성되어 있으나 분량을 고려해서 총 10권으로 재편집했다.

3. 가능한 원본에 가깝게 번역했으나 고유명사의 명백한 오류는 바로잡았으며, 원서 내용을 해치지 않는
   범위 안에서 대화와 본문이 연결되는 부분을 일부 수정하여 우리 독자가 읽기 편하게 했다.

4. 원서 문장의 길이가 너무 길어 읽기에 불편한 부분은 내용을 해치지 않는 범위 안에서 문장을 끊어
   번역했다.

5. 한자 표기는 정오正誤에 상관없이 원서를 따랐으나 동일 인물이나 지명의 상반된 표기가 있는 경우에
   는 올바른 한자를 찾아 표기했다.

6. 이 책의 삽화 및 지도는 내용에 맞게 새로 제작한 것이다.

바람 속의 성

노부나가는 싸우지 않았다. 시기에 민감한 그가 왜 기소 강까지 진군한 뒤 군사를 돌렸던 것일까? 국경인 기소 강 바로 건너편에서는 내란으로 며칠 동안 불길이 치솟고 있었으니, 그야말로 공격하기에 절호의 기회였다. 야마시로 도산의 밀사가 좋은 조건을 제시하기도 했다. 하지만 그는 강을 건너지 않았다. 오히려 가신들이 평소의 주군 같지 않다며 아쉬워할 정도였다.

"하하하, 노부히로信廣 님의 내통 사건으로 꽤나 진절머리가 나신 듯하군."

그렇게 말하는 사람도 있었다. 노부히로는 노부나가의 형이었다. 예전에는 동생인 노부유키가 하야시 사도林佐渡와 미마사카美作와 함께 모반을 꾀하더니 얼마 전에는 형인 노부히로가 미노의 사이토와 내통해서 기요스 성을 빼앗으려고 했다. 그때 노부히로의 계략은 이러했다.

"노부나가 놈, 천성이 경거망동하니 미노 군이 국경을 공격하면 즉시 성을 비우고 나갈 것이 틀림없다. 그 틈을 노리면 손쉽게 대사를 성사시킬 수 있을 것이다."

그 뒤 노부히로는 미노와 내통해서 계략을 세웠고, 미노는 계략대로 작년부터 국경 방면에서 두세 차례나 공격을 했다. 하지만 노부나가는 그 계략에 넘어가지 않았다. 수상히 여긴 노부나가가 끈질기게 다그치자 노부히로도 끝내 사실을 털어놓고 말았다.

　"이제 다시는 이런 일이 없도록 할 것이고, 앞으로 네 손발이 될 테니 용서해다오"

　노부히로가 동생에게 사과를 건네면서 사건은 일단락되었다. 가신들은 기소 강에서 싸우지 않고 철수한 노부나가의 마음을 그 사건과 연관 지어 생각했다.

　하지만 도키치로만은 그런 말에 귀를 기울이지 않았다. 그는 커다란 오동 문양이 새겨진 무명 진바오리를 입고 부채를 들고 여름 내내 바지런히 일에 전념했다. 어쩌다 이누치요와 얼굴을 마주치면 어이, 하고 아는 체를 하기도 했다. 그러면 이누치요도 어이, 하고 대답할 뿐 두 사람 모두 네네의 '네' 자도 입에 담지 않았다. 하지만 두 사람은 네네를 사이에 둔 사랑싸움이나 기소 강 출진과 같은 일들을 겪으면서 암묵적으로 서로를 보는 안목이 차츰 깊어진 듯했다. 똑같이 어이, 하고 말했지만 이전보다 깊은 친밀감이 느껴졌다. 그리고 서로에 대해 알아갈수록 한쪽이 '저자는 쉬운 상대가 아니다'라고 생각하면, 또 다른 한쪽도 '선불리 무시할 수 없는 자다. 가벼운 듯하면서도 속을 알 수 없고 엉성한 듯하지만 눈빛이 날카롭고 세심하다'며 서로를 경계했다.

　하지만 두 사람만큼은 왜 노부나가가 싸우지 않고 미노의 경계에서 돌아왔는지에 대한 어리석은 억측으로 시간을 헛되이 보내지 않았다. 도키치로는 처음부터 노부나가가 싸우지 않으리라는 것을 알았으며, 이누치요도 이제 그 까닭을 알고 있기 때문이었다.

　노부나가는 자중하며 시간을 보냈다. 병마를 훈련시키고 식량을 비축했으며 여름에 폭풍우 때문에 성벽의 축대와 담장이 크게 훼손되자 즉시 명을 내려 수리하게 했다. 이백이십여 일 동안 이어진 폭풍우는 매년 찾아오는 행사와 같았다. 하지만 폭풍우보다 더 불길한 바람이 오와리를 향해 불어오고 있었다. 그것은 서쪽의 미노, 남쪽의 미카와三河의 마쓰다이라松平, 그리고 동쪽의 스루가駿河의 이마가와 요시모토今川義元의 움직임이었다. 아침저녁으로 들어오는 첩보에 의하면 기요스는 점점 고립무원의 상태로 변하고 있었다.

그 무렵 폭풍우 때문에 성의 외곽 성벽이 백 간間 이상이나 무너졌다. 그것을 개축하기 위해 많은 목수와 미장이, 토공과 석공이 성안으로 들어왔다. 당교를 통해 목재와 돌 등 공사 재료를 끌어다가 곳곳에 쌓아놓아 성안의 통로와 해자 근처가 극도로 혼잡했다.

"발을 디딜 곳이 없군."

"폭풍우가 다시 오기 전까지 빨리 끝내지 않으면 이번엔 담장이 위험할 것이다."

그곳을 지나는 사람들이 불편을 호소했다. 공사를 맡은 관리와 그의 부하들은 공사 구역에 '공사 지역 내 무단 출입 금지'라고 적은 팻말을 세워두고 전시와 같은 복장으로 분주히 일했다.

공사가 시작된 지 이십여 일 가까이 됐지만 전혀 진척이 없었다. 불편한 상황이었지만 아무도 그곳에서 목청 높여 고충을 호소하는 사람이 없었다. 게다가 성벽 백 간의 개축은 큰 공사다 보니 모두 오래 걸리는 것을 당연하게 여겼다.

"지금 저편으로 간 건 누구냐?"

공사를 감독하는 부교奉行인 야마부치 우곤山淵右近이 묻자 부하가 뒤를 돌아보며 말했다.

"마구간 관리인 기노시타 도키치로인 듯합니다."

"기노시타? 아, 그렇군. 듣기로는 원숭이라고 불린다던데."

"그렇습니다."

"그자에게 볼일이 있으니 다음에 지나가면 부르도록 하라."

우곤이 말했다. 부하는 무엇이 그의 비위를 거슬렀는지 알고 있었다. 도키치로는 매일 출사할 때마다 이곳을 지나갔지만 한 번도 인사를 한 적이 없었던 것이다. 그리고 쌓아놓은 목재 위를 밟고 지나가기도 했다. 물론 통로에 쌓여 있을 때에는 어쩔 수 없다고 하더라도 성의 공사용 목재인 이상 일단 공사 감독에게 양해를 구해야 했다.

"예의를 모르는 자군."

부하들이 뒤에서 수군대곤 했다.

"어차피 하인에서 무사 신분으로 출세한 데다 근래에는 성 밖에 택지를 받아 출사한 지 얼마 안 됐으니 그럴 만도 하지."

"이제 갓 출사한 자가 건방을 떠는 것처럼 눈에 거슬리는 것도 없지. 눈에 뵈는 게 없는 자야. 한번 혼을 내줘야 건방을 떨지 않을 걸세."

우곤의 부하들은 도키치로를 혼내주기 위해 벼르고 있었다.

저녁 무렵 마침내 도키치로가 모습을 드러냈다. 도키치로는 사시사철 똑같은 무명 진바오리를 입고 있었다. 마구간 일은 거의 밖에서 이루어지니 얼마든지 복장에 신경을 쓸 수도 있었다. 하지만 도키치로는 자신의 복장에 신경을 쓸 만큼 돈을 가지고 있지 않았다.

"왔다."

부교인 우곤의 부하들이 서로 눈짓을 주고받았다. 커다란 오동 문양이 그려진 무명 진바오리를 입은 도키치로가 그들 앞을 유유히 지나갔다.

"잠깐."

"기노시타, 잠깐."

"나 말인가?"

도키치로가 뒤를 돌아보았다.

"그렇소."

"무슨 일인가?"

우곤의 부하들이 도키치로를 불러 세운 뒤 가까이 다가갔다. 땅거미가 내리는 공사장에서는 장인과 인부 들이 관리의 점호를 받은 뒤 느릿느릿 집으로 돌아가고 있었다. 미장이와 목수 등을 모아놓고 내일 작업에 대해 의논하고 있던 야마부치 우곤이 부하의 말을 듣고 의자에서 일어서며 말했다.

"잡아놓았느냐? 그럼 이곳으로 데려오너라. 단단히 일러두지 않으면 버릇이 될 것이다."

이윽고 야마부치 우곤이 있는 곳으로 도키치로가 왔다. 도키치로는 아무 말도 하지 않았고 머리도 숙이지 않았다. 성안에서는 붙임성이 좋았지만 지금 그는 '대체 무슨 일인가?'라는 얼굴로 가슴을 펴고 무뚝뚝하게 서 있었다. 그 모습이 우곤의 화를 한층 돋우었다. 우곤은 도키치로와 자신은 비교할 수 없을 만큼 신분 차이가 난다고 생각했다. 그는 기요스 성과 이어져 있는 나루미鳴海의 외성을 맡고 있는 야마부치 사마노스케 요시도오山淵左馬介義遠의 아들로 오다 가문의 장수 중에서도 중신의 아들이었다. 사시사철 파란 무명 진바오리 한 벌로 지내는 도키치로와는 격이 달랐다.

'불손한 놈이군.'

우곤은 얼굴에 불편한 심기를 드러냈다.

"원숭이."

"……."

"어이, 원숭이."

우곤이 불렀지만 도키치로는 대답하지 않았다. 여느 때의 도키치로와는 다른 모습이었다. 도키치로는 주군인 노부나가부터 친구들까지 입버

룻처럼 자신을 원숭이라고 불렀기 때문에 누가 그렇게 불러도 별로 신경을 쓰지 않았다. 하지만 지금은 달랐다.

"원숭이, 귀가 멀었느냐?"

"멍청한 것!"

"뭐라?"

"사람을 불러놓고 헛소리도 유분수지. 원숭이라니?"

"다들 너를 그렇게 불러서 나도 그렇게 부른 것뿐이다. 나는 나루미 성에 있는 날이 많아 네 이름 따윈 잘 모른다. 그래서 사람들이 부르는 대로 불렀는데 뭐가 잘못됐느냐?"

"잘못됐다. 나를 어떻게 불러도 괜찮은 사람과 그렇지 않은 사람이 있다."

"그렇다면 나는 괜찮지 않다는 말이냐?"

"그렇다."

"닥쳐라. 괜찮지 않은 것은 오히려 네 불손함이다. 매일 아침 출사할 때, 어찌하여 공사 자재를 밟고 다니느냐? 또 내게는 왜 인사를 하지 않는 게냐?"

"그것을 채근하는 것이냐?"

"예의를 모르는 놈이군. 네가 갓 무사가 되었으니 하는 말이지만, 무사는 예의를 중히 여기는 사람이다. 그런데 너는 이곳을 지날 때마다 의기양양한 얼굴로 공사 상황을 바라보거나 혼자서 무슨 말인가를 중얼거렸다. 성의 공사는 모두 전쟁터와 같은 규칙에 따라 시행되고 있다. 무례한 놈, 앞으로 또다시 그와 같은 일이 벌어진다면 그냥 두지 않을 테니 명심하거라!"

우곤은 호통을 치고는 이어 말했다.

"짚신지기에서 무사 신분이 됐다고 안하무인으로 행동하니 참으로 한

심하구나. 하하하."

　우곤은 주위에 있는 도편수와 부하 들에게 자신의 위세를 보여주려고 한껏 웃으며 도키치로에게 등을 돌렸다. 그것으로 일이 끝났다고 생각한 도편수들은 야마부치를 둘러싸고 다시 공사 지도를 펼쳤다.

　"······."

　하지만 도키치로는 꼼짝도 하지 않았다. 그가 우곤의 등을 노려보면서 자리를 뜨지 않자 우곤의 부하들이 말했다.

　"기노시타, 그만 가시오."

　"이제 혼이 났으니 앞으로 주의하면 될 것이오."

　"자, 돌아가시오."

　우곤의 부하들이 도키치로를 데려가려고 했지만 도키치로는 전혀 움직이지 않고 우곤의 등과 도편수들을 노려보듯 바라보았다. 이윽고 도키치로가 갑자기 큰 소리로 웃기 시작했다. 지도를 보며 회의를 하던 도편수와 부하 들이 깜짝 놀라 얼굴을 들자 의자에 앉아 있던 우곤이 뒤돌아보며 소리쳤다.

　"왜 웃는 것이냐?"

　도키치로는 더 크게 웃으며 말했다.

　"웃겨서 웃는 것이다."

　"무례한 놈 같으니라고!"

　우곤이 벌컥 화를 내며 일어나 의자를 걷어찼다.

　"미천한 놈이라 용서해주었더니 오만불손하기 짝이 없군! 작업장에도 진중陣中과 똑같은 군율이 있다. 네 이놈, 당장 목을 칠 것이니 똑바로 서거라!"

　우곤은 칼에 손을 갖다 댔다. 그래도 도키치로가 표정 하나 변하지 않고 꼼짝도 하지 않자 그는 더욱 분이 난 듯 소리쳤다.

"저자를 붙잡아라. 처벌을 내릴 것이니 도망치지 못하도록 사로잡아라."

야마부치의 부하들이 도키치로의 곁으로 다가갔다. 도키치로는 다가오는 자들을 가만히 둘러보았다. 아까부터 도키치로를 묘하게 생각하던 부하들은 께름칙한 마음으로 그를 둘러쌀 뿐 누구 하나 손을 대지 못했다.

"야마부치 님, 허세만 부릴 줄 알지 하는 짓은 참으로 서툴구려."

"뭐, 뭐라고."

"성의 공사도 군율과 똑같은 제도로 진행한다 하셨는데, 그것은 대체 무엇을 위한 규율이오? 입으로는 그렇게 말하면서, 그 이유를 전혀 모르는 것이 아니오? 어리석은 야마부치 부교, 내 그것이 우스워 웃었는데 뭐가 잘못되었소?"

"네 이놈, 부교인 내게 무엄하기 그지없구나."

"그럼 먼저 묻겠소."

도키치로는 가슴을 펴고 주위를 둘러보면서 일장연설을 늘어놓기 시작했다.

"지금이 태평성대인지 난세인지 모르는 자는 멍청한 자일 것이오. 게다가 여기 기요스 성은 사방이 적으로 둘러싸여 있소. 동으로는 이마가와 요시모토와 다케다 신겐武田信玄, 북으로는 아사쿠라 요시카게朝倉義景와 사이토 요시다쓰, 서로는 사사키佐佐木와 아사이淺井, 남으로는 미카와의 마쓰다이라까지 산 하나, 강 하나 너머에는 모두 적들뿐이오."

도키치로의 목소리는 자신감이 넘쳤고, 또 사사로운 감정으로 말하는 게 아니다 보니 모두 기가 눌린 채 그의 말을 듣고 있었다.

"그러다 보니 가신들 모두 폭풍우가 몰아칠 때마다 무너지는 토벽을 철벽이라고 믿으며 한시도 방심하지 않고 사방의 적과 대치하고 있소. 사정이 그러한데도 이 정도 공사에 이십여 일이나 들이면서 뻔뻔하게 세월만 허비하는 것은 어불성설이자 태만이라 아니할 수 없소. 만약 이러한 틈을 타 한밤중에 적들이 쳐들어온다면 어떻게 할 것이오?"

도키치로는 연설에 능했지만 그러한 장기를 지나치게 드러내기도 했다. 그럴 때면 사람들은 그를 두고 요설가라거나 허풍쟁이라고 하며 경원시했다. 그러다 보니 도키치로는 평소에 말을 삼가면서 가능한 과묵하게 지냈다. 하지만 필요할 때는 할 말은 해야 한다고 믿었다. 그는 지금이야말로 자신의 장기를 한껏 발휘해 사람들을 굴복시킬 때라고 여겼다.

"무릇 성의 공사에는 세 가지 법도가 있소. 첫째는 속도인데, 이는 공사를 비밀리에 신속하게 해야 한다는 것이오. 둘째는 견조堅粗, 즉 거칠게 해도 견고한 것이 좋다는 것이오. 장식이나 미관은 태평성대를 이룩한 뒤에 신경 써도 좋소. 셋째는 상비간방常備間防이오. 상비간방이란 공사 중이라고 해서 공사가 혼잡해서도, 평상시의 방비에 소홀하거나 흐트러져서도 안 된다는 것이오. 공사 중에 가장 삼가야 할 것은 그 틈이 생기는 것이오. 비록 한 치의 토벽으로도 그 틈이 일국의 멸망을 초래할 수 있는 법이오."

도키치로의 말은 압도적이었다. 야마부치 우곤은 두세 번 무슨 말인가를 하려고 했지만 도키치로의 연설에 눌려 그저 입술만 떨고 있을 수밖에 없었다. 미장이와 목수, 도편수, 부하 들은 처음에는 멍하니 도키치로의 말을 듣고 있었고, 그가 말하는 도리를 이해하게 된 뒤에는 아무런 제지도 할 수 없었다. 대체 누가 부교인지 알 수가 없었다. 도키치로는 주위 사람들이 자신의 말을 이해했다는 것을 알아채고 더욱 힘주어 말을 이었다.

"그럴진대 야마부치 님의 공사 상황은 대체 어떻소이까? 어디에 신속함이 있으며, 또 어디에 상시 방비가 있소? 이십여 일이나 지났지만 아직 벽 한 칸 세우지 못했소이다. 토벽 아래 무너진 돌을 개축하는 데 시간이 걸린다고 얘기했는데, 그 정도 일을 하면서 성의 공사를 진중의 군율과 마찬가지라고 과장하는 것은 적반하장도 유분수라 아니 할 수 없소. 이 도키치로가 적국의 간자라면 허를 찔러 이곳으로 쳐들어올 것이오. 그러한 일이 일어나지 않으리라 믿고 유유자적 공사를 진행하는 모습이 한없이 위험하게 보일 뿐이오. 매일 성으로 출사하는 우리도 발밑이 험해서 더없이 불편하오. 하니 그것을 책하기보다 잘 의논해서 빨리 공사를 진척시켜야 할 것이오, 알겠소이까? 부교뿐 아니라 그 아래 일꾼들이나 도편수들도 마찬가지라오."

도키치로의 연설은 설교이자 훈시와 같았다. 말을 마친 도키치로가 기분 좋은 얼굴로 씽긋 웃어 보였다.

"이거 괜한 말을 해서 실례를 한 건 아닌지 모르겠소. 이것도 중요한 봉공 중에 하나일 것이니 서로 피차일반일 것이오. 어느새 날이 어두워졌으니 그만 돌아가야겠군. 먼저 실례하겠소이다."

우곤과 사람들이 어안이 벙벙해하는 동안 도키치로는 서둘러 성 밖으로 빠져나갔다.

다음 날, 도키치로는 마구간 대기소에서 일을 했다. 그는 이곳에서 일하게 된 뒤 그 누구보다 열심히 일했다.

'저리 말을 좋아하는 사람도 없을 거야.'

동료들이 이해하지 못할 정도로 도키치로는 말과 함께 기거하며 주어진 일에 최선을 다했다.

"기노시타, 부르시네."

조장이 마구간 앞에 서서 말했다.

"누가요?"

도키치로는 노부나가의 애마인 산게쓰山月의 배 아래쪽으로 들어가 있었다. 산게쓰의 다리에 종기가 생기자 그는 큰 대야에 따뜻한 물을 담아

정강이를 씻어주고 있었던 것이다.

"부르신다고 하면 주군 말고 또 누가 있겠나? 주군께서 부르시니 빨리 가보게."

조장은 무사들이 있는 대기소를 돌아보며 이어 말했다.

"어이, 누가 기노시타 대신 산게쓰를 마구간에 들여놓게."

"아닙니다. 제가 들여놓고 가겠습니다."

도키치로는 말 아래에서 바로 나오지 않았다. 그는 산게쓰의 다리를 다 씻긴 뒤 약을 바르고 천으로 묶어주었다. 그러고는 산게쓰의 목덜미와 털을 쓰다듬으며 마구간으로 데리고 들어갔다.

"주군께서는 어디에 계십니까?"

"정원 끝에 계시네. 빨리 가지 않으면 혼이 날 걸세."

"예."

도키치로는 대기소에 들어가 벽에 걸어두었던 파란 무명 진바오리를 걸쳤다.

노부나가는 시바타 곤로쿠와 이누치요 등 네댓 사람과 함께 있었다. 매를 보살피던 사람이 몸을 일으켜 물러간 뒤 도키치로가 달려왔다. 도키치로는 노부나가로부터 열 걸음 정도 떨어진 곳에서 무릎을 꿇고 머리를 숙였다.

"오, 원숭이군."

"옛!"

"가까이 오라."

노부나가가 뒤를 돌아보자 이누치요가 즉시 의자를 놓았다.

"더 가까이 오라."

"예."

"어제였던가? 원숭이, 네가 성 외곽의 공사장에서 호언을 꽤 늘어놓았다고 하던데?"

"벌써 들으셨습니까?"

노부나가는 쓴웃음을 지었다. 도키치로가 큰소리친 사람답지 않게 송구스러워하며 얼굴을 붉히고 있었기 때문이다.

"앞으로 자중하라."

노부나가가 엄하게 꾸짖었다.

"오늘 아침에 야마부치 우곤이 네 무례함을 강하게 힐책하러 왔다. 하나 다른 사람의 말을 듣자니 네 말에도 일리가 있는 듯하여 달래서 보냈다."

"황송합니다."

"사과하고 오라."

"예?"

"공사장에 가서 우곤에게 사과하고 오게."

"제가 말입니까?"

"그렇네."

"명이시라면 사과를 하겠습니다만, 정말이신지요?"

"싫은가?"

"송구스러운 말씀이지만 제가 사과를 하면 악폐가 될 것입니다. 제 의견이 옳을 뿐 아니라 상대가 봉공에 충실하지 않았기 때문입니다. 그 정도 공사에 이십여 일을 쓴다는 것은 더욱……."

"잠깐."

"예?"

"자네는 내 앞에서도 호언을 늘어놓을 셈인가? 자네 생각은 다른 자에게 들어 알고 있다."

"당연한 이치를 말씀드린 것뿐이지 호언이라고 생각하지 않습니다."

18

"그렇다면 자네는 그 공사를 며칠 내로 끝낼 수 있는가?"

"그것은……."

도키치로는 신중히 생각한 뒤 바로 대답했다.

"공사가 다소 진행된 상태이니 앞으로 사흘이면 별 어려움 없이 완성할 수 있을 것입니다."

"뭐라, 사흘?"

노부나가가 놀라며 되물었다. 시바타 곤로쿠는 도키치로의 말을 진심으로 받아들이는 노부나가를 비웃었지만 이누치요는 진지한 눈빛으로 도키치로의 눈썹이 꿈틀대는 것을 물끄러미 바라보았다.

사흘 공사

노부나가는 그 자리에서 도키치로에게 공사 부교의 대임을 명했다. 야마부치 우곤을 대신해서 사흘 내에 성벽 백 간을 복구하라고 한 것이다.

"명 받들겠습니다."

도키치로가 물러가려고 하자 노부나가가 다시 물었다.

"잠깐, 자네는 쉽게 대임을 맡겠다고 했는데, 분명히 할 수 있겠는가? 확실한가?"

노부나가가 재차 확인하는 것은 도키치로를 배려하기 때문이었다. 노부나가는 마음속으로 도키치로가 실패해서 배를 가르고 죽는 일은 없어야 한다고 생각했다. 도키치로는 자세를 바로 하며 단언했다.

"반드시 끝내겠습니다."

하지만 노부나가는 도키치로에게 다시 생각할 여지를 주었다.

"원숭이, 모든 화근은 입에서 비롯되는 법이다. 내친걸음이라고 섣불리 그리 말한 것이라면 지금이라도 그 생각을 버리는 것이 좋다."

"사흘 뒤에 뵙겠습니다."

도키치로는 그렇게 답하고는 물러갔다.

"조장, 저는 주군의 명을 받들어 사흘 정도 성 외곽 공사를 맡게 되었습니다. 제가 없는 동안 산게쓰를 잘 부탁드립니다."

마구간 대기소로 돌아온 도키치로는 조장에게 인사하고 집으로 갔다.

"곤조, 곤조."

주인 도키치로의 목소리에 곤조가 안을 들여다보았다. 도키치로는 의복을 벗고 볼품없는 알몸을 보이며 책상다리를 한 채 오도카니 앉아 있었다.

"무슨 일이십니까?"

도키치로가 활달한 목소리로 대답했다.

"일이 있다! 수중에 돈이 있느냐?"

"돈이요?"

"그렇다."

"글쎄요."

"언젠가 자네에게 집안일에 쓰라고 돈을 맡겨두었을 텐데 어디 있는가?"

"그 돈은 벌써 다 썼습니다."

"부엌살림에 쓰는 돈은?"

"그 돈은 이미 한 푼도 남아 있지 않습니다. 그런 사정을 몇 달 전에 말씀드렸더니 알았다고만 하셔서 어쩔 수 없이 돈을 변통해서 생활하고 있는 실정입니다."

"으음, 그럼 돈이 없다는 거로군."

"있을 리가 있겠습니까."

"흐음."

"무슨 일이신지요?"

"급히 사람을 불러 할 일이 있다."

"술이나 안주 정도라면 마을 사람들에게 빌려올 수도 있습니다만."

도키치로가 무릎을 치며 말했다.

"그렇지. 곤조, 부탁하네."

도키치로는 감물을 칠한 부채를 집어 들더니 파닥파닥 소리를 내며 부쳤다. 어느덧 가을바람이 불고 오동나무밭의 오동잎도 우수수 떨어지고 있었지만 아직도 모기가 극성이었다.

"그런데 손님은?"

"성 공사장의 도편수들이다. 성에서 내 집으로 모이라고 미리 일러두었으니 곧 이리로 모두 올 것이네."

도키치로는 곤조를 심부름 보낸 뒤 뒤란에서 따뜻한 물로 목물을 했다. 이윽고 앞쪽 문에서 손님의 목소리가 들렸다. 하녀가 나가서 물었다.

"뉘신지요?"

손님이 삿갓을 벗으며 말했다.

"성에서 온 마에다 이누치요라고 하네."

툇마루 쪽에서 욕의를 입고 있던 도키치로가 밖을 내다보며 외쳤다.

"이거, 누군가 했더니 이누치요로군. 어서 안으로 올라오시오."

도키치로가 방석을 내밀자 이누치요가 자리에 앉으며 말했다.

"갑자기 찾아왔소이다."

"무슨 급한 일이라도?"

"실은 자네의 일로 이렇게."

"무슨?"

"남의 일처럼 말하지만 지금 그럴 때가 아니네. 자네가 주군께 확약할 때 얼마나 걱정되었는지 아나. 나름 무슨 방법이 있으리라 생각되지만."

"아, 공사 말이오?"

"그렇네. 주군께서도 자네가 쓸데없는 말을 해서 배를 가르게 되면 어쩌나 걱정하는 안색이었네."

"사흘 안에 공사를 끝낸다고 했으니……."

"무슨 방법은 있는가?"

"없소."

"없다?"

"나는 본래 성의 공사에 대해서는 전혀 문외한이니."

"그럼 어쩔 셈인가?"

"그저 일을 하는 것은 사람들이니, 그 사람들을 잘 쓰면 할 수 있다고 믿을 뿐이오."

"그래서 말인데."

이누치요는 목소리를 죽였다. 묘한 연적이었다. 네네를 두고 서로 싸우고 있지만 언제부터인지 두 사람은 연적이라는 적대적 관계와는 달리 서로에게 친밀감을 느끼고 있었다. 그렇다고 해서 달리 흉금을 털어놓거나 하는 사이도 아니었지만 서로에 대해 알게 되면서 자연스럽게 사내 간의 교류가 시작되었던 것이다.

특히 오늘 이누치요는 진심으로 도키치로의 상황이 걱정되어 온 듯했다. 그의 거짓 없는 태도나 은근한 말투에서도 그것을 느낄 수 있었다.

"그래서 말인데라니?"

"자네는 이 일을 야마부치 우곤의 입장에서 생각해봤는가?"

"나를 미워하고 있으리라 여겨지오만."

"그럼 그 야마부치 우곤의 평소 행동이나 무사로서의 심중도 생각해보았나?"

"그렇소만."

"그렇군."

이누치요는 도키치로의 말을 끊으며 이어 말했다.

"자네가 그 점만 간파하고 있다면 나도 안심이네."

"……."

이누치요의 얼굴을 가만히 바라보던 도키치로가 무언가를 깨달은 듯 말했다.

"과연 귀공이시오. 귀공은 참으로 핵심을 잘 파악하시는구려."

"눈치가 빠른 걸로는 자네를 당할 수 없을 것이네. 야마부치 우곤의 그런 점을 노린 것도 날카로웠지만……."

"아니, 잠깐."

도키치로가 입에 손가락을 갖다 대자 이누치요가 유쾌하다는 듯 손뼉을 치며 말했다.

"하하하, 침묵은 금이니 말로 하면 재미가 없다는 것이로군."

돈을 빌리러 갔던 곤조가 술과 안주를 가지고 돌아왔다. 이누치요가 돌아가려 하자 도키치로가 그를 만류했다.

"마침 술이 왔으니 한잔하고 가시오."

"기왕에 왔으니, 그럼."

이누치요는 다시 자리에 앉아 술을 마셨다. 하지만 애써 술상을 준비했는데 초대한 손님들은 한 사람도 오지 않았다.

"흠, 아무도 오지 않는군. 곤조, 어떻게 된 것인가?"

도키치로가 곤조를 보며 묻자 옆에 있던 이누치요가 대답했다.

"기노시타, 오늘 밤 초대한 이들이 공사에 관여하는 도편수들과 인부의 책임자들인가?"

"그렇소. 의논할 것도 있고, 또 사흘 안에 공사를 끝내려면 사기도 끌어올려야 하니……."

"하하하, 내가 자네를 과대평가했나 보군."

"어찌 그리 말하시오?"

"남들보다 눈치가 빠른 자라고 생각했는데 어찌 한 치 앞도 내다보지 못하는가."

도키치로는 웃고 있는 이누치요를 물끄러미 바라보다 중얼거렸다.

"흐음, 그런가."

이누치요가 타이르는 듯한 말투로 말했다.

"생각해보게. 상대는 소인, 게다가 야마부치는 소인 중에 소인이 아닌가. 성의 공사가 마무리되는 것을 바랄 리가 없지 않은가."

"그건 그렇소만……."

"그러니 그가 그저 손가락만 빨며 방관하고 있겠는가? 나는 그리 생각하네."

"그렇군."

"온갖 방법을 써서 자네가 공사를 마무리하지 못하도록 방해할 것이 틀림없네. 그러니 오늘 이곳으로 모이라고 한 도편수들도 오지 않을 거라고 생각하는 편이 옳네. 인부나 도편수 무리는 자네보다 야마부치가 훨씬 높다고 생각하고 있을 것이고."

"옳은 말이오."

도키치로가 순순히 대답한 뒤 앞으로 다가앉으며 물었다.

"그렇다면 이 술은 모두 우리 두 사람 몫이 되었으니 마음껏 마시면 되겠군."

"마시는 건 좋지만, 자넨 내일부터 사흘 안에 끝내야 할 일이 있는데 괜찮겠나?"

"괜찮고말고. 내일은 내일의 바람이 불 테니 말이오."

"각오가 되어 있다면 마시도록 하세."

두 사람은 술을 많이 마시지 않았지만 끊이지 않고 이야기를 나누었다. 이누치요가 말하는 것을 좋아하다 보니 도키치로는 시종 듣기만 했다.

도키치로는 어느 누구와 이야기할 때든 상대 이야기를 잘 들어주었다.

도키치로는 학문을 닦지 못했다. 무가의 자제처럼 학문이나 교양을 쌓으며 보낼 시간이 전혀 없었던 것이다. 그는 그런 자신이 불행하다고 생각한 적은 없었지만 세상을 살아갈 때는 단점이 된다는 것을 잘 알고 있었다. 그래서 그는 상대가 자신보다 더 교양 있다고 생각되면 이야기를 나누는 동안 그 사람의 지식을 자신의 것으로 만들기 위해 노력했다. 그러다 보니 자연스럽게 상대의 이야기를 열심히 듣게 되었고, 또 잘 들어주는 태도가 습관이 되었다.

"기분이 아주 좋군. 기노시타, 내일 일찍 일어나야 할 테니 그만 주무시게. 그리고 내일 잘하시게."

이누치요는 그 말을 남기고 이내 돌아갔다. 그리고 도키치로는 바로 자리에 누워 팔을 벤 채 잠이 들었다. 하녀가 와서 베개를 받쳐주어도 모를 정도로 잠에 빠져들었다. 그는 매일 밤 잠을 잘 잤다. 잠이 들지 못하는 밤은 하루도 없었다. 어머니의 꿈도 꾸지 않았고 돌아가신 아버지의 꿈도 꾸지 않았다. 그는 잠이 들었다 하면 그저 세상의 일부에 지나지 않는 나무토막 같았지만 잠에서 깨면 본래의 자신으로 돌아왔다.

"곤조, 곤조!"

"예, 벌써 일어나셨습니까?"

"말을 내오게."

"예?"

"말을 끌고 오게."

"말을요?"

"그래. 오늘 아침에는 일찍 출사할 것이고, 또 오늘내일은 집에 들어오지 않을 것이네."

"그런데 집에는 말도 마구간도 없는데요."

"아둔하긴, 근처에서 빌려오게. 어디 놀러가는 것이 아니라 봉공에 필요한 것이니 잘 말해서 끌고 오게."

"아직 새벽이라 밖이 어둡습니다."

"아직 일어나지 않았으면 문을 두드리게. 사적인 일이라 생각하면 망설여질 테지만 봉공을 위한 것이니 그럴 필요 없네."

허둥지둥 옷을 입은 곤조가 문밖으로 뛰어나가더니 어디선가 말 한 필을 끌고 돌아왔다. 문밖에서 기다리고 있던 도키치로는 말을 어디서 빌려왔는지 묻지도 않고 마치 자신의 말처럼 올라타더니 새벽어둠을 뚫고 내달렸다.

도키치로는 공사에 관여하는 주요 도편수의 집 일곱 곳을 돌았다. 목수와 석공의 우두머리라고는 하지만 모두 오다 가문의 공장부工匠部에 속해 녹봉을 받고 있던 터라 그들은 좋은 집에 살면서 첩까지 두고 있었다. 도키치로가 지금 살고 있는 오동나무밭의 집과는 비교가 되지 않을 정도로 위풍당당했다. 도키치로는 아직 잠에서 깨지 않은 그들의 집 문을 일일이 두드리며 깨웠다.

"성 공사에 종사하는 자들은 한 명도 빠지지 말고 오늘 인시寅時까지 성안 공사장으로 모이도록 하라. 만약 늦게 오는 자가 있다면 모두 쫓아낼 것이다. 군령이니 당장 직인들에게 전하고 모이도록 하라. 군령으로 명하는 것이다."

도키치로가 그렇게 말한 뒤 기요스 성의 해자 기슭에 이르렀을 즈음, 말은 땀을 흘리며 하얀 김을 내쉬었고 동쪽 하늘은 하얗게 밝아오고 있었다. 그는 성문 밖에 말을 매어두고 잠시 한숨을 돌렸다. 그러고는 칼을 빼어 들고 쏘아보는 듯한 눈으로 당교 입구에 서 있었다. 날이 채 밝기도 전에 잠에서 깬 도편수들은 무슨 일인가 싶어 각자 일꾼들을 이끌고 차례로 모였다. 도키치로는 일단 그들을 당교 입구에서 제지한 뒤 이름과 작업 위치, 일꾼들의 머릿수 등을 일일이 점검하고 통과시켰다.

"정숙을 유지하고 공사장에서 잠시 기다리라."

어림짐작으로 보니 거의 빠짐없이 모인 듯했다. 작업장에 정렬한 인부들이 불안한 눈으로 서로 속삭이고 있을 때, 도키치로가 그들의 앞에 섰다. 당교 입구에서 들고 있던 칼도 칼집에 넣지 않고 들고 있었다.

"조용히 하라!"

도키치로가 칼을 들어 올리더니 명령하듯 호령했다.

"줄을 맞춰 똑바로 서라!"

인부들은 움찔했지만 도편수들의 얼굴에는 비웃음이 번졌다. 웬만한 나이에 세상물정을 다 겪은 그들의 눈에는 도키치로가 풋내기로밖에 보이지 않았다. 그런 도키치로가 자신들 앞에서 잘난 체하는 것이 가소로워 보였던 것이다. 또 그가 칼을 뽑아 들고 고압적으로 나오자 건방지다는 생각에 반감마저 일었다.

"모두에게 고한다."

도키치로가 큰 소리로 외쳤다.

"오늘부터 군명에 따라 내가 이곳 공사를 맡게 되었다. 어제까지는 야마부치 우곤 님이 봉행을 하였지만 오늘부터는 이 기노시타 도키치로가 봉행을 한다. 그리고……."

도키치로는 인부들의 열을 오른쪽부터 왼쪽 끝까지 둘러보았다.

"너희는 얼마 전까지 하인으로 일하다가 지금은 군주의 은혜를 입어 부엌에서 일하거나 마구간의 일원이 되었을 것이다. 하여 아직 성안의 봉공이나 더 나아가 공사에 대해 잘 알지 못하더라도 봉공하고자 하는 마음만은 그 누구에게도 지지 않을 것이다. 하지만 너희 중에는 이러한 봉행이나 내 밑에서 일하는 것이 마음에 들지 않는 자도 있을 것이다. 장인에게는 장인의 기질이 있으니 그것이 싫다면 솔직하게 싫다고 말하라. 그러면 즉시 이 일에서 빼주겠다."

모두 입을 다물고 있었다. 비웃고 있던 도편수들마저 입을 다물고 있었다.

"없는가? 이 도키치로의 봉행에 불만이 있는 자는 없는가?"

도키치로가 거듭 묻자 모두 없다는 듯 머리를 숙였다.

"그렇다면 즉시 내 지휘하에서 일을 착수하라. 미리 말해두지만 지금과 같은 난세에 이 정도 공사를 하는 데 이십여 일이나 허비하는 것은 결단코 용서하지 않겠다. 오늘부터 사흘 동안, 나흘째 새벽녘까지 공사를 끝낼 예정이니 그리 알고 혼신을 다할 것을 명한다."

도편수들은 서로 얼굴을 바라보며 가벼운 웃음을 흘렸다. 어린 시절부터 머리가 벗어질 때까지 오랜 세월 이 일을 하며 밥을 먹어온 그들이 비웃는 것은 당연했다. 도키치로도 그것을 모르는 게 아니지만 완전히 무시해버렸다.

"석공, 목공, 미장이 도편수들은 이리로 모여라."

"예."

대답은 했지만 그들은 비웃는 듯 하늘을 올려다보며 앞으로 나오지 않았다. 그러자 도키치로가 갑자기 한쪽 끝에 있는 미장이 도편수의 머리를 칼등으로 후려쳤다.

"무례한 놈! 팔짱을 낀 채 부교의 앞에 나오는 자가 어디 있느냐! 썩 물러가거라!"

칼로 내려친 줄 알았는지 미장이가 비명을 크게 지르며 쓰러지자 다른 자들이 새파래진 얼굴로 다리를 떨었다.

"각자 담당 구역과 할당량을 일러줄 테니 똑똑히 듣고 한 치도 어긋남이 없도록 하라."

도키치로가 다시 엄한 목소리로 말을 잇자 더 이상 멍청한 얼굴을 하거나 비웃음을 흘리는 사람은 없었다. 그들은 진심으로 굴복한 것은 아니지만 조용해졌다. 속으로는 반항심이 일었지만 겉으로는 겁에 질린 얼굴을 하고 있었던 것이다.

"성벽 백 간을 오십으로 나누고 한 조의 구역을 이 간으로 한다. 각 조에는 목수 세 명과 미장이 두 명, 석공과 그 외 다섯 명, 모두 합쳐 열 명으로 조직한다. 인부의 배치, 인원수 할당은 구역에 따라 다르니 각 조의 우두머리와 도편수의 재량에 맡기겠다. 도편수들은 한 명당 네 조에서 다섯 조를 감독하며 인부들이 소홀하지 않도록 관리하라. 인원이 여유 있는 구역을 맡은 자는 즉시 인력이 부족한 다른 구역으로 옮겨 일을 거들어라. 잠시도 일손을 놀려서는 안 될 것이다."

"예."

도편수들은 도키치로의 지시에 부아가 치밀었고 작업량도 불만이었는지 달갑지 않은 표정을 지었다.

"아, 잊은 것이 있다."

도키치로가 짐짓 목소리를 높여 말했다.

"지금 말한 이 간 일 조의 열 명 배치 외에 인부 여덟 명과 직인 두 명으로 된 한 조를 따로 둔다. 이것은 대기조다. 지금까지 일하는 모습을 보니 미장이와 그 외 직인들은 틈만 나면 일터를 벗어나 자재를 옮기거나 잡일을 하며 시간을 보내는데 직인이 일터에 임하는 것은 군사가 적과 대치할 때와 같은 것으로 자신의 자리를 벗어나서는 안 될 것이다. 목수는 목수의, 미장이는 미장이의, 석공은 석공의 도구를 손에서 놓으면 안 된다. 그것은 전쟁터에서 창과 칼을 손에서 놓는 것과 마찬가지다."

도키치로는 도면에 따라 부서를 정하고 인원을 할당한 뒤 흡사 전쟁을 시작하듯 명을 내렸다.

"즉시 일을 시작하라!"

각 일터에서 도키치로의 부하는 아니지만 작업을 감시하기 위해 온 무사들이 일을 도왔다. 도키치로가 무사 한 명에게 박자목과 북을 치도록 명하자 적진으로 돌격하라는 듯 북소리가 울렸다. 박자목은 휴식을 알리는 소리였다.

"휴식!"

도키치로는 돌 위에 우뚝 서서 호령을 했다. 휴식을 취하지 않는 자가 있으면 쉬라고 호통을 쳤다. 작업장의 분위기는 어제와는 달리 나태함은 흔적도 없이 사라졌고 전쟁터와 같은 살기조차 풍겼다.

'아직이다. 아직 이 정도로는……'

도키치로는 만족스러워하지 않았다. 노동을 하는 사람은 오랜 노동의 체험을 통해 몸을 어떻게 놀려야 편한지 그 방법을 교묘하게 알고 있었다. 일을 열심히 하고 있는 것처럼 보이지만 실은 땀을 흘리지 않았다. 그들은 복종하고 있는 것처럼 보이기만 할 뿐 일의 능률을 올리지 않으며 내심 스스로를 위로하고 있었다.

지난날 어렵게 살아온 도키치로는 땀의 진가와 보람에 대해 잘 알았다. 노동은 육체의 것이라는 말은 거짓말이었다. 노동에도 정신이 담겨 있지 않으면 소나 말의 땀과 다를 바가 없었다. 그는 어떻게 하면 인간이 진정한 땀을 흘리고 진실하게 노동을 할 수 있을지 곰곰이 생각했다. 그들은 먹기 위해 일하고 있었다. 혹은 부모나 아내나 자식을 먹여 살리기 위해 일하고 있었다. 어느 쪽이든 그들이 일하는 이유는 먹기 위해서나 향락을 얻기 위해서였다. 그들은 본래 그 정도의 목표밖에 없는 존재였다. 도키치로는 그들이 가련하게 여겨졌다.

'예전에는 나도 저러했다……'

목표가 초라한 자들에게 큰 대가를 원하는 것은 무리였다. 굳은 정신을 갖게 하지 않으면 노동의 효과와 능률을 기대할 수 없었다.

반나절이 지났다. 도키치로는 작업장 한 곳에 묵연히 선 채 그렇게 반나절을 보낸 것이다. 반나절이라는 시간은 사흘 중 육 분의 일에 해당하지만 공사 전체를 감안했을 때 아침보다 조금도 진척된 흔적이 보이지 않았다. 본성 일터 여기저기에서 들리는 함성이나 일하는 모습으로만 봐서는 열심히 하는 듯 보였지만 실제로는 위장에 지나지 않았다. 오히려 그들은 속으로 사흘 뒤에 도키치로가 처참하게 패배하기를 바라면서 교묘히 게으름을 피우고 있다고 해도 과언이 아니었다.

"점심이다, 휴식."

도키치로가 명령하자 박자목이 울렸다. 공사장의 소음과 부산함이 순식간에 잠잠해졌다. 도키치로는 직인들이 점심 도시락을 펼치는 것을 보고 칼집에 칼을 집어넣은 뒤 어디론가 사라졌다.

오후 반나절도 그런 분위기로 저물었다. 오히려 오전보다 질서가 더 흐트러지고 나태함이 만연해서 야마부치 우곤이 감독하던 어제와 별반 다를 것이 없었다. 게다가 직인과 인부 들은 오늘 밤부터 사흘 동안 철야 작업을 하느라 성 밖으로 나가지 못하다 보니 더욱 일을 게을리하며 시간만 때울 요령이었다.

"작업을 멈춰라. 모두 손을 씻고 공터로 모여라!"

아직 날도 밝은데 갑자기 무사 한 명이 박자목을 치며 돌아다녔다.

"무슨 일이지?"

직인들은 의아하게 여겼다. 도편수들에게 물어봐도 그들 역시 연유를 알지 못했다. 인부들은 자재를 쌓아두는 공터로 갔다. 그러자 그곳에 술과 안주가 산처럼 준비되어 있었다. 그들은 멍석 위나 돌과 목재를 자리 삼아 앉았다. 도키치로가 직인들 한가운데에 자리를 잡고 앉아 술잔을 들면서 말했다.

"자, 차린 건 없지만 앞으로 사흘 동안, 이미 하루는 지나갔지만 고생을 해야 하니 오늘 밤은 한잔하면서 마음껏 즐기도록 하게."

도키치로는 아침과는 다른 사람처럼 자신이 먼저 술을 한 잔 마시더니 사람들에게 술병과 안주 등을 나누어주었다.

"자, 마음껏 마시게. 술을 싫어하는 사람은 안주나 단것이라도 들게."

감격한 직인들은 부교인 도키치로가 먼저 취해 공사를 못할까 봐 걱정을 했다. 하지만 도키치로는 공사 따위는 전혀 개의치 않는다는 듯 기분 좋은 목소리로 말했다.

"좋은 술이니 얼마든지 마시게. 아무리 마셔도 창고에 있는 술이 거덜 날 일은 없을 것이네. 술을 마신 뒤 북이 울릴 때까지는 춤을 추고 노래를 불러도 좋고 잠을 자도 괜찮네."

직인들의 불평불만이 수그러들었다. 노역에서 해방된 데다 부교가 직접 술과 안주를 건네고 자신들과 어울려 먹고 마시며 이야기를 나누자 기뻤던 것이다. 직인들은 술기운이 조금씩 돌자 농을 던지기도 했다.

"나리와는 말이 잘 통할 듯싶습니다."

하지만 그것은 인부들의 생각이었다. 도편수들은 여전히 도키치로를 백안시했다.

'흥, 속이 훤히 들여다보이는 잔꾀를 부리고 있군.'

도편수들은 오히려 더 반감을 품었다. 이런 곳에서 술을 마실 수 있나, 하는 얼굴로 술잔에 손도 대지 않았다.

"자네들도 한잔하지 그런가?"

도키치로는 잔을 들고 그들의 자리로 다가갔다.

"자네들, 술을 전혀 입에 대지도 않는군. 책임감 때문에 술도 마시지 않다니. 자, 괜찮네. 어차피 될 일은 되고 안 될 일은 안 될 것이네. 이렇게 해서 사흘 동안 하지 못한다면 내가 배를 가르면 그뿐이네……."

도키치로는 가장 떨떠름한 표정으로 앉아 있는 도편수에게 잔을 건네

술을 따라주었다.

"내가 걱정하는 것은 이번 공사도 아니고 내 목숨 따위는 더더욱 아니네. 나는 자네들이 살고 있는 이 나라의 운명이 걱정될 뿐이네. 몇 번이나 말했지만 이 정도 공사에 이십여 일이나 걸린다면, 사람들의 마음도 그렇겠지만, 이 나라는 망하고 말 것이네."

도키치로의 말에 문득 직인들도 침울해졌다. 도키치로는 한탄하듯 밤하늘의 별을 올려다보며 말을 이었다.

"자네들도 흥하고 망하는 나라를 많이 보았을 것이니 나라가 망한 백성들의 비참함을 잘 알고 있을 것이고, 또 나라의 흥망성쇠도 어쩔 수 없는 일이란 것을 잘 알고 있을 것이네. 주군은 말할 것도 없고 나와 같은 말단 무사나 중신에 이르기까지 모두 나라를 지키기 위해 한시도 소홀하지 않지만, 본시 나라의 흥망이란 성에 달려 있는 것이 아니네. 그럼 어디에 있느냐, 바로 자네들 안에 있네. 영민領民이 곧 돌담이고 벽이고 해자이네. 자네들은 이곳 성의 공사를 하면서 다른 나라의 성벽을 쌓는다고 생각할지 모르지만 그것은 큰 잘못이네. 자네들 자신을 지키는 성벽을 쌓고 있는 것이네. 만약 이 성이 하루아침에 재로 변한다면 어떻게 되겠는가? 성만 폐허가 되는 걸로 끝나지 않을 걸세. 성 아래 마을도 전화에 휩싸일 것이고 영내는 적병에게 유린당해 아비규환으로 변할 걸세. 부모를 잃고 우는 아이, 아이를 찾아 헤매는 노인, 비명을 지르며 도망치는 젊은 처자, 길가에 불타 죽은 병자들……. 나라가 망하면 모든 게 끝이네. 자네들에게도 부모와 처자식이 있을 걸세. 가슴 깊이 명심해야 하네."

"……."

어느새 도편수들의 얼굴이 진지해졌다. 그들에게는 재산과 식솔이 있고 행복하게 생활하고 있는 만큼 도키치로의 말이 더욱 통렬하게 들렸다.

"오늘 모두가 무사태평하게 지내고 있는 것은 무엇 때문인가? 그것이 주군의 위광 때문인 것은 말할 나위도 없지만 자네들과 같은 영민이 성을 중심으로 나라를 굳건하게 지켜주고 있기 때문이네. 우리 무사들이 아무리 열심히 싸운들 자네들 영민의 마음이 느슨해져 있으면…….”

도키치로는 당장 눈물을 흘릴 것처럼 울먹이며 말했다. 계책이나 혀끝으로 하는 말이 아니었다. 그는 진심으로 그렇게 걱정하고 믿고 있었다. 일순간 그의 진실한 말에 감명을 받은 사람들이 취기가 가신 듯 침을 삼키며 그의 얼굴을 바라보았다.

그런데 그때 어딘가에서 코를 훌쩍이며 오열하는 소리가 들렸다. 살펴보니 도편수 중에서도 가장 고참이고 영향력도 센 사람이었다. 그는 어제부로 새 부교가 된 도키치로에게 어느 누구보다 노골적으로 반감을 드러낸 곰보 얼굴의 목공 도편수였다.

“아아, 나는, 나는…….”

곰보 도편수는 다른 사람들을 아랑곳하지 않고 눈물을 흘리며 오열했다. 그러다 사람들이 깜짝 놀라 자신을 바라보는 걸 깨달았는지 갑자기 사람들을 헤치고 도키치로 앞으로 나서며 말했다.

“정말 송구스럽습니다. 제 어리석음과 아둔함을 이제야 깨달았습니다. 부디 저를 본보기 삼아 밧줄로 묶으신 뒤 한시라도 빨리 나라를 위해 공사를 서둘러주십시오. 참으로 죽을죄를 지었습니다. 제가 잘못 생각했습니다.”

곰보 도편수는 얼굴을 땅에 묻은 채 몸을 떨며 말했다. 도키치로는 처음에는 어안이 벙벙한 얼굴을 짓다 이윽고 영문을 깨달은 듯 고개를 끄덕였다.

“흐음, 야마부치 우곤에게 말을 들었나 보군. 그렇지 않은가?”

“기노시타 님은 그것을 알고 계셨습니까?”

“어찌 모르겠는가. 야마부치 우곤은 자네나 다른 사람에게 내가 부르더라도 가지 말라고 했을 것이네."

"예……."

"그리고 가능한 공사장에서 일을 게을리하고 일부러 일을 지체하면서 내 명에 따르지 말라고 했을 것이네."

"예……."

"그자에게는 그럴 만한 연유가 있네. 하마터면 자네들의 목도 날아갈 뻔했네. 자, 그만 울음을 그치게. 자신의 잘못을 깨닫고 참회하였으니 용서해주겠네."

"아직 말씀드리지 않은 것이 있습니다. 야마부치 님이 말씀하시길 공사를 가능한 소홀히 해서 사흘 후까지 지연시키면 저희 모두에게 막대한 돈을 주신다고 하시며 절대 비밀로 하라고 말씀하셨습니다. 하지만 기노시타 님의 말씀을 들으니 그런 돈에 눈이 멀어 야마부치 님의 말씀대로 하는 것은 바로 저희의 몸을 망치는 것과 같다는 걸 깨달았습니다. 부디 그런 모반의 선봉에 섰던 저를 포박하여 공사가 지체되지 않도록 하시고 공사를 완수하시길 바랍니다."

곰보 도편수는 혼자 모든 죄를 뒤집어쓰려고 했다. 그런 그를 보며 도키치로가 씽긋 웃어 보였다. 무리들 중에서 곰보 도편수가 가장 영향력이 세다는 것을 깨달은 것이다. 강하게 반항하던 적일수록 돌아서면 진실한 아군이 되는 법이다. 도키치로는 그의 손을 묶는 대신 술잔을 쥐여주었다.

"자네는 죄가 없네. 그렇게 깨달은 순간 자네는 선량한 영민이 되었네. 자, 마시게. 그리고 잠시 쉬었다가 작업을 시작해주게."

곰보 도편수는 양손으로 술잔을 받아 들고 머리를 숙여 고맙다고 말했다. 하지만 술은 마시지 않았다. 그리고 갑자기 벌떡 일어서더니 잔을 높이 들며 외쳤다.

"어이, 모두들! 부교님이 내리신 술이니 한 잔씩 마시고 어서 일을 시작하세. 자네들도 기노시타 님의 말씀을 들었을 것이네. 우리는 천벌 받아도 마땅한 일을 했네. 지금까지 밥만 축내며 지내온 것을 사죄하기 위해서라도 성심을 다해 일하세. 나는 그리 마음먹었네. 자네들은 어쩔 셈인가?"

곰보 도편수의 말이 끝나기 무섭게 다른 도편수와 직인 들도 일제히 일어서며 외쳤다.

"일하세!"

그들이 이구동성으로 외치자 도키치로가 벌떡 일어서며 소리쳤다.

"그렇게 해주겠나?"

"하고 말굽쇼."

"기꺼이 하겠습니다."

도키치로가 술잔을 들며 말했다.

"그럼 이 술은 사흘 뒤까지 맡아두겠네. 공사를 잘 마무리한 뒤 마음껏 마시도록 하세."

"알겠습니다."

"또 야마부치 우곤이 자네들에게 준다고 한 돈이 얼마인지 모르지만 공사를 끝낸 뒤 내가 그에 맞게 상을 내리겠네."

"돈 따윈 필요 없습니다."

곰보 도편수를 비롯한 직인들은 술잔을 비우고는 전쟁터의 무사가 선봉을 다투듯 자신들의 일터를 향해 달려갔다.

"됐다!"

그들의 모습을 본 도키치로는 속으로 그렇게 중얼거렸다. 그리고 이 기회를 놓치지 않고 자신도 역시 그들과 함께 사흘 밤과 이틀 낮 동안 죽을힘을 다해 일할 결심을 했다. 그런데 직인들이 모두 일터로 달려간 뒤 누군가 그를 불렀다,

"원숭이, 원숭이."

초저녁이라 곁으로 오기 전까지는 누군지 알 수 없었다. 그 사람은 여느 때와 달리 당황한 모습의 이누치요였다.

"아, 이누치요."

"작별 인사를 하러 왔네."

"응?"

"급히 다른 나라로 떠나게 됐네."

"정말인가?"

"어전에서 사람을 벤 탓에 주군의 진노를 사서 당분간 떠돌이 신세가 됐네."

"누구를 베었나?"

"야마부치 우곤이네. 내 마음은 어느 누구보다 자네가 잘 알 것이네."

"어찌 그리 성급한 짓을."

"벤 뒤에 나도 그리 생각했지만 어쩔 수가 없었네. 무의식중에 천성이 나왔네. 불평은 그만하고, 그럼 잘 있게."

"이대로 가려는 것인가?"

"원숭이, 네네를 부탁하네. 역시 나와는 인연이 없는 듯하네. 잘 돌봐주게."

그 무렵 말 한 마리가 기요스 성 아래에서 나루미鳴海 가도 쪽을 향해 어둠을 뚫고 질주하고 있었다. 그 위에 중상을 입은 야마부치 우곤이 매달려 있었다.

나루미鳴海 성

우곤을 태운 말은 나루미까지 팔구 리를 내달렸다. 밤이라서 사람의 모습이 보이지 않아 다행이었다. 낮이라면 사람들은 말이 지나간 뒤 길가에 점점이 떨어진 핏자국을 보았을 것이다. 우곤의 상처는 꽤 깊었지만 치명상은 아니었다. 그는 말의 다리와 자신의 목숨 중 어느 쪽이 먼저 소진될지 두려움에 떨며 나루미 성까지 필사적으로 말의 갈기를 붙잡고 왔다.

기요스 성에서 불시에 마에다 이누치요의 칼을 맞았을 때, 이누치요가 간적奸賊이라고 소리치며 자신에게 달려든 것을 기억하고 있었다. 간적이라고 외치던 찰나의 목소리가 마치 대못처럼 그의 머릿속에 박혀 지워지지 않았다. 그는 내달리는 말의 등에서 바람을 맞으며, 그리고 희미해지는 의식 속에서 '발각된 걸까?', '이누치요가 어떻게 알았을까?' 하고 생각했다. 그와 동시에 나루미 성에서는 일대 사건이자 부친과 일족의 흥망과도 연관된 일이라고 생각하자 그의 가슴은 한층 요동쳤고 출혈도 훨씬 심해졌다.

나루미 성은 기요스를 둘러싼 외곽 성 중 하나이자 오다 가문의 외성이었다. 그의 부친인 야마부치 사마노스케 요시도오는 노부나가의 가신

중 한 명으로 나루미 성을 맡고 있었다. 사마노스케는 오다 가문의 무장 중에서 구신譜E에 속했지만 지나치게 세상 이익에 민감하다 보니 미래를 내다보는 안목이 없었다.

선군인 오다 노부히데織田信秀가 죽고 노부나가가 열일곱 살이 되었을 때는 노부나가에 대한 세상의 평판이 가장 좋지 않았던 시절이었다. 노부나가가 역경을 겪자 사마노스케는 당시 위세를 떨치던 이마가와 요시모토 측에 은밀히 접근해서 군사 맹약을 맺었다.

나루미 세력이 변심한 사실을 알게 된 노부나가는 두 번에 걸쳐 나루미를 공격했지만 함락시키지는 못했다. 대국인 이마가와 가문이 뒤에서 원조하고 있다 보니 함락될 리가 없었던 것이다. 군비와 병력, 경제는 말할 것도 없었다. 공격할수록 노부나가의 힘만 소진되었고, 자신의 수족 때문에 자국의 힘만 쇠약해지는 셈이었다. 노부나가는 잘못을 깨닫고 몇 년 동안 나루미를 그냥 내버려두었다. 다시 말해 코앞에 반역 세력을 살려둔 것이었다. 그러자 이마가와 가문은 오히려 야마부치 사마노스케를 의심하기 시작했다. 결국 나루미는 양쪽에서 의심의 눈길을 받게 되었다.

대국이 의심에 찬 눈으로 본다는 것 자체가 멸망을 예고하는 것이었다. 결국 사마노스케는 기요스의 노부나가를 찾아가 그동안의 불충을 사죄하고 복권을 청했다. 노부나가는 그를 용서하고 받아주었다. 그 이래로 야마부치 부자는 다른 사람들이 감탄할 만큼 봉공에 힘쓰며 의심을 살 만한 행동을 보이지 않았다.

그런데 그들의 행동을 지켜보는 사람들이 있었다. 항상 노부나가의 곁에 있던 마에다 이누치요와 노부나가의 곁에는 없었지만 늘 성 어딘가에 있는 도키치로였다. 평소 우곤도 그 두 사람에게 신경을 쓰고 있었는데, 공교롭게도 공사 봉행의 직무를 도키치로에게 빼앗긴 다음 날 이누치요에게 칼을 맞고 말았다. 그래서 우곤은 일이 발각된 것이라 생각하고 중상을 입은 채 성에서 도망친 것이었다.

나루미 성문이 보일 무렵, 어느덧 날이 새고 있었다. 드디어 성에 도착한 우곤은 말 위에 엎드린 채 의식을 잃고 말았다. 그가 정신이 들었을 때는 성문의 병졸들이 자신을 둘러싸고 간호를 하고 있었다. 우곤이 정신을 차리고 일어서자 모두 한시름 놓은 듯 안도했다. 성에 보고를 했는지 사마노스케의 근시近侍 두세 명이 달려 나와 물었다.

"우곤 님은 어디 계시느냐?"

"상태는 어떠시냐?"

가신들이 놀란 것은 당연한 일이었다. 아니 그들보다 더 경악한 사람은 그의 부친인 사마노스케였다. 사마노스케는 병졸들의 부축을 받으며 본성 정원까지 걸어온 우곤을 보고는 달려왔다.

"상처는 어떠하냐?"

"아버님."

우곤은 부친의 모습을 보고는 자리에 주저앉더니 분하다는 말과 함께 그대로 정신을 잃었다.

"어서 안으로 옮겨라. 어서!"

사마노스케는 그렇게 외치며 함께 안으로 들어갔다. 그의 얼굴에는 후회막급한 표정이 가득했다. 그동안 우곤을 기요스 성으로 출사시킨 것을 두고두고 걱정하고 있었다. 사마노스케는 오다 가문을 진심으로 섬기지 않았고 복종할 마음도 없었던 것이다. 그런데 우곤이 마침 성벽 공사 부교로 임명되자 사마노스케는 다년간 엿보고 있던 때가 도래했다는 듯 서둘러 슨푸의 이마가와 가문에 밀사를 보냈다.

'바로 지금이 오다 가문을 치고 오와리 일대를 수중에 넣을 때입니다. 기병 오천 명 정도가 동부의 국경에서 일제히 기요스를 공격하면 저는 나루미 오다카大高의 병사로 아쓰다구치熱田口에서 공격하겠습니다. 그와 동시

에 아들인 우곤이 기요스 성안에서 불을 질러 적을 교란하면…….'

사마노스케는 이런 취지를 전하며 이마가와 요시모토의 용단을 재촉했지만 이마가와는 섣불리 움직이지 않았다. 야마부치 부자는 누가 뭐래도 오다 가문의 옛 신하이니 계략일지 모른다고 의심했던 것이다. 밀사를 두 번이나 보내도 아무 소식이 없자 사마노스케는 그제 세 번째 밀사를 슨푸로 보내 재촉을 하던 참이었다. 그런 상황에서 우곤이 칼을 맞고 혼자 도망쳐온 것이었다. 우곤은 사적인 일로 싸우다 칼을 맞은 게 아니라고 했다. 아무래도 자신들의 음모가 기요스에 발각된 것 같다고 전했다. 당황한 야마부치 사마노스케가 즉시 일족을 불러 모아 회의를 했다. 그 결과 다음과 같이 결론을 내렸다.

"이렇게 된 이상, 슨푸의 도움이 있든 없든 군비를 강화해서 오다의 공격에 대비할 수밖에 없다. 그동안 이곳의 소식을 전해 들은 이마가와 가문이 일어서면 애초의 뜻대로 일거에 오다 가문을 없애는 것은 어려운 일이 아닐 것이다."

노부나가는 어제부터 말이 없었다. 그런 그의 기분을 헤아린 측근들은 아무도 이누치요의 얘기를 입 밖에 꺼내지 않았다. 하지만 노부나가는 그런 측근들이 못마땅했다.

"아군끼리 진중에서 싸우고 성안에서 칼부림을 하면 불문곡직하고 엄벌에 처한다는 것이 규율이다. 이누치요가 아까운 인물인 만큼 그의 짧은 생각이 더 문제가 된다. 그가 가신을 벤 것은 이번이 두 번째다. 그러니 관대하게 보아 넘기는 것은 규율을 뒤흔드는 것이며 그를 위해서도 좋지 않다……."

노부나가는 그렇게 혼자 중얼거렸다. 그러고는 밤이 되자 숙직을 하는 노신에게 말했다.

"이누치요 놈, 추방당한 뒤에 어디로 간 것일까? 떠돌이 낭인의 신세도 약이 될 것이다. 앞으로 고생 좀 할 것이다."

한편 도키치로가 맡은 성벽 공사는 사흘째 밤을 맞고 있었다. 새벽까지 완성하지 않으면 노부나가는 아무리 아까워도 또 한 명의 가신의 배를 갈라야만 했다.

'그자도 참으로 난감한 자군. 사람들 앞에서 쓸데없는 말을 떠벌려서……'

노부나가는 남몰래 후회를 했다. 이누치요나 도키치로와 같은 가신은 신분이 낮고 아직 나이도 젊지만 부친인 노부히데 대의 중신들 중에서도 얼마 되지 않는 인재라는 것을 잘 알고 있었다. 작은 오다 가문뿐 아니라 넓은 세상천지를 둘러보아도 찾기 어려운 인재라고 자부할 정도였다.

"큰 손실이다."

노부나가는 침묵할 수밖에 없었다. 그런 탄식을 노신이나 곁에 있는 젊은 무사들에게 보일 수 없기 때문이었다.

그날 밤, 노부나가가 침실에 들어 막 자리에 눕자 장지문 밖에서 중신의 목소리가 들렸다.

"주군!"

"아쓰다구치에서 나루미의 야마부치 부자가 모반을 일으켰다는 파발이 당도했습니다."

"나루미가?"

노부나가는 모기장을 헤치고 하얀 비단 잠옷을 걸친 채 곁방으로 나와 앉았다.

"겐바인가?"

"예!"

"들어오게."

사구마 겐바佐久間玄蕃는 복도를 돌아 주군의 침실 곁방으로 와서 엎드렸다. 노부나가는 부채를 부치고 있었다. 밤에는 초가을 한기가 느껴졌지만 숲 깊이 자리한 성안에는 여전히 모기가 많았다.

"뜻밖의 일도 아니다! 야마부치 부자의 모반은 낫기 시작한 상처에서 고름이 다시 조금 새어 나온 것과 같다. 고름이 저절로 터질 때까지 내버려둬라."

"그럼 출진은?"

"무용한 일이다."

"그럼 군사도?"

"하하하, 방비는 하더라도 기요스로 쳐들어올 용기는 없을 것이다. 우곤의 일로 사마노스케가 당황한 것일 뿐이니 한동안 멀리서 지켜보는 것이 좋다."

노부나가는 곧 다시 잠을 청했지만 여느 때보다 일찍 일어났다. 어쩌면 잠을 제대로 자지 못한 채 새벽을 기다렸는지도 몰랐다. 그는 나루미의 정세보다 도키치로의 목숨이 더 걱정됐는지 일어나자마자 근신들을 거느리고 직접 공사장으로 향했다.

아침 해가 떠오르고 있었다. 어젯밤까지 전쟁터 같았던 공사장은 목재와 돌과 흙은 물론이고 나뭇조각 하나도 보이지 않을 정도로 깨끗하게 치워져 있었고 빗질까지 되어 있었다. 공사장은 날이 샘과 동시에 더 이상 공사장이 아니었다.

노부나가는 무슨 일이든 뜻밖이라고 생각하는 법이 없었다. 더욱이 뜻밖이라는 생각이 들더라도 얼굴에 드러내지 않았다. 하지만 이번 일은 정말로 뜻밖이라고 생각했다. 그는 불과 사흘이라는 짧은 시간에 모든 공사를 마무리하고 게다가 자신이 확인할 것을 예상했는지 남은 목재와 돌, 그리고 쓰레기를 모두 성 밖으로 치우고 청소도 깨끗이 해놓은 광경을 보면서 자신도 모르게 탄성을 흘렸다.

"오오!"

노부나가는 놀란 기색을 감추지 않고 근신들을 돌아보며 마치 자신의 공인 것처럼 외쳤다.

"해냈군. 이것 보게. 원숭이 놈이 한 일을!"

그러고는 즉시 명을 내렸다.

"그는 어디에 있느냐? 오늘 아침은 유달리 아무도 보이지 않는구나. 도키치로를 불러오라."

근신이 도키치로를 찾으러 가다 말고 손으로 가리키며 말했다.

"저기 기노시타 님이 오는 듯합니다."

도키치로는 바로 눈 아래로 보이는 성문의 당교를 빠른 걸음으로 건너오고 있었다. 새벽녘에 성문 앞까지 옮긴 통나무 발판과 남은 목재들, 돌, 공구, 그리고 거적 같은 물건이 해자 근처에 산처럼 쌓여 있었다. 그리고 사흘 밤낮 동안 한숨도 자지 않고 일을 한 직인과 인부 들이 그곳에서 잠을 자고 있었다. 도편수들까지 함께 필사적으로 일을 했는지 진흙투성이의 손발을 쩍 벌리고 공사가 끝나자마자 그곳에서 잠을 자고 있었다. 노부나가는 그 광경을 멀리서 바라보며 지금까지 깨닫지 못했던 도키치로라는 사내의 자질을 새삼 발견했다.

'원숭이 놈이 사람을 잘 부리는구나.'

노부나가는 속으로 경탄했다.

'저런 하루벌이 인부들조차 죽을힘을 다해 열심히 일하게 만드는 것을 보니 훈련된 병사들은 더욱 잘 조련할 수 있을 것이다. 전쟁에서 백 명이나 이백 명쯤 맡겨도 문제가 없을 것이다.'

노부나가는 문득 '무릇 전쟁에서 이기는 극리極理는 병사가 기꺼이 죽을 수 있도록 하는 데 있다'라는 오자吳子의 병서 구절을 떠올렸다. 노부나가는 그 말을 속으로 되풀이하자 자신에게 그런 자질이 있는지가 의심스러웠다. 그것은 전략이나 전술, 권력이 아니었기 때문이다.

"일찍 일어나셨습니다. 저기 성벽을 완성했습니다."

노부나가가 발밑을 내려다보자 어느새 도키치로가 손으로 땅을 짚고 머리를 숙이고 있었다.

"원숭이구나."

도키치로의 얼굴을 본 순간, 노부나가는 그만 웃음을 터뜨렸다. 그 역시 사흘 밤낮 동안 잠을 자지 않은 탓에 설마른 토벽 같은 얼굴을 하고 있었던 것이다. 눈은 새빨갰고 온몸은 진흙투성이였다. 노부나가는 자신이 웃은 것에 멋쩍은 기분이 들었는지 이내 진지한 표정을 지으며 말했다.

"잘했다. 졸릴 테니 하루 종일 실컷 잠을 자도록 하라."

"황송합니다."

도키치로는 하루도 나라의 안위를 안심할 수 없는 때에 노부나가가 하루 종일 마음껏 잠을 자라며 노고를 위로하자 그것을 최대의 칭찬으로 생각하며 기뻐했다. 졸음이 가득한 도키치로의 눈가에 눈물이 고였다. 이윽고 도키치로가 말하기 어려운 것이 있는 듯 뺨을 어루만지며 말했다.

"저, 실은 작은 청이 있습니다."

"무엇이냐?"

"상입니다."

도키치로가 분명하게 말하자 근신들은 주군의 기분을 망치는 것이 아닌가 싶어 초조해졌다.

"원하는 것이 무엇이냐?"

"돈을 주셨으면 합니다."

"많이 원하느냐?"

"조금이면 됩니다."

"네가 필요한 것이냐?"

"아닙니다."

도키치로는 성 밖의 해자 기슭을 가리키며 말했다.

"공사는 제가 한 것이 아닙니다. 저기 지쳐 쓰려져 자고 있는 직인들에게 나누어줄 돈이 필요합니다."

"그렇군. 얼마든지 받아가거라. 그리고 네게도 상을 내리겠다. 지금 받고 있는 녹이 어느 정도인가?"

"삼십 관입니다."

"그것밖에 되지 않았더냐?"

"그것도 제겐 과분합니다."

"녹 백 관을 내릴 것이다. 또한 창 부대로 옮겨 병사 삼십 명을 맡도록 하라."

"……."

도키치로는 아무 말도 하지 못하고 머리만 조아렸다. 숯과 장작 봉행이나 토목 봉행은 대대로 주군을 섬겨온 신분이 높은 가신이 맡는 직책이었는데, 그에 비하면 자신은 아직 너무 젊었다. 도키치로는 전쟁의 선두에서는 활 부대나 철포 부대에 들어가는 것이 오랜 숙원이었던 것이다.

병사 삼십 명을 맡긴다는 것은 부장部將 중에서 최하급 소대의 우두머리를 맡긴다는 것이었다. 도키치로는 그 일이 마구간이나 부엌에서 일하는 것보다 훨씬 좋았다. 그는 너무 기쁜 나머지 그만 앞뒤를 가리지 않고 말을 내뱉고 말았다.

"이번 공사 중에, 또 평소에 제가 속으로 생각하던 것이 있습니다. 저희 기요스 성은 아무리 봐도 수리水利가 좋지 않습니다. 적이 성을 여러 날에 걸쳐 공격하면 마실 물이 부족하고 자칫 해자의 물도 말라버려 나가서 싸울 수밖에 없는 성입니다. 만에 하나라도 야전에서 승산이 없는 대군의 공격을 받는 경우에는……."

노부나가는 못 들은 체하며 얼굴을 돌렸다. 하지만 도키치로는 한번 꺼낸 말을 중간에 멈출 수 없었다.

"아무래도 기요스보다 고마키小牧 산이 수리와 공방에 있어 훨씬 뛰어나고 이점이 있습니다. 그러니 기요스에서 고마키로 옮기시는 것이 좋을 듯합니다."

그러자 노부나가가 소리쳤다.

"원숭이, 쓸데없는 말은 삼가고 어서 가서 잠을 자도록 하라."

"예!"

도키치로는 목을 움츠렸다. 만사가 순조로울 때 실수를 범하기 쉬웠다. 듣기 거북한 말은 상대의 기분이 좋을 때 받아들이기 쉽다는 것을 깨달았다.

'어리석었다. 이 정도 일로 우쭐대다 힐책을 받다니, 나는 얼마나 미숙하단 말인가.'

그날 오후 도키치로는 공사에 참여한 사람들에게 상을 분배했다. 그러고는 잠도 자지 않고 한동안 만나지 못한 네네의 모습을 떠올리며 홀로 성 아래 마을을 걸었다.

'요즘은 어떻게 지내고 있을까?'

도키치로는 네네를 자신에게 양보하고 다른 나라로 떠난 벗의 안부를 걱정했다. 벗이란 말할 것도 없이 이누치요였다. 오다 가문을 섬긴 이래로 도키치로가 마음의 벗으로 생각하고 있는 것은 마에다 이누치요 한 사람밖에 없었다.

'네네의 집에 들르자. 낭인이 되어 다른 나라로 떠나면 언제 만날 수 있을지 모를 테니 네네의 집에 들러 무슨 말이든 하고 갔을 것이다.'

도키치로는 그렇게 생각했다. 하지만 그는 사흘 밤낮 동안 잠을 자지 않아 너무나 졸렸다. 그러니 사랑이나 음식보다 잠이 먼저였다. 그렇지만 이누치요의 호의와 의기, 그리고 충절을 생각하면 한가하게 잠이나 자고 있을 수만은 없었다.

'아까운 인물이다……'

사내는 사내를 알아보는 법이다. 노부나가는 왜 이누치요의 진가를 모르는 것일까. 적어도 이누치요와 자신은 진작부터 야마부치 우곤의 역의를 알고 있었다. 그런데 노부나가가 그것을 모르고 있었다는 게 이해가 되지 않았다. 그리고 우곤을 벤 이누치요를 벌한 게 불만스러웠다.

'아니다. 벌을 내리신 것인지도 모른다. 추방을 한 것은 오히려 주군의 크나큰 사랑일지도 모른다. 내가 우쭐한 기분에 다른 가신들이 있는 곳에서 기요스 성의 수리가 불리하다는 것을 고하며 고마키로 옮길 것을 진언하자 머리를 한 대 쥐어박으신 것과 같다. 내가 생각해도 그것은 어리석은 행동이었다.'

도키치로는 마을을 걸으며 그런 생각에 빠져 있었다. 잠이 부족한 탓인지 가끔씩 땅이 움직이는 듯한 기분이 들었고 가을햇살에 눈이 부셨다. 하지만 저편에 아사노 마타에몬의 집이 보이자 그는 졸음이 달아난 듯 웃음을 띠며 발길을 재촉했다.

"네네 님, 네네 님."

도키치로는 네네를 큰 소리로 불렀다.

이 일대는 유미슈의 주택지로 눈에 띄는 완목腕木 문이나 웅장한 저택은 없지만 잡목으로 만든 아담한 울타리가 있는 작은 집과 앞마당을 지닌 무사의 집들이 한적하게 늘어서 있었다. 그렇지 않아도 목소리가 컸던 도키치로는 한동안 만나지 못한 연인의 모습을 뜻밖에도 문 앞에서 보게 되자 손을 흔들며 발걸음을 재촉했다.

네네는 하얀 얼굴로 깜짝 놀란 듯 뒤를 돌아보았다. 사랑은 은밀하고 내밀하게 하는 것이었다. 근처 창문에 불이 밝혀져 있거나 안에 있는 부모에게까지 들리도록 큰 소리를 내면 처녀의 마음은 안절부절못할 수밖에 없었다. 아까부터 문 앞에 서서 멍하니 가을 하늘을 바라보고 있던 네네가 도키치로의 목소리를 듣고는 얼굴을 붉히며 허둥지둥 문 안으로 숨으려 했다. 그러자 도키치로가 다시 커다란 목소리로 그녀를 부르며 달려갔다.

"네네 님, 접니다. 도키치로입니다! 오랜만입니다. 공무에 쫓기다 보니……."

문 안으로 반쯤 들어간 네네는 도키치로가 인사하자 어쩔 수 없이 조심스레 머리를 숙였다.

"건강하신 듯하니 다행입니다."

"아버님은 계시는지요?"

"외출하셨습니다."

네네는 들어오라는 말도 하지 않고 문밖으로 살짝 나왔다. 도키치로는 그제야 네네가 불편해하는 것을 깨달았다.

"마타에몬 님이 안 계시니 잠깐 밖에서."

네네도 그것이 좋겠다는 듯 아무 말 없이 고개를 끄덕였다.

"오늘 이렇게 온 것은 다름이 아니라 아침에 이누치요가 들르지 않았는가 해서입니다."

"들르지 않으셨습니다."

고개를 젓는 네네의 얼굴이 붉어졌다.

"왔을 것입니다."

"안 오셨습니다."

"흐음."

도키치로는 고추잠자리를 바라보면서 잠시 생각에 잠겼다.

"이곳에도 들르지 않았습니까?"

도키치로가 다시 물으며 네네의 얼굴을 보자 그녀는 눈물을 머금고 고개를 숙이고 있었다.

　　"이누치요는 주군의 노여움을 사서 이곳을 떠났습니다. 알고 계시는지요?"

　　"예……."

　　"아버님께 들으셨습니까?"

　　"아니요."

　　"그럼, 누구에게? 숨기지 않으셔도 괜찮습니다. 저와 그는 문경지교刎頸 之交[1]이니 염려하지 않고 말씀하셔도 됩니다. 이곳에 오지 않았습니까?"

　　"저도 방금 편지로 알았습니다."

　　"편지로?"

　　"예."

　　"사람을 보낸 것이군요."

　　"아닙니다. 방금, 제 방 마당 앞에 누가 돌을 던져서 주워보니 작은 돌에 이누치요 님의 편지가 묶여져 있었습니다."

　　네네는 양손으로 얼굴을 감싸더니 울음을 참으며 등을 돌렸다. 총명하고 재기 있는 여자로 생각했는데 역시 처녀는 처녀였다. 도키치로는 지금까지 보아왔던 그녀의 모습에서 새삼 아름다움과 사랑스러운 면모를 발견했다.

　　"그 편지 보여주실 수 있는지요? 혹 다른 사람에게 보여줄 수 없는 편지입니까?"

　　네네는 소매로 얼굴을 감싼 채 아무 말 없이 소매 속에서 편지를 꺼내

---

1) 서로를 위해서라면 목이 잘린다고 해도 후회하지 않을 만큼의 사이를 나타내는 말로, 생사를 함께 할 수 있는 아주 가까운 사이, 또는 그러한 친구를 일컫는다.

순순히 도키치로에게 건넸다. 도키치로는 서둘러 편지를 펼쳐보았다. 분명 이누치요의 필체였다. 내용은 간단했지만 얼마나 정성을 들여 썼는지 충분히 느낄 수 있었다.

나는 어쩔 수 없는 일로 한 사람을 베어 오늘부로 이곳을 떠나게 되었소. 한때는 이 한 몸과 목숨을 사랑에 바치고자 했지만 지금은 나보다 더 나은 기노시타와 함께하는 것이 그대의 앞날에도 좋을 듯하여 기꺼이 그를 믿고 먼 길을 떠나는 바이오. 마타에몬 님께도 이 편지를 보여드리고 부디 마음을 정하시길 바란다고 전해주시오. 언제 다시 만날 날이 있을지 몰라 이렇듯 급히 붓을 들어 몇 자 적어 보내오.

네네의 눈물인지 이누치요의 눈물인지 편지 여기저기에 눈물 자국이 스며 있었다. 도키치로도 편지를 읽으며 눈물을 뚝뚝 흘렸다.

나루미는 전쟁 준비를 마치고 기요스의 움직임을 살피고 있었다. 하지만 한 해가 다 가도록 노부나가는 공격할 기색을 보이지 않았다.

'어찌 된 것일까?'

야마부치 부자는 고민에 빠졌다. 그들의 고민은 한 가지 더 있었다. 노부나가를 배신했는데도 슨푸의 이마가와 가문은 자신들의 본심을 거짓이라고 여기고 있었다. 야마부치 부자가 아무리 해명을 해도 불신을 지울 수가 없었다.

당연히 나루미 성은 고립되었다. 그리고 공교롭게도 가사데라笠寺의 성주인 도베 신자에몬戶部新左衛門이 노부나가와 내통해 머지않아 배후에서 공격해올 것이라는 소문이 전해졌다. 가사데라 성은 오와리를 견제하기 위한 이마가와의 외성 중 하나였다. 이마가와의 명령으로 노부나가와 내통할 수도 있는 일이었다. 날이 지날수록 소문이 짙어지자 야마부치 부자를 둘러싸고 있는 일족과 가신 사이에서 동요하는 기색이 보이기 시작했다.

"그깟 외성 하나쯤 기습해서 함락시키자."

성에 틀어박혀 만전을 기하고 있던 야마부치 부자는 기선을 제압할 심사로 한밤중에 군사를 움직여 가사데라를 공격했다. 그런데 얼마 전부터 가사데라 쪽에도 똑같은 소문이 돌았던 터라 가사데라는 전쟁에 만전을 기하고 있었다. 서로 의심하고 동요하던 두 세력 사이에 혈전이 벌어졌고, 마침내 가사데라는 무너지고 말았다. 도베 신자에몬은 슨푸의 원병을 기다리다 못해 불속에서 분전하다 죽음을 맞았다.

"이겼다."

"개가를 올려라!"

수많은 사상자가 생겨 반수 이상으로 줄어든 나루미의 군사들은 여세를 몰아 초토화된 성안으로 밀려들어가서 일제히 칼과 창, 철포 등을 흔들며 함성을 올렸다. 그때 나루미의 기마무사와 병사가 비참한 몰골로 삼삼오오 도망쳐왔다. 야마부치 사마노스케가 깜짝 놀라 무슨 일인지 묻자 나루미의 군사들이 숨을 헐떡이며 대답했다.

"어떻게 알았는지 노부나가의 천여 명 군사가 불시에 공격해왔습니다. 게다가 나루미 성을 점령당했을 뿐 아니라 아직 몸도 회복되지 않은 야마부치 우곤이 적병에게 붙잡혀 목이 달아났습니다."

방금까지 개가를 올리고 있던 야마부치 사마노스케는 망연자실하고 말았다. 자신이 공격한 가사데라 성은 빈 성이었을 뿐 아니라 불에 타서 재밖에 남아 있지 않았던 것이다.

"천명天命이구나!"

그러고는 그 자리에서 자결을 했다. 그는 천명이라고 외쳤지만 그것은 이치에 맞지 않았다. 그것은 그가 자초한 인명人命이었던 것이다.

노부나가는 하루 사이에 나루미와 가사데라를 평정했다. 기요스 성벽 공사를 끝낸 뒤 한동안 모습을 보이지 않았던 도키치로는 두 성이 오와리의 수중에 떨어지자 다시 나타났다.

"그대가 양쪽에서 유언비어를 퍼뜨리는 반간계를 쓰지 않았나?"

"나는 모르는 일이오."

누군가 그렇게 묻자 도키치로는 천연덕스럽게 고개만 갸웃거렸다.

축제의 달

매년 싸움이 일상이었고 일상이 싸움이었다. 해자의 버드나무나 매화나무에 꾀꼬리가 울고 있는 날에도 국경 어느 곳에서는 싸움이 벌어지고 있었다. 산들바람이 부는 푸른 논에서 한가로운 모내기 노래가 들리는 날에도 국주의 군사는 사방의 적을 막느라 하루에도 수천 명씩 쓰러져갔다.

하지만 기요스 성 아래 마을은 일견 전쟁이 먼 나라 이야기인 것처럼 보였다. 농민과 상인, 장인은 유랑의 걱정 없이 자신의 일에 정진하고 있었다. 군비라고 하면 모두 자진해서 세금을 냈다. 국주가 말하기 전에 그들은 평소에도 물건을 절약해서 전시에 대비했고 세금을 세금이라고 생각하지 않았다. 자신들의 무사태평을 위해 술을 한 번 참으면 한 치의 국경 땅을 지키는 화살과 총알을 얻을 수 있다는 사실을 가르쳐주지 않아도 알고 있었다.

고지弘治 3년부터 에이로쿠永祿 원년과 2년, 영내의 치적은 좋아졌지만 사실 성의 곳간은 군비에 쫓겨 고갈되었고 가신인 무사들의 생활과 노부나가의 생활도 곤궁해지기만 했다.

'이대로 계속되면 전쟁에서 이겨도 결국 나라의 재정이 파탄 나고 말

것이다.'

번의 살림과 재정을 맡은 담당자들이 서로 이마를 맞대고 걱정을 늘어놓았다. 하지만 노부나가는 한가로웠다.

"축제일은 아직인가? 이번 달에는 히요시마쓰리日吉祭가 있을 텐데. 지난달에는 호타 도구屈田道空2)가 변장하고 니시미노의 쓰시마마쓰리津島祭를 보러 와서 춤을 췄다는데, 춤이란 참으로 좋은 것이다. 히요시마쓰리가 빨리 와야 할 텐데."

노부나가는 늘 심각한 표정을 짓고 있는 시바타 곤로쿠 가쓰이에에게 그렇게 말했고, 또 고지식한 모리 산자에몬森三左衛門이나 가토 즈쇼加藤圖書에게도 그렇게 말했다. 그럴 때면 그들은 어려운 나라 재정과 국경에서의 고전을 잘 알고 있었기에 마지못해 대답할 뿐이었다. 하지만 이케다 가쓰사부로 노부데루池田勝三郎信輝만은 노부나가의 말에 맞장구를 쳤다.

"저도 춤을 좋아합니다. 춤은 인간을 천진난만하게 만들기 때문에 저도 가끔 집에서 혼자 추곤 합니다."

몇 달 동안 전선에 나가 있다가 어제 성으로 돌아와 끝자리에 앉아 있던 도키치로가 가쓰사부로 노부데루를 보고 싱긋 웃자 노부나가도 방긋 웃으며 고개를 끄덕였다. 하지만 이 세 명이 왜 웃음을 지었는지 다른 사람들은 알 수가 없었다.

히요시마쓰리의 날이 왔다. 마침 축제와 추석이 이어져 있어 마을 사람들도 축제를 학수고대하며 기다렸다. 노부나가가 부교를 불러 말했다.

"축제 중에는 가벼운 죄를 지은 자가 있어도 괜스레 사로잡지 말도록 하라. 싸움이 벌어지면 잘 달래서 그만두게 하고 도둑을 쫓기보다 그런 마

---

2) 일찍이 사이토 도산을 섬긴 노신으로 1553년 도산과 오다 노부나가가 정덕사에서 회합을 가졌을 때, 도산을 수행했다. 고지 원년(1556년)에 도산이 죽은 뒤에는 요시다쓰를 섬겼지만 이후에는 노부나가와 도요토미 히데요시를 섬겼다.

음이 들지 않도록 온화한 마음을 중시하고 가난한 자에게 베풀도록 하라. 축제 중에는 상하를 가리지 않고 마음껏 즐길 수 있는 연회 팻말을 세우고 평소에 기름을 절약하느라 어둠에 익숙해져 있으니 네거리마다 등불을 달도록 하라. 춤을 추는 무리를 만나면 자네들이 먼저 말을 피해 춤을 즐기는 영민들을 다치게 하지 마라."

"알겠습니다."

부교는 물러나 즉시 관인들을 불러 노부나가의 명을 전달하고는 웃음을 지어 보였다.

"참으로 축제를 좋아하시는 분이라니까."

포고령을 본 관인들이 눈썹을 찡그렸다.

"아무리 일 년에 한 번뿐인 축제라 해도 지금과 같은 전시 상황에서 이러면 영민들에게 나태함을 장려하는 것과 다를 게 없다고."

다들 께름칙한 표정을 지었다. 멀리 국경에서 싸우고 있는 장병들을 생각하면 남의 일이 아니었다. 전선에 나가 있는 장병들은 모두 자신들의 아들이나 사촌이나 형제였다.

"원칙적으로 축제는 금하는 것이 당연하다."

이런 주장이 나오자 다들 고개를 끄덕였다. 내정상의 문제뿐 아니라 다른 나라에 대한 소문도 있었다. 지금 오다 가문에 있어 다른 나라들은 모두 적국이었다. 인척관계이긴 하지만 사이토 가문은 가장 위험한 적이었고, 스루가와 미카와, 이세伊勢, 고슈甲州까지 믿을 만한 아군은 한 곳도 없었다.

오와리에 있는 오다 가문의 재력이 빈곤하다는 것은 숨기려고 해도 선군인 노부히데 대부터 온 세상에 널리 알려진 사실이었다. 그런 빈국이면서 선대인 노부히데는 당시 비바람도 피할 수 없을 만큼 피폐해진 황거의 수리에 사천 관문貫文을 헌상하기도 했다. 그것도 노부히데가 공을 세우고 명성을 얻었다면 모르겠지만 그 당시 노부히데는 조정의 칙사가 헌상을 치하하기 위해 나고야^{那古屋}로 향할 무렵 미노와의 격전에서 대패하여 간신히 도망친 참담한 상황이었다.

칙사가 시기가 좋지 않음을 헤아리고 다음을 기약하며 조정으로 돌아가려고 하자 노부히데는 평소처럼 예를 다해 그를 맞아들이고 임금의 마음에 감읍했다. 그리고 그날 밤에 칙사를 위해 조촐한 렌가^{連歌3)} 자리를 마련했다. 그러한 부친의 피가 노부나가에게 전해진 것이었다. 그런 탓인지 노부나가는 평소에 재정의 곤란 따위를 대수롭지 않게 여겼다. 노신들은 그런 노부나가를 보며 성인이 될수록 점점 선대를 닮아간다는 말을 자주 했다.

그동안 영민들은 덕에 교화되어 열심히 일을 하고 세금도 잘 냈다. 하지만 재무를 담당하는 부교가 영민보다 교활한 부자들에게 세금을 거두어들이는 게 어떻겠느냐고 진언하자 노부나가는 단 한 마디 말뿐이었다.

"흐음, 차차."

부교는 도무지 속내를 알 수 없는 주군이라며 더 이상 말을 꺼내지 않았다. 하지만 오늘 부교는 작정을 했다.

"일단 시바타 곤로쿠 님이나 모리 산자에몬 님과 넌지시 의논해보자. 간언을 두려워해서는 충신의 도리가 아니다. 정도^{政道}에서 벗어난 것은 좋지 못하다고 말씀드리는 것이 신하 된 자의 도리일 것이다."

부하 관인들 모두 탐탁찮은 표정을 짓자 그도 갑자기 생각을 바꾼 것이었다.

모리 산자에몬 요시나리^{可成}는 야마시로노가미 도산의 딸이 노부나가

---

3) 일본 고전 시가의 형식으로 두 명 이상의 사람이 와카^{和歌}의 상구^{上句}와 하구^{下句}를 번갈아 읊어나가는 형식의 노래를 말한다.

에게 시집올 때 사이토 가문에서 따라온 신하였는데, 오다 가문을 섬기게 된 뒤로 가끔씩 전쟁에 나가 공을 세웠다. 그래서 당연히 가정사도 잘 알았기에 노부나가의 성격에 굴하지 않고 완곡히 간언할 수 있었다.

"그런데 지금 계실지 어떨지 모르겠습니다."

관인 중 한 사람이 모리 요시나리가 노부나가를 만나고 있는지 묻자 내실에서 알현 중이라 답했다.

이윽고 모리 요시나리가 한 손에는 과자를 들고 또 다른 손에는 아직 일곱 살밖에 되지 않은 어린아이의 손을 잡고 물러났다. 부교와 부하 관인들이 요시나리에게 근심스런 마음으로 축제의 포고에 대해 의논하자 요시나리도 동감을 했다.

사실 요시나리는 얼마 전 쓰시마마쓰리 때 노부나가가 몰래 춤을 추러 나간 것을 나중에 호타 도구에게 전해 듣고 간담이 철렁했었다. 그 뒤에도 노부나가가 축제나 히요시마쓰리를 학수고대한다는 것을 알고 탐탁지 않게 여기고 있던 터였다.

내실에서도 노부나가의 경솔한 행동을 넌지시 걱정하고 있었다. 기껏 삼 일밖에 되지 않는 히요시마쓰리였지만 성 아래 백성들이 축제나 춤에 들떠 있다는 얘기를 전선의 병사들이 들으면 어떻게 생각할지, 하물며 적국도 알게 되면 어떻게 될지 걱정이 되었다. 그리고 무엇보다 민심이 흉흉해져 기강이 문란해질 것이 뻔했다.

"심각한 문제로군. 알았네, 내 간언해보겠네."

"부디 잘 부탁드립니다."

부교와 관인들이 머리를 숙여 부탁했다. 요시나리가 곁에 있는 사랑스러운 소년의 머리를 쓰다듬으며 말했다.

"아비가 주군을 뵙고 올 테니 얌전히 있어야 한다."

소년이 순순히 머리를 끄덕이자 부교가 그의 이름을 물었다.

"아주 착하구나. 이름이 무엇이냐?"

"란마루蘭丸입니다."

소년은 그렇게 대답하고는 수려한 눈동자로 아버지의 뒷모습을 바라보았다. 란마루는 나라奈良 인형처럼 양손을 무릎에 포갠 채 꽤 오랫동안 움직이지도 않고 아버지를 기다렸다.

마침내 요시나리가 돌아왔다. 걱정하던 사람들이 어떻게 됐는지 묻자 요시나리는 먼저 고개를 저어 보였다.

"도무지 듣지를 않으시네. 간언하러 갔던 내가 오히려 설득을 당하고 왔네."

"역정을 내셨습니까?"

"그렇다네. 우리의 근심은 백성들을 모르기 때문이라고 말씀하셨네. 축제 때 단속이 관대하면 나태하게 될 거라는 걱정은 다른 나라의 백성들이라면 몰라도 주군의 백성들에게는 해당되지 않는다며 화를 내셨네."

"……."

"이마가와의 백성들은 위를 본받아서 일 년 내내 하릴없이 보내기 때문에 일 년 중 며칠을 봉공일로 정하고 있지만, 우리 백성들은 삼백육십오일이 봉공일과 같으니 축제날이나 추석과 새해는 백성들에게 유일한 즐거움이라고 하시고는 본인은 이마가와와 같은 정치를 펼치고 있지 않다며 엄한 표정으로 말씀하셨네."

드디어 축제의 밤이 왔다. 노부나가의 명으로 축제는 예년보다 훨씬 화려하고 떠들썩하게 열렸다. 기요스 성에서 수많은 제등의 물결만 바라보아도 그것을 알 수 있었다.

"가쓰사부로, 가쓰사부로."

넓은 정원의 어둠 속에 서 있던 노부나가가 뒤를 돌아보며 부르자 이케다 가쓰사부로 노부테루가 곁으로 다가오며 대답했다.

"예, 무슨 일이십니까?"

노부나가가 웃는 얼굴로 속삭였다.

"잠행할까?"

"함께 가겠습니다."

"소생들도 함께."

노부나가가 칼을 집어 들고 허리에 차며 함께 가겠다는 호위 무사에게 말했다.

"노신들에게는 아무 말도 하지 말도록."

노부나가는 가쓰사부로를 데리고 정원의 가로수에서 중문 쪽으로 사라졌다. 그때 나무 그늘에서 누군가 노부나가를 불렀다.

"주군, 몰래 어디를 가십니까? 저도 함께 데려가주십시오."

"누구냐?"

"도키치로입니다."

"아, 원숭이구먼. 이리 오게."

세 사람은 함께 중문으로 달려갔다. 그러다 문득 노부나가가 걸음을 멈추고 말했다.

"가쓰사부로, 안에 가서 노^能 의상과 가면을 몰래 가져오게."

"예."

"세 명 것을 가져와야 하네."

"알겠습니다."

잠시 뒤 가쓰사부로가 무언가를 한 아름 안고 왔다. 그들은 성 밖으로 나가 해자 근처에서 분장을 하기 시작했다. 노부나가는 덴닌^{天人} 가면을 쓰고 옷을 입었다.

"원숭이, 자넨 그냥 민낯이 좋으니 이걸 뒤집어쓰게."

"이건 무엇인지요?"

"법사가 쓰는 두건이네."

"법의도 입어야 합니까?"

"잘 어울리는군. 에이◎ 산의 법사 같네."

"송구합니다."

"가쓰사부로는 다로가자太郎冠者⁴⁾구먼."

"여기 대령했습니다."

"그럼, 가볼까."

그들은 걸음을 옮길 때마다 손뼉으로 박자를 맞추며 서로 한 소절씩 노래를 주거니 받거니 했다.

어느새 세 사람은 축제의 한가운데로 들어와 있었다. 성 아래 마을은 흡사 바둑판에 줄을 그어놓은 듯했다. 특히 스가구치須賀口에서 고조五條 강의 거리가 북적거렸는데 몇몇의 무리가 춤을 추며 걸어가고 있었다. 꽃 삿갓을 쓴 처녀와 뾰족한 삿갓을 쓴 젊은 사내, 두건을 쓴 무사와 노인, 꼬마와 농민과 상인, 승려가 둥그렇게 모여 한 손을 흔들며 노래를 불렀다.

떠올리니 잊지 못하고 떠올리지 않고는 잊지 못하리.

마을 네거리 공터 건너편에서 커다란 달이 떠오르고 있었다. 그곳에 가장 많은 사람들이 모여 있었다. 누가 선창을 하는지 소리가 사뭇 우렁찼다.

생각나도 생각나지 않는 듯 태연히 있는 그 속이 깊기만 하구나.

---

4) 가부키에서 익살을 부리는 광대역을 맡은 다이묘의 하인을 일컫는다.

사람들은 모든 것을 내려놓은 채 춤을 추고 있었다. 불평도 없었고 생활고도 없었다. 피로 얼룩진 난세도 잊고 무거운 세금이나 곤궁도 잊고 마음껏 환성을 지르고 있었다. 평소에는 구속되어 있던 손과 발을 자유롭게 휘저으며 춤을 추었다.

커다란 달이 사람들의 정수리 위로 떠올랐고 춤을 추는 원이 그림자와 겹쳐졌다. 거기에 다시 스가구치 쪽에서 춤을 추던 사람들이 가세해 한데 어우러졌다. 양쪽에서 선창하는 사람이 목청을 겨루며 번갈아 맑은 목소리를 마음껏 뽐냈다.

"앗, 이 중놈!"

갑자기 누군가 소리쳤다.

"첩자다!"

"적국의 간자다!"

"놓치지 마라!"

춤을 추던 원이 금세 흐트러졌다. 원의 한쪽에서 불시에 칼날이 번뜩였던 것이다. 하지만 그 산승山僧은 사람들이 발견하기도 전에 이미 뒤에 있던 누군가에게 붙잡혀 땅바닥에 내팽개쳐졌다. 기세 좋게 내동댕이쳐진 산승의 손에서 날카로운 계도戒刀가 사람들의 발 아래로 비스듬히 날아갔다.

"밀정이다!"

"붙잡아라."

사람들은 평소에 적국의 첩자에 대해 잘 훈련되어 있어 놀라지 않았지만 이리저리 도망치는 산승을 앞다투어 쫓다 보니 잠시 왁자지껄 난리법석이 되고 말았다.

"조용, 조용히 하라! 수상한 자를 붙잡았으니 요란 떨지 마라."

사람들과 한데 어울려 함께 춤을 추고 있던 노부나가와 가쓰사부로와 도키치로가 모습을 드러냈다. 도키치로는 사람들을 진정시키면서 주변 사람들을 물러서게 했고, 가쓰사부로는 산승의 몸 위에 걸터앉아 그를 제압했다.

"네 이놈, 누구의 사주로 주군을 암살하려 했느냐? 이실직고하지 않으면 목을 졸라 죽이겠다."

후일 이케다 쇼뉴池田勝人라 불리는 가쓰사부로는 힘이 센 데다 전쟁터를 오가는 젊은이였다. 밑에 깔린 산승이 그에게 한 방 얻어맞고는 비명을 질렀다.

"용서, 용서하시오. 사람을 잘못 보았소. 사람을 잘못 보고 그런 것이오. 밤눈이 어두운 탓에 내가 노리던 자와 너무 닮았다 생각하고 그만."

"거짓말 마라. 원무에 끼어들어 주군을 노리고 칼을 찌른 것은 누구인지 알고 한 짓이 틀림없다."

"아니오. 본래 나는 애꾸눈이오. 무례를 범한 것을 사죄할 테니 목숨만은."

"시끄럽다. 이렇게 누르고 있는데도 네놈의 손발이 꿈틀거리는 것을 보니 무사임이 틀림없다. 네놈 얼굴을 봐도 그렇다. 적국의 첩자임이 분명하다. 어디서 왔느냐!"

"당치도 않소."

"실토하거라!"

"으윽……."

"말해라."

"숨, 숨이 막혀서……."

"미노냐? 고후냐? 아니면 미카와나 이세? 입을 열지 않으면 각오하거라."

노부나가는 변장을 한 채 그곳에서 조금 떨어진 곳에 서 있었다. 도키치로에게 밀려 멀찍이 물러서 있던 사람들은 설마 그가 노부나가일 거라고는 상상도 못했지만 신분이 높은 사람이라는 것만은 눈치를 챘다.

"원숭이."

노부나가가 작은 목소리로 부르며 손짓했다.

도키치로가 다가가자 노부나가가 무언가를 속삭였다. 도키치로가 묵례를 하고는 바로 칼의 끈을 풀어 산승의 손을 뒤로 돌려 묶으려던 가쓰사부로에게 다가가 말을 건넸다.

"잠깐, 가쓰사부로 님. 주군께서 말씀하시길 오늘 밤은 일 년에 한 번뿐인 즐거운 축제이고, 또 작은 죄는 책하지 말고 죄인도 만들지 말라는 포고를 내렸다고 합니다. 아마도 사람을 잘못 봤다는 저자의 말은 사실인 듯하니 풀어주라고 하십니다."

"아, 고맙습니다."

목숨을 건진 산승은 가쓰사부로의 손에서 풀려나자 저편에 있는 노부나가를 향해 넙죽 절을 했다. 그러고는 새파래진 얼굴을 들고 곧장 도망치려고 했다.

"거사 양반, 잠깐."

노부나가가 그를 불러 세웠다.

"목숨을 구해준 것에 대한 답례는 남기고 가시게. 백성들도 명절을 맞아 춤을 추는데 그대도 고향의 노래나 한 소절 불러주시게."

산승은 안심한 듯한 표정으로 달을 우러러보더니 손뼉으로 장단을 맞추며 노래 한 곡을 불렀다. 그것을 계기로 다시 원무가 움직이기 시작했다. 하지만 그 속에서 노부나가 일행의 모습은 더 이상 보이지 않았다.

"원숭이."

돌아오던 중에 노부나가가 도키치로에게 물었다.

"자네는 여러 나라를 유랑한 적이 있다고 했는데, 그 산승이 부른 노래는 어느 지방의 노래인 듯한가?"

"스루가인 줄 압니다."

도키치로가 말하자 노부나가가 싱긋 웃으며 고개를 끄덕였다.

젊은 이에야스 家康

스루가 사람들은 이곳을 슨푸라고 부르지 않고 후츄府中라고 불렀다. 도카이도東海道[5]에서 제일의 부府라고 자부하고 있기 때문이었다. 요시모토부터 이마가와 일족을 비롯해 백성들에 이르기까지 '이곳은 대국의 수도'라는 자부심을 가지고 있었다.

성도 성이라고 부르지 않고 '오야가타館' 혹은 '타치館'라고 불렀다. 모든 것이 귀족풍이었고 백성들은 그것을 좋아했다. 마을의 색과 거리의 풍속에 이르기까지 비슈尾州의 기요스, 나고야 일대와는 모든 것이 달랐다.

길을 가는 사람들의 바쁜 걸음걸이와 눈의 움직임, 말투까지 달랐다. 후츄 사람들은 어딘지 의젓해 보였고 의복의 화려함으로 계급을 알 수 있었고 부채로 입을 가리고 거드름을 피우며 걸어 다녔다. 전통음악인 온교쿠音曲가 번성했고 시가의 한 형태인 렌가를 부르는 악사도 많았으며 사람들의 얼굴에서는 인생의 봄날을 구가하고 있는 듯 한가로움이 엿보였다.

---

5) 일본의 옛 도道 중 하나로 태평양 연안 지역인 지금의 긴키近畿 츄부中部 간토關東 지방을 가리킨다.

화창한 날에는 후지 산이 보이고 안개가 끼면 청견사淸見寺의 소나무 들판 너머로 잔잔한 바다가 보였다. 대자연에 둘러싸여 있었고 병마는 강대했다. 미카와의 마쓰다이라도 이곳의 속국과 다름없었다.

'마쓰다이라 가家의 피를 이어받은 나는 이곳에, 쇠퇴해가는 성을 지키고 있는 신하는 오카자키岡崎에. 나라는 있어도 주종主從은 서로 다른 곳에 있구나.'

모토야스元康는 마음속으로 그렇게 절절히 뇌까렸다. 그런 마음을 입 밖에 낼 수 없는 안타까움이 밤낮없이 그의 가슴속에서 명멸했다.

"가련한 가신들……."

어떤 때는 자신을 돌아보며 잘도 살아 있구나, 하고 생각하기도 했다.

도쿠가와 구로우도 모토야스德家藏人元康, 후일의 도쿠가와 이에야스德川家康인 그는 올해 열여덟이었다. 벌써 아이도 있었다. 열다섯 살 때 요시모토의 의도에 따라 그의 일족인 세키구치 치카나가關口親永의 딸을 아내로 맞아들였다. 동시에 관례冠禮도 올렸다. 아이는 올봄에 태어났으니 아직 육 개월밖에 되지 않았다.

이따금 그가 책상을 들여놓은 거실까지 아이의 울음소리가 들렸다. 산후 회복이 더딘 아내는 아직 산모실에 있었다. 아내는 아이를 손에서 놓지 않았다. 아이의 울음소리는 유달리 귀에 잘 들렸는데, 열여덟에 아버지가 된 그에게는 처음 듣는 혈육의 소리이기도 했다.

하지만 모토야스는 아이를 찾지 않았다. 그는 사람들이 흔히 말하는 자식을 사랑하는 마음을 알지 못했다. 자신의 마음속 어디를 찾아봐도 그런 감정을 발견할 수 없었다. 그런 자신이 아버지라는 사실을 생각하면 아이나 아내에게 미안한 마음이 들었다.

가련하고 불쌍하다는 생각이 들 때마다 가슴이 미어지는 것은 혈육 때문이 아니라 연래에 오카자키 성에서 빈곤과 굴욕을 견디고 있는 가신들 때문이었다. 굳이 자식을 생각하면 '저 아이도 언젠가 나처럼 괴롭고 험한 인생을 살겠구나' 하는 생각이 먼저 들었다.

그는 다케치요竹千代라고 불리던 여섯 살 유년 시절에 아버지와 떨어져 적국의 볼모가 된 후 지금까지의 고난을 되돌아보면서 자기 아이의 인생에도 모질고 참담한 비바람이 몰아칠 것을 예감했다. 하지만 다른 사람들의 눈에는 후츄에서 번영을 구가하는 이마가와 세력의 일가이자 그들과 같은 신분으로 행복한 생활을 보내고 있는 듯 보였다.

'무슨 소리지?'

모토야스는 방을 나와 툇마루에 섰다. 누군가 축토築土를 감싸고 있는 메꽃 넝쿨을 밖에서 잡아당긴 듯했다. 담쟁이덩굴과 메꽃 넝쿨은 축토에서 정원수까지 뻗어 있었다. 넝쿨이 끊긴 반동으로 나뭇가지가 미세하게 흔들렸다.

"누구냐?"

모토야스가 툇마루에 서서 다시 한 번 소리쳤다. 누군가 장난을 친 것이라면 도망을 쳤을 것인데 아무 소리도 들리지 않았다. 신발을 신고 축토의 뒷문을 열고 밖으로 나가자 마치 기다렸다는 듯이 한 사내가 궤와 지팡이를 내려놓고 머리를 숙이고 있었다.

"진시치甚七구나."

"오랜만에 뵙습니다."

사 년 전, 모토야스가 간신히 요시모토의 허락을 받아 조상의 묘를 참배하러 오카자키로 돌아가는 도중에 모습을 감췄던 가신 우도노 진시치鵜殿甚七였다.

"산승이 되었구나."

모토야스가 안쓰러운 시선으로 바라보았다.

"예, 여러 나라를 돌아다닐 때는 이런 차림이 편해서."

"후츄에는 언제 돌아왔느냐?

"방금 돌아왔습니다. 곧 다시 떠나야 할 몸이고 다른 사람의 눈에 띄지 않는 것이 좋을 듯하여 문 앞에서 기다렸습니다."

"벌써 사 년이나 되었구나."

"예."

"여러 나라의 상세한 소식을 담은 네 서찰을 받고 있었다만, 미노에 들어가고부터는 연락이 없어서 걱정하던 참이었다."

"미노에서 내란이 일어나 검문소와 역참의 검문이 한층 엄했습니다."

"미노의 분란을 직접 보았구나. 때를 잘 맞춰 미노에 들어갔구나."

"일 년 동안 이나바 산 아래 마을에 숨어서 형세를 지켜보았습니다. 이미 알고 계신 것처럼 도산 야마시로가 최후를 맞이하고 요시다쓰가 미노 일대를 평정했습니다. 일단 상황이 진정된 듯하여 교토로 올라갔다 에치젠으로 나와 호코구지北國路를 한 바퀴 돌았습니다. 그런 뒤 얼마 전에 비슈로 돌아왔습니다."

"기요스도 갔다 왔느냐?"

"상세히……."

"듣고 싶구나. 미노의 장래는 예상할 수 있지만 오다의 상황은 좀처럼 예측할 수가 없다."

"서찰로 적어 밤중에라도 은밀히 보내드리는 것이 낫지 않겠습니까?"

"서찰로는 부족할 것이다."

모토야스는 축토의 뒷문을 돌아보더니 잠시 생각에 잠겼다. 진시치는 모토야스에게 세상을 보는 눈이자 세상 소식을 듣는 귀였다. 모토야스는 여섯 살 무렵부터 오다 가문과 이마가와 가문을 전전했다. 소년 시절에는 볼모로 적국으로 보내져 자유가 허락되지 않는 삶을 살아왔고 오늘날까지 그 속박에서 벗어나지 못했다.

볼모에게는 눈과 귀와 지성이 허락되지 않았다. 스스로 노력해야 했고 꾸중을 하거나 격려하는 사람이 아무도 없었다. 하지만 그런 심한 제약은 그에게 다른 사람들보다 몇 배로 왕성한 뜻과 욕망을 품게 해주었다. 사년 전에 종자인 우도노 진시치를 추방해서 다른 나라로 보내 동정을 살핀 것도 원대한 욕망의 싹을 드러낸 것이라 할 수 있다.

"여기서는 사람들 눈에 띨 것이고 안에서는 식솔들이 이상하게 여길 것이니…… 그렇지, 저리로 가자."

모토야스는 한 곳을 손가락으로 가리키며 큰 걸음으로 앞서 걷기 시작했다. 볼모의 신세인 그가 지금 살고 있는 저택은 후츄의 오야가타御館를 둘러싸고 있는 크고 작은 골목 중에서도 가장 조용한 쇼쇼노미야마치小將之宮町의 일각에 있었다. 그곳의 축토 뒤편에서 조금만 가면 아베安倍 강이 나왔다. 모토야스는 하인들 등에 업혀 돌아다니던 유년 시절에 그 강가에서 놀았다. 유구히 흘러가는 강물의 모습은 변함없이 늘 똑같은 풍광이었지만 모토야스에게는 추억이 깃든 곳이었다.

"진시치, 이 나룻배를 풀어라."

모토야스가 나룻배 위에 올라타며 말했다. 진시치가 노를 젓자 낚싯배인지 고기잡이배인지 모를 작은 배가 댓잎처럼 미끄러져 나갔다.

"이 근처가 좋겠다."

그제야 두 사람은 다른 사람의 시선에서 벗어나 이야기를 나눌 수 있었다. 모토야스는 진시치가 다년간 여러 나라를 돌아다니며 얻은 지식을 작은 배 안에서 반 시간 동안 들어야 했다. 그러는 동안 그는 진시치가 습득한 것보다 훨씬 더 큰 것을 알게 되었다.

"그렇군. 요 몇 년, 오다 가문이 노부히데 대와는 달리 다른 나라를 침략하지 않는 것은 오로지 내실을 다지고 있었기 때문이군."

"두 마음을 품은 자는 친족과 누대의 가신을 불문하고 단호하게 잘라

내거나 쫓아내 이제는 기요스에서 대부분 사라진 듯합니다.”

“이마가와를 비롯한 적국 사람들이 한때는 그런 노부나가를 두고 제 멋대로에다 바보라며 웃음거리로 삼았지.”

“어불성설입니다. 그는 결코 바보가 아닙니다.”

“흐음, 나도 소문은 믿을 것이 못 된다고 생각하고 있지만, 이곳에서는 여전히 그런 선입견 때문에 오다 가문은 적이 아니라고 믿고 있다.”

“오와리 세력의 사기가 몇 년 전과는 완전히 다릅니다.”

“가신들 중에 눈여겨볼 자는?”

“히라데 나카쓰카사는 죽었지만 시바타 곤로쿠와 하야시 사도 미치가쓰林佐渡通勝, 이케다 가쓰사부로 노부데루, 사구마 다이가쿠佐久間大學, 모리 요시나리가 있으며, 그 외에도 인물이 많습니다. 특히 근래에는 기노시타 도키치로라는 자가 두각을 나타내고 있는데, 체격은 아주 왜소하지만 백성들의 화젯거리로 자주 오르내리고 있습니다.”

“노부나가에 대한 백성들의 생각은 어떠한가?”

“바로 그 점이 무섭습니다. 어떤 국주든 치세에 심혈을 기울이기 마련이라 백성들이 국주에게 복종하고 우러러보긴 하지만 오와리에서는 좀 달랐습니다.”

“어떻게 다르다는 것인가?”

우도노 진시치는 잠시 생각에 잠겼다가 정확하게 표현할 수 없다는 듯 말했다.

“딱히 이렇다 할 만한 특별한 치세의 책략이 보이지 않는데도 영민들은 노부나가만 있으면 안심이라는 듯 내일을 전혀 근심하지 않았습니다. 오와리가 약하고 가난하다는 것을 잘 알고 있으면서도 말입니다. 다른 대국의 백성들처럼 전란이나 내일을 두려워하지 않는다는 게 신기할 정도입니다.”

"흐음, 어째서일까?"

"노부나가가 그런 기질을 가지고 있기 때문일 것입니다. '흐린 날이 있으면 맑은 날도 있다. 오늘은 이렇지만 내일은 저럴 것이다' 하며 인심을 모으고 있습니다. 그렇다고 백성들이 음울함에 빠져 있지도 않습니다. 예를 들어 축제 행사만 보더라도…….'"

진시치는 말을 하다가 무슨 생각이 들었는지 쓴웃음을 지었다.

"실은 그 축제에서 곤혹을 치렀습니다."

진시치는 기요스 성 아래 마을에서 축제가 벌어진 날 밤, 거리에서 뜻밖에 노부나가 일행의 잠행을 발견하고는 공명심에 불타 노부나가를 죽이려다 오히려 붙잡혀 곤혹을 치른 사건을 말했다.

"부끄럽습니다."

모토야스는 웃음기 없는 얼굴로 진시치의 경솔함을 질책했다.

"너답지 않은 짓을 했구나."

"앞으로는 절대…….'"

진시치는 머리를 숙이며 쓸데없는 말을 했다고 후회했다. 그러고는 은연중에 올해 스물여섯 살이 된 노부나가와 열여덟 살이 된 모토야스를 비교했다. 모토야스가 노부나가보다 훨씬 어른스러웠다. 모토야스에게는 유치한 면이 조금도 보이지 않았다. 노부나가도 어린 시절 가시밭 속에서 자랐고 모토야스도 고난 속에서 자랐다. 하지만 여섯 살부터 다른 사람의 손에, 그것도 적국의 볼모가 되어 세상의 차가움과 혹독함을 뼈저리게 맛보며 살아온 모토야스의 고난은 노부나가의 고난과 비교할 수 없는 것이었다.

모토야스는 여섯 살에 나라를 떠나 오다 가문의 포로가 됐고, 여덟 살에 다시 스루가의 볼모가 되었다. 그리고 열다섯 살이 되어서야 이마가와 요시모토에게 사람 취급을 받았다. 그 뒤 그는 선조의 분묘를 돌보고 부친의 제사를 지내고 싶다는 허락도 받아냈다. 그렇게 몇 년 만에 오카자키로 돌아갔을 때 이런 일도 있었다.

모토야스가 선조의 땅인 오카자키에 돌아와보니 이마가와의 야마다 신에몬山田新右衛門이라는 자가 섭정을 맡고 있었다. 이마가와 가문에 예속되어 간신히 숨만 쉬고 있었던 미카와의 누대의 가신들은 몇 년 만에 젊은 주군이 돌아오자 본성에 있는 이마가와의 가신들이 물러나 주기를 바랐다. 하지만 모토야스는 '나는 젊지만 성을 맡고 있는 그는 노인이다. 또 그의 지시를 받아야 하는 상황이니 본성은 그대로 두어라'라고 말하고는 오카자키에 있는 동안 성 외곽에 머물며 부친의 제사를 지냈다. 후일 요시모토는 그 이야기를 듣고 '나이에 어울리지 않게 분별력이 있다'며 모토야스를 측은하게 여겼다고 한다.

하지만 그 당시 요시모토가 모르는 사실이 있었다. 나이가 여든이 넘은 도리이 이가노가미 타다요시鳥居伊賀守忠吉라는 노인이 있었는데, 그는 다케치요의 부친인 히로타다廣忠 대부터 미카와 무사로 지냈다. 그 노인은 다케치요가 오카자키에 머물던 어느 날 밤 어린 군주 다케치요를 은밀히 찾아갔다.

"이 늙은이도 이마가와의 역인과 다를 바 없이 십여 년 동안 세금을 징수하는 직무를 맡아 마소처럼 일하고 있습니다. 여러 해 전부터는 이마가와 관인의 눈을 피해 곳간에 쌀과 금전을 비축해놓고 있습니다. 싸울 수 있을 만큼 총알과 화살도 숨겨두었으니 언제든 성으로 돌아오시면 됩니다. 그러니 결코 큰 뜻을 잊지 마시길 바랍니다."

그날 다케치요가 타다요시의 손을 잡고 울자 타다요시도 눈물을 참지 못하고 울었다.

미카와 무사는 뼛속까지 인내로 단련되어 있었다. 군신의 삶을 살기 위해서는 참고 견뎌야 했다. 미카와 무사의 강한 인내심과 끈기는 모토야스가 참가한 첫 전쟁에서도 잘 드러났다.

작년에 모토야스는 열일곱 살의 나이로 처음 진두에 섰다. 빈번하게 미카와를 위협했던 스즈키 휴가노가미鈴木日向守의 데라베寺部 성을 공격할 때였다. 물론 이마가와 요시모토의 허락을 얻은 뒤 벌인 전쟁이었지만 미카와에 돌아와 있었기 때문에 전군의 조직과 병사들까지 모두 미카와 세력만을 이끌고 싸워야 했다.

모토야스는 노신과 어린 낭도를 이끌고 처음으로 적지인 데라베 성 아래까지 진격해 들어갔다. 그러고는 성 아래 마을 곳곳에 불을 놓고 급히 미카와로 철수했다. 일단 철군하여 다시 기회를 보기로 한 것이었다. 초전初戰의 경우 대부분의 젊은 사람들은 공명을 세워 명성을 얻으려고만 하는데 모토야스는 달랐다. 나중에 미카와 노신들이 그 까닭을 묻자 모토야스가 답했다.

"나무로 치면 데라베는 적의 줄기에 해당되어 많은 지엽을 가지고 있다. 그 본성에까지 별 어려움 없이 공격해 들어갈 수 있었던 것은 적에게 다른 속셈이 있었기 때문이다. 우쭐한 마음에 오랫동안 적지에서 진을 치고 있었다면 틀림없이 적들은 우리의 퇴로를 끊은 뒤 몇 겹으로 포위하고 발톱을 드러내 공격해왔을 것이다. 우리는 무기와 병량, 군사의 수도 미약하다. 그런 상황에서 오래 진을 치고 있으면 이로울 것이 없다고 여겨 성 아래에 불을 놓고 철수했던 것이다."

그 말을 들은 사카이 우타노스케酒井雅樂助와 이시카와 아키石川安芸 등의 미카와 노신들은 모토야스에게 기대를 모았다. 그러고는 각자 늙은 몸을 잘 건사해 모토야스가 없는 오카자키를 지키면서 오로지 때가 오기만을 기다렸다.

하지만 대부분이 노신들이었기 때문에 모토야스처럼 인내심을 가지고 마냥 때를 기다릴 수 없었다. 그들은 데라베 전투가 끝난 뒤 이마가와 가문에 탄원서를 올렸다.

"주군인 모토야스 님이 어느덧 성인이 되었으니 부디 예전의 약조대로 오카자키의 섭정을 물리시고 성과 옛 영지를 모토야스 님께 돌려주시길 바랍니다. 그렇게 해주신다면 저희 미카와 무사들도 이마가와 가문을 오랫동안 맹주로 모시며 한층 더 성심을 다하겠습니다."

미카와의 무사들은 기회가 있을 때마다 이마가와 가문에 탄원을 올렸지만 이마가와 요시모토는 한두 해 더 생각하겠다며 받아들이지 않았다. 모토야스를 이마가와 가문에 볼모로 보낼 때, 모토야스가 성인이 되면 반드시 영지를 돌려주겠다고 굳게 약조를 했지만 요시모토는 애초부터 반환할 마음이 없었던 것이다. 십여 년간 미카와 쪽이 무슨 잘못이라도 하면 그것을 구실로 삼아 완전히 집어삼키려고 했다. 하지만 미카와 신하와 모토야스는 오랜 세월 동안 그러한 빌미를 줄 만한 잘못을 범하지 않았다. 미카와의 강한 끈기와 자중, 인내심은 요시모토마저도 감탄할 따름이었다. 그러다 보니 요시모토는 당초의 약속 때문이라도 쉽사리 거절을 할 수 없었다. 그는 탄원을 하러 온 미카와의 노신들을 일단 안심시킨 뒤 돌려보냈다.

"내년에는 오랜 숙원인 중원 진출을 위해 군사를 일으킬 생각인데, 그때 내가 친히 오와리를 제압하고 미카와의 국경과 지역을 나누어줄 것이오. 그러니 내가 내년에 교토로 입성할 때까지 기다리시오."

미카와의 노신들은 요시모토의 말을 믿고 돌아갔다. 요시모토의 말은 거짓이 아니었다. 그의 교토 입성 계획은 더 이상 숨길 것도 없는, 오직 시기만 결정하면 될 문제였다. 강대한 국부와 군비를 지니고 그것을 비밀리에 목표로 삼는 시기는 지났다. 이제는 대사를 언제 일으킬 것인가 하는 문제만 남아 있었다.

그러한 사실을 이마가와 가문에서 너무나 당당하게 떠벌리자 사람들은 오히려 이마가와 가문이 패권을 과시하기 위해 떠벌린다고 생각했다. 다만 새롭게 알려진 사실 하나는 요시모토가 미카와의 노신들에게 내년이라고 시기를 확언했다는 것이다. 요시모토는 이미 결행의 시기가 무르익었다고 여겼으며, 그것은 미카와에게 큰 선물이었다.

한편 아베 강 한가운데에서 밀담을 나누었던 모토야스와 진시치는 이야기를 다 끝내고 강기슭으로 돌아왔다.

"그럼, 여기서."

진시치는 곧바로 궤를 짊어지고 지팡이를 고쳐 쥐었다. 그러고는 모토야스의 얼굴을 바라보며 작별 인사를 했다.

"분부대로 도리이 님과 사카이 님께 전하도록 하겠습니다. 그 외에 다른 하실 말씀은 없는지요?"

"배 안에서 말한 것 외에 달리 할 말은 없으니 어서 가게."

모토야스는 다른 사람의 시선을 두려워하는 듯 턱으로 재촉했다.

"고향의 노인들에게 나는 감기 한번 걸리지 않고 건강하게 지낸다고 전해주게."

모토야스는 그렇게 말하고 저택으로 돌아갔다. 그러자 아까부터 축토 밖에 서서 여기저기를 둘러보고 있던 시녀가 강가에서 돌아온 모토야스를 발견하고 말했다.

"마님이 기다리고 계십니다. 나리를 찾아오라고 성화이십니다."

"금방 간다고 잘 말하거라."

모토야스는 그 말만 남기고 자신의 방으로 들어갔다. 그곳에는 가신인 사카키바라 헤이시치 타다마사榊原平七忠正가 기다리고 있었다.

"강가에서 산책이라도 하셨습니까?"

"음, 겸사겸사. 그런데 무슨 일인가?"

"사자가 왔습니다."

"어디서?"

헤이시치는 아무 말 없이 서찰을 내밀었다. 다이겐 세쓰사이大原雪斉 화상이 보낸 것이었다. 모토야스는 봉인을 뜯기 전에 고개를 살짝 숙였다. 세쓰사이 화상은 이마가와 가문에는 흑의黒衣의 군사軍師이고 모토야스에게는 어릴 적부터 학문과 병법을 가르친 스승이었다. 서찰은 여느 때처럼 담소를 나누고자 오늘 밤 이누이몬乾門에서 기다리겠다는 내용이었다.

"사자는?"

"돌아갔습니다."

"그런가."

"또 한밤중의 담소이십니까?"

"으음, 저녁 무렵부터."

모토야스는 무언가 깊이 생각하는 듯했다. 사카키바라 헤이시치는 그것이 중요한 군담軍談이라는 것을 예전부터 들어 알고 있었다.

"주군, 가까운 시일 안에 상락上洛의 대포고령이 내려질 듯합니다."

사카키바라 헤이시치가 모토야스의 얼굴을 살피며 말했다.

"음……."

모토야스는 별다른 반응이 없었다. 이마가와 가문에서 알고 있는 오와리의 국력이나 노부나가의 평가는 오늘 우도노 진시치가 알려준 것과는 큰 차이가 있었다. 요시모토가 도카이東海에 있는 슨엔산駿遠三6)의 대군을 동원해 서쪽으로 상락한다면 오와리는 당연히 배수진을 펼치며 저항할 것이었다.

"도카이도의 사만 대군과 후츄의 무력으로 밀고 나가면 노부나가는 싸움이 벌어지기도 전에 항복할 것입니다."

---

6) 스루가駿河, 도오도우미遠江, 미카와三河의 첫 글자만 따서 부르는 지명이다.

군사 회의 자리에서 그렇게 말하는 사람도 있었다. 요시모토와 세쓰사이 화상 이하의 장수들은 그 정도까지 무시하지는 않더라도 모토야스 만큼 오와리를 중요하게 생각하지는 않았다. 모토야스가 이전에 그에 대한 의견을 피력한 적이 있지만 일소에 부쳐지고 말았다. 쟁쟁한 무장들은 걸핏하면 볼모의 신세이고 아직 젊다고 하며 모토야스를 안중에도 두지 않았다.

'그럼에도 말을 할 것인가, 하지 않을 것인가?'

모토야스는 세쓰사이의 서찰을 앞에 두고 생각에 잠겼다. 그때 시중을 들고 있는 나이 든 시녀가 당혹스런 얼굴로 다시 와서는 왠지 아내의 기분이 안 좋은 듯하니 잠시 얼굴을 보이라며 재촉했다. 모토야스의 아내는 늘 자신의 일만 생각했다. 국사나 남편의 일에는 전혀 무관심했다. 그녀의 머릿속에는 오로지 자신이 기거하는 안채와 남편의 애정밖에 들어 있지 않았다. 나이 든 시녀도 그런 사실을 잘 알고 있었다. 그러다 보니 모토야스가 금방 간다고 말하고는 여전히 가신과 이야기를 했지만 아무 말도 하지 못하고 머뭇거릴 수밖에 없었다. 결국 다시 안쪽에서 시녀가 와서 무언가를 속삭이자 어쩔 수 없다는 듯 또 한 번 말을 꺼냈다.

"저기, 송구스럽습니다만 마님께서 자꾸 재촉하고 계십니다."

나이 든 시녀는 모토야스의 뒤에서 조심스레 말했다. 모토야스는 이런 상황을 시녀들이 가장 곤란해한다는 걸 잘 알고 있었다. 모토야스가 헤이시치를 보면서 말했다.

"그럼 준비하고 시간이 되면 알려주게."

모토야스가 자리에서 일어나자 시녀들은 그제야 살았다는 듯 종종걸음으로 앞서 사라졌다. 모토야스가 있는 곳과 안채는 모토야스의 아내가 그의 얼굴을 보고 싶어 하는 것도 무리가 아닐 정도로 멀리 떨어져 있었다. 모퉁이를 몇 번이나 돌아 복도를 지나고 다리를 건너야 안채가 나왔다. 안채의 북쪽은 둥근 쓰기야마築山[7]로 둘러싸여 있었고 남쪽은 수많은 가을꽃이 있는 넓은 정원을 품고 있었다. 그래서 안채 바깥쪽 사람들과 외부 사람들은 그녀를 '쓰기야마 님'이라고 불렀다.

　그녀는 모토야스가 열다섯 살 때 이마가와 일족의 세키구치 가문에서 시집왔다. 혼례를 올릴 때 요시모토의 양녀였던 그녀는 가난한 미카와 출신에다 볼모였던 신랑과는 비교가 되지 않을 만큼 모든 것이 화려하고 눈부셨다. 사실 이마가와 가문에서 미카와 사람은 모멸의 대상이었다. 그녀는 쓰기야마의 일곽에 살게 되면서부터 자존심 때문이라도 미카와 출신의 가신들을 깔보고 안하무인으로 남편을 대하며 맹목적인 사랑만을 요구했다. 게다가 나이도 모토야스보다 많았다. 부부생활로만 보면 그녀에게 모토야스는 그저 유순하고 이마가와 가문에 의지해서만 살 수 있는 남자일 뿐이었다. 특히 이번 3월에 아이를 낳은 뒤부터 그녀는 점점 더 안하무인이 되었고, 남편에게도 더 심하게 억지를 부렸다. 모토야스는 날마다 그녀를 보며 인내를 배워야 했다.

　"오늘은 일어나 있었구려. 기분은 좀 좋아졌소?"

　모토야스는 아내의 모습을 보자 그렇게 말하고는 남쪽 장지문을 열었다. 정원에 핀 아름다운 가을 화초와 하늘을 본다면 병든 그녀의 마음도 좋아질 거라 생각했다. 그녀는 병실에서 나와 쌀쌀한 거실 한가운데에 냉담한 얼굴로 앉아 있었다. 그녀가 눈썹을 찡그리며 말했다.

　"문을 닫아주세요."

　그녀는 미인이 아니었지만 온실에서 사랑을 받고 자라서인지 피부가 고왔다. 게다가 초산한 지 얼마 안 되어 얼굴과 손이 속이 훤히 들여다보일 것처럼 창백했다. 그녀는 손을 무릎 위에 가지런히 올려놓고 있었다.

---

7) 정원 등에 돌을 쌓아 조그마하게 만든 산을 일컫는다.

"물어보고 싶은 게 있으니 이리 앉으세요."

그녀는 마음속으로 깊은 애정을 품고 있으면서 식은 재처럼 차가운 눈빛과 입술로 말했다. 모토야스는 젊은 남편인데도 융통성이 전혀 없었다. 아내에게 대하는 태도가 중년 남자와 다를 게 없었다.

"무슨 일이오?"

그가 아내 앞에 앉으며 물었다. 그녀는 남편이 순순히 따라줄수록 왠지 더 초조한 마음이 들었다.

"여쭤보고 싶은 게 있어요. 방금 가신도 없이 혼자 어디를 다녀오셨어요?"

그녀는 눈에 눈물을 머금고 있었다. 출산 후 아직 몸이 회복되지 않은 야윈 얼굴에 위험한 감정의 동요가 일었다. 모토야스는 그녀의 성격을 잘 알고 있었다. 그는 아이를 달래듯 그녀에게 웃음을 지으며 말했다.

"아, 방금 말이오? 책을 보고 있다가 피곤해서 혼자 강가에 나갔다 온 것이오. 당신도 가끔 시녀들을 데리고 산책을 나가는 게 어떻소? 한창 가을 화초들이 필 때고, 낮달에 우는 벌레 소리까지. 아베 강을 걷기에는 지금이 가장 좋은 계절이오."

그녀는 남편을 책망하듯 바라보더니 냉담하게 말했다.

"이상한 일이군요. 벌레 소리를 듣고 가을 화초를 보러 산책을 나갔다는 당신이 어찌 작은 배를 타고 강 한가운데로 나가 오랫동안 사람의 눈길을 피해 있었을까요?"

"알고 있었소?"

"이렇게 안에 틀어박혀 있지만 당신이 무엇을 하고 계신지 다 알고 있어요."

"그렇소?"

모토야스는 쓴웃음을 지어 보일 뿐 우도노 진시치를 만난 일을 그녀에게 말하지 않았다. 그녀가 자신에게 시집을 왔지만 완전히 자신의 아내가 되었다고 믿지 않았던 것이다. 무슨 일이든 고국의 가신이나 친척들이 방문했을 때 그들에게 이야기했고, 또 고향의 가족들과 편지를 주고받았다. 모토야스는 볼모인 자신을 감시하는 눈보다 비록 나쁜 의도는 없다 해도 그녀의 무분별한 성격을 훨씬 더 경계했다.

"강가에서 작은 배를 발견하고 별생각 없이 올라탔던 것이오. 그런데 막상 강 한복판으로 나가 보니 배가 좀처럼 마음먹은 대로 움직이지 않았소. 하하하, 아이처럼 실없기는. 그나저나 당신은 어디서 나를 보고 있었소?"

"거짓말만 하시는군요. 당신 혼자만 있었던 게 아니지 않습니까?"

"내 모습을 보고 나중에 하인이 쫓아왔던 것이오."

"아니요. 하인이라면 사람의 눈을 피해 배 안에서 밀담을 나눌 리가 없어요."

"대체 누가 그런 터무니없는 말을 한 것이오?"

"안채에도 저를 생각해주는 사람이 있어요. 요즘 당신은 여자를 숨겨놓고 있는 것만 같아요. 그렇지 않으면 제가 싫어져서 미카와로 도망치려고 계획하고 있는 것이겠지요. 오카자키에 저 외에도 부인이라고 부르는 사람이 있다는 소문이 있습니다. 어찌 그것을 숨기시나요? 이마가와의 눈치를 보느라 제가 싫으면서도 아내로 맞이하신 건가요?"

그녀의 훌쩍이는 울음소리가 밖에까지 새어나올 무렵, 출입구 쪽에서 사카키바라 헤이시치의 목소리가 들렸다.

"말을 준비했습니다. 주군, 시간이 됐습니다."

모토야스가 대답을 하기도 전에 그녀가 끼어들었다.

"요즘 한밤중에 자주 집을 비우시는데 대체 이 시간에 어디를 가시는 겁니까?"

"오야가타御館에 가오."

모토야스가 자리에서 일어나자 그녀는 그 정도 설명으로는 납득할 수 없다는 듯 왜 저녁에 오야가타에 가는지, 또 여느 때처럼 한밤중까지 있을 것인지, 가신은 누구를 데려가는지 등 끝도 없이 따지고 들었다. 입구에서 모토야스가 나오기를 기다리고 있던 사카키바라 헤이시치는 불안한 마음이 들었지만 모토야스는 인내심을 가지고 그녀의 의심이 풀릴 때까지 어르고 달랬다.

"그럼 다녀오겠소."

마침내 모토야스가 안채에서 나왔다. 모토야스가 그녀에게 차가운 바람을 맞으면 몸에 좋지 않다며 만류했지만 그녀는 말을 듣지 않고 입구까지 배웅을 나왔다.

"빨리 돌아오세요."

모토야스가 외출할 때마다 그녀는 그렇게 말했다. 그것은 자신의 사랑과 정절을 표현하는 최대한의 방법이었다. 바깥의 대현관까지 지나오는 동안, 모토야스는 가신들의 얼굴을 보면서 아무 말도 하지 않았다. 하지만 별이 총총 뜬 하늘 아래 저녁 바람을 맞으며 말을 타고 달리자 이내 기분이 좋아져 다시 청년다운 발랄함을 되찾았다.

"헤이시치."

"예."

"조금 늦을 것 같군."

"아닙니다. 편지에 시간을 정확히 적지 않았으니 다소 늦더라도……."

"그렇지 않네. 세쓰사이 선사는 연로한 몸이지만 늘 시간을 어긴 적이 없네. 우리처럼 젊은 자들이, 하물며 볼모의 신세인데 중신이나 노사가 계신 자리에 늦으면 면목이 서질 않네. 어서 서두르세."

모토야스는 서둘러 길을 떠났다. 고삐를 잡은 하인 셋과 사카키바라

해이시치가 함께했다. 헤이시치는 말의 걸음에 맞춰 달리면서 뜨거운 눈물을 흘렸다. 심성이 착한 모토야스가 입술을 깨물며 지금의 상황을 참고 있다고 생각한 것이었다.

'우리 신하들이 하루빨리 주군의 족쇄를 풀어주어야 한다. 볼모로 예속된 상황에서 벗어나 적어도 미카와 일성의 독립된 성주로 복권시켜야 한다. 하루가 늦어지면 그 하루가 불충이 될 것이다. 머지않아 반드시.'

사카키바라는 속으로 맹세하며 또다시 눈시울을 붉혔다.

니조二條의 해자가 보였다. 이치노바시一之橋를 건너자 집이 한 채도 보이지 않았다. 미려한 잔솔밭 사이로 이따금씩 보이는 흰 벽과 웅장한 문은 모두 이마가와 일족의 저택이거나 관청이었다.

"오, 미카와 님이 아니시오. 모토야스 님!"

성지를 둘러싼 넓은 잔솔밭은 전시에는 무사들이 모이는 광장으로 이용했지만 평시에는 마장으로 이용했다. 방금 소나무 뒤편 횡도에서 손을 들고 모토야스를 부른 사람은 임제사臨濟寺의 세쓰사이 화상이었다.

세쓰사이가 가까이 다가오자 모토야스가 급히 말에서 내려 공손하게 인사를 건넸다.

"선사께서도 밤에 고생이 많으십니다."

"늘 이렇듯 갑자기 불러 미안하오."

"당치 않습니다."

세쓰사이는 혼자였다. 커다란 몸집답게 발이 컸는데 지저분한 짚신을 신고 있었다. 모토야스는 말의 고삐를 사카키바라에게 건네고 세쓰사이와 함께 걷기 시작했다. 하지만 결코 어깨를 나란히 하지 않았다.

"올해도 다시 가을이 찾아왔군."

선사가 중얼거리는 사이 모토야스는 문득 말로는 표현할 수 없는 고마움을 느꼈다. 다른 사람들이나 그 자신조차 어릴 적부터 타국의 볼모로 잡혀 있는 신세를 불우하다고 했지만 곰곰 생각해보면 다이겐 세쓰사이에게 가르침을 얻은 것만으로도 어쩌면 행운일지 몰랐다. 좋은 스승을 만나는 것은 어려운 일이었다. 만약 미카와에서 무사안일하게 있었다면 세쓰사이에게 사사하는 기연을 얻지 못했을 것이었다. 그러면 지금처럼 학문이나 군학도 갖추지 못했을 것이었다. 아니, 지적 교육보다 세쓰사이로부터 끊임없이 전해진 정신적인 가르침이 훨씬 소중했다. 그것은 선禪이었다. 모토야스가 그에게서 얻은 가장 큰 선물이기도 했다.

선가禪家인 세쓰사이가 어떻게 이마가와 가문을 자유롭게 출입하고, 그 휘하의 군사로 있는지 잘 알지 못하는 타국 사람들은 그를 기이하게 여기며 군승軍僧이나 속승俗僧이라고 불렀다. 하지만 사실 세쓰사이는 이마가와 일족인 이하라 사에몬노조庵原左衛門尉의 아들이며 요시모토와는 혈연관계였다.

요시모토는 슨엔산만의 요시모토였지만 세쓰사이는 천하의 세쓰사이였고 그러다 보니 그의 도道는 세상을 무대로 삼아 펼쳐졌다. 요시모토를 사람으로 만든 것도 그의 훈육이었다. 오다와라小田原의 호조 우지야스北條氏康와 싸울 때 이마가와 쪽에 패전의 징후가 보이자마자 강화조약을 맺어 슨푸를 구한 것도 그였다.

또 그는 북쪽 경계의 강국인 다케다 신겐의 딸을 호조 우지마사北條氏政에게 시집보내고 요시모토의 딸을 신겐의 아들인 요시노부義信와 맺어주어 삼국맹약을 체결하는 등 정치적인 수완에도 뛰어난 승려였다. 그렇다고 일장파립一杖破笠의 도도한 고승이 아니었고 순수한 선승도 아니었다. 그는 한마디로 정치적인 승려이자 괴승이었다. 그런 위대한 인물은 어떻게 불리든 위대한 존재일 수밖에 없었다.

"동굴에 숨거나 행운유수에 몸 하나를 맡기고 표표히 지내는 사람만이 고승이 아니다. 승려도 때에 따라 사명이 다르다. 지금과 같은 세상에

저 혼자 도도한 척 일신의 불과佛果만 생각하며 세속을 멀리하고 산야에서
무사無事를 즐기는 삶이야말로 사이비다. 속세에는 속세의 눈으로도 알 수
있는 위선자밖에 없지만 군자와 성인 중에는 염교처럼 몇 겹의 가죽을 뒤
집어쓰고 있는 자가 많다."

모토야스는 말을 잘 하지 않던 그가 임제사의 툇마루에서 뇌까리던 말
들을 기억하고 있었다.

"빨리 도착했군."

세쓰사이는 이누이몬의 당교를 건넜다. 모토야스는 한 걸음 뒤에서 사
카키바라에게 무슨 말을 하고는 다시 하인에게 말을 맡겼다. 그러고는 세
쓰사이의 뒤를 따라 성안으로 모습을 감췄다.

오하구로鐵漿 장군

성벽 안이라고 여겨지지 않을 만큼 아시카가足利 장군의 사치와 무로마치 황궁의 규모를 그대로 옮겨다놓은 듯한 화려한 저택이었다.

아타고愛宕 신사와 청수사淸水寺가 내려다보이는 거대한 벽 너머로 후지산이 보이는 저물녘이 되면 백 칸의 복도에 불이 켜지고 아름다운 미녀들이 거문고와 술병을 들고 지나갔다.

"정원에 누구인가?"

요시모토가 술기운이 오른 얼굴로 은행나무 부채를 펼치며 말했다. 그러고는 무지개 같은 붉은 난간이 있는 홍예다리를 건넜다. 그는 시종들도 눈부셔 할 정도로 화려한 의복과 요도를 걸치고 있었다.

"살펴보고 오겠습니다."

시종이 다리를 돌아 정원 쪽으로 달려 내려갔다. 어스름이 내리는 넓은 정원에서 여자의 비명이 들리자 요시모토가 의아하게 여겨 걸음을 멈췄던 것이다.

"살피러 간 자는 어찌 아직 돌아오지 않느냐? 이요, 네가 가보아라."

"예."

가와이 이요河合伊子가 정원으로 내려가 저편으로 달려갔다. 넓은 정원은 저물녘이면 후지 산 기슭과 이어져 있는 것처럼 보였다. 요시모토는 다리와 회랑 모퉁이 기둥에 기댄 채 부채로 박자를 맞추며 낮은 목소리로 노래를 흥얼거렸다. 본래부터 지방이 많아 피부가 하얀 데다 여자라도 유혹하려는 듯 엷게 화장을 해 더 하얗게 보였다.

올해 마흔한 살인 요시모토는 남자로서도 인생에 있어서도 절정기를 맞이했다. 그는 머리를 귀족풍으로 묶고 이를 오하구로鐵漿[8]로 검게 물들이고 콧수염을 기르고 있었다. 이 년쯤 전부터 살이 조금씩 올라 가뜩이나 허리가 길고 다리가 짧은 체격이 한층 더 이상하게 보였지만 황금칼과 진귀한 옷감으로 지은 하카마袴가 그 모든 것을 충분히 감춰주었다. 누군가 달려오자 요시모토가 노래를 멈추고 물었다.

"이요이냐?"

그림자가 멈춰서더니 말했다.

"아닙니다. 우지자네氏眞입니다."

"와코和子구나."

요시모토는 적자인 우지자네를 '와코'라고 불렀다. 우지자네는 고생을 모르는 청년이었다.

"날도 저물었는데 정원에서 무엇을 하고 있었느냐?"

"치즈루千鶴를 벌주고 있었습니다. 혼을 내려고 칼을 뽑았더니 도망을 쳐서."

"치즈루? 치즈루가 누구냐?"

"제 애조愛鳥를 돌보는 하녀입니다."

---

8) 이를 검게 물들이는 것으로, 상류층 부인들 사이에서 행해지다 남자 귀족들 사이에서도 유행했다. 식초와 차 등에 철편을 녹인 뒤 엿이나 오배자五倍子 가루 등을 섞어 붓으로 이에 칠했다.

"시녀이더냐?"

"예."

"시녀가 무슨 잘못을 했기에 직접 벌을 주려는 것이냐?"

"참으로 얄미운 것입니다. 교토의 츄나곤中納言9) 가문에서 제게 내린 새를 소홀히 다루어 새가 새장에서 도망치고 말았습니다."

우지자네는 새를 무척이나 좋아했다. 사람들은 그런 그에게 귀한 새를 구해 바쳤다. 그러다 보니 그의 거처에는 교토의 귀족들이 보내온 진귀한 새가 많았다. 우지자네는 지금 새 한 마리 때문에 격노해 사람의 목을 치려고 했다. 그리고 마치 나라의 중대사라도 일어난 것처럼 아버지에게 당당하게 말했다.

"무슨 일인가 했더니."

아들에게 약한 요시모토라 해도 우지자네의 행동은 어이없게 느껴질 수밖에 없었다. 더군다나 신하들이 보는 앞이었다. 아무리 적자라도 가신들 앞에서 우매한 면을 보이면 경시할 게 뻔했다. 그래서 요시모토는 우지자네를 준엄하게 꾸짖었다.

"우지자네, 너는 대체 몇 살이더냐! 이미 관례도 올렸고, 게다가 이마가와 가문의 후사를 이을 적자의 몸으로 새만 길러서 어쩔 셈이냐! 선禪에 힘쓰든지 군서라도 읽거라!"

좀처럼 자식을 꾸짖지 않는 아버지가 혼을 내자 우지자네는 그만 아연실색해서 침묵하고 말았다. 평소에도 아버지를 대수롭지 않게 여겼고 아버지의 행실에 대해서도 비판적이었던 우지자네는 입을 꾹 다문 채 달갑지 않은 표정을 지어 보였다.

요시모토 역시 그런 자신의 약점을 잘 알고 있었고 자식이 아무리 어

---

9) 일본의 옛 벼슬 중 하나로, 최고 행정기관인 태정관太政官의 차관을 가리킨다.

리석더라도 사랑스러운 법이다. 게다가 자신의 행실이 결코 자식에게 좋은 본보기가 아니라는 사실도 알고 있었다.

"그만 됐으니 앞으로는 자중하거라. 우지자네, 알았느냐?"

"예."

"뭘 그리 불만스런 얼굴을 하고 있느냐?"

"불만은 없습니다."

"그럼 그만 가보아라. 새 따위나 키우고 있을 때가 아니다."

"그럼 아버님은……."

"뭐라?"

"교토의 기생들과 낮부터 술이나 마시고 춤이나 출 때라고 말씀하시는 겁니까?"

"닥쳐라! 건방진 놈."

"하지만 아버님께서는……."

"네 이놈!"

요시모토는 들고 있던 부채를 우지자네의 얼굴을 향해 내던졌다.

"아비에 대해 왈가왈부하기 전에 먼저 네 본분을 다하거라. 병법과 군학에 마음을 둔 것도 아니고, 경세제민經世濟民에 대한 학문을 하는 것도 아니고. 그래서는 내 뒤를 이을 수 없다. 나는 젊었을 때 선사에 들어가 온갖 고행을 겪었고 전쟁도 몇 번이나 치렀다. 지금 가만히 있는 것처럼 보이지만 큰 뜻을 품고 중원을 엿보고 있는 것이다. 너 같은 소심하고 뜻이 작은 자가 어찌 내 자식이 될 수 있겠느냐. 지금 내게는 아무 부족함이 없는데, 오직 하나 네가 근심일 뿐이다."

어느새 신하와 시종 들이 모두 바닥에 머리를 숙이고 그의 말을 듣고 있었다.

"……."

우지자네도 머리를 숙이고 발아래 떨어진 아버지의 부채를 바라보고 있었다. 그때 한 무사가 달려와 소식을 알렸다.

"선가 님과 마쓰다이라 요시모토 님, 그 외 여러 분이 다치바나노 쓰보橘の坪에 모여 주군께서 오시길 기다리고 있습니다."

다치바나노 쓰보는 감귤 나무가 많은 남쪽 비탈에 있는 별전別殿이었다. 그날 저녁, 요시모토는 그곳에 저녁 다회 자리를 마련해 임제사의 선사와 심복들을 초대했다.

"모두 모였느냐. 주인인 내가 늦어서는 안 되지."

요시모토는 부자간의 어색한 침묵에서 벗어날 기회라는 듯 그렇게 말하고는 복도를 지나 저편으로 사라졌다.

애초에 다회란 표면상의 구실에 지나지 않았다. 요시모토의 수하인 이타미 곤아미伊丹權阿弥라는 자가 중문까지 제등을 들고 마중을 나오고 저녁 다회에 어울리게 사방에 등불을 켜고 벌레 소리를 들으며 풍류를 즐기는 것처럼 보였지만, 요시모토가 들어가고 문이 닫히자 날카로운 창을 든 병사들이 끊임없이 부근을 돌며 물 샐 틈 없이 경계를 하기 시작했다.

"오야가타御館 님께서 오셨습니다."

곤아미와 또 다른 부하가 별전의 조용한 건물 안쪽을 향해 전했다. 다다미를 스무 장 정도 깐 바닥이 낮은 사원풍 방 안에서 등불이 희미하게 흔들렸다. 그 자리에는 왼쪽에 임제사의 세쓰사이 화상을 비롯해 노신인 이하라 쇼겐과 아사히나 카즈에朝比奈主計 등이 있었고 오른쪽에 일족인 사이토 카몬노스케齊藤掃部助와 무레 몬도노쇼牟礼主水正 등이 있었으며 그 끝에 마쓰다이라 모토야스가 앉아 있었다.

"……."

양쪽 사람들 모두 가운데 자리를 향해 묵연히 머리를 숙이고 있었다. 바닥에 옷자락이 스치는 소리가 들리더니 요시모토가 자리로 가서 앉았다. 그의 곁에는 하인이나 무사가 단 한 사람도 없었다. 수하의 무사 두 사람만이 두세 칸 정도 멀리 떨어져 대기하고 있을 뿐이었다.

"늦었소이다."

사람들의 인사를 받은 요시모토가 간단히 답례를 한 뒤 셋쓰사이에게 위로의 말을 전했다.

"노사께선 건강하신 줄 압니다."

요시모토는 근래 셋쓰사이를 볼 때마다 습관처럼 건강에 대해 물었다. 육 년 전, 병환을 겪은 셋쓰사이는 근래 들어 눈에 띄게 노쇠했다. 요시모토는 약관 무렵부터 셋쓰사이에게 교육을 받았고 셋쓰사이는 그를 보호하고 독려했다. 요시모토는 셋쓰사이의 경세와 책모와 원대한 계획으로 오늘의 대업을 이룩했다. 그러다 보니 셋쓰사이의 노쇠를 자신의 노쇠처럼 느낄 수밖에 없었다. 하지만 그것도 처음만 그렇지 근래 수년 동안 이마가와 가문의 세력은 셋쓰사이에게 의지하지 않아도 요지부동의 차원을 넘어 욱일승천의 기세를 올렸다. 그러자 요시모토는 어느 순간부터 약관 무렵의 성공까지 모두 자신의 기량으로 이룬 것처럼 여기게 되었다.

"이제 저도 어른이니 치국과 군사 방침에 대해서는 걱정하지 않으셔도 됩니다. 노사께서는 여생을 즐기시며 오직 선을 포교하는 데 마음을 쓰도록 하십시오."

요시모토는 한담을 나눌 때마다 그렇게 말했고, 근래에는 셋쓰사이의 개입을 경원시하는 듯한 기색까지 보였다. 하지만 셋쓰사이의 눈에는 요시모토가 아직도 어린아이처럼 보이기만 했다.

그것은 요시모토가 자식인 우지자네를 보는 것과 같았다. 셋쓰사이는 요시모토가 위험해 보인다는 생각을 지울 수 없었다. 그러다 보니 근래에 요시모토가 병환을 구실 삼아 자신을 거북스러워하는 것을 알면서도 자진해 군사 회의에 참석했다. 특히 봄 무렵부터 벌써 열 번이나 열린 다치바나노 쓰보 회의에는 병중이라도 불참한 적이 없었다. 이 회의에서 결행할 것인지 기다릴지를 결정하는 일이야말로 이마가와 가문의 부침과 관련된 중대사였기 때문이었다.

거사를 결정하는 대회의가 벌레 울음소리에 휩싸여 은밀히 열리고 있었다. 바깥의 벌레 소리가 뚝 하고 멈출 때에는 창을 들고 경계를 서는 병사가 별전의 바깥 담장 쪽을 뚜벅뚜벅 지나가는 때였다.

"카즈에, 이전 회의에서 말한 것은 다 조사했는가?"

요시모토가 묻자 아사히나 카즈에가 들고 온 서류를 펼쳐 대략적으로 설명했다. 그 서류에는 오다 가문의 영지와 재산을 조사해서 산출한 병력과 무기 등의 내역이 상세하게 적혀 있었다.

"작은 번이면서도 근래 들어 오다의 재정이 눈에 띄게 늘어난 듯 보입니다."

카즈에가 요시모토에게 서류의 수치를 가리키며 말을 이었다.

"오와리 일국이라고는 하지만 오와리의 동남부인 히가시카스가이東春日井와 지타고知多郷 중에는 저희가 빼앗은 이와쿠라岩倉 성 같은 곳도 있고, 또 오다 가문에 속해 있지만 두 마음을 품고 있는 자도 있으니 현재 오다의 영읍領邑은 대략 오와리 일국의 반 이상인 오분의 이 정도라고 생각하면 큰 차이는 없을 듯합니다."

"흐음, 그렇군. 듣던 대로 작은 번이군. 그럼 병력은 어느 정도인가?"

"영지가 비슈尾州의 오분의 이라고 보면 십육칠만 석 정도일 것입니다. 일만 석당 병력을 대략 이백오십 명으로 계산하면 오다 전체를 합쳐도 사천 내외, 게다가 수병守兵을 제외하면 삼천 내외의 병력밖에 움직일 수 없을 것입니다."

"하하하……."

갑자기 요시모토가 웃었다. 그는 웃을 때면 몸을 약간 비스듬히 하고 오하구로로 까맣게 물들인 이에 은행나무처럼 생긴 부채를 대는 버릇이 있었다.

"삼사천이란 말이지. 그 정도로 잘도 버티고 있군. 장로도 내게 상락의 도정에 있어 주의해야 할 적은 오다라고 말씀하시고, 자네들도 틈만 나면 오다를 들먹이는 통에 카즈에게 자세히 알아보라고 시켰네. 그런데 기껏 삼사천의 병력으로 요시모토의 군세 앞에서 무엇을 할 수 있단 말인가. 오와리 땅을 짓밟고 통과하는 데 무슨 근심이 있겠는가."

세쓰사이는 침묵을 지키고 있었다. 요시모토의 군은 결의를 알고 있었던 무레 몬도노쇼와 이하라 쇼겐, 사이토 카몬노스케도 한결같이 입을 다물고 있었다.

몇 년 전부터 계획을 세워왔으며, 이마가와의 군비와 내정, 그리고 일체의 정책은 요시모토의 상락과 천하제패에 목적을 두고 있었다. 마침내 시기가 무르익자 요시모토는 더 이상 기다릴 마음이 없었다. 그래서 봄부터 결행에 옮기려고 했지만 회의를 거듭하며 실행에 옮기지 못한 것은 핵심부 안에서 시기상조라고 주장하는 사람들이 있었기 때문이었다. 바로 세쓰사이였다. 그는 요시모토에게 조금 더 내치에 힘쓰라고 권했다. 요시모토가 깃발을 올리고 중원으로 진출해 천하통일의 대업을 이루는 것을 나쁘게는 말하지 않았지만 그렇다고 찬성을 표하지도 않았다. 그런 상황에서 세쓰사이의 마음은 괴롭기만 했다.

"이마가와 가문은 명망이 높은 가문이다. 만일 아시카가 장군 가문에 후사가 없을 때는 미카와의 기라씨吉良氏가 그 뒤를 잇고, 기라씨에 사람이 없을 때는 우리 이마가와 가문이 나서야 한다. 마땅히 너도 큰 뜻을 품고 천하의 주인이 될 기량을 지금부터 익히지 않으면 안 된다."

요시모토가 약관의 나이일 때 세쓰사이는 그렇게 훈육을 했다.

'일성의 주인보다 일국의 군주가 되어라. 일국의 군주보다 열 주州의

태수太守가 되어라. 열 주의 태수보다 천하의 지배자가 되어라.'

당시에는 누구나 그렇게 가르쳤고 무인 교육이 그러했으며 무가의 자제들도 풍운의 세상에서 그것을 바랐다.

세쓰사이 역시 요시모토를 그렇게 가르쳤다. 그리고 그가 요시모토의 휘하에 들어간 뒤 이마가와의 국세國勢가 급격히 팽창하면서 서서히 패업覇業의 단계를 밟게 되었다. 하지만 세쓰사이는 몇 해 전부터 자신의 교육과 보좌 임무에 커다란 모순을 느끼기 시작했다. 그러면서 요시모토가 자신 있게 진행하는 천하통일의 패업이 왠지 불안하게 느껴졌던 것이다.

'그릇이 아니야. 요시모토는 그러한 그릇이 아니었어.'

세쓰사이는 요시모토의 행실, 특히 요 몇 년 사이 눈에 띄게 우쭐대는 그를 바라보면서 생각이 보수적으로 바뀌었다.

'군주로서 요시모토의 기량은 지금이 절정이다. 단념하게 해야 한다.'

세쓰사이는 괴로웠다. 하지만 지금이 자신의 전성기라고 자부하며 자만하는 요시모토가 급작스레 중원 진출의 대업을 단념할 리 없었다. 요시모토는 세쓰사이의 간언을 노쇠한 탓이라고 비웃으며 안중에 두지 않았다. 천하의 절반이 이미 요시모토의 손안에 들어와 있는 듯했다.

'누가 저리 만든 것인가.'

세쓰사이는 요시모토의 자만심을 책하기 전에 자신을 책망했다. 그릇이 아닌 자에게 그 역량 이상의 대망을 품게 한 것은 다름 아닌 바로 자신이 아닌가 하고 말이다.

'이미 만류하기엔 늦었다.'

세쓰사이는 더 이상 간언하지 않았다. 그 대신 회의 때마다 신중에 신중을 기하라고 주장했다. 또 요시모토가 입버릇처럼 슨엔산의 대군과 자신의 위세라면 교토까지 올라가는 데 무슨 어려움이 있겠느냐고 말할 때마다 그를 나무랐다. 그리고 상락 도중 여러 주州의 실태를 살피게 하고 미연에 외교적 책략을 써서 가능한 싸우지 않고 무혈입성할 수 있도록 계획했다.

하지만 교토까지의 여정에서 강국인 미노나 오우미보다 먼저 거쳐야 할 관문은 오다라는 적이었다. 오다는 작은 나라였지만 실로 까다로운 적이었다. 그것도 어제오늘의 적이 아니라 노부나가와 요시모토의 조부 대인 사십여 년 전부터 이어져 내려온 숙명의 적수였다. 두 나라는 상대가 성 하나를 빼앗으면 곧바로 다시 회복하고, 마을 한 곳에 불을 지르면 상대편 마을 열 곳을 불태웠다. 그러다 보니 두 나라의 국경에는 백골이 산을 이룰 지경이었다.

오다에서는 이미 이마가와의 상락에 대한 소문을 듣고 사십여 년간의 와신상담을 보상받을 시기가 왔다며 일대 결전을 각오하고 있었다. 그리고 요시모토는 상락에서 오다를 최고의 제물로 여기며 오다에 대한 대책을 세우는 마지막 회의를 진행하고 있었다. 세쓰사이 화상과 사람들이 저택에서 물러나 귀로에 오른 것은 후츄의 마을에 불빛이 한 점도 보이지 않는 한밤중이었다.

"하늘에 맡기는 수밖에 없구나. 나이를 먹으면 다시 어리석어진다더니. 춥구나."

세쓰사이는 춥지 않은 밤인데도 밤하늘의 은하수를 올려다보며 중얼거렸다.

나중에 돌이켜 생각해보면 그 무렵부터 그는 노환으로 상당히 위중했던 듯했다. 그날 밤을 마지막으로 세쓰사이는 두 번 다시 땅을 밟지 않았다. 이윽고 중추中秋 무렵 그는 적막한 임제사에서 홀로 죽음을 맞이했다.

망촉望蜀

겨울이 다가왔다. 임제사의 국화는 여전히 만개한 채 향기를 피우고 있었다. 하지만 후츄의 성 아래에서 올려다보면 눈앞에 후지 산은 벌써 새하얀 눈으로 뒤덮여 있었다.

"내려라!"

사나운 말 한 마리가 마을 네거리까지 질풍처럼 달려왔다. 네거리 모퉁이를 지키고 있던 무사들이 장창으로 말의 다리를 후려치자 말은 앞발을 버둥거리며 날뛰었다.

"앗!"

말 위에 무사가 내동댕이쳐지듯 말에서 내리더니 소리쳤다.

"무슨 짓이냐!"

그는 네거리를 둘러보고는 그곳에 무리를 지어 있던 이마가와의 무사들에게 고함을 쳤다.

"멈춰라. 허락도 없이 어디를 가느냐?"

경계를 서던 무사들이 소리쳤다.

"임제사에 가는 것이다!"

상대편 무사 역시 지지 않고 소리쳤지만 경계를 하던 무사들은 그의 말을 일축했다.

"안 된다!"

"어째서 안 된다는 것이냐?"

"오늘은 세쓰사이 화상의 기일이라 임제사에는 요시모토 님을 비롯한 중신들이 계신다. 가신들은 이미 참배를 끝내고 모두 돌아갔지만 아직 요시모토 님과 몇몇 중신들이 쉬고 계신다. 그분들이 돌아가실 때까지 왕래를 금지한다는 팻말을 보지 못했느냐?"

"보았으니 더 서두르는 것이다. 자세한 연유도 묻지 않고 무례하게 기마의 다리를 후려치다니."

"보았으니 서두른다고? 팻말은 법령이다."

"알고 있다."

"뭐라? 저자를 포박하라."

"잠깐!"

"잔말 마라."

"너희들이 잘못을 저지를까 봐 미리 말해주려는 것이다. 나는 오다카 성의 수장이신 우도노 나가데루鵜殿長照 님께서 급히 요시모토 님께 보내는 군령장을 가지고 왔다."

"사자인가?"

"군령장을 지녔을 때는 아무리 귀인을 만나도 말에서 내리지 않고 정문 당교 안까지 갈 수 있게 되어 있다."

"물론이다."

"그래서 말을 탄 채 임제사의 문 앞까지 가려는 것이다."

"군령장을 지닌 급사라는 걸 알았다면 제지하지 않았을 것이다. 무단으로 지나가려 하기에……."

"그럴 시간이 없었다."

"그럼, 어서 그냥 지나가라."

"이대로 갈 순 없다. 사죄하라."

"검문을 하는 것도 직무다. 사죄할 일을 저질렀다면 군명에 따라 배를 가르면 될 터이니, 사죄할 수 없다."

"좋다, 지금 그 말을 똑똑히 기억해두겠다."

사자는 그렇게 말하더니 다시 말을 타고 임제사 쪽으로 달려갔다.

사찰은 고요했다. 특히 가을 무렵 세쓰사이 장로가 죽은 뒤로 산문과 사당과 숲은 한층 적막감이 깊어졌다. 때까치 울음소리가 더 쓸쓸하고 춥게 느껴지는 초겨울이었다. 하지만 세쓰사이의 사십구제에 참석한 이마가와의 무장들 얼굴에 동요하는 기운이 가득했다. 네거리를 지키는 무사들에게까지 살기에 가까운 긴장감이 흐르고 있었다. 장로의 죽음으로 요시모토의 상락 시기가 앞당겨지고 인접국의 적들이 기세를 올리며 허를 찔러올 것이 분명했다. 이마가와의 사람들은 전쟁이 임박했음을 느끼고 요 이삼 일 동안 시시각각 국경의 동향에 귀를 기울이고 있었다.

법회가 끝난 뒤 임제사의 오서원奧書院에서 요시모토가 지명한 이마가와의 장수 스무 명은 은밀히 회의를 하고 있었다. 세쓰사이가 죽은 뒤 요시모토의 휘하에서 그의 의견을 제지하는 사람은 아무도 없었다. 다만 시세를 보는 눈이나 생각 면에서 죽은 세쓰사이와 비슷한 사람은 늘 아무말 없이 말석에 있던 마쓰다이라 모토야스였다. 하지만 그는 다른 번에서 볼모로 온 신세였고 나이도 어려 무슨 말을 해도 영향력이 없다는 것을 너무나 잘 알고 있었다. 그렇기 때문에 그는 아무 의견도 없는 사람처럼 침묵을 지키고 있었다.

"지금 오다카 성에서 급한 전령이 왔습니다. 여기 군령장을 가지고 왔습니다."

복도의 삼나무 문밖에서 군령장을 가지고 온 승려와 경계를 서고 있는 무사들이 이야기를 주고받는 소리가 들려왔다. 고즈넉한 선방의 안쪽, 파초에 숨겨져 있던 안뜰 건너편 광서원廣書院까지 그 목소리가 또렷하게 들렸다.

"뭐라, 오다카 성에서 급한 전령이라고?"

회의 자리에 있는 사람들 모두 바깥 소리에 귀를 기울였다. 요시모토가 답답하다는 듯 턱으로 말석을 가리키며 말했다.

"모토야스, 나가봐라."

"예!"

모토야스는 조용히 자리에서 일어나 복도로 나갔다. 그 누구라도, 또 무슨 일이 있더라도 회의 중에는 삼나무 문 안으로 들어와서는 안 된다는 엄명이 내려져 있기 때문에 모토야스가 나오기 전까지 승려와 경계를 서는 무사들은 밖에서 문답만 되풀이하고 있었다.

"무슨 일인가?"

모토야스가 나타나자 무사들이 엎드려 군령장을 내밀었다.

"예, 실은 오다카 성에서 전령이 이 서찰을 가지고 밤새 달려왔다고 합니다."

모토야스는 군령장을 받았다. 아군인 오다카 성에서 화급을 다투는 전령을 보낸 것으로 봐서 심상치 않은 일이 일어났다는 것을 알 수 있었다.

"사자는?"

"본당에서 대기하고 있습니다."

"바로 요시모토 님께 전할 테니 잠시 쉬고 있으라고 전하라."

모토야스는 서찰을 들고 회의 자리로 돌아왔다. 그 자리에 있는 모든 사람들이 무슨 급보인지 궁금해하는 표정으로 아무 말 없이 모토야스를 쳐다보았다.

"요시모토 님께."

모토야스는 서찰을 아사히나 카즈에 앞에 두고 뒤로 물러났다. 카즈에가 요시모토 앞으로 서찰을 내보였다. 요시모토가 즉시 봉인을 뜯어 한 번 훑어보고는 뇌까렸다.

"건방진……."

요시모토는 검게 물든 이로 아랫입술을 깨물며 곁에 있던 무레 몬도노쇼와 이하라 쇼겐 쪽으로 서찰을 내던졌다. 요시모토의 눈은 창문에 고정되어 있었고, 서찰을 돌려가며 읽은 장수들도 눈에 이상한 광채를 띠며 한동안 침묵을 지키고 있었다.

현재 이마가와는 구쓰카게苦世場 성과 오다카 성을 연결하고 있는 오다령의 땅, 즉 몸통과 다리가 붙어 있는 지형을 깊이 파고들어가 다리 부분을 절단한 형세를 취하고 있었다.

오다 쪽에서는 오다카 성의 전위인 나루미를 탈환한 뒤 한층 더 박차를 가해 구쓰카게와 오다카 성 사이에 요새를 만들고 오다카 성의 고립을 꾀하고 있었다. 그러던 중 요시모토의 상락이 구체적으로 진행된다는 사실을 오다 쪽에서 알고 급거 오다카 성을 포위해 공격을 가하고 있다는 내용이었다. 서찰은 오다카 성의 우도노 나가데루가 직접 쓴 것이 틀림없었다.

원군을 청한다는 말은 한마디도 쓰여 있지 않았다. 하지만 사태가 급박했다. 고립된 성안에서는 병량이 부족해 평소에는 소나무와 삼나무 껍질을 삶아 먹고 싸움을 하는 날에만 쌀을 끓인 국물을 먹을 만큼 절박한 상황인 듯했다.

"……."

침묵을 지키고 있던 사람들은 서찰을 돌려 읽는 동안 성안에 있는 아군의 비참한 모습을 떠올렸다. 마침내 서찰이 회의 자리를 한 바퀴 돌아서는 마쓰다이라 모토야스 앞에 놓였다. 모토야스는 서찰을 다 읽은 뒤 아사히나 카즈에에게 건넸고, 그것은 다시 요시모토 앞에 놓였다.

"어떻게 하면 좋겠는가?"

요시모토에게는 당장 이렇다 할 만한 좋은 대책이 없었다. 아니 요시모토뿐 아니라 이마가와의 참모로 불리는 이하라 쇼겐과 명성이 자자한 명장 무레 몬도노쇼도 뾰족한 수가 없는 듯한 모습이었다.

"……."

모토야스도 잠자코 자리에 앉아 있었다. 다들 머리를 쥐어짜내는 듯한 표정으로 여전히 무거운 침묵만 지키고 있었다. 특히 요시모토의 눈썹 위로 고통스러운 기색이 역력했다. 오다를 제압하기 위해 오다카 성으로 보낸 우도노 나가데루는 그의 매부였다. 개인적인 인연으로도 그대로 보고만 있을 수는 없었다. 또 상락의 대사를 앞두고 있는 중요한 시기에 작은 번인 오다에 요충지를 빼앗기고 매부가 죽음을 당하는 일은 결코 용납할 수 없는 일이었다.

"무슨 방법이 없는가? 좋은 생각은? 저대로 내버려둔다면 오다카 성의 아군은 모두 굶어 죽고 말 것이다."

요시모토가 거듭 물었다. 하지만 그것은 눈앞에 펼쳐진 곤혹스러운 현실을 되풀이해서 말하는 것에 지나지 않았다.

본래 오다카 성은 지형적으로 위험한 곳에 있었다. 적지 깊숙이 돌출된 지점에 있었기 때문에 일단 고립이 되면 고립무원의 섬과 같았다. 게다가 오다에서는 반년 동안 계획적으로 와시즈鷲津와 마루네丸根의 요새를 비롯해 단게丹下와 나카지마中島와 선조사善照寺 등의 각 부락과 고지대에 바둑알을 놓듯 요새를 구축해 오늘과 같은 사태가 일어나기 전에 이미 오다카 성을 지리적으로 차단하고 있었다. 그러다 보니 성으로 원군을 보내는 게 쉽지 않을뿐더러 식량을 지원하는 것은 더욱 곤란했다.

"주제넘지만 저를 보내주시면 내년 상락 때까지 버텨보도록 하겠습니다."

마쓰다이라 모토야스의 말에 사람들이 일제히 말석에 앉은 그를 쳐다보았다. 그는 평소 젊은 사람답지 않게 소극적이었다. 환경이 사람을 만든다는 말처럼 자연스럽게 그렇게 된 것이겠지만 독단적인 용장의 그릇은 아니었다. 평소에 그를 보아왔던 이마가와의 장수들 역시 그러한 세간의 평판을 인정하고 있었다. 그런 모토야스가 지금, 위험에 빠진 오다카 성을 구원하러 가겠다고 자진해서 지원한 것이었다. 사람들은 의심의 눈초리로 그를 쳐다보았다. 요시모토도 의외라는 듯 그를 바라보았다.

"모토야스, 그대가 정말 가겠다는 것인가?"

"예."

"오다카 성에 병량을 지원할 방법이 있다는 말인가?"

"미력하나마……."

"흐음, 자네에게……."

요시모토는 잠시 생각에 잠겨 있다가 고개를 크게 끄덕였다. 회의 자리에 있는 사람들 중에 모토야스에 대해 비교적 잘 알고 있는 사람이 바로 요시모토였다. 죽은 세쓰사이는 늘 그에게 다음과 같은 말을 했다.

"저 아이를 언제까지나 새장의 새처럼 생각하는 건 잘못입니다. 이마가와의 처마 아래에서 밥을 먹는 걸로 만족할 참새가 아닙니다. 대붕大鵬의 새끼는 새끼일 때부터 대붕이 될 것이라는 생각을 가지고 다루지 않으면 길들이지 못할 것입니다."

하지만 요시모토는 그 뒤로도 오랫동안 그 말을 믿지 않았다. 하지만 모토야스가 관례를 올린 이후 언행이 눈에 띄게 어른스러워지고 첫 전투에서 활약하는 모습을 보면서 세쓰사이의 말을 다시 떠올리기 시작했다.

"좋다. 그렇다면 오다카 지원 건은 필히 완수하리라 믿겠네."

"다년간 저를 돌봐주신 은혜에 조금이라도 보답하기 위해 신명을 다해 반드시 완수하겠습니다."

모토야스를 볼모로 이마가와에 붙잡아두는 것은 정략이지 자비가 아니었다. 또한 미카와를 흡수하기 위한 책략일 뿐 동정이나 선의는 더더욱 아니었다. 그럼에도 모토야스는 그것을 은혜라고 말하고 있었다. 오늘뿐이 아니라 기회가 있을 때마다 요시모토에게 은혜를 입고 있다는 말을 했다. 요시모토는 문득 자신의 속내와 비교해보더니 그렇게까지 자신에게 의지하고 지금까지 살아온 생을 은혜로 느끼는 모토야스가 측은하게 여겨졌다.

"오다카 성은 적지 한가운데에 있다. 한 치의 실수라도 있으면 전멸할 것이니 결사의 각오를 하지 않으면 안 될 것이다. 그러니 전력을 다해야 할 것이다. 만일 오다카 성에 있는 아군들의 생명을 구한다면 그 상으로 미카와에 있는 자네의 노신들이 오랜 세월 바라온 그대의 귀향을 허락할 것이네."

"황송합니다."

"일곱 살 무렵부터 볼모가 되어 타국에서 지낸 자네도 고향으로 돌아가고 싶을 것이네."

"그다지 간절한 마음은 없습니다."

"자네는 그럴지도 모르지만 미카와의 노신들은 주군을 가까이에서 섬기고 싶은 마음이 태산 같을 것이네. 이번 오다카 성에서 큰 공을 세워 고향으로 돌아가는 다년간의 바람을 이루게."

"예."

모토야스는 요시모토의 명을 받들었다. 그리고 요시모토의 약속에 대해 진심으로 예를 취했다. 아까부터 불안한 시선으로 바라보고 있던 장수들은 이미 결정 난 사항이라 반대도 하지 못하고, 다만 준비를 철저히 하라는 당부와 함께 오다카 성 부근의 지리와 오다 군의 병력, 싸움에서 주의할 사항 등을 세세하게 가르쳐주었다.

"예, 예."

모토야스는 이미 알고 있는 것일지언정 그들이 일러줄 때마다 일일이 머리를 숙이며 그들의 말을 경청했다.

사지 死地

아침 일찍 노부나가는 여느 때처럼 가벼운 옷차림으로 몇 사람을 데리고 사냥을 나갔다. 늘 가던 사냥터 근처에 있는 산야에 도착했지만 그는 매를 날릴 기색도 없었고 활을 쏘지도 않았다.

"나루미, 나루미로 가자."

노부나가를 뒤쫓아온 자들은 그가 왜 급작스레 나루미 성으로 가려는지 헤아리지 못했다.

나루미 성에 도착한 노부나가는 휴식을 겸해 밥을 먹은 뒤 이번에는 갑자기 단게 요새로 가자는 명을 내렸다. 그러고는 나루미에서 국경의 요새들에 접해 있는 군용 도로를 질풍처럼 내달렸다. 무사와 시종 들은 당연히 뒤처질 수밖에 없었다. 말을 탄 스무 명 정도의 기마병들만 그를 앞뒤로 에워싸며 단게 촌으로 질풍처럼 달려갔다.

"저건 뭐지?"

요새의 보초가 손을 이마에 대고 주변을 살피고 있었다. 이 부근 일대는 이마가와와 오다가 언덕과 강 하나를 사이에 두고 대치하고 있는 최전선이었다. 그러다 보니 가을이 오고 봄이 와도 무사태평한 날이 없었다.

"장군님!"

보초가 망루 계단 바로 아래에 있는 가옥을 향해 소리쳤다. 이곳은 전투가 없는 날도 전시와 같았다. 가옥 안 무사 대기소 한쪽에 의자를 놓고 진도陣刀를 세운 채로 생각에 잠겨 있던 요새의 수장 미즈노 다테와키水野帶刀가 오른쪽 장막을 젖혀 망루 쪽을 올려다보며 물었다.

"사부로스케三郞助, 무슨 일이냐?"

"수상한 먼지가 보입니다."

"어느 쪽이냐?"

"나루미 가도 부근인 서쪽입니다."

"그럼 아군일 것이다."

"그렇다고 해도……."

다테와키는 혹시나 하는 생각에 자리에서 일어나 망루 위로 올라갔다. 보초는 자리에서 한 발도 벗어나지 않는 것이 원칙이라 수장에게 보고를 할 때도 망루 위에서 했다. 하지만 다테와키가 올라오자 보초는 한 손을 땅에 대고 무릎을 꿇었다.

"흠, 정말이군."

뿌옇고 누런 먼지가 점차 가까워지고 있었다. 처음에는 숲에 가려서 보이지 않았지만 이내 밭 저편으로 보이기 시작하더니 다시 단게 부락의 끄트머리까지 다가왔다.

"앗! 노부나가 님이다."

깜짝 놀란 다테와키가 망루에서 뛰어 내려와 요새의 바깥 울타리까지 마중을 나갔다. 잠시 뒤 기마 무사 한 명이 먼저 달려왔다. 단게 촌 외곽에 주둔하고 있는 수비대의 아군이었다.

"방금 아무 예고도 없이 기요스 성에서 노부나가 님이 순시를 나오셨습니다."

전령이 급히 고하더니 다시 말을 재촉해서 돌아갔다. 그즈음 요새의 산기슭에서는 땀과 먼지를 뒤집어쓴 이십 기의 기마병들이 말에서 내려 큰 소리로 이야기를 하고 있었다. 다테와키는 책문 안쪽을 향해 정렬하라고 고함을 친 뒤 황망히 산 아래까지 달려갔다.

말에서 내린 노부나가가 땀에 젖어 상기된 얼굴로 웃음을 지으며 올라오고 있었다. 너무나 급작스런 방문이었다. 노부나가가 최전선에, 게다가 가벼운 옷차림으로 아무런 예고도 없이 나타나자 미즈노 다테와키는 매우 당황스러웠다. 수장인 미즈노 다테와키가 노부나가를 맞아 요새 안으로 들어가자 도열해 있던 야마구치 에비노조山口海老丞와 쓰게 겐바柘植玄蕃 등의 부장이 인사를 올렸다. 하지만 노부나가는 형식적인 인사 따위는 귀에 들리지도 않는다는 듯한 표정을 지었다. 그는 의자를 전망이 좋은 곳에 놓더니 거기서 아군의 요새인 선조사와 나카지마, 와시즈, 마루네의 망루 등을 살폈다. 이윽고 그가 근심스런 얼굴로 물었다.

"보기에는 견고한 듯한데, 오다카 성의 근황은 어떠한가?"

미즈노, 야마구치, 쓰게는 역시 오다카 성이 마음에 걸려서 온 것이라고 헤아리고 평소에 노부나가의 급한 성격을 떠올리며 잔뜩 긴장을 했다.

"적들은 성안에 비축한 식량이 이미 바닥났지만 아직도 포기할 기색을 보이지 않습니다. 오히려 소수의 병력으로 한밤중에 와시즈와 마루네 요새 등에 기습을 가하고 있습니다."

"수로는 끊었는가?"

"성안에 우물이 있어서 외부의 물길을 차단해도 당장 효과를 거둘 수는 없을 듯합니다. 게다가 겨울이 되면 눈을 녹여 저장할 수도 있습니다."

"오래가겠군."

"……"

다테와키는 책망을 당한 듯 아무 말 없이 머리를 숙였다. 이 부근의 다

섯 요새가 오다카 성을 포위하고 병량의 운반까지 완전히 차단했는데도
적을 쉽게 굴복시키지 못하고 있는 상태이다 보니 노부나가의 말이 가슴
에 와 닿았던 것이다.

"어차피 이대로라면 연내에 성을 함락시키는 것이 어려울 듯싶습니
다. 하여 저희들뿐 아니라 와시즈 요새의 이오 오우미노가미飯尾近江守 님과
선조사의 사구마 사교佐久間左京, 마루네의 사구마 다이가쿠 님과 함께 일거
에 오다카를 쳐서 짓밟자는 결정을 내리고 기요스 성에 건의를 했지만 매
번 주군께서 허락하지 않으셔서……."

다테와키는 변명처럼 들릴지도 모른다고 생각하며 조심스럽게 말했
다. 그러자 노부나가가 다른 부장들의 초조한 기색을 헤아렸는지 끝까지
듣지도 않고 대답했다.

"무리하지 말게. 장기전이 되더라도 서두를 필요는 없네."

성격이 매우 급한 노부나가에게 이런 인내와 관대함이 있었나 싶어 다
테와키는 의아할 뿐이었다.

"다테와키."

"옛!"

"사구마 다이가쿠와 사교, 이오 오우미를 만나면 그렇게 전하라. 오다
카 성은 스루가의 후츄 성이 아니니 공을 세우려고 무리할 필요는 없다고.
알았는가?"

"예."

"자네들, 아니 요새에 있는 병사들 모두 다 내게는 소중하니 목숨을 함
부로 다뤄서는 안 되네. 머지않아 스루가의 촌구석 장군이 슨엔산의 대군
을 이끌고 상락을 도모한다는 소식도 있고 하니."

"이미 알고 있습니다."

"오와리의 땅을 함부로 밟고 지나가게 할 수는 없는 법. 내가 살아 있

는 한 도카이도의 군사는 요시모토를 포함해 단 한 사람도 지나갈 수 없을 것이다. 하물며 오다카 같은 저런 작은 성 하나쯤은 언제라도……."

노부나가는 먼 곳을 바라보며 입술을 깨물었다.

만일 이마가와의 군사가 서쪽으로 상락을 결행할 경우, 어느 정도의 병력으로 올 것인지 노부나가는 미리 그 수를 파악하고 있었다. 이마가와가 소유한 영지의 면적과 상비 병력 수에서 영지를 지키는 병력을 빼면 대략 이만에서 삼만 오천 정도였다. 한편 노부나가의 병력은 다 합해도 사천 내외였다. 그중에 사방의 국경과 성을 지키는 병력을 빼면 천오백에서 이천밖에 움직일 수 없었다.

'병력 수의 문제가 아니다!'

노부나가는 그렇게 믿고 있었다. 하지만 싸움에서 소수가 다수를 이기기란 절대적으로 불가능에 가까운 일이었다.

오다는 이마가와가 서쪽으로 올라갈 경우 네 방면의 나라에는 먼지가 한 줌도 남지 않을 것으로 예상하고 있었다. 일단 무너지기 시작하면 늑대의 무리가 한 조각 고기를 향해 달려드는 것처럼 적들은 앞다퉈 이마가와와 호응하여 쳐들어올 게 뻔했다.

"시대의 거센 물결이 눈앞에 닥쳐오고 있으니 목숨을 중히 하라. 그러면 언젠가 지킬 가치가 있는 곳에서 그 목숨을 다해 함께 싸울 때가 올 것이다."

노부나가는 거듭 탄식하듯 말하더니 문득 말투를 바꿔 말했다.

"어젯밤 늦게 기요스에 들어온 첩보에 따르면 미카와의 마쓰다이라 모토야스가 오다카 성에 식량을 지원하라는 명을 받고 슨푸를 떠났다고 한다. 그 미카와의 풋내기는 어린 시절 오다에 볼모로 와 있던 자이고, 그뒤 오랫동안 이마가와에서 자라 고난에 단련된 자다. 어리다고 얕잡아볼 수 없는 자이니 명심하라. 결코 오다카에 식량이 들어가서는 안 될 것이다."

다테와키와 쓰게 겐바는 한 치의 소홀함도 없이 최선을 하겠다는 듯 머리를 숙였다. 노부나가는 그 말을 하기 위해 온 사람처럼 바로 의자에서 일어나 요새 안의 사기를 살핀 뒤 다시 스무 명의 기마병를 거느리고 다음 요새로 달려갔다. 그날 밤 노부나가는 선조사 요새에서 머물고 다음 날 와시즈와 마루네 두 곳을 시찰하며 군사들을 독려했다.

불과 이삼 일이지만 그가 기요스의 본성을 비우는 것은 상당히 위험한 일이었다. 정면에서 공격해오는 적이 지금은 도카이도 방면에 있지만 이세지伊勢地와 미노지, 고슈 방면의 국경도 결코 안심할 수 없는 상황이었다.

"됐다."

노부나가는 그렇게 외치고는 말 머리를 돌렸다. 그리고 나흘째 되는 날에는 이미 기요스로 돌아와 사방을 주시하고 있었다.

노부나가 일행이 성으로 돌아온 것을 보고는 외떨어진 한 마리 기러기 처럼 오와리 평야의 논을 벗어나 동쪽으로 서둘러 가는 사내가 있었다. 사내는 떠돌이 약장수 행색을 하고 있었지만 미카와 영지에 있는 무사라면 그의 얼굴을 모르는 사람이 없는 듯했다. 말없이 고개만 까닥해도 길가의 삼엄한 역참 검문소를 그대로 지나갈 수 있었다.

그 사내는 우도노 진시치였다. 예전에는 산승 행색을 하고 다녔지만 요즘에는 약장수 행색을 하고 떠돌아다녔다. 말할 것도 없이 그는 미카와 쪽의 첩보 임무를 맡고 있었다. 진시치는 오카자키에 닿기 전에 한 역참에서 천 마리 가까운 마바리[10]와 이천 명 정도의 군사를 만났다.

"진시치, 어딜 가는가?"

누군가 마바리 사이에서 그의 모습을 발견하고 그를 불렀다. 돌아보자

---

10) 짐을 실은 말, 또는 그 짐을 말한다.

이시카와 요시치로 카즈마사石川与七郎數正였다.

"아, 카즈마사."

진시치는 발길을 돌렸다. 이시카와 요시치로 카즈마사는 마바리 몇십 마리가 소속된 부대의 지휘관을 맡고 있는 듯했다. 그는 거간꾼처럼 말 냄새를 풍기며 인마 쪽을 향해 다가왔다.

"진시치, 오랜만이네."

"응, 누군가 했네."

"재미있지 않나?"

"뭐가 말인가?"

"자네 임무 말이네."

"바보 같은 소리."

진시치는 정말로 화가 난 듯 말했다.

"잘못도 없는데 이런 행색으로 몇 년이나 고향 땅을 밟지도 못하고, 게다가 무사의 몸으로 산승이 되거나 약장수 행색으로 다니는데 뭐가 재미있겠는가."

"그래도 위험을 무릅쓰고 여러 나라의 정세를 보면서 적지와 고향을 돌아다니는 건 우리에겐 없는 즐거움이 아닌가. 말의 먹이나 징발하거나 말 사이에서 자는 마바리 부대도 즐거운 일은 아니네."

"우리는 칼을 든 무사이지만 철포를 든 무사가 잘 싸울 수 있도록 그늘에서 돕는 자들이니 아군의 그런 화려한 모습을 보며 만족해야 하지 않겠나."

"그나저나 오다의 영내에서는 벌써 준비를 하고 있을 텐데, 오후大府와 요코네橫根 일대는 상황이 어떤가? 기요스에서 병력을 보내 수를 늘렸는가?"

"그런 건 여기서 말할 수 없네. 어이, 조심하게. 짐말 한 마리가 고삐를 풀고 길가로 벗어났네."

진시치는 길을 서둘렀다. 아무리 걸어가도 양쪽의 가로수부터 민가의 처마까지 말이 가득했다. 역참의 외곽 부근은 더욱 그러했다. 그곳에는 곡식과 말린 채소, 소금, 된장, 밀가루, 건어물 등을 담은 가마니와 상자, 주머니가 몇 개의 산을 이루었다. 운반은 농부와 인부 들이 했지만 짐을 쌓는 건 병사들이었다. 하얀 쌀가루를 무구나 갑옷, 얼굴까지 모두 뒤집어쓴 병사들도 있었다. 병사들이 한눈을 팔지 않고 그렇게 바지런히 일하고 있는 사이 말들은 느긋하게 여기저기에서 오줌을 갈기고 있었다.

길이 굽은 논두렁에 '진영陣營'이라는 나무 팻말이 세워져 있었고 논두렁의 막다른 곳 언덕에 절이 보였다. 진시치가 모퉁이를 돌자 볏가리 뒤편에서 망을 보던 병사들이 불쑥 나타나 창으로 막아서며 소리쳤다.

"멈춰라!"

이윽고 진시치의 얼굴을 본 그들은 창을 내리더니 목례를 했다. 진시치는 빠른 걸음으로 논두렁을 지났다.

작은 선찰禪刹인 그 절이 본진이었다. 이곳에서는 건어물 냄새나 말 오줌 냄새도 나지 않았다. 허가를 받고 산문을 들어서자 이내 본당에 있는 마쓰다이라 모토야쓰의 모습이 보였다. 본당의 네 문을 열고 의자에 앉아 있는 모토야스를 가신들이 둘러싸고 있었다. 지도가 넓게 펼쳐져 있었고 회의 중인 듯 미카와의 핵심 인물들의 얼굴이 보였다.

사카이 요시로 마사치카酒井与四郎正親와 고고로小五郎, 마쓰다이라 사마노스케 치카도시松平左馬助親後, 도리이 사이고로鳥居才五郎, 나이토 마고쥬로內藤孫十郎, 고리키 신구로高力新九郎 외에 아마노天野와 오쿠보大九保, 쓰지야土屋, 아카네赤根 등 대부분이 젊은 무사들이었다. 도리이와 같은 백발의 노신은 한 명도 보이지 않았다.

"진시치 님이 돌아왔습니다."

무사 중 한 사람이 말하자 지도를 바라보고 있던 사람들이 일제히 뒤를 돌아보았다.

"진시치, 기다리고 있었네."

모토야스는 어서 오라는 듯 진시치에게 부채로 손짓했다. 모토야스를 중심으로 사카이, 마쓰다이라, 오쿠보, 아마노 등 누대의 가신이 번갈아 진시치에게 질문을 했다.

"진영을 시찰하던 노부나가는 아직도 전선에 머물고 있는가?"

"기요스로 돌아갔습니다."

"출전할 기색이 보이던가?"

"그런 기색은 보이지 않았습니다."

"병력의 수를 늘릴 듯한가?"

"아닙니다."

"마쓰다이라 군이 식량을 가지고 다가가고 있는 것을 적들도 알고 있는가?"

"네, 알고 있습니다."

"병력을 늘리지도 않고 출전도 않다니."

"아군을 저지할 자신이 있는 듯합니다."

"가장 강한 적진은?"

"와시즈와 마루네, 두 곳으로 여겨집니다."

"아군이 적진을 돌파해서 승리할 가능성은?"

"결코 없습니다."

자세한 부분까지 이야기가 오갔다. 모토야스는 돌다리도 두들겨보고 건너듯 무슨 일이든 신중에 신중을 기했다. 그는 어젯밤부터 오늘 아침까지 진시치 외에 이시카와, 스기우라 가쓰지로杉浦勝次郎 등 여섯 사람을 척후병으로 내보냈다. 그 척후병들이 차례로 돌아와 보고를 했는데, 조금 차이는 있었지만 대부분 똑같은 이야기를 했다.

다만 진시치를 비롯한 일곱 명의 척후가 완전히 다른 의견을 보인 게 하나 있는데, 마쓰다이라 군에게 승산이 있는가 없는가 하는 문제였다. 일곱 명 중 여섯 명은 승산이 없다며 아군의 전진을 위험하다고 판단했다. 지형이나 병력의 수에서든, 모든 각도에서든 오다카 성에 다가가기 전에 아군이 전멸할 것을 각오해야 한다는 것이었다.

오다카 성은 이른바 병법에서 말하는 사지死地였다. 그런 곳이라 모토야스가 선택된 것이기도 했다. 고립된 오다카를 돕기 위해 몇 차례 원군과 병량을 지원하려고 시도했지만 모두 실패하고 말았다. 그렇다고 이제 와서 주저할 수도 없었다. 지금 무엇보다 중요한 것은 그 사지를 어떻게 깰 것인지, 또 어떻게 사지를 생지生地로 만들 것인지 방법을 찾는 것이었다.

"하치로고로."

"옛!"

척후인 스기우라 하치로고로杉浦八郎五郎는 모토야스가 갑자기 자신의 이름을 부르자 눈을 크게 뜨고 고개를 들었다.

"이대로 전진했을 때 아군에게 승산이 있다는 의견을 낸 사람은 자네뿐이다."

"그렇습니다."

"그렇게 믿는 근거는 무엇인가?"

"깊은 연유는 없습니다. 분명 거대한 적이긴 하지만 한 곳 한 곳을 살펴보면 그저 각각 한 곳에 지나지 않습니다."

스기우라 하치로고로가 앞뒤가 맞지 않게 이상한 말을 내뱉자 모두 비웃었지만 모토야스는 신중하게 듣고 있었다.

"흐음, 한 곳 한 곳이라. 맞는 말이다. 그런데 어떻게?"

스기우라 하치로고로는 본래 혀가 잘 돌아가는 사람이 아니었다. 척후의 임무를 맡기기엔 동작도 느리고 굼뜬 사내였지만 모토야스는 매처럼 날랜 수많은 척후 중에 까마귀처럼 무딘 사람을 섞어놓았다.

"예, 그러니까 저, 적의 많은 요새 한 곳 한 곳에 힘이 분산되도록 싸움을 걸면 괜찮을 거라는, 그러면 아군에게 승산이 있다는 생각이 들어서……."

하치로고로는 간신히 자신의 생각을 말하고 이마의 땀을 닦았다. 그는 자신의 열 가지 생각 중에 두 가지 정도밖에 말하지 못했지만 모토야스는 그의 말에 자신의 생각을 더해 몇십 배로 확장시켰다. 갑자기 모토야스 눈앞에 활로가 선명하게 열렸다. 사지를 생지로 만들 길이 열린 것이었다.

"그만 됐다. 쉬도록 하라. 회의는 여기에서 끝내고 밥이라도 먹도록 하라."

모토야스는 본당을 나와 땅을 다지는 듯 회랑을 오갔다.

'반드시 완수해야 한다.'

모토야스는 싸움의 승패를 넘어 공을 세우고 싶어했다. 첫 전투 때보다 더 공에 집착했다. 후츄를 떠날 때 요시모토가 약속했다.

'이번 일만 잘 완수하라. 그러면 미카와로 돌아가고자 하는 숙원이 이루어지도록 해주겠다.'

모토야스도 한시라도 빨리 미카와로 돌아가고 싶었다. 자신을 기다리는 누대의 노신과 신하 들과 함께 지낼 날을 간절히 바랐다.

"신구로, 신구로."

돌연 회랑에서 모토야스가 상기된 목소리로 외쳤다. 이윽고 고리키 신구로가 달려와서 나무 바닥에 무릎을 꿇었다.

"소라를 불어라."

모토야스의 시선은 산문의 나뭇가지 너머에 있는 노을이 진 구름에 닿아 있었다. 저녁 까마귀가 하늘을 까맣게 뒤덮으며 날고 있었다.

"예, 그럼?"

"출전 준비를 하라."

"옛!"

신구로가 붉은 실이 달린 취라吹螺를 높이 쳐들더니 힘껏 불었다. 그 소리는 경내의 구석을 돌아 논두렁 너머에 있는 역참까지 울려 퍼졌다. 모토야스와 가신들은 꼼짝도 하지 않고 서 있었다. 저녁놀에 물든 구름이 검게 변해가는 모습을 보며 때를 가늠하고 있었던 것이다.

이윽고 두 번째 소라가 출전을 알렸다. 모든 준비와 각오가 되어 있었다. 본진 오백여 병마가 조용히 산문을 나서는 데는 아주 짧은 시간밖에 소요되지 않았다. 모토야스는 열 기의 기마병과 함께 말을 타고 역참 도로까지 나아갔다. 검은 행렬이 도로를 가득 메우고 있었는데 병수보다 짐을 실은 말의 수가 훨씬 많은 듯했다.

전의를 품은 이천의 병사와 천여 마리의 말이 행군하는 사이 세 번째 소라가 울렸다. 초저녁부터 한밤중까지 이마무라今村, 한다半田, 이마오카今岡, 요코네의 역참들을 지났다. 어느덧 오다카 성이 있는 산지 근처까지 왔는데 거리는 불과 삼십 정町밖에 되지 않았다. 이곳까지 단숨에 진군해온 이상 목표로 하는 오다카 성을 향해 어떠한 장애물도 뛰어넘어야 했다. 그것이 병법의 상도常道였지만 모토야스는 오다카가 가까워지자 갑자기 말을 멈추었다.

"멈춰라!"

모토야스가 앞뒤의 부장들을 돌아보며 다시 말했다.

"잠시 휴식!"

이시카와 카즈마사가 의아한 듯 모토야스에게 말했다.

"휴식입니까?"

"전군에 그리 명을 내리라."

모토야스가 한 치도 망설이지 않고 말했다.

"멈춰라, 멈춰라."

모토야스의 명령은 긴 행렬을 따라 전해졌다. 오다카 성이 가까워지면서 적의 마루네, 와시즈 요새도 지척이라 이천 병사와 천여 마리의 짐말은 숨을 죽이고 은밀히 전진해왔었다. 그렇게 기를 쓰고 온 장수와 병사 들은 멈추라는 명령에 오히려 전의가 꺾이고 말았다.

'무슨 일이지?'

그들의 머릿속에 한 가지 생각이 떠올랐다. 모토야스는 첫 전투에서 돌다리도 두들겨보고 건널 만큼 신중했다. 그들은 주군이 이번에도 다시 신중을 기하는 것이라고 생각했다. 그렇게 신중하고 견실한 전법도 좋지만 무릇 군사를 움직일 때에는 싸울 시기가 있었다. 그 시기는 찰나에 지나가는 것이었고, 때를 놓치면 싸움의 승기를 잡기 어려운 법이다.

'왜 여기서 멈추지?'

그렇게 생각한 장병들은 움직이지 않는 전방의 본진을 바라보며 답답해했다.

'이대로 앞을 가로막는 적을 뚫고 오다카로 전진하면 좋을 텐데. 이렇게 시간을 허비하는 동안 와시즈와 마루네의 적들이 전열을 정비해서 저지할 것이 분명한데.'

장병들의 마음속에 걱정이 쌓였다. 병력이나 지형으로 생각하면 무모해 보이지만, 적진을 통과해서 신속하게 움직이지 않으면 짐을 실은 말 천여 마리의 운송 부대가 오다카 성 안까지 무사히 들어갈 수 없다는 것은 너무나 자명하며 지난한 일이었다.

'전진? 후퇴? 아니면 이대로 밤을 새우는 것일까?'

사령부의 의지가 명확하지 않은 이상 쉬고 있는 장병들의 마음은 한시도 편하지 않았다. 발을 동동 구르는 병사도 있었고 밤하늘을 올려다보며 울부짖는 말도 있었다. 하지만 초조한 상태는 그리 오래가지 않았다. 전방에서 다시 신속하고 은밀한 전령이 전해졌다.

"일 자로 행렬을 이루어 전진하라!"

각 부대별로 지시가 내려지자 새까만 인마의 행렬이 격류처럼 꿈틀꿈틀 움직이기 시작했다. 그런데 목표 지점은 오다카 성이 아니었다. 뜻밖에도 삼 리쯤 떨어진 국경의 적지 데라베寺部 성을 기습하라는 명령이 내려졌던 것이다.

"데라베, 어서 데라베로!"

병사들은 서로 독려했지만 왜 깊은 오지에 있는 적을 공격하러 가는지 알지 못했다. 대장인 모토야스가 있는 부대 외에는 어느 누구도 어둠처럼 깜깜한 모토야스의 의중을 헤아릴 수 없었다.

말과 사람들의 발걸음이 소나기처럼 빨라졌다. 이천 병사의 무구 소리가 발소리에 맞춰 철거덕철거덕 울렸다. 짐말 천여 마리가 일렬로 검은 물결을 이루며 전진했다. 마침내 왼쪽 산에 고립된 오다카 성의 하얀 벽과 책문이 나타났다.

"아, 아군이 불을 흔들고 있다. 틈새로 횃불을 흔들고 있다!"

"아군이다."

"굶주림에 고통받고 있는 아군이다."

아군의 모습을 본 마쓰다이라 병사들의 눈시울이 뜨거워졌다. 이천 명의 병사가 천여 마리의 말에 병량을 싣고 왔다. 사방이 적으로 둘러싸인 채 반년 이상 성에 갇혀 나무껍질을 먹으며 지내온 사람들은 원군을 보며 얼마나 기뻐했는지 모른다. 그들은 해가 지는 하늘을 바라보며 성벽 틈새로 머리를 내밀고 원군을 기다렸을 것이다. 고립된 성안 무사들 중에는 벗도 있고 혈육도 있었다. 이제 어이, 하고 부르면 바로 대답할 수 있는 거리에 있었다. 하지만 원군인 마쓰다이라 군대는 발걸음을 조금도 늦추지 않았다.

"서둘러라!"

대장인 모토야스와 부장들은 몸을 바짝 낮추고 말을 재촉해 몰았다.

"한눈팔지 말고 직진하라! 앞을 가로막는 적은 베어버리고 적이 쓰러지면 밟고 지나가라!"

현재 위치는 서쪽 일직선으로 사오 리도 되지 않는 아쓰다熱田 가도였다. 이미 죽을 각오를 하고 온 병사들이었다. 그들은 고립된 오다카 성을 바로 옆에 두고 왜 그냥 지나치는지 모토야스의 의중을 헤아릴 수 없어 피로웠다. 그 순간 갑자기 전열이 흐트러졌다. 병사들은 각자 든 무기를 움켜잡았다.

"한눈팔지 마라!"

"찔러라! 베어버리고 통과하라!"

부장들이 큰 소리로 호령하자 새까만 그림자가 만卍 자로 벌어졌다. 후방에 있는 병사들이 통과하려고 했지만 지나갈 수가 없었다. 벌써 싸움이 시작되고 있었다. 서쪽의 잡목 숲에서 총소리가 어지럽게 들렸다. 산재한 적이 화승줄에 불을 붙이고 뛰어다니는 모습이 흡사 붉은 반딧불처럼 보였다.

"쏴라!"

부장의 외침에 마쓰다이라 병사들은 한쪽 무릎을 땅에 대고 철포를 겨누었다. 한쪽이 총을 쏘자 상대도 대응했다. 일순 총소리가 귓가를 울리자 병사들은 냉정을 되찾았다. 그런데 정신을 차리고 보니 그 부대만 본대에서 낙오되어 있었다. 연락을 취하기 위해 되돌아온 기마병이 고함을 쳤다.

"왜 총을 쏘느냐! 한눈팔지 말라는 명이 들리지 않느냐! 어서 오라. 직진이다!"

그들은 대오가 흐트러진 채 간신히 본대에 합류했다. 와시즈와 마루네 요새를 나와 끊임없이 기습을 가하는 적에 맞서 싸우며 오로지 앞을 향해 내달렸다.

어느덧 부대는 오다카 성을 뒤로하고 국경 깊은 곳에 있는 적지로 들어갔다. 그런데 정신을 차리고 수습해보니 천여 마리의 짐말과 오백 명의 병사가 낙오된 상태였다.

"어떻게 된 것인가?"

전군의 사분의 일에 해당하는 병력 수인 데다 대장이 있는 주력부대를 잃어버리자 마쓰다이라 군은 동요하기 시작했다. 그러는 중에 데라베를 공격하라는 명령이 떨어졌다. 병사들은 물론이고 소대의 병력으로는 큰 싸움을 할 수가 없었다. 무엇보다 이들은 전체적인 전략과 목적을 모르고 그저 명령에 따라 전진했던 것이다. 그들에게는 나갈 것인가 물러설 것인가 하는 선택지밖에 없었다.

데라베 성이 눈앞에 있었다. 하지만 적지 깊숙이 들어와서, 게다가 원래 목적인 오다카 성 구원은 차치하고 무엇을 위해 무모하게 공격을 감행해야 하는지 알 수가 없었다. 그들은 일순 망설였지만 더 이상 그러고 있을 시간이 없었다. 아군의 선봉이 벌써 성문에 불쏘시개를 쌓아놓고 불을 지르며 민가를 불태우고 있었던 것이다.

불속에서 혈전이 시작되었다. 데라베의 군사가 성안에서 뛰어나왔던 것이다. 그들은 오다군 중에서도 정예인 사구마 다이가쿠 휘하의 군사였다. 이곳 요새에 있는 오다 군의 병사들은 평소 따분한 나머지 전의에 불타 있었고, 마쓰다이라 군은 먼 길을 달려와서 지쳐 있는 상태였다. 적병들이 전의에 불타 성에서 뛰쳐나오자 마쓰다이라 군은 적의 기세에 눌려 뒤로 물러나고 말았다.

"미카와 무사의 이름을 더럽히지 마라!"

난전 속에서 사람의 목소리라고는 여겨지지 않을 만큼 큰 고함 소리가 울려 퍼졌다. 미카와 무사의 이름을 더럽히지 말라는 말은 미카와 무사들이 입버릇처럼 하는 말이었다. 아니, 전국 시대의 무사들이 한결같이 입버릇처럼 하는 말이었다. 적에게 놀림을 당하는 것은 싸움에 패하는 것 이상으로 부끄러운 일이었다.

마쓰다이라 군은 고전을 면치 못했다. 여기저기 불을 지르며 몇 번이나 적들을 돌파하려고 시도했지만 와시즈와 마루네의 적들까지 들이닥쳐 몇 겹으로 포위되었다. 모두들 당연한 일이라고 생각했다. 오다카 성과 대치하고 있는 적의 요새들을 무시하고 깊숙한 적진까지 자진해서 들어왔던 것이다. 하물며 데라베에 불을 질러 와시즈와 마루네의 적까지 불러들이고 말았던 것이다.

'마쓰다이라 군이 병력이 적은 데라베를 노리고 기습을 감행한 듯하다.'

그런 생각에 와시즈와 마루네 요새에서는 일부러 적이 지나갈 때 공격하지 않고 싸움이 시작되자 퇴로를 끊고 포위망을 좁혀온 것이다.

"와시즈와 마루네 요새의 병사들이 왔느냐? 분명한 것이냐?"

이시카와 카즈마사, 사카이 마사치카, 마쓰다이라 사마노스케 등의 부장들이 병사들에게 묻자 척후병과 조장 들이 번갈아 달려와 새된 목소리로 보고했다.

"상당한 대군입니다. 와시즈, 마루네의 병사뿐 아니라 선조사와 나카지마 요새의 군사들도 일제히 이곳으로 들이닥친 듯합니다."

그 말을 들은 이시카와와 사카이 등의 부장들이 비로소 싸움의 목적을 달성한 듯 소리쳤다.

"걸려들었다!"

"전군, 신속하게 퇴각하라!"

명령이 떨어지자 마쓰다이라 군은 불길에 휩싸인 부락의 한복판을 내

달려 썰물처럼 퇴각했다.

오다카 성에서 이십여 정 정도 떨어진 가도 옆에 울창한 소나무 산이 몇 개나 있었다. 그 소나무 산 정상에서 망을 보고 있던 부장이 산 아래를 내려다보며 상세히 보고했다.

"데라베 부근에서 불길이 일었습니다."

"불길은 일곱 곳 정도입니다."

그러고는 잠시 뒤 다시 보고했다.

"와시즈의 적이 데라베 방면으로 달려갑니다. 이백, 삼백여 명! 모두 사오백 정도인 듯합니다."

칠흑같이 어두운 산기슭에서는 아무 대답도 없었다. 다시 척후병의 목소리가 들렸다.

"앗, 마루네 요새의 군사도, 와시즈와 마루네 요새 쪽에서도 지금 군사를 이끌고 데라베로 향했습니다."

척후병의 말이 끝나기가 무섭게 산간에 횃불이 점점 늘어나더니 산의 표면을 빨갛게 물들이기 시작했다.

"지금이다!"

일군의 부대가 새까맣게 달려 내려갔다. 그것은 데라베를 향해 일직선으로 전진하는 도중에 아군조차 알아차리지 못할 정도로 신속하게 아쓰다 가도에서 샛길로 벗어나 이곳에 숨어 있던 마쓰다이라 모토야스 휘하의 병사 사백여 명과 등에 병량을 실은 짐말 천여 마리의 행렬이었다.

모토야스의 계획대로 오다카 성을 향한 길이 열린 것이었다. 비록 충성스러운 이천의 미카와 무사가 죽을 각오를 했다손 치더라도 와시즈와 마루네의 요새가 오다카로 가는 길을 막고 있는 이상 천여 마리의 짐말을 이끌고 통과하는 것은 불가능한 일이었다.

이마가와 요시모토는 그 불가능한 임무를 볼모인 모토야스에게 내렸고, 모토야스는 그 불가능한 명을 자진해서 맡아 훌륭하게 완수했다. 천 여 마리의 짐말은 무수한 횃불이 비추는 길을 내달려 오다카 성으로 들어갔다. 아사 직전의 성안으로 활활 타오르는 횃불과 천여 마리 짐말이 달려 들어왔을 때, 성안의 장병들은 자신도 모르게 환호성을 지르며 눈물을 흘렸다.

풍전등화

겨울이 되자 국경에서의 소규모 전투도 소강상태를 보이고 있었다. 하지만 그것은 대사를 일으키기 전 준비 과정이나 다름없었다.

이듬해인 에이로쿠 3년(1560년), 비옥한 도카이도 들판에는 파랗게 자란 보리가 물결치듯 일렁였다. 꽃이 지고 나무에 새순이 돋아나는 초여름, 요시모토는 후츄에서 상락군에게 출진 명령을 내렸다. 대국 이마가와의 대규모 군비와 웅장한 행장은 세상의 눈을 깜짝 놀라게 했고 상락 선언은 약소국의 간담을 서늘하게 했다.

누구든 우리 군의 앞길을 막아서는 자는 베어버릴 것이며, 우리 군의 앞길에 예를 취하는 자는 휘하로 받아들이고 그에 걸맞은 대우를 할 것이다.

선언은 간단명료했다. 하지만 다른 쪽에서 생각하면 요시모토 아래 있는 이마가와 가문의 일족들이 얼마나 천하를 우습게 보고 있는지 잘 알 수 있었다.

진중 일지日誌에 의하면 출병의 령令은 5월 1일에 발령되었는데, 그와 동시에 이마가와 영내에 있는 각 성과 각 부의 장병에게도 출전 명령이 떨어졌다. 그리고 단오가 지난 5월 12일, 요시모토의 본진은 적자인 우지자네에게 후츄를 맡기고 길가의 영민들의 환호를 받으며 눈이 부실 만큼 화려하고 웅장한 깃발과 두루마리를 앞세우고 위풍당당하게 상락의 도정에 올랐다. 병사의 실제 수는 이만 오륙천 명이었지만 짐짓 사만 명의 대군이라고 칭했다.

이틀 전 전위군의 선봉은 15일에 도카이도의 지리후池鯉鮒 역참에 들어간 뒤 17일에 나루미 방면에 접근해 오다령의 마을들에 불을 질렀다. 날마다 날씨가 덥고 맑아 누에콩 꽃이 핀 보리밭 이랑까지 바싹 메말랐다. 파란 하늘 아래 여기저기 불에 탄 부락에서 시커먼 연기가 피어올랐다. 하지만 오다 쪽에서는 총소리 하나 들리지 않았다. 백성들은 미리 피난 명령을 받았는지 어느 집이든 가재도구 하나 남아 있지 않았다.

"이대로라면 기요스 성도 비어 있을 듯하군."

이마가와의 군사들은 거칠 것 없이 펼쳐져 있는 길을 보며 무료함마저 느낄 정도였다. 오카자키 성에는 마쓰다이라 모토야스를 비롯해 미카와 무사들이 거의 남아 있지 않았다. 요시모토의 본진이 통과할 때 기습을 가하며 맹렬하게 저항할 게 분명한 오다 쪽의 마루네 요새를 치기 위해 전방으로 출전했던 것이다.

지난해 요시모토는 모토야스가 오다카 성에 병량을 보내기 위해 출전했을 때 일을 완수하면 미카와로 귀환하게 해주겠다고 약속했다. 하지만 그는 그 일을 까맣게 잊었는지 지금까지 아무런 조치도 취하지 않았다. 강경한 미카와 무사들 중 일부는 기다리다 못해 요시모토의 상락에 맞춰 그를 제거하려는 움직임까지 보였지만 모토야스는 그것을 허락하지 않았다. 오히려 모토야스는 요시모토의 명에 따라 다시 전선으로 나가 마루네 요새를 공격했다.

기요스 성에는 여느 때처럼 쥐 죽은 듯 적막에 휩싸인 세상 속에서 마치 아무 일도 없다는 듯 등불이 켜져 있었다. 하지만 그것은 당장이라도 닥쳐올 폭풍우 앞에 놓인 등불처럼 위태롭게만 보였다.

"아아, 등불이 켜져 있다."

성 아래 백성들은 그 등불을 유심히 지켜보았다. 미동도 하지 않는 성의 나무들은 마치 태풍 한가운데에 있을 때처럼 불길한 적요를 떠올리게 했다.

성에서는 백성들에게 아직까지 어떤 포고령도 내리지 않았다. 피난을 가라든지, 항전을 준비하라든지, 아니면 안심하라든지 하는 말도 없었다. 상가는 평소처럼 문을 열고 있었고 직인은 여느 때와 똑같이 일을 하고 있었으며 농민들도 농사에 열중하고 있었다. 하지만 며칠 전부터 행인의 발길이 완전히 끊겼다. 그런 만큼 거리는 적막했고 어딘지 모르게 긴장감마저 흘렀다.

"서쪽으로 올라가기 위해 다가오는 이마가와 군은 사만의 대군이라고 하는군."

"오다 님은 어떻게 막을 생각이실까."

"막을 방도가 있겠는가? 이마가와 대군에 비하면 우리 쪽은 십분의 일에도 못 미치니 말일세."

마을 사람들은 모이기만 하면 불안한 얼굴로 이야기를 나누었다. 그사이 사사 구라노스케 나리마사佐佐内藏助成政가 가스가이春日井 군郡의 거성에서 몇 사람을 데리고 기요스 본성으로 달려왔다. 그리고 어제는 아이치愛知 군 가미야시로上社의 시바타 곤로쿠가 등성했고, 그제부터는 니시카스가이西春日井의 시모가타 사곤노 쇼겐下方左近将監과 니와丹羽 군의 오다 요이치織田与市, 도카이東海 군 쓰시마津島의 핫토리 고헤이타服部小平太, 하구리羽栗 군 구리다栗田의 구보 히코베久保彦兵衛, 아쓰다 신궁의 치아키 가노가미千秋加賀守와 같은 오다 쪽 장수들이 분주히 드나들고 있었다. 성에서 물러나 자신의 영지로 돌아가는 장수도 있었지만 그중 일부는 얼마 전부터 본성에 머물고 있었다.

갈림길에 선 영주의 흥망을 걱정하는 영민들은 무장들의 빈번한 왕래를 지켜보면서 이마가와에 항복할 것인지, 아니면 목숨을 걸고 싸울 것인지를 놓고 회의가 길어지고 있다고 짐작했다. 백성들의 생각은 대체로 크게 어긋나지 않았다.

성안에서는 며칠 동안 격론이 펼쳐지고 있었다. 주전파와 주화파의 의견은 늘 대립하기 마련이었다. 그중 '나라의 안위와 가문의 보존'을 주장하는 사람들은 이마가와에 항복하는 것이 상책이라고 주장했다. 하지만 노부나가가 이미 마음을 정한 상태라 격론은 그리 길게 이어지지 않았다. 노신과 일족을 불러 모아 회의를 연 것은 자신의 결단을 알리기 위해서였지 온건하고 보수적인 방법이나 영토를 보존하기 위한 구태의연한 계책을 듣기 위해서가 아니었다. 그러다 보니 노부나가의 의중을 알고 그의 뜻을 받들겠다며 자신들의 영지로 돌아간 무장도 많았다. 노부나가 역시 이곳에서 할 일은 없다며 바로 그들을 각자의 진영으로 돌려보냈다. 그래서 기요스는 평소와 다를 바 없이 조용했고 사람의 수도 늘어나지 않았다.

노부나가는 어제도 한밤중에 몇 번이나 일어나 전령에게 보고를 받았고, 오늘 밤도 저녁을 간소하게 먹은 뒤 바로 큰방에 있는 집무실로 가서 앉았다. 그곳에는 며칠 전부터 자리를 지키고 있는 무장들이 여전히 침통한 표정으로 국난을 걱정하고 있었다. 그들은 모두 잠을 제대로 못 잤는지 창백한 얼굴이었다. 모리 요시나리, 시바타 곤로쿠, 가토 즈쇼, 이케다 가쓰사부로 노부데루를 제외한 장수들이었다. 그들과 조금 떨어진 아래쪽 자리에는 핫토리 겐바, 와타나베 다이조渡辺大藏, 오타 사곤太田左近, 하야가와

다이젠루川大膳 등의 무사와 각 부대의 부장들이 있었다. 다음 방과 그다음 방에도 가신들이 자리를 잡고 있었다. 도키치로와 같은 자는 집무실에서 얼마나 멀리 떨어진 방에 있는지 알 수도 없었다.

"하하하."

노부나가의 웃음소리가 들려왔다. 무슨 이야기를 나누고 있는지 말석에 있는 사람은 알 수 없었지만 이따금씩 노부나가는 웃고 있었다.

그런가 하면 밖에서 무언가를 전하기 위해 누군가 빠른 걸음으로 큰 복도를 달려왔다. 그러면 전황에 대한 보고를 기다리고 있던 노부나가의 근신이 그것을 전해 듣거나 전선에서 보낸 전서를 받아 들고 노부나가에게 전했다.

"아, 이것은……."

시바타 곤로쿠는 서찰을 읽고는 얼굴 표정이 바뀌었다.

"주공."

"무엇인가?"

"방금 마루네 요새의 사구마 모리시게佐久間成重로부터 네 번째 급보가 도착했습니다."

"그런가."

노부나가가 왼쪽에 있는 사방침을 무릎 앞에 놓으며 물었다.

"그런데?"

"스루가의 대군이 아오미碧海 군의 우가시라宇頭와 이마무라를 거쳐 초저녁쯤 구쓰카게로 들이닥친 듯합니다."

"그러한가."

노부나가는 그렇게 말하고는 큰방의 교창을 바라보았다. 허무한 눈빛이었다.

'역시 당혹스러워하는구나.'

평소에 노부나가를 배짱 좋게 여긴 사람들도 그렇게 생각할 수밖에 없었다. 구쓰카게와 마루네는 오다의 영토였다. 그 전선에 산재하고 있는 요새들이 돌파당한다면 비슈 평야에서 기요스 성 아래까지 거칠 게 아무것도 없었다.

"어떻게 하시겠습니까?"

시바타 곤로쿠가 참지 못하고 물었다.

"이마가와 군은 사만의 대군이고 아군은 사천도 되지 않는 병력입니다. 특히 사구마 모리시게가 있는 마루네 요새의 병사는 칠백도 되지 않습니다. 이마가와의 선봉인 마쓰다이라 모토야스의 군사만 해도 이천오백이니, 성난 파도 앞의 작은 배와 같습니다."

"곤로쿠, 곤로쿠."

"새벽까지 마루네와 와시즈가 버틸 수 있을지도……."

"곤로쿠, 내 말이 들리지 않는가!"

"예."

"대체 혼자서 무슨 말을 하는 것인가? 다 알고 있는 것을 반복할 필요는 없네."

"하지만."

그렇게 말하는 순간, 다시 복도를 급히 달려오는 발소리가 들렸다. 옆 방 입구에서 발소리가 멈추더니 곧바로 다급한 목소리가 들려왔다.

"나카지마 요새의 가지가와 카즈히데梶川一秀 님을 비롯한 선조사 요새의 사구마 노부도키佐久間信辰 님의 전령이 차례로 도착해 급보를 가져왔습니다."

옥쇄를 각오하고 있는 전선에서의 보고는 모두 화급을 다투는 비장한 것이었다. 나카지마와 선조사 진영에서 온 전서에는 '아마도 이것이 본성에 보내는 마지막 연락일 것'이라는 말이 쓰여 있었다. 방어선에 있는 아군이 본성에 보내는 유언과도 같은 전서에는 적이 대군을 배치한 뒤 내일 공격을 해올 것이라고 예측하고 있었다.

"다시 한 번 적의 배치 장소를 읽어봐라."

노부나가가 사방침을 안은 채 전서를 대신 읽은 시바타 곤로쿠를 향해 말했다. 곤로쿠는 전서 중 조목별로 되어 있는 부분을 모든 사람이 들을 수 있도록 다시 읽었다.

　첫째, 마루네 요새를 공격하는 적의 수, 약 이천오백 명, 적장 마쓰다 이라 모토야스.

　둘째, 와시즈 요새를 공격하는 적의 수, 약 이천 명, 적장 아사히나 카즈에.

　셋째, 측면 공격 부대 삼천 명, 적장 미우라 빈고노가미三浦備後守.

　넷째, 기요스 방면 전진 주력 대략 육천 명, 구즈야마 노부사다葛山信貞 및 그 외 각 부대.

　다섯째, 스루가 본군 병력 수 약 오천 명.

시바타 곤로쿠는 해석을 덧붙여 말했지만 병력 수 외에 잠행하는 적의 소대가 얼마나 되는지는 알 수 없었다. 게다가 지난해부터 끈질기게 버텨온 이마가와 쪽의 오다카 성이 얼마 전부터 그 진가를 발휘하고 있었다. 오다카는 오다의 영토를 잠식한 적의 교두보와도 같았기 때문에 오다 쪽 방어선은 끊임없이 배후와 측면에서 위협을 받고 있었다.

노부나가를 비롯한 모든 사람이 곤로쿠가 이야기하는 동안은 물론이고 아무 말 없이 전서를 말아 노부나가 앞에 놓은 뒤에도 침통한 얼굴로 그저 등불만 바라보고 있었다. 최후까지 싸운다는 방침은 이미 정해졌고 더 이상 의심의 여지도 없었다. 하지만 이렇게 팔짱을 끼고 앉아 아무것도 하지 않는 것은 모두에게 고통이었다.

와시즈, 마루네, 선조사는 멀리 있는 국경이 아니었다. 말에 한 번만 채찍을 가하면 닿을 수 있는 거리였다. 사만 명이라고 하는 이마가와의 대군이 눈앞에 선하고 그들의 함성이 귓전에 들리는 듯했다.

"장렬하게 옥쇄를 결행하는 것만이 무문의 본분은 아닐 것입니다. 다시 한 번 고려해보는 게 어떠하신지요? 설사 저를 두고 비겁하다고 하실지 모르지만 가문의 보존을 위해 다시 한 번 숙고하시기를 간청합니다."

모두가 침묵을 지키고 있을 때 한쪽 자리에서 근심에 잠긴 노인의 목소리가 들렸다. 그는 사람들 중에서 가장 고참인 하야시 사도였다. 그는 예전에 노부나가에게 간언을 하고 자결한 히라데 나카쓰카사와 함께 선대인 노부히데가 노부나가를 부탁한다는 유언을 남긴 세 노신 중 한 사람이었다. 그중 아직까지 살아 있는 사람은 사도뿐이었다. 사도의 말에 그 자리에 있는 사람들이 동감의 뜻을 내비쳤다. 사람들은 속으로 노부나가가 노신의 마지막 충언을 받아들이기를 바랐다.

"지금 몇 시인가?"

노부나가는 뜬금없이 묻고는 당혹해하는 사람들을 둘러보았다.

"자시子時입니다."

옆방 쪽에서 누군가가 대답했다. 그것으로 대화는 다시 끊겼고 밤이 깊은 만큼 사람들도 침울하게 앉아 있었다.

"주군, 다시 한 번 고려해보십시오. 회의를 여십시오. 이렇게 간청드립니다."

사도가 자리에서 조금 움직이더니 백발이 성성한 머리를 노부나가를 향해 숙이며 말했다.

"밤이 새면 아군의 병사와 요새는 이마가와 군 앞에 한 줌의 먼지와 같이 궤멸당할 것이고 그렇게 되면 다시는 되돌릴 수 없을 것입니다. 그 뒤

맺는 강화와 지금 맺는 강화는 전혀 다를 것입니다."

노부나가가 흘낏 보며 말했다.

"사도인가?"

"예."

"노년의 몸으로 오래 앉아 있는 건 힘이 들 것이오. 이제 와서 의논할 것도 없고 밤도 깊었으니 그만 물러가 쉬시오."

"어찌 그런 말씀을."

이제 마지막이라는 생각이 들었는지 사도의 눈에서 눈물이 뚝뚝 떨어졌다. 게다가 아무 도움도 되지 않는 늙은이 취급을 당하자 비참하기까지 했다.

"결심이 그러하시다면 전의戰意에 대해 더 이상 아무 말도 올리지 않겠습니다."

"하지 말게!"

"예, 그래도 군사 회의는 여십시오. 그제도 어제도, 또 오늘도 초저녁부터 많은 사람이 그저 이렇게 손을 짚고 시시각각 닥쳐오는 적의 대군에 대한 보고만 듣고 있으니 대체 어떻게 하실 생각이신지요. 나가서 싸우고자 한다면 싸우십시오. 아니면 적을 성 아래로 끌어들여 괴롭히실 생각이면 그렇게 하시는 것이……."

"그렇다."

"그렇다면 가토 님과 시바타 님이 방금 피력한 의견에 이 늙은이도 동의합니다. 주군께선 성을 나가서 결전을 벌일 생각이신 듯합니다만."

"그렇네."

"사만의 대군에 비하면 아군은 십분의 일도 안 되는 소수입니다. 평야로 나가 싸운다면 승산이 전혀 없습니다."

"성을 지키며 싸우면 승산이 있는가?"

"성안에 틀어박혀 싸운다면 어떤 책략도 강구할 수 있을 것입니다."

"책략?"

"비록 반달이나 한 달 동안이라도 이마가와 군을 저지하면서 그사이 미노나 고슈에 밀사를 보내 좋은 조건으로 원군을 청하거나 전법으로 적들을 괴롭힐 방도를 강구하는 것입니다. 저희 쪽에도 지략이 있는 책사는 얼마든지 있습니다."

노부나가는 천장이 떠나갈 듯 웃었다.

"하하하. 사도, 그것은 상시常時의 전법이 아닌가. 오다 가문에 있어 지금은 상시인가 비상시인가?"

"답할 필요도 없을 것입니다."

"열흘이나 스무 날, 목숨을 연명한다 한들 이 성은 결국 버티지 못할 것이네. 하나 누군가 운명의 향방이란 사람의 눈에 마지막처럼 보이는 궁지에서 일변하는 것이라고 말했네……."

"……."

"내가 생각하기에 지금이 바로 절망의 나락인 듯싶네. 게다가 상대는 거대하네. 이 거대한 파도야말로 운명이 이 노부나가에게 준 일생일대의 천기天機일지도 모르네. 그렇다면 어찌 작은 성에 틀어박혀 구차하게 목숨이나 연명하기를 바랄 것인가. 사람이 죽는 것은 만고불변의 이치네. 그대들의 목숨을 지금 내게 바치게. 함께 넓은 하늘 아래로 나가 마음껏 달리다 죽으세."

노부나가는 강한 어조로 말하더니 웃음을 지으며 이어 말했다.

"모두들 졸린 얼굴이군. 사도도 그만 쉬게. 다른 사람들도 그만 잠을 자도록 하게. 설마 이 중에 잠도 못 잘 만큼 소심한 자는 없을 것이네."

노부나가의 말에 사람들은 잠을 자지 않을 수 없었다. 실제로 사람들 중에는 그제 밤부터 충분히 잠을 잔 사람이 아무도 없었다. 예외적으로 노부나가만 밤에 잠을 자고 낮잠까지 잤는데, 침실에 들어가서 잔 게 아니라 잠시 눈을 붙인 정도였다.

"그럼 내일 다시 뵙겠습니다."

사도는 단념한 듯 그렇게 말하고 노부나가와 사람들에게 인사를 한 뒤 먼저 물러갔다. 그의 뒤를 이어 자리를 지키고 있던 사람들이 차례로 물러갔다.

노부나가는 넓은 방 안에 혼자 남겨지자 그제야 가뿐한 표정을 지었다. 뒤를 돌아보자 두 명의 어린 시종이 서로 기댄 채 졸고 있었다. 그중 한 명은 올해 열네 살인 사와키 도하치로佐脇藤八郎였는데 일전에 노부나가의 노여움을 사서 쫓겨난 마에다 이누치요의 동생이었다.

"오토, 이놈 오토야."

"예!"

노부나가의 목소리를 듣자마자 도하치로가 자세를 곧추세우며 손등으로 입가의 침을 닦았다.

"잘도 자는구나."

"용서하십시오."

"혼을 내는 게 아니다. 오히려 칭찬을 하고 싶을 정도구나. 하하하, 나도 잠깐 자야겠으니 베개가 될 만한 것을 다오."

"여기서 말씀이십니까?"

"그렇다. 곧 밤도 샐 것이고 선잠을 자기에 좋은 계절이구나. 저기 있는 선반에서 손궤를 다오. 베개로 좋겠구나."

노부나가는 그렇게 말하며 몸을 구부렸다. 그러고는 오토가 손궤를 가져올 때까지 바다에 떠 있는 배처럼 팔꿈치로 머리를 받치고 있었다. 편지함의 뚜껑에는 무로마치 시절, 금은 가루를 뿌려 만든 마키에蒔繪의 송죽매松竹梅 그림이 새겨져 있었다. 그는 거기에 머리를 대고 싱긋 웃으며 눈을 감았다.

"꿈꾸기에 좋은 베개군."

이윽고 오토가 수많은 촛불을 가장자리에서부터 하나씩 끄는 동안 노부나가의 웃음도 눈이 녹듯 엷어졌다. 노부나가는 어느 순간 코를 골며 깊은 잠에 빠졌다.

"주군께서 잠이 드셨습니다. 조용히."

오토가 무사들이 모여 있는 방으로 가서 낮은 목소리로 말했다.

"그런가."

방에 있는 사람들은 비장한 얼굴로 고개를 끄덕였다. 그들 역시 죽음을 각오하고 있었다. 그날 밤, 성안의 사람들은 눈앞에 다가온 죽음을 응시하며 밤을 새우고 있었다.

"죽는 건 괜찮지만 어떻게 죽을 것인가?"

불안한 것은 오직 그뿐이었지만 아직 아무도 결정하지 못하고 있었다. 그래서인지 아직 마음을 정하지 못한 사람도 있었다.

"감기에 걸리면 어쩌시려고."

시녀 사이가 몰래 들어와 노부나가의 몸에 솜을 넣은 잠옷을 덮어주었다. 그로부터 대략 두 시간 정도 지났을까. 등잔의 기름도 다했는지 등불이 흐느끼는 것처럼 느껴졌다. 노부나가가 갑자기 머리를 벌떡 들더니 소리를 질렀다.

"사이, 사이! 아무도 없느냐!"

출진

소리도 없이 삼나무 문이 열렸다. 시녀인 사이가 문밖에서 손을 바닥에 짚고 노부나가를 바라보더니 조용히 문을 닫고 가까이 와서 다시 머리를 숙였다.

"일어나셨습니까?"

"음, 사이구나. 지금 몇 시쯤 됐느냐?"

"축시丑時가 조금 지났습니다."

"잘됐군."

"무슨 일이라도 있으신지요?"

"아니다. 내 갑옷을 이리 가져오너라."

"갑옷을 말입니까?"

"다른 사람들에게도 말에 안장을 준비하라 일러라. 그동안 너는 따뜻한 물과 밥을 준비해서 가져오너라."

"알겠습니다."

세심했던 사이는 평소에도 노부나가의 신변에 관한 일까지 도맡아 했다. 노부나가의 마음을 잘 알고 있던 그녀는 드디어 움직이는구나 생각할 뿐 수선을 피우지 않았다. 옆방에서 팔베개를 하고 잠을 자던 도하치로를 흔들어 깨우고 숙직하는 사람에게 말을 준비하라고 전하고 서둘러 밥상을 차려 노부나가에게 가져갔다. 노부나가가 젓가락을 들며 말했다.

"날이 새면 5월 19일이구나."

"그렇습니다."

"19일 아침밥은 내가 세상에서 가장 빨리 먹는 밥이겠구나. 맛있구나. 한 그릇 더 다오."

"많이 드십시오."

"상 위에 곁들인 저것은 무엇이냐?"

"다시마와 황밤을 조금 준비했습니다."

"내 마음을 잘도 아는구나."

노부나가는 기분 좋게 밥을 먹고 나서 황밤 두세 개를 집어 깨물어 먹었다.

"잘 먹었다. 사이, 저 소고^{小鼓}를 이리 다오."

노부나가가 아끼는 나루미가타^{鳴海潟}라는 작은 북이었다. 사이에게서 소고를 건네받은 노부나가는 그것을 어깨에 대고 두세 번 쳐보았다.

"소리가 좋구나. 사경^{四更}이어서인지 평소보다 한층 소리가 맑군. 사이, 내가 춤을 출 터이니 너는 춤에 맞춰 아쓰모리^{敦盛}[11] 가락을 연주하거라."

"예."

사이는 노부나가에게서 소고를 받아 들고 연주하기 시작했다. 북소리는 어서 눈을 뜨라는 듯 넓은 기요스 성안으로 퍼져나갔다.

---

11) 무로마치 시대에 유행했던 고와카마이^{幸若舞}(노래를 부르며 함께 추었던 춤의 일종)의 한 부분으로, 노우^能와 가부키^{歌舞伎}의 원형으로 알려져 있다. 여기서 '아쓰모리'란 헤이안^{平安} 시대 말기의 무장인 다이라 아쓰모리^{平敦盛}를 말하는데, 그는 겐페이^{源平} 싸움에서 적장인 구마가야 나오자네^{熊谷直實}에게 사로잡혀 목이 잘려 죽음을 맞았다. 후일 나오자네는 아쓰모리의 목을 친 것을 후회하며 출가했다고 한다.

"인간 오십 년, 하천下天에 비하면."

노부나가는 일어서더니 흐르는 강물처럼 살며시 걸음을 옮기며 소고의 가락에 맞춰 노래를 불렀다.

"인간 오십 년, 하천에 비하면 몽환과 같구나. 한바탕 생을 얻어 멸하지 않을 자가 있으랴."

여느 때와 달리 노부나가의 목소리는 마지막을 기약하는 듯 한층 낭랑하고 우렁찼다.

"멸하지 않는 자가 있으랴. 이를 보리菩提의 씨앗이라 여기지 않는다면 어찌 안타깝지 않으리, 라며 서둘러 교토로 올라가는 아쓰모리 경卿의 잘린 머리를 보니……."

그때 누군가 허겁지겁 복도를 달려왔다. 숙직을 하던 무사인지 갑옷 소리를 울리며 무릎을 꿇고 고했다.

"말을 준비해놓았습니다. 언제든 분부만 내리십시오."

노부나가가 춤을 추던 손과 발을 멈추더니 소리가 나는 쪽을 돌아보았다.

"이와무로 나가토巖室長門 아닌가."

"예, 나가토입니다."

이와무로 나가토는 이미 갑옷을 입고 칼을 차고는 당장이라도 노부나가의 말의 고삐를 잡을 수 있도록 준비를 하고 있었다. 그런데 노부나가는 아직 갑옷도 입지 않은 채 시녀인 사이에게 소고를 치게 하고 춤을 추고 있었다. 이와무로 나가토는 노부나가의 모습을 보며 의아한 표정을 지어보였다. 방금 시종인 사와키 도하치로가 와서 출마 준비를 하라는 말을 전했는데, 순간 그는 모두 잠이 부족하다 보니 피곤에 지쳐 잘못 전해진 것이 아닌가 하고 생각했다. 또 자신의 모습과 노부나가의 모습이 너무나 달라 당혹스러운 듯했다. 늘 근신들이 말을 준비하기 전에 노부나가가 먼저 나와 있었기에 나가토는 더 의아하게 생각했던 것이다.

"들어오게."

노부나가는 손을 내리며 말했지만 여전히 춤을 추던 자세는 풀지 않았다.

"나가토, 자네는 행운아네. 내가 이 세상에서 마지막으로 추는 춤을 볼 수 있으니 말이네. 거기서 보고 있게."

'아, 역시.'

주군의 마음을 깨달은 나가토가 의심했던 마음을 부끄럽게 여기며 방의 한쪽에 자리를 잡고 앉아 말했다.

"누대의 가신들과 가족분들도 많으신데 저 혼자만 주군의 마지막 춤을 배알하게 되어 과분할 따름입니다. 제게도 마지막으로 노래를 부를 수 있는 영광을 허락해주십시오."

"으음, 자네가 노래를 부르겠는가? 좋네. 사이, 처음부터 다시."

사이는 잠자코 머리를 다소곳이 숙였다. 나가토는 노부나가가 춤을 춘다고 하면 늘 아쓰모리를 춘다는 것을 잘 알고 있었다.

"인간 오십 년, 하천에 비하면 몽환과 같구나. 한바탕 생을 받아 멸하지 않는 자가 있으랴."

나가토는 노래를 부르는 동안 노부나가의 유년 시절의 모습과 자신이 곁에서 섬겨왔던 장년의 일들을 긴 두루마리를 펼치듯 떠올렸다. 춤을 추는 사람과 노래를 부르는 사람의 마음이 하나가 되었고, 소고를 치던 사이의 하얀 얼굴에 눈물이 반짝였다. 사이의 북소리는 평소보다 맑고 격렬하게 느껴졌다.

"죽음은 숙명!"

노부나가가 부채를 집어 던지더니 재빨리 갑옷을 입고 투구를 들고 말했다.

"사이, 내가 죽었다는 말을 들으면 당장 성에 불을 질러라. 아무것도 남기지 말도록 하라."

"알겠습니다."

사이는 소고를 내려놓고 두 손을 짚은 채 얼굴을 들지 못했다.

"나가토, 소라를 불어라!"

"옛!"

나가토는 앞서 복도를 달려갔다. 노부나가는 사랑스러운 여동女童들이 생활하는 곳에 잠시 들렀다. 그러고는 선조의 위패를 모신 곳에 들러 하직 인사를 한 뒤 투구 끈을 매면서 성문 쪽으로 달려갔다.

아직 어두운 새벽녘에 출진을 알리는 취각 소리가 울리고 있었다. 짙은 어둠 속, 구름 사이로 잔별들이 선명하게 빛나고 있었다.

"출진이다."

"뭐?"

"주군께서 출진하신다."

"정말인가?"

부엌과 출납 일을 맡고 있는 사람들과 하인이나 늙은 무사처럼 싸움에는 도움이 되지 않아 성에 남아 있는 사람들이 일제히 성문 입구까지 배웅하러 나왔다. 기요스 성안에 있는 남자란 남자는 모두 나온 듯했지만 불과 사오십 명도 되지 않았다. 그만큼 성안이나 노부나가 주위에는 사람이 없었다.

노부나가가 탄 말은 쓰기노와月輪라고 부르는 남부에서 온 준마였다. 손에 든 등불이 명멸하는 대현관 앞에서 노부나가는 나전 안장을 얹은 말 위에 앉은 뒤 팔자로 열려 있는 중문을 지나 성문 입구로 달려 나왔다.

"나리."

노부나가를 배웅하기 위해 무릎을 꿇고 모여 있는 사람들이 일제히 외쳤다. 노부나가는 좌우를 바라보더니 오랜 세월 자신을 섬긴 노인에게도 작별 인사를 건넸다.

"그럼 잘들 있게."

노부나가는 성을 잃고 주인을 잃은 노인과 여동 들의 앞날이 얼마나 비참한 것인지 잘 알고 있었다. 노부나가의 눈가가 촉촉하게 젖었다. 눈시울이 뜨거워져 눈을 꾹 감은 순간, 어느새 쓰기노와가 성 밖으로 나와 질풍처럼 어둠 속을 내달렸다.

"나리!"

"주군!"

"부디."

노부나가의 뒤로 말을 탄 이와무로 나가토를 비롯해 야마구치 히다노가미山口飛驒守 하세가와 교스케長谷川橋介, 그리고 시동인 가토 야사부로加藤彌三郎와 나이가 가장 어린 사와키 도하치로가 따라가고 있었다. 근신들은 노부나가가 탄 말을 놓치지 않으려고 필사적으로 뒤를 쫓았지만 노부나가는 뒤도 돌아보지 않고 앞서 나갔다.

'적은 동쪽에 있다. 아군도 전선에 있다. 그 사지에 닿을 무렵이면 태양도 높이 떠 있을 것이다. 영겁의 시간의 흐름에서 오늘이라는 한순간을 생각하면 이 나라에 태어나서 이 나라의 흙으로 돌아가는 것은 당연한 일이다.'

노부나가는 달려가면서 그렇게 생각했다.

"주군!"

갑자기 마을 네거리에서 그렇게 외치는 사람이 있었다.

"오, 모리 쪽 사람들인가?"

"그러하옵니다."

"시바타 곤로쿠의 휘하인가?"

"예!"

"빨리 왔군."

노부나가가 칭찬을 한 뒤 등자에 발을 대고 서서 물었다.

"몇 명인가?"

"모리 요시나리의 군사 백이십 기, 시바타 곤로쿠의 휘하 팔십 기, 모두 합쳐 이백여 기입니다. 주군을 기다리고 있었습니다."

모리 요시나리의 활 부대 중에 아사노 마타에몬의 얼굴이 보였고, 병사 삼십 명의 우두머리인 기노시타 도키치로의 얼굴도 보였다.

'원숭이도 있군.'

노부나가의 눈에 도키치로의 모습이 힐끗 들어왔다. 노부나가는 말 위에서 새벽어둠을 뚫고 결의에 찬 모습으로 서 있는 이백여 군사를 바라보았다.

'내겐 저와 같은 부하들이 있다!'

노부나가의 눈이 점점 빛을 발했다. 노도처럼 밀려드는 사방의 적들을 대적하는 데 수적으로는 한 조각 작은 배와 같고 한 줌의 모래에도 미치지 않는 군사였지만 노부나가는 감히 요시모토에게 이런 부하가 있는가, 하고 묻고 싶었다. 장수로서, 인간으로서 자부심마저 들었다. 자신의 병사는 패배하더라도 원수에게는 지지 않는다. 영구한 이 땅 위에 모든 것을 쏟아붓고 최후를 맞이하리라 생각했다.

"곧 날이 밝을 것이다. 계속 전진하라."

노부나가는 앞을 가리키며 외치고는 가장 먼저 아쓰다 가도의 동쪽으로 내달렸다. 그러자 이백여 병사가 길 양편 민가의 처마 아래까지 낮게 깔려 있는 아침 연무가 걷힐 정도로 함성을 내질렀다. 병사들은 전열이나 대오도 이루지 않고 오직 앞을 다퉈 일제히 내달리기 시작했다. 일국 일성의 대장이 출진할 때 민가에서는 일제히 일을 멈추고 처마 아래를 정결히

청소하고 배웅했다. 또 병사는 깃발 등을 높이 치켜들고 진열을 이루어 행진하고, 장수는 호장하고 위풍당당한 모습으로 전쟁터로 행진했다. 하지만 노부나가는 그런 것에 전혀 개의치 않았다. 그의 군대는 대오조차 제대로 갖추지 않고 오직 앞을 향해 내달리고 있었다. 게다가 죽을 것이 뻔한 싸움이었지만 노부나가는 누구든 덤비라는 듯 선두에 서서 달려가고 있었다. 하지만 낙오하는 사람은 한 명도 없었다. 오히려 앞으로 나아갈수록 병사의 수가 늘어났다. 급작스런 출전이라 준비하는 데 시간이 걸렸던 사람들이 골목에서 뛰어들고 뒤에서 쫓아와 하나둘 가세했던 것이다. 그들의 함성 소리와 발소리에 새벽잠을 깬 농부와 상인 들이 졸린 눈을 비비며 문을 열고 바라보았다.

"앗, 전쟁이다."

그들은 그렇게 외쳤다. 어두운 아침 안개 속을 헤치고 달려간 선두의 장수가 영주인 오다 노부나가라는 것을 나중에야 짐작할 수 있었다.

"나가토, 나가토."

노부나가가 말안장 위에서 뒤를 돌아보았지만 이와무로 나가토는 말을 탄 기마 무사가 아니었기 때문에 반 정町이나 뒤처진 군사들 속에 있었다. 시바타 곤로쿠와 모리 요시나리가 말 머리를 나란히 하고 따라오고 있었고, 아쓰다 마을 입구에서 가세한 가토 즈쇼도 있었다. 노부나가가 곤로쿠를 불렀다.

"아쓰다 신궁의 기둥 문이 보인다. 그 앞에서 병사들을 쉬게 하라. 나는 참배를 하러 가겠다."

그사이 기둥 문 아래에 이르렀다. 노부나가가 말에서 훌쩍 뛰어내리자 아쓰다 신궁의 사관祀官이자 신궁의 영지를 관할하는 대관代官이기도 한 치아키 가가노가미 스에타다千秋加賀守孝忠가 스무 명 정도의 부하와 함께 기다리고 있다가 달려와서 노부나가의 말을 맡았다.

"빨리 오셨습니다."

"오, 스에타다인가."

"예."

"수고스럽겠지만 참배를 올리고 싶네."

"안내하겠습니다."

스에타다가 앞장을 섰다. 삼나무가 늘어선 참배 길은 이슬에 젖어 있었다. 스에타다가 손을 씻는 샘물 앞에 서서 권했다.

"먼저 여기서."

노부나가는 편백나무로 만든 국자를 잡고서 손을 씻고 입을 헹궜다. 그리고 다시 한 번 신천神泉의 샘물을 국자로 떠서 단숨에 들이마셨다.

"보아라, 길조이다!"

노부나가는 위를 올려다보며 뒤에 있는 많은 병사가 들을 수 있게 크게 말하고는 손을 들어 하늘을 가리켰다. 드디어 날이 밝아 오고 있었다. 오래된 삼나무 가지들이 붉은빛으로 물들고 있었고 새벽녘 까마귀 떼가 소리 높여 울고 있었다.

"신아神鴉다!"

"신아다."

노부나가를 따라 주위에 있는 무사들도 하늘을 쳐다봤다. 그동안 치아키 스에타다는 갑옷을 입은 채 배전으로 올라가서 노부나가에게 방석을 내어주었다. 그리고 신주神酒를 들고 와서 토기를 건넸다. 스에타다가 술병을 들고 노부나가에게 신주를 따르려고 하자 제지하는 사람이 있었다.

"잠깐."

시바타 곤로쿠였다.

"치아키 님은 아쓰다 신궁의 사관직을 맡고 계셔서 당연한 일인 듯 여길지 모르나 아무리 화급한 출진이라고 해도 갑주를 한 채 신주를 들고 배전에서 시중을 드는 것은 도리가 아닌 듯하오. 갑주를 벗고 의관을 갈아 입을 시간이 없다면 다른 신관도 있을 터인데 어찌 그들에게 시키지 않는 것이오?"

시바타 곤로쿠의 말에 치아키 스에타다가 빙긋 웃으며 말했다.

"시바타 님이구려. 무슨 말씀인지 잘 알겠소. 하나 갑주는 신의神衣오. 오래전 신대神代의 치세에 우리 선조들은 갑주를 하고 성업聖業의 여정에 오르기도 하셨소이다. 불초 스에타다도 오늘 싸움을 함께함에 있어 선조들께서 갑주를 하신 그 심경으로 마음을 무장하였고, 또 사리사욕이나 공명 때문에 싸우고자 함이 아니오. 하여 무인의 갑주는 신관의 의관과 같이 청정하다고 믿소이다."

곤로쿠는 아무 말도 하지 않고 노부나가를 둘러싼 채 무릎을 꿇고 있는 이백여 명의 무장들 속에 들어가 앉았다. 노부나가는 토기를 비우고 손바닥을 마주쳐 소리를 낸 뒤 제문을 읽었다. 모두들 머리를 낮게 숙이고 마음속으로 신을 떠올리며 눈을 감았다. 그때 갑자기 갑주가 달그락거릴 정도로 신전 안쪽에 있는 배전 기둥이 두 차례나 흔들렸다. 노부나가가 귀신에게 홀린 듯 눈을 치켜뜨며 말했다.

"저 소릴 들어보라. 신들이 내 기원을 헤아리셔서 오늘 싸움에서 우리 군을 도와주신다고 화답하신 듯하구나. 사심과 사욕, 작은 공명을 위해 싸우지 마라. 이기는 것도 지는 것도 하늘 아래의 일이니 천하에 부끄럽지 않도록 무사로서 본분을 다하고 죽을 뿐이다."

노부나가가 회랑으로 나와서 외치자 병사들도 땅바닥에서 일제히 일어나 와하는 함성을 지르며 앞을 다퉈 참배 길을 달려 나갔다.

노부나가가 아쓰다 신궁을 나왔을 때에는 곳곳에서 달려온 병사들의 수가 어느새 천 명에 이르렀다. 노부나가는 아쓰다 신궁의 춘고문春敲門을 지나 남문으로 나와서는 다시 말에 올랐다. 노부나가가 탄 쓰기노와는 밤색 털의 암말이었다. 후일 그는 병풍을 만들 때 애마 두 마리를 그려 넣었는데 그중 한 마리가 바로 이 쓰기노와였다.

아쓰다 신궁을 나서자 그때까지 질풍과도 같았던 노부나가의 모습에서 어딘가 완연한 여유로움이 느껴졌다. 그는 말 위에서 옆으로 걸터앉아 안장의 앞뒤를 잡고 흔들흔들 타고 갔다.

어느덧 밤이 새자 눈사태처럼 앞을 다퉈 달려가는 병마들의 발소리를 들은 아쓰다의 백성들이 처마 아래나 네거리로 나와 구경을 하고 있었다. 노부나가를 아는 사람들이 그의 모습을 보고 어이가 없다는 듯 속삭였다.

"지금 저런 모습으로 전쟁을 하러 간다는 것인가?"

"어이가 없군."

"만에 하나도 이길 것 같지는 않구먼."

기요스에서 아쓰다까지 말을 타고 단숨에 달려온 노부나가는 피곤함을 달래기 위해 안장의 뒤편에 몸을 기대려고 옆으로 걸터앉아 콧노래를 부르고 있었다.

"아니 저기?"

"저기 검은 연기가?"

병마는 마을 변두리의 네거리까지 온 뒤 갑자기 멈춰 섰다. 해변 길을 택해 도보로 얕은 물가를 건너 야마사키山崎와 도베戶部 방면으로 나갈 것인지, 육지를 우회해서 치다知多의 우에노上野 가도에서 이도다井戶田와 고나루미古鳴海를 향해 갈 것인지 궁금해하던 병사들 눈앞에 멀리 와시즈와 마루네 방향에서 검은 연기가 피어오르고 있었기 때문이었다. 그때까지 여유로워 보였던 노부나가가 그것을 보고는 비장한 표정으로 크게 한숨을 쉬며 말했다.

"와시즈와 마루네가 함락된 듯하군……."

노부나가가 이내 부장들을 돌아보며 말했다.

"지금은 만조 때라 해변가 길은 건널 수 없다. 어쩔 수 없이 산을 넘어 단게 요새까지 가자. 자, 서두르자."

노부나가는 말에서 내려 가토 즈쇼를 부르더니 아쓰다 촌장을 데려오라고 했다. 이윽고 사내 둘이 머뭇거리며 나타나자 노부나가가 말했다.

"자네들은 나를 보는 것이 드문 일이 아닐 터이지만, 오늘 머지않아 이를 검게 물들인 스루가의 무장이 나타날 것이네. 그러면 노부나가의 영지에서 태어난 것이 행운이라 여길 만큼 이제껏 듣거나 보지도 못한 일대 싸움이 벌어질 것이니 높은 곳에 올라가서 구경이나 하게. 하나 그냥 구경만 해서는 재미가 없을 터이니 온 마을에 널리 알려 단오의 붉은 깃발이나 칠월칠석 날 문에 장식하는 대나무, 그 외에 무엇이든 좋으니 적이 멀리서 봤을 때 병사들이 등에 꽂은 작은 깃발처럼 보이도록 꾸미고 나무들 우듬지와 언덕 위에서 하얗고 붉은 천들을 흔들도록 하라."

"예."

"무슨 뜻인지 알겠는가?"

"미력하나마 일심을 다하겠습니다."

"됐네!"

노부나가는 반 리 정도 나아간 뒤 뒤를 돌아보았다. 그러자 아쓰다 마을에 무수히 많은 깃발과 천이 펄럭이는 게 보였다. 그것은 기요스의 대군이 아쓰다까지 출전해서 쉬고 있는 것처럼 보이기도 했다.

해가 중천에 떠오르자 근래 열흘 이상이나 비가 내리지 않았던 땅에서 말발굽이 일으키는 푸석푸석한 먼지가 피어올라 병사들을 뒤덮었다. 나중에 노인들의 이야기에 따르면 아직 5월의 초여름이었지만 그날 19일은 10년 이래로 가장 더운 날이었다. 야마사키를 넘어 이도다 촌의 들길에 이르자 갑자기 병사들이 동요했다.

"앗, 적!"

"척후병인가?"

메꽃이 하얗게 핀 들판의 덤불 속에서 찢어진 갑옷을 입은 사내가 불쑥 튀어나왔다. 이내 포위당한 사내는 바로 창을 머리 위로 들어 올려 저항할 뜻이 없음을 알리고는 큰 소리로 말했다.

"나는 고슈의 이름 있는 무사였는데 지금은 낭인의 신세로 지내고 있소. 오다 님을 따르고자 이렇게 기다리고 있었소. 적으로 오해하지 마시오."

노부나가가 부장과 병사 들 너머로 누구의 휘하였는지 물었다.

"저는 다케다武田 님을 모시고 있으며 하라 미노노가미原美濃守가 제 셋째 아들입니다. 사정상 근래 나루미의 히가시오치아이東落合에 살고 있는 구와바라 진나이桑原甚內라고 합니다."

"흠, 하라 님이 그대의 아들이란 말인가."

노부나가가 고개를 갸웃하며 다시 물었다.

"그런데 여긴 무슨 일로 왔는가?"

"저는 어릴 적 부친이신 미노노가미의 명으로 스루가의 임제사에 맡겨져 갈식喝食을 하며 수행을 해왔습니다. 그래서 이마가와 지부노타유 요시모토治部大輔義元의 얼굴을 잘 알고 있습니다. 오늘의 결전은 종국에 난전이 될 터이니 노부나가 님의 진영에 합세하여 기필코 오하구로의 수급을 베려고 합니다. 바라건대 저를 거두어주시길 청합니다."

"좋다!"

노부나가가 야인처럼 큰 소리로 외치고는 다시 물었다.

"진나이, 고슈 무사로서 얘기해보거라. 오늘의 싸움에서 이 노부나가가 이기겠는가, 요시모토가 이기겠는가?"

"두말하면 잔소리입니다. 반드시 노부나가 님이 승리하실 겁니다."

"이유는?"

"스루가 장군의 교만 때문입니다."

"그뿐인가?"

"사만이라고는 하지만 적의 포진은 졸렬하고 어리석을 뿐입니다."

"흐음."

"또 요시모토 본진은 어제저녁 구쓰카게를 출발하였으니 오늘 아침부터는 더위에 지쳐 있을 것입니다. 그뿐만 아니라 이미 나태해져 있습니다. 무엇보다 기요스의 군세가 극히 소수인 것을 두고 요시모토는 이미 싸우기도 전에 이긴 것처럼 생각하고 있는 듯합니다."

노부나가는 진나이가 마음에 들었는지 안장을 두드리며 말했다.

"잘 알았다. 내 생각과 일치하는구나. 즉시 본진에 합세하라."

"옛, 알겠습니다."

진나이는 병사들 속으로 뛰어 들어갔다.

점차 낮아지는 밭길을 따라 내려가자 이치조一條의 강이 나왔다. 강물이 얕은 데다 매우 맑아 건너기가 망설여질 정도였다. 노부나가가 뒤를 돌아보며 물었다.

"이 강의 이름은 무엇인가?"

땀과 먼지로 뒤범벅된 병사들 사이에서 모리 고헤이타毛利小平太가 대답했다.

"오우기扇 강이라고 합니다."

노부나가는 이미 알고 있었지만 일부러 물었다. 그가 부채를 쫙 펼치더니 후방을 향해 흔들며 말했다.

"하구가 점점 넓어지는 쥘부채와 같은 강이군. 좋은 징조다. 멀지 않았다. 어서 강을 건너라."

사지를 향해 가는 중이었지만 주저하거나 걱정하는 마음은 조금도 없다는 듯, 그의 모습은 오히려 화려하고 장엄해 보였다. 노부나가가 대장의 그러한 매력은 신기할 정도로 힘이 있었다. 노부나가를 따라가는 천여 명의 군사 중 단 한 명도 살아서 돌아가겠다는 마음이 없음에도 웬일인지 절망적으로 보이지 않았다.

삶과 죽음, 그것은 둘로 나뉜 것 같지만 하나였다. 노부나가는 모두가 두려워하고 망설이는 그 두 개의 고삐를 한 손에 부여잡고 앞장서서 달려가고 있었다. 병사들의 눈으로 보면 노부나가는 용감한 죽음의 선구자였고, 거대한 삶과 희망의 선도자였다. 어느 쪽이든 그의 뒤를 따라가면 결과가 어떻게 되든 후회하지 않는다는 철석같은 믿음이 생겼다.

'죽자, 죽어. 죽자!'

도키치로도 머릿속으로 그렇게 생각했다. 멈춰 서려고 해도 앞뒤로 병사들이 성난 파도처럼 달려가고 있어 잠시도 걸음을 멈출 수가 없었다. 또 그는 삼십 명의 부하를 이끄는 대장이라 아무리 힘이 들어도 약한 소리를 할 수 없었다.

'죽자, 죽는 것이다.'

평소 아내와 자식들을 부양하며 그들의 이야기를 입에 달고 사는 부하들도 숨을 헐떡이면서 무언중에 그렇게 말하는 것 같았다. 모든 사람이 이렇게까지 자진해서 기꺼이 목숨을 버리러 가는 경우가 세상천지에 또 어디 있을까. 있을 수 없는 일이 실제로 벌어지고 있었던 것이다.

'아뿔싸!'

문득 도키치로는 자신이 터무니없는 주인을 섬기게 됐다는 것을 깨달았다. '이 주군이라면' 결심하고 섬겼던 자신의 판단이 잘못된 것은 아닌지 생각했다. 노부나가는 아무런 계책도 없이 자신의 병사들을 사지로 뛰어들게 하는 사람이었던 것이다.

'나는 아직 하고 싶은 일이 많다. 또 나카무라에는 어머님도 계신다!'

도키치로는 언뜻언뜻 그런 생각을 했다. 하지만 그것은 머릿속에서 일어나는 한순간의 명멸에 불과했다. 일천 군사의 발소리와 염천에 달아오른 갑주 소리가 마치 함께 죽자고 외치는 소리로 들리는 듯했다. 햇빛에 달아오르고 땀에 흠뻑 젖고 먼지를 뒤집어쓴 도키치로의 얼굴은, 아니 전군의 얼굴은 모두 벌겋게 변해 있었다.

어떤 경우에도 여유롭고 느긋했던 도키치로 역시 이날만큼은 자신도 모르게 '싸우자, 죽자'라는 불석신명不惜身命의 일념으로 진군을 했다. 작은 산들을 하나씩 넘어갈수록 눈앞 저편에 있는 전운의 연기가 점점 짙어졌고 가까워졌다.

"아군인 듯하다."

선두가 언덕길 위로 나갔을 때였다. 저편에서 부상을 입고 피투성이가 된 병사가 알아들을 수도 없는 소리로 절규하며 비틀비틀 달려오고 있었다. 그 병사는 마루네에서 도망쳐온 사구마 다이가쿠의 낭도였다.

"주군인 사구마 님도 불길 속에서 적의 대군에 맞서다 장렬히 최후를 맞이하셨고, 같은 시각 와시즈 요새의 이오 오우미노가미 님도 난전 속에서 분투하시다 돌아가셨다고 합니다."

노부나가의 말 앞에 끌려온 낭도가 부상을 당한 몸으로 괴로워하며 말했다.

"혼자 살아남아 도망친 것은 부끄러운 일이나 주군인 다이가쿠 님의 명으로 아군에게 알리기 위해 도망쳐왔습니다. 도망치는 뒤쪽에서 천지를 뒤흔드는 적의 함성이 들렸습니다. 와시즈와 마루네 일대는 이제 눈에 보이고 귀에 들리는 것 중에 적군의 것이 아닌 것이 아무것도 없습니다."

그의 말을 다 들은 노부나가가 직속 부대를 보며 오토를 불렀다. 건장한 병사들 속에 파묻혀 있던 소년 사와키 도하치로가 대답하며 노부나가의 말 옆으로 달려 나왔다.

"부르셨습니까?"

"오토구나. 기요스를 나설 때, 네게 맡긴 염주를 이리 다오."

"염주 말씀입니까?"

도하치로는 혹시라도 잃어버릴까 봐 염주를 깃발 보자기에 싸서 갑옷 위에 비스듬히 짊어지고 있었다. 그는 어깨 매듭을 풀고 염주를 꺼내 노부나가에게 건넸다. 노부나가는 염주를 받아 어깨에서 가슴까지 비스듬히 걸었다. 그것은 은색의 커다란 염주였는데 노부나가가 착용하고 있는 미늘의 연둣빛 실과 대조를 이루다 보니 비장미가 한층 도드라져 보였다.

"오우미와 다이가쿠가 죽다니 안타깝구나. 두 사람 모두 이 노부나가가 싸우는 모습을 잠시도 보지 못하고 먼저 죽음을 맞았구나!"

노부나가는 말 위의 안장에서 자세를 고쳐 앉더니 합장을 했다. 와시즈, 마루네의 검은 연기가 흡사 화장터처럼 저편 하늘을 뒤덮고 있었다.

"……."

한동안 앞을 바라보던 노부나가가 갑자기 시선을 뒤로 향하더니 안장을 치며 소리 높여 말했다.

"오늘은 에이로쿠 3년, 5월 19일이다. 나를 비롯해 그대들의 기일로 기억하라. 평소 작은 녹밖에 주지 못하고 이렇다 할 좋은 날도 없이 오늘의 결전을 맞이하게 된 것도 나를 따른 숙명이라 생각하라. 여기서부터 내 뒤를 따르는 자는 내게 목숨을 준 것이라 간주하겠다. 그렇지 않고 금생에 미련이 있는 자는 지금 즉시 물러가도 좋다. 모두 어떠냐!"

"끝까지 함께하겠습니다!"

"오직 주군을 위해 죽겠습니다."

장수와 병사 들이 이구동성으로 외쳤다.

"그럼 이 어리석은 노부나가에게 전군 모두 목숨을 맡기겠는가!"

"두말할 필요도 없습니다."

"그렇다면 제군들!"

노부나가가 채찍으로 말의 허리를 내리치며 외쳤다.

"진군하라! 이마가와 군이 바로 저 앞에 있다!"

앞서 달려가던 노부나가의 모습이 그의 뒤를 따라 달려가던 병사들이 일으킨 먼지에 휩싸였다. 뿌연 먼지 속에 비치는 희미한 말 위의 그림자들이 일순 엄숙하고 성스럽게 보이기까지 했다.

기로

산과 들을 지나 고갯마루를 넘어 국경선에 가까워지자 지형은 한층 복잡해졌다.

"아, 보인다."

"단게다. 단게 요새다."

이곳까지 숨을 헐떡이며 온 병사들이 외쳤다. 병사들은 와시즈와 마루네 요새가 함락된 뒤 단게 요새를 걱정하고 있었다. 하지만 단게 요새를 본 병사들은 얼굴이 밝아졌다. 단게는 아직 버티고 있었으며, 단게의 아군은 건재했다. 노부나가가 단게에 들어서자마자 수장인 미즈노 타다미쓰에게 말했다.

"더 이상 지키고 있을 필요가 없다. 이런 작은 요새는 적에게 내주어도 괜찮다. 내가 노리는 것은 다른 곳에 있다."

단게의 병력은 노부나가의 군사에 합류해 휴식도 취하지 않고 선조사 요새를 향해 서둘러 진군했다. 그곳에는 사구마 노부도키가 있었다. 노부나가의 모습을 본 순간, 요새의 병사들이 와하고 함성을 내질렀다. 아니, 함성이 아니라 거의 울음을 터뜨리듯 감격에 겨워 술렁대기 시작했다.

"오셨다!"

"주군이."

"노부나가 님이."

사실 그들은 노부나가가 자신들의 주군이지만 어떤 대장인지 전혀 알지 못했다. 고립된 요새에서 죽음을 각오하고 있던 참에 홀연 노부나가가 직접 출전하자 감격했던 것이다.

"주군 앞에서 죽는다면 여한이 없다."

병사들은 모두 분기했다. 호시자카星崎 방면으로 출진한 사사 하야토노쇼 마사쓰구佐佐隼人正政次도 삼백여 군사를 수습해 노부나가 진영에 합세했다. 노부나가는 일단 요새의 서쪽 봉우리에 병사들을 주둔시키고 병력 수를 점검했다.

새벽에 기요스 성을 나섰을 때는 불과 예닐곱이었던 병사의 수가 지금 이곳에서 헤아리니 삼천에 육박했지만 짐짓 오천이라고 칭했다. 노부나가는 속으로 이들이 바로 오와리 국의 전군이라고 생각했다. 이곳에 전부 와 있으니 이제 성을 지키는 병사도 후방 부대도 없었다.

'숙명이다!'

노부나가는 왠지 웃음이 나왔다. 그는 지척에 보이는 이마가와 사만 대군의 포진과 그들의 기세를 보기 위해 한동안 깃발을 감추고 봉우리 끝에서 형세를 바라보았다.

아사노 마타에몬의 활 부대는 노부나가의 본진에서 조금 떨어진 산허리에 모여 있었다. 그들은 활 부대였지만 화살을 쏠 일이 없다고 판단해서인지 모두 창을 들고 있었다. 도키치로가 이끄는 서른 명의 보병 소대도 그들 속에 섞여 있었다. 휴식을 취하라는 부장의 소리를 들은 도키치로가 자신의 부하들에게 쉬라고 명령하자 부하들은 크게 숨을 내쉬며 풀 위에 털썩 주저앉았다. 도키치로는 김이 피어오르는 얼굴을 걸레 같은 수건으로 닦았다.

"어이, 누가 내 창을 들고 있게."

도키치로가 외치자 부하 한 명이 벌떡 일어나서 그의 창을 받아 쥐었다. 그러고는 도키치로의 뒤를 쫓았다.

"조장, 어디를 가십니까?"

"뒷간에 가는 걸세. 냄새가 날 테니 돌아가게."

도키치로가 웃으면서 벼랑길 관목 속으로 내려갔다. 부하는 도키치로의 말을 농담으로 생각했는지 그곳에 서서 그가 가는 방향을 지켜보았다. 도키치로는 산의 남쪽 방향으로 난 언덕길을 조금 내려가서는 산새가 흙으로 먹을 감는 곳인 듯한 장소를 찾아 느긋하게 복대를 풀고 쪼그리고 앉았다. 실은 새벽에 급작스런 출진으로 간신히 갑옷만 챙겨 입고 나온 터라 뒷간에서 볼일을 볼 틈도 없었던 것이다. 그래서 기요스에서 아쓰다, 단게를 달려오는 동안에도 잠시라도 쉬는 시간이 생기면 가장 먼저 속을 비운 뒤에 마음껏 싸우고 싶다고 생각했던 것이다. 그리고 바로 지금 파란 하늘을 보면서 그 바람을 이루고 있으니 말로 형언할 수 없을 만큼 상쾌한 기분이 들었다. 하지만 전쟁터에서는 볼일을 볼 때도 방심할 수 없었다. 도키치로도 적과 대치했을 때 적병이 진지를 벗어나 볼일을 보고 있는 것을 발견하면 화살을 쏘아 맞히고 싶은 충동이 든 적이 있었다. 그러다 보니 넋을 잃고 파란 하늘만 바라보고 있을 수 없었다.

산기슭에서 두세 정町쯤 앞을 바라보자 구로스에黑末 강물이 치다知多 반도의 바다로 허리끈처럼 구불구불 흘러가고 있었고, 그 강기슭에 일군의 병사들이 진을 치고 있었다. 깃발의 문양을 자세히 보니 아군인 가지가와 카즈히데의 진영이었다. 그곳에서 일직선 방향인 해구海口 쪽에는 나루미 성이 있었다. 나루미는 한때 오다에 함락되었지만 그 뒤 다시 스루가 군에게 잠식당해 지금은 적장인 오카베 모토노부岡部元信가 지키고 있었다.

구로스에 강의 동쪽 기슭에서 남쪽으로 한 줄기 길이 하얗게 보였다. 와시즈는 그 길의 북쪽 산지에 있었는데 이미 불에 다 타버렸는지 불기운도 보이지 않고 일대의 들길과 바닷가에는 검은 연기만 피어오르고 있었다. 그 부근의 밭과 부락 주위에는 사람들과 군마의 모습이 작은 벌레처럼 새까맣게 보였다. 산의 고지대 쪽에는 이마가와 쪽 장수인 아사히나 카즈에의 군사가 진을 치고 있었고 길가 쪽에는 미카와의 마쓰다이라 모토야스의 군사가 진을 치고 있었다.

'정말 많군.'

약소국의 군대에만 있었던 도키치로는 적의 대규모 병력을 보자 운하雲霞와 같다는 말을 떠올렸다. 게다가 마쓰다이라, 아사히나 등의 군사가 적군의 일부에 지나지 않는다는 생각이 들자 노부나가가 죽음을 각오한 것도 당연한 것처럼 여겨졌다. 아니, 남의 일이 아니었다. 어쩌면 이 세상에서 볼일을 보는 것도 지금이 마지막일 수 있었다.

'일이 참으로 묘하게 됐군. 이로써 내일이면 더 이상 이 세상에 없겠구나.'

그때 문득 아래 못 쪽에서 누군가 관목을 헤치며 올라오는 사람이 있었다.

'적인가?'

전쟁터에서의 본능적인 직감이 뇌리를 스쳐갔다. 적의 척후가 노부나가 진영의 배후를 염탐하러 온 것이라는 생각이 들었다. 그가 황급히 복대를 졸라맨 뒤 일어선 순간, 못 쪽에서 기어 올라온 사람과 관목 속에서 불쑥 일어선 도키치로가 약속이라도 한 듯 마주쳤다.

"기노시타!"

"아니, 이누치요!"

"어떻게 된 건가?"

"자네야말로 어떻게 된 건가?"

"어떻게 되긴. 주군의 노여움을 산 이래로 낭인이 돼서 떠돌아다니고 있었는데 주군께서 결사의 각오로 출전한다는 말을 듣고 함께 싸우러 온 것이네."

"그렇군. 잘 왔네."

도키치로는 눈시울을 붉히며 이누치요에게 다가가서 손을 내밀었다. 서로의 손을 맞잡은 두 사람은 만감이 교차하는 듯했다. 두 사람은 평소에도 서로 걱정을 하고 있었다. 이누치요의 갑옷은 화려했다. 미늘과 그것을 엮은 실까지 새것이었는지 눈이 부실 정도였고 등에는 매화꽃 문장이 새겨진 깃발을 꽂고 있었다.

"멋지군."

도키치로가 이누치요를 보며 감탄했다. 도키치로는 문득 기요스에 있는 네네가 떠올랐지만 이내 정신을 차리고 물었다.

"그동안 어디에 있었는가?"

"사사 님의 사제인 구라노스케 나리마사內藏助成政 님의 호의로 나리마사 님의 유모의 시골집에서 때를 기다리고 있었네."

"주군께 노여움을 사서 추방을 당했으면서 다른 가문을 섬길 마음도 품지 않고서……."

"두 주군을 섬길 마음은 애초부터 없었네. 설사 노여움을 사서 추방을 당했다 해도 나를 인간으로 대해주신 그 은혜를 생각하면 오히려 감사할 따름이네."

"으흠……."

눈물이 많은 도키치로는 다시 눈시울이 뜨거워졌다. 오다 가문이 옥쇄를 각오하고 전군이 혼연일체가 되어 벌이는 싸움이라는 것을 알면서도 옛 주인을 흠모해서 찾아온 벗의 마음을 생각하니 한없이 기뻐서 눈시울이 뜨거워졌던 것이다.

"잘 알겠네. 그것이 바로 마에다 이누치요일 걸세. 주군은 지금 오늘 처음 저 위에서 휴식을 취하고 계시네. 어서 가세."

"기노시타 잠깐만. 나는 주군 앞에 나설 생각이 없네."

"아니 어째서?"

"단 한 명의 병사도 아쉬운 상황을 이용해 용서를 바라고 온 것이 아니네. 그런데 혹시라도 근신들이 내가 그런 생각으로 온 건 아닌가 하는 눈으로 바라보는 것이 싫네."

"무슨 바보 같은 소리인가. 모두 죽을 것이네. 자네도 주군의 말 앞에서 죽을 마음으로 온 것이 아닌가."

"그렇다네."

"그렇다면 아무것도 거리낄 것이 없네. 다른 사람의 험담이나 세상의 뒷말 따윈 살아 있을 때나 할 수 있는 일이네."

"아니네, 그저 아무 말도 하지 않고 죽으면 그것으로 족하네. 그것이 내 바람이네. 주군께서 용서하시든 용서하시지 않든 말이네."

"그도 그렇네만."

"기노시타."

"음."

"잠시 자네의 부대 속에 숨겨주게."

"상관은 없네만 내 부대는 보병대에 속한 서른 명뿐인데 그런 무사 차림으로는 눈에 띌 걸세."

"이렇게 하고 있으면……."

이누치요는 근처에 떨어져 있던 말의 복대 같은 헌 천을 머리에 뒤집어쓰고 기노시타의 보병 부대로 들어갔다. 그곳에서도 몸을 조금만 일으키면 노부나가가 앉아 있는 자리가 잘 보였다. 노부나가의 큰 목소리가 바람을 타고 들려왔다. 지금 노부나가 앞에는 사사 하야토노쇼 마사쓰구가 머리를 숙이고 있었다.

"자네가 휘하의 군사를 이끌고 나루미를 측면에서 공격해 무너뜨리겠다는 것인가?"

노부나가의 목소리였다. 마사쓰구가 대답했다.

"나루미가 무너지는 것을 보시면 주군께서는 즉시 구로스에 강을 따라 진격하셔서 적장 아사히나의 군을 돌파하고 마쓰다이라 모토야스를 치십시오. 그러면 스루가의 전위를 걱정할 필요 없이 요시모토의 본진까지 육박해 들어갈 수 있을 것입니다."

"좋다, 가라!"

노부나가가 힘주어 말하자 사사 마사쓰구가 바로 일어섰다. 그때 노부나가가 다시 말했다.

"잠깐, 하야토의 군사만으로는 부족한 듯하니 치아키, 그대도 가라."

부름을 받은 치아키 가가노가미 스에타다가 묵례를 하고 자리를 뜨자 어느새 마사쓰구의 모습도 보이지 않았다. 그런데 어느 틈엔가 도키치로의 부대에 숨어 있던 이누치요의 모습도 보이지 않았다.

"잠시, 잠시만! 사사 님, 치아키 님 잠시 기다리십시오!"

방금 노부나가 앞에서 물러나 나루미를 기습하기 위해 선조사 봉우리 아래에서 질풍처럼 샛길로 접어든 사사 마사쓰구와 치아키 가가노가미, 이와무로 시게요시岩室重休 등 삼백여 명의 결사대를 뒤쫓아가는 사람이 있었다.

"멈춰라!"

하야토노쇼 마사쓰구가 말 위에서 뒤를 돌아보며 외쳤다.

"누구냐?"

치아키와 이와무로도 의아해하며 물었다.

"대체 누구더냐?"

그들은 이미 벼랑 끝에서 앞으로 한 발을 내딛은 군사들이었다. 아무리 각오를 했다고 해도 마음은 평정을 유지할 수가 없었다. 서로 똑같이 물으며 동요하고 당혹해하고 있었다.

"미안하오. 잠시만."

쫓아오던 사람은 병사들 속을 헤치며 앞으로 달려왔다.

"아니!"

모든 사람들의 눈이 젊은 무사의 등에 꽂힌 매화꽃 문양 깃발에 닿았다.

"아니, 이누치요가 아닌가?"

사사 하야토노쇼의 말에 이누치요가 말 앞에서 창과 함께 땅바닥에 엎드린 채 외쳤다.

"이누치요입니다. 함께 가게 해주십시오!"

하야토는 이누치요가 그곳에 있는 것을 이상하게 생각하지 않았다. 평소에 동생인 나리마사에게 넌지시 소문을 듣고 있었던 것이다.

'하나 주군의 노여움을 산 자를…….'

하야토는 이와무로와 치아키가 곁에 있다 보니 곧바로 대답하지 못했다. 그때 이와무로가 감탄한 듯 외쳤다.

"과연, 이누치요군! 오늘 같은 날 무엇이 문제가 되겠는가."

치아키도 고개를 크게 끄덕이며 주저 없이 말했다.

"동감이오. 저승길 벗은 한 사람이라도 많으면 즐거운 법. 이누치요 님의 진심, 하늘도 보고 계실 것이오. 사사 님, 그의 청을 들어주시지요."

"고맙소이다."

하야토는 자신도 모르게 이누치요를 대신해 그렇게 말하고는 말 위에서 떨리는 목소리로 말했다.

"알겠네. 용서하겠네. 어디 마음껏 싸우도록 하게."

"고맙습니다."

이누치요가 일어서자 삼백 명의 군사가 다시 비장한 모습으로 앞으로 내달렸다.

이윽고 나루미 성의 뒷문 쪽에서 돌격해 들어가는 함성이 일었다. 오로지 전진뿐이었다. 노도와 같은 함성 속에는 마에다 이누치요의 목소리도 뒤섞여 있었다. 하지만 얼마 뒤, 삼백 결사대가 내달렸던 샛길 쪽으로 불과 사오십 명의 병사와 단 한 명의 기마만이 피투성이가 되어 돌아오더니 선조사 쪽으로 도망쳤다.

노부나가의 진영에 '전군 전멸'이라는 보고가 전해졌다. 방금 전에 노부나가가 앞에서 물러나 아직 그 모습이 눈동자에서 지워지지 않은 사사 하야토노쇼 마사쓰구와 이와무로 시게요시, 치아키 가가노카미 등의 장수가 모두 전사했다는 거짓말 같은 소식이 전해진 것이었다. 사사와 치아키 등이 이끄는 기습 부대가 나루미 성의 뒷문을 공격해서 한쪽을 뚫었다는 신호를 보내면 노부나가가 즉시 정면에서 공격해 단숨에 나루미를 함락시켜 적의 측면을 무너뜨리고 아군의 교두보를 확보하려는 작전이었다. 노부나가는 작전대로 전군을 이끌고 선조사의 산을 내려와 때를 기다리고 있던 참이었다.

하지만 부상을 입고 퇴각한 병사로부터 아군이 전멸하고 사사와 치아키, 이와무로도 차례로 전사했다는 보고를 듣고 자신도 모르게 뇌까렸다.

"그리 빨리."

죽음은 그토록 쉬웠고 너무 빨리 찾아왔다. 참인지 거짓인지 물을 틈도 없었다. 이미 각오한 일이지만 너무나 순식간에 벌어진 일이라 노부나가마저 가슴이 뛰었다.

"흐음, 그렇군!"

노부나가는 등자를 밟고 일어서서 외쳤다.

"제군들!"

먹으로 그린 것처럼 짙고 강한 눈썹과는 달리 그의 얼굴은 창백하리만 큼 핏기가 없었다.

"조금 전에는 사구마 다이가쿠와 이오 오우미가, 지금은 또 이와무로 와 치아키 등이 이 노부나가에 앞서 저승길로 떠났다. 하여 저 교활한 적 들을 내가 모두 짓밟아 먼저 떠난 혼백들에 바칠 것이다. 내 뒤를 따르 라!"

노부나가는 사방을 둘러보며 큰 소리로 외쳤다. 그러고는 말 머리를 적진으로 향했다.

"저런!"

"주군!"

"너무 서두르지 마십시오."

이케다 가쓰사부로, 시바타 곤로쿠, 모리 사도와 다른 부장들이 노부 나가의 앞을 가로막았다.

"이 앞길은 논두렁의 진흙 길과 좁은 덤불길이 이어지니 무턱대고 나 아가면 자칫 헛되이 목숨을 잃을 수도 있습니다. 이제 오다 가문에는 주군 외에 아무도 없으니 진정하십시오."

"일단 잠시……."

사람들이 노부나가의 말을 제지하며 강제로 말 머리를 돌리려고 했다. 그때 생각지도 못한 방향에서 낮게 나는 새처럼 기마 무사 한 사람이 다 가오고 있었다.

"누구?"

노부나가가 가장 먼저 그를 발견했다.

"……."

전군의 눈동자 속으로 기마 무사의 모습이 점차 가까워지고 있었다. 부장들 속에서 재빠르게 달려 나온 야나다 야지에몬梁田彌二衛門이 눈썹에 손을 대고 기쁜 듯 소리쳤다.

"누군지 알겠습니다. 제가 도카이도 방면으로 보냈던 자입니다."

그는 자신의 주인인 야나다의 이름을 부르며 찾아다니고 있었다. 그러다 야나다가 노부나가 옆에서 자신을 부르자 깜짝 놀라며 땅에 손을 대고 머리를 숙였다.

"무슨 소식이라도 가지고 왔느냐?"

노부나가는 야나다에게 말고삐를 맡기고 그에게 다가갔다.

"있습니다! 이마가와 군의 주력인 요시모토의 본진이 방금 전 급작스레 하자마狹間 방면으로 움직이기 시작했습니다."

"뭐라?"

노부나가가 눈을 빛내며 물었다.

"그럼 요시모토가 오다카로 향하지 않고 오케하자마桶狹間로 방향을 바꿨단 말이냐?"

노부나가가 그렇게 말하는 동안, 다른 사람들은 말을 탄 척후병들이 달려오자 심상치 않은 눈빛으로 숨을 죽이고 그들을 기다렸다. 도착한 척후병들이 앞선 보고에 이어 즉시 노부나가에게 똑같은 소식을 전했다.

"방금 오케하자마 쪽으로 방향을 바꾼 이마가와 본군이 남쪽인 덴가쿠하자마田樂狹間의 저지대보다 다소 높은 장소로 건너가서 적장 요시모토를 중심으로 진을 치고 휴식을 취하고 있습니다."

그 순간 노부나가는 칼날처럼 날카로운 눈빛을 빛내며 생각에 잠겼다. 오직 죽음을, 떳떳하게 싸우다 죽기만을 바라며 이른 새벽의 어둠을 뚫고 해가 중천에 뜰 때까지 전진해왔다. 그런 그는 문득 구름 사이로 한 줄기 빛을 본 것처럼 승리를 예감했다.

"어쩌면!"

솔직히 그때까지 그는 이길 수 있다는 확신이 없었다. 단지 무문의 명예를 위해 떳떳하게 싸우려고 했을 뿐이었다. 하지만 지금 처음으로 '어쩌면 이길 수도 있을지 모른다'는 생각이 그의 뇌리를 스치고 지나갔던 것이다. 평소 인간의 뇌리에는 순간순간이 각인되는 것처럼 거품과도 같은 상념의 단편이 끊임없이 명멸하고 있다. 인간은 죽는 순간까지 단편적인 상념 속에서 말을 하고 몸을 움직이고 있는 것이다. 올바른 상념, 자신의 몸을 망치는 상념, 다양한 사고의 번뜩임은 취사선택을 통해 하루의 생활을 구성해가고 일생을 엮어내는 것이다. 평소의 취사取捨는 숙고할 시간이 있지만 일생의 대운大運은 갑자기 찾아왔다. 왼쪽인가 오른쪽인가 하는 대부분의 선택은 급박한 순간에 찾아오기 마련이었다.

지금 노부나가는 바로 그 기로에 서 있었다. 그리고 무의식적으로 운명적 선택을 내렸다. 인간의 소질이나 평소의 마음가짐이 지금과 같은 순간에 신속하게 직감을 도와 잘못된 방향으로 선택하지 않도록 인도하는 것은 부정할 수 없는 사실이었다.

"……."

굳게 닫힌 채 좀처럼 열리지 않던 그의 입이 무슨 말인가를 하려던 순간, 야나다 야지에몬이 곁에서 소리쳤다.

"주군, 지금입니다! 요시모토는 와시즈와 마루네를 함락시키더니 오다의 실력을 대수롭지 않게 여기고 있는 듯합니다. 병사들은 상락군의 상행에 이미 마음이 교만해져 자만에 빠져 있을 것입니다. 지금이 천기! 그들의 허를 찔러 요시모토 진영을 공격해 들어가면 반드시 아군이 승리할 것입니다."

"바로 그것이다."

노부나가는 안장을 치며 외쳤다.

"야지에몬, 잘 말했다. 내 생각도 그렇다. 지금이야말로 요시모토를 칠 절호의 기회다. 덴가쿠하자마는 이 길의 동쪽일 터."

오히려 척후의 보고를 근심스런 마음으로 당혹해하며 듣고 있던 시바타 곤로쿠와 모리 사도 같은 중신들이 노부나가의 직감과 무모한 행동을 만류했지만 노부나가는 듣지 않았다.

"그대들은 이 마지막 순간에 무엇을 주저하는가. 잔말 말고 나를 따르라. 내가 불속에 뛰어들면 불속으로, 물속에 뛰어들면 물속으로. 그럴 마음이 없다면 그저 진흙 논두렁에서 구경이나 하라."

노부나가는 그들을 비웃듯 차갑게 말하고는 조용히 말 머리를 앞세우고 병사들 앞으로 나아갔다.

덴가쿠하자마田樂狹間의 서막

정오 무렵 정적으로 뒤덮인 산중에는 새소리조차 들리지 않았다. 바람 한 점 없이 타는 듯한 뙤약볕이 내리쬐는 무더운 날이었다. 관목의 나뭇잎들은 흡사 정사를 나누고 난 뒤처럼 모두 축 늘어져 있거나 마른 연초처럼 바싹 메말라 있었다.

"거기다. 그 근처."

한 무사가 일개 소대의 잡병을 이끌고 풀들이 가득 깔려 있는 산 위로 뛰어 올라왔다.

"장막을 이리 쳐라."

"잡목을 잘라라."

이마가와 군의 선봉인 듯했다. 그들은 짊어지고 온 장막을 내던졌다. 한쪽에서는 큰 낫으로 풀을 베어내고 긴 창대를 휘두르며 방해가 되는 관목들을 제거했다. 그 곁에 있던 병사는 장막을 펼쳐서 부근의 소나무와 축 늘어진 나무 기둥에 둘러쳤고 그런 지지대가 없는 곳에는 말뚝을 박아 눈 깜짝할 사이에 장막 울타리 하나를 완성했다.

"아아, 덥다."

"이렇게 더운 날도 드물군."

그들은 잠시 쉬며 땀을 닦았다.

"이 땀 좀 보게. 갑주의 가죽과 금구도 달아올라 흡사 불을 만지는 것 같네."

"잠깐 갑주를 벗고 바람이라도 쐬면 기분이 아주 좋을 테지만, 곧 본진이 움직일 테니 시간도 없고."

"좌우지간 잠시 쉬도록 하세."

산 위의 풀밭에는 나무가 별로 없다 보니 잡병들은 커다란 녹나무 그늘에 모두 모여 앉았다. 그늘에서 쉬고 있으니 조금이나마 시원했다. 게다가 이곳 덴가쿠하자마라고 부르는 산은 주변의 산들보다 낮고 분지 속에 있는 언덕 같은 지형이라 이따금씩 전방의 저지대를 사이에 둔 정면의 다이시가타케太子ヶ嶽 부근에서 시원한 바람이 불어오면 나무 이파리들이 하얀 속살을 드러내며 우수수 떨어졌다.

"응?"

잡병 한 명이 눈을 치켜뜨며 말하자 짚신을 신은 발뒤꿈치에 고약을 붙인 잡병이 물었다.

"왜?"

"저것 봐."

"뭘?"

"이상한 구름이 생겼네."

"구름? 음, 그렇군."

"저녁에 비가 오려나."

"비가 오면 좋겠지만 우리처럼 길을 내거나 짐을 나르는 자들한테 비는 적보다 더 안 좋네. 그냥 지나가는 비면 좋을 텐데."

방금 세운 장막 울타리가 연신 바람에 날리고 있었다. 그 주변을 돌아보고 있던 우두머리가 부하들을 재촉하며 말했다.

"자, 그만 일어나라. 오늘 밤은 오다카 성에서 머물 것이다. 적들에게는 구쓰카게에서 오다카로 곧장 전진하는 것처럼 위장한 뒤 일부러 길을 바꿔 오케하자마에서 이 샛길로 우회해 밤중에 도착할 예정이다. 우리는 길가의 작은 다리나 벼랑과 골짜기의 상황을 확인하면서 먼저 나아가야 한다. 자, 출발이다."

그들이 사라지자 산은 본래의 정적을 되찾아 어딘가에서 귀뚜라미 우는 소리가 들렸다.

얼마 뒤 분지의 산그늘 저편에서 군마의 기척이 들렸다. 나팔도 불지 않고 북소리도 울리지 않은 채 산골짜기를 따라오는 오천여 병마의 행렬은 비록 그들이 아무리 신중에 신중을 기한다고 해도 하늘과 땅 사이에 날리는 먼지와 말발굽 소리는 숨길 수가 없었다. 돌을 차고 나무뿌리를 밟는 말발굽 소리가 귓전에 들리는가 싶더니 풀밭으로 뒤덮인 덴가쿠하자마의 산과 저지대는 어느새 이마가와 요시모토 본군의 병사와 말, 그리고 깃발과 장막으로 가득 찼다.

요시모토는 남들보다 땀을 많이 흘리는 편이었다. 평소에 땀을 흘리지 않는 생활에만 익숙해 있었기 때문에 그의 몸은 군살과 지방이 많았고 마흔이 넘고부터는 눈에 띄게 살이 붙었다. 그러다 보니 이번 여정은 그에게 적잖은 고충이었다. 살이 찐 것에 비해 키가 작고 몸통이 긴 그는 예복의 일종인 붉은 비단으로 지은 히타타레直垂와 큰 갑옷에 하얀 갑주를 차고 있었고 머리에 쓴 투구에는 여덟 마리의 용이 새겨진 다섯 겹의 가리개가 달려 있었다.

이마가와 가문의 가보인 마쓰구라고松倉郷라고 하는 칼과 사모지左文字[12]

---

12) 남북조南北朝에서 무로마치 시대에 걸친 지쿠젠筑前의 도공으로, 일본의 명검 마사무네正宗를 만든 십철十哲 중 한 명이다.

가 만든 허리에 차는 단검, 손목 토시와 정강이 보호대, 신발 등을 포함하면 모두 열 개가 넘는 무구로 무장하고 있어서 바람이 들어갈 틈도 없을 정도였다. 염천 아래 말을 타고 왔기 때문에 갑옷의 가죽과 미늘도 후끈 달아올라 있었다. 덴가쿠하자마의 풀밭 산까지 땀을 뻘뻘 흘리며 온 요시모토가 말에서 내렸다.

"이곳은 어디인가?"

요시모토가 장막 안으로 들어가 그의 뒤를 졸졸 따라다니는 근신이나 장수, 참모, 부장들에게 물었다.

"오케하자마에서 반 리, 아리마쓰有松와 오치아이落合 촌 사이에 있는 덴가쿠하자마라고 하는 곳입니다."

무사 대장인 오치아이 나가토落合長門가 대답했다. 요시모토는 고개를 끄덕이며 근신인 사와다 나가토노가미澤田長門守에게 투구를 맡기고 시종 중 우두머리인 시마다 사교島田左京에게 갑주를 풀게 한 뒤 땀에 흠뻑 젖은 속옷을 갈아입었다.

"시원하군."

요시모토는 다시 갑주의 끈을 매고 준비된 자리로 이동했다. 산 위 풀밭에는 표범 가죽이 깔려 있었고 진중의 세간이 호화롭고 사치스럽게 꾸며져 있었다.

"저 소리는?"

요시모토는 시종이 끓여 온 차를 한 모금 마시다가 대포를 쏘는 듯한 굉음에 눈을 크게 떴다. 가신들도 귀를 쫑긋 세웠다. 그중 한 명인 사이토 카몬노스케齊藤掃部助가 장막 자락을 들어 올리고 밖을 둘러보았다. 어느 틈엔가 하늘 한가운데로 흘러온 구름 봉우리가 내리쬐던 태양을 가리더니 말로는 형용할 수 없을 만큼 빛의 소용돌이를 내뿜었다. 그로 인해 사람들은 눈을 제대로 뜰 수조차 없었다.

"먼 곳에서 치는 우렛소리입니다."

카몬노스케의 말에 요시모토가 쓴웃음을 지으며 되뇌었다.

"천둥이군."

그는 연신 왼손으로 허리를 톡톡 두드렸다. 곁에서 그것을 본 가신들은 걱정하면서도 일부러 그 연유를 묻지 않았다. 아침에 요시모토가 구쓰카게 성을 출발할 때 말에서 떨어졌는데, 그때 다친 부위라고 생각했지만 상태를 물으면 주군인 요시모토에게 부끄러움을 상기시키는 일이 되기 때문이었다.

이내 술렁거리는 소리가 들렸다. 갑자기 산기슭에서 장막 밖까지 요란스러운 인마의 기척이 느껴졌다. 요시모토가 즉시 부장에게 무슨 일인지 물었다. 부장은 두세 명에게 살펴보고 오라는 명령을 내리기도 전에 즉시 장막 밖으로 달려 나갔다. 이번에는 천둥소리가 아니었다. 소연한 말발굽 소리와 병사들의 발소리가 들렸다. 그것은 이백 명 정도의 기마부대였다. 조금 전 나루미 부근에서 무찌른 적의 수급을 들고 와 본진에 있는 요시모토에게 보이며 아군의 승리를 축하하려고 달려온 병사들이었다.

"뭐라, 나루미를 공격해온 적의 수급이 도착했다고? 어디 웃음기가 사라진 오다 무사들의 죽은 얼굴을 이리 늘어놓아라. 내 한번 봐야겠구나."

요시모토는 기분이 좋은 듯 자세를 바로 하고 부채로 얼굴을 가리며 병사들이 내미는 수급을 바라보았다. 적의 수급은 칠십 급 정도였다. 그중에는 이마가와 군 사이에서 오다 군의 대장으로 알려진 사사 마사쓰구와 이와무로 나가토, 치아키 가가노가미의 수급도 있었다.

"피 냄새가 역겹군."

모두 둘러본 요시모토는 고개를 저으며 뒤쪽 장막을 올리게 했다. 그는 한낮의 하늘에 어지럽게 흩어져 있는 구름을 올려다보며 말했다.

"흐음, 산속이라 시원한 바람이 불기 시작하는군. 오시午時가 되지 않았는가?"

"오시는 벌써 지났을 것입니다."

"어쩐지 공복이 느껴지더군. 점심을 들도록 하자. 병사들에게도 점심을 들게 하라."

"옛!"

휘하의 무사들이 명령을 전하러 장막 밖으로 나갔다. 시중을 드는 시종과 음식을 준비하는 사람들이 장막 안에서 분주히 오갔다. 마침 가까운 마을의 사당이나 절간에서 축하주와 특산물을 들고 와서 바치고 돌아갔다. 요시모토가 멀리서 그 사람들을 바라보며 말했다.

"상락에서 돌아가는 길에 선물이라도 내려야겠군."

요시모토는 그렇게 선정을 다짐했다.

"마침 잘됐군. 술통을 열어라."

토민들의 대표가 돌아간 뒤 요시모토는 명령을 내리고 다시 표범 가죽 위에서 편히 쉬었다. 장막 밖의 장수들도 번갈아 그의 앞에 와서 와시즈와 마루네의 승리에 이어 나루미 방면의 전황이 시시각각 유리하게 전개되고 있는 것을 축하했다.

"이 정도로는 아직 부족하다고 생각하지 않나."

요시모토는 장난스러운 얼굴로 말하고는 근신과 시종 들에게까지 모두 잔을 건네며 흐뭇해했다.

"주군의 이와 같은 위세는 기뻐해야 할 일이지만 말씀대로 앞길에 대적할 적이 없는 터라 평소에 갈고닦은 실력을 발휘할 기회가 없어 다소 허무하기도 합니다."

"아무리 오다가 나약하다고는 하나 내일 밤 기요스 성에 다다르면 다소나마 실력을 발휘할 수 있을 것이니, 모두들 어디 마음껏 공을 세워보게."

"이삼 일 뒤에는 기요스 성안에 진영을 치고 달을 보고 춤도 출 수 있을 것입니다."

어느 틈엔가 하늘이 흐려지고 있었다. 술자리에 도취해 있어 아무도 깨닫지 못했지만 오시 무렵부터 하늘이 어두워지더니 날씨가 변하고 있었다. 빗방울을 품은 일진광풍─陣狂風이 장막 자락을 높이 말아 올리고 천둥소리가 간간히 귓가에 울렸다. 하지만 장막 안의 요시모토와 장수들은 내일 밤 기요스 성에 누가 가장 먼저 들어갈 것인지 내기를 하거나 노부나가를 비웃으며 잡담에 여념이 없었다.

요시모토 진영에서 노부나가를 비웃고 있을 시각, 노부나가는 고사카小坂와 아이하라相原 촌 중간에서 길도 없는 다이시가타케를 넘어 요시모토 본진에서 얼마 떨어지지 않은 지점까지 와 있었다. 다이시가타케는 떡갈나무, 상수리나무, 느티나무, 전나무, 옻나무 등으로 뒤덮인 그다지 험준하지 않은 잡목 산이었다. 본래 나무꾼만 지나다닐 수 있을 정도의 좁은 길을 오천 군사가 분주히 내달리자 나무와 수풀이 잘려나갔고 비탈에서 돌이 굴러떨어져 계곡 아래에선 포말이 일었다.

"낙마하면 말도 버려라. 나뭇가지에 걸려 깃발을 잃어버리면 그 역시 개의치 말고 서둘러라. 중요한 것은 이마가와 본진의 중앙을 치고 들어가 적장 이마가와의 목을 따는 것이다. 몸이 가벼울수록 좋다. 적진에 쳐들어가서 적을 베도 수급을 따는 데 시간을 허비하지 마라. 오로지 눈앞의 적에 집중하라. 다른 사람에게 공을 보이려 하지 마라. 진정한 오다 무사의 기백을 내게 보여라."

노부나가의 외침은 폭풍우의 전조처럼 울렸다. 오후의 하늘은 일변해서 먹물을 뿌려놓은 듯 어두웠다. 먹장구름 사이 계곡과 못과 나무뿌리에서 바람이 일어 흡사 바다 한가운데를 달려가는 듯했다.

"덴가쿠하자마가 지척이다. 이 못을 건너면 보이는 산그늘의 건너편 산등성이다. 모두 죽을 준비는 다 되었는가. 뒤처져서 후손들에게 부끄러움을 남기지 마라."

노부나가의 목소리가 들리는 곳의 군사를 주력으로 이천 명의 병사는 대오를 이루지 않고 산개해서 질주하고 있었다. 하지만 그들의 마음과 귀는 오로지 노부나가의 목소리가 들리는 곳에 집중했다. 노부나가의 목도 이제는 쉬어버려 무슨 말을 외치는지 알아들을 수도 없었지만 병사들에게는 더 이상 그 뜻이 중요하지 않았다. 그들에게는 오직 노부나가가 있다는 사실만으로도 충분했다.

그러는 사이에 창끝에서 빛나는 섬광처럼 가느다란 빗줄기가 휘몰아쳤다. 뺨과 코가 아플 정도였다. 나뭇잎을 말아 올린 질풍이 함께 몰아쳐서 얼굴을 때리는 것이 무엇인지조차 알 수 없었다. 돌연, 산을 찢을 듯한 천둥소리가 들리더니 소나기가 쏟아져 천지가 새하얗게 변했다. 비가 지나가자 못의 바닥과 비탈에서 물줄기가 쏟아졌고 병사들의 발목은 탁류에 잠겼다.

"앗, 저것이다!"

도키치로가 비를 맞아 눈썹에 빗방울이 가득 맺힌 부하들을 돌아보며 외쳤다. 이마가와 군의 진영이었다. 비가 내린 뒤 빗물을 품고 있는 적의 막사 수십 개가 보였던 것이다. 눈 아래 못 저편에는 덴가쿠하자마 구릉이 있었다.

병사들 대부분은 몸이 가벼워야 한다는 노부나가의 말에 따라 투구와 깃발을 내던지고 오직 창 한 자루만을 들고 있었다. 나무 사이를 헤치며 풀밭 벼랑을 미끄러져 내려오면서 일거에 적의 막사로 돌진해 들어가는 병사들의 그림자 위로 이따금 번개가 번쩍이더니 희뿌연 비가 흩날리고 어두운 바람이 휘몰아쳤다.

"공격하라!"

도키치로는 그렇게 외치고는 벼랑을 달려 내려가 건너편 산으로 올라갔다. 그의 부하들은 넘어지거나 미끄러져도 그의 곁을 떠나지 않았다. 도키치로의 소대는 자진해서 혈전 속으로 뛰어들었다기보다 우물쭈물하는 동안 어느새 전쟁의 한복판으로 휩쓸려 들어가고 말았다.

혈전

천둥이 치자 요시모토의 유막에서는 오히려 상쾌하다며 즐거워하고 있었다. 거센 바람이 불어와도 장막의 네 귀퉁이에 무거운 돌을 얹어놓아 끄떡없고 더위가 가셨다며 여전히 술잔을 돌리고 술을 마셨다. 하지만 진중인 데다 저녁에 오다카까지 전진할 예정이라 모두 자중하며 주량을 넘을 만큼 술을 마시지는 않았다. 그러는 사이 취사병이 와서 밥을 다 지었다고 말하자 부장들이 요시모토에게 저녁상을 올리라고 명을 내렸다. 술잔을 치우고 취사병이 갓 지은 밥과 큰 솥을 들여왔을 때에는 빗방울이 후드득 소리를 내며 떨어지고 있었다.

"이거 비가 심상치 않군."

그들은 그제야 하늘이 심상치 않음을 깨닫고 자리를 옮기기 시작했다. 장막 안에는 둘레가 세 아름 정도 되는 커다란 녹나무가 있었다. 요시모토는 비를 피해 녹나무 아래로 들어갔다. 부장들이 황급히 요시모토의 방석과 밥상을 그곳으로 옮겼는데 거대한 녹나무의 밑동이 거센 바람에 흔들렸다. 그러자 나뭇잎들이 먼지처럼 휘날리며 사람들의 머리 위로 떨어졌고, 음식을 만드는 곳에서 나는 연기가 땅에 낮게 깔려 밀려오더니 요시모토와 부장들의 눈과 코를 휘감았다.

"잠시만 참으십시오. 지금 비를 피할 장막을 치고 있습니다."

부장 중 한 명이 큰 소리로 잡병들을 불렀지만 대답하는 병사가 아무도 없었다. 희뿌연 빗줄기를 맞으며 아우성치는 나무들의 신음 소리에 그들의 목소리는 파묻혔고 저쪽의 목소리도 들리지 않았다. 그런데 연신 연기를 풍기며 음식을 준비하던 장막 뒤편에서 장작을 패는 듯한 소리가 크게 울렸다.

"아무도 없느냐!"

부장 중 한 명이 비를 뚫고 장막 밖으로 달려 나간 듯싶었는데 갑자기 이상한 소리가 일대에서 울렸다. 비명 소리와 무언가가 맞부딪히는 소리가 들려왔다. 폭풍우는 세상뿐 아니라 요시모토의 머릿속까지 혼란하게 만들고 있었다.

'무슨 일이 생긴 듯하다!'

요시모토는 여전히 사태를 파악하지 못했다. 그 순간 부장들이 당황해서 한마디씩 했다.

"누군가 배신한 것이 아닐까?"

"또 잡병들이 싸움을 하는 건 아닐까?"

근처에 있던 부장들은 무의식적으로 창과 칼을 들고 요시모토를 에워싸며 경계 태세를 취했다.

"무엇이냐? 무슨 일이냐?"

하지만 때는 이미 늦었다. 밀물처럼 요시모토 진영으로 밀려 들어온 오다 군은 어느새 요시모토가 있는 장막 밖과 녹나무 후방, 그리고 앞쪽의 넓은 빈터를 내달리며 기세를 올리고 있었다.

"오다 군이다!"

허둥대는 요시모토 군의 머리 위로 창과 불붙은 장작이 날아왔다. 요시모토는 녹나무를 등에 지고 아무 말도 하지 못한 채 망연자실했다. 검게 빛나는 이로 입술을 잘근잘근 깨물며 아직도 눈앞의 현실을 믿지 못하겠다는 듯 멍하니 서 있었다.

요시모토의 주위에는 막장幕將 이하라 쇼겐과 그의 조카인 도묘 쇼지로同苗庄次郎, 무사 대장 오치아이 나가토가 있었다. 근신 부장인 사와다 나가토노가미, 사이토 카몬노스케, 세키구치 에추노가미關口越中守 등도 있었다. 그 외에 무레 몬도牟礼主水, 가토 진고베몬加藤甚五兵衛, 시노미야 우에몬노스케四宮右衛門佐, 도미나가 호기노가미富永伯耆守와 같은 쟁쟁한 부장들도 경직된 얼굴로 서 있었다.

"모반!"

"모반인가?"

그들은 그렇게 되풀이해서 소리쳤다. 그들의 물음에 답을 하듯 진영 여기저기서 적이라는 소리가 들렸지만 그들은 설마 하며 여전히 자신의 귀를 의심하고 있었다. 하지만 그것도 그리 오래 걸리지 않았다. 오다의 무사들이 휘젓고 다니는 모습이 똑똑히 보이고 근처에서 누군가가 낯선 오와리 사투리로 스루가 대장이라고 외치며 자신들이 있는 쪽을 향해 창을 들고 달려왔기 때문이다.

"오다 군이다!"

"오다 군의 기습이다!"

그들은 그제야 사태를 파악했다. 노부나가를 무시하며 백주대낮에 술을 마시고, 거센 바람 탓에 진중에서 적을 발견할 때까지 적이 다가오는 발소리조차 알아차리지 못했던 것이다. 그러다 보니 야습을 당했을 때보다 더 놀라고 당황할 수밖에 없었다. 사실 본영의 장수들은 아군의 전위 때문에 완전히 안심하고 있었다. 본진을 지원하는 마쓰이 무네노부松井宗信와 이이 나오모리井伊直盛 두 부장이 이끄는 천오백의 군사가 이곳 언덕에서 불과 십 정 정도 앞에 주둔해서 본영을 호위하며 엄중하게 경계를 하고 있었던 것이다. 게다가 호위 부대로부터 적이 온다는 보고가 없었던 탓에 요시모토 이하 본영의 무장들은 갑자기 적이 눈앞에 나타나자 내란 혹은 모반이라고 생각했던 것이다.

하지만 노부나가는 애초부터 전위부대가 있을 만한 곳을 피했다. 다이시가타케를 종횡으로 돌파해 불시에 함성을 외치며 덴가쿠하자마에 나타났을 때 노부나가는 직접 창을 휘두르며 요시모토 군과 싸우고 있었다. 노부나가의 창에 찔린 적병은 자신을 찌른 사람이 노부나가라고는 생각하지 못했을 것이다. 그렇게 노부나가는 적 두세 명을 쓰러뜨리고 본진의 장막 근처로 달려갔다.

"녹나무 근처다!"

노부나가는 아군의 날랜 무사가 자신을 앞질러 곧장 달려가는 모습을 보고 외쳤다.

"스루가 대장을 놓치지 마라! 요시모토의 의자는 저쪽 큰 녹나무를 둘러싼 장막 안에 있을 것이다!"

노부나가는 지형을 감안해서 그렇게 직감하고 외쳤다. 대장의 의자를 놓는 장소는 그 산세를 보면 저절로 알 수 있었고 그 장소는 반드시 산 하나에 한 곳밖에 없기 때문이었다.

"앗, 주군!"

난전 속에서 누군가가 노부나가 앞으로 나와 피가 묻은 창을 옆에 내려놓고 무릎을 꿇었다.

"이누치요입니다."

"오, 이누치요구나. 어서 일어나 싸워라. 어서!"

밤처럼 어두운 비가 내렸고 바람이 땅을 휩쓸고 지나갔다. 녹나무 가지와 소나무 잔가지가 부러져서 땅으로 떨어졌다. 요시모토의 투구 위로 나뭇가지들에 맺혀 있던 빗물이 후드득 떨어졌다.

"주군, 저쪽 안으로! 저쪽 그늘로, 어서!"

부장인 야마다 신에몬山田新右衛門과 근신인 시마다 사교島田左京, 사와다 나가토 등의 네댓 명이 요시모토를 사방에서 에워싸고 장막으로 급히 피신시켰다. 그들이 피한 순간 이누치요가 스루가 대장이 여기 있다고 외치며 장막 안에 남아 있던 부장들을 향해 창을 휘둘렀다.

"무례한 놈!"

사이토 카몬노스케가 창으로 응수한 순간 이누치요가 외쳤다.

"노부나가 공의 가신, 마에다 이누치요다!"

이누치요가 숨을 헐떡이며 자신의 이름을 대자 카몬노스케도 자신의 이름을 외치며 공격해 들어갔다.

"어림없다!"

이누치요가 몸을 피하자 상대의 창은 허공을 찔렀다. 장창을 고쳐 쥘 틈도 없었지만 이누치요는 그 틈을 놓치지 않고 그대로 카몬노스케의 머리를 후려쳤다. 쿵 하고 투구의 정수리 부분이 울린 뒤 카몬노스케가 양손을 짚고 빗속에 큰대자로 엎어졌다.

"다카이 구로우도高井藏人!"

"시노미야 우에몬노스케!"

그 순간 적의 고함 소리가 귓가에 울렸다. 이누치요가 그들을 향해 다시 창을 겨눈 순간, 적군인지 아군인지 모르는 사람이 하늘을 바라보며 고꾸라졌고 이누치요는 그 시체에 발이 걸려 비틀거렸다.

"기노시타 도키치로!"

누군가 그렇게 외치고 있었다. 씽긋 웃는 이누치요의 보조개 위로 바람과 비가 세차게 몰아쳤다. 사방 천지가 진흙투성이며 피투성이였다. 미끄러져 넘어지는가 싶더니 어느새 주위에는 적도 아군도 보이지 않았다.

시체 위로 시체가 겹쳐 널브러져 있었다. 비가 시체들 등 위로 쏴 하는 소리를 내며 쏟아졌다. 이누치요는 피에 젖어 새빨개진 신발로 피바다 속을 헤치고 나갔다. 이하라 쇼겐이라고 이름을 밝히며 달려든 자를 찔러 죽이고 다시 비바람을 헤치며 앞으로 나아갔다.

"오하구로 대장은 어디 있느냐! 스루가 대장의 수급을 가지러 왔다!"

부친인 쇼겐이 죽었다는 말을 들은 이하라 쇼지로는 오다 무사에 둘러싸여 분전하다 죽음을 맞았다. 세키구치, 도미나가 등 이마가와 군의 쟁쟁한 맹장들도 모두 부끄럽지 않은 죽음을 맞았다. 오다 쪽에서도 많은 사상자가 나왔지만 그것은 적 열 명당 한 명 정도밖에 되지 않았다.

노부나가의 말 앞에서 싸움에 합세하기를 청하던 고슈 낭인인 구와바라 진나이는 어디서 어떻게 싸우며 돌진해왔는지 허리 아래쪽 갑주와 짚신은 그대로였지만 상반신 갑옷을 잃어버린 채 피로 물든 맨몸으로 창을 휘두르며 소리쳤다.

"스루가 대장, 요시모토는 어디에 있느냐!"

그는 녹나무 뒤편을 중심으로 새된 목소리로 외치며 열 걸음, 스무 걸음씩 뛰어다니고 있었다. 그러던 중에 한 곳의 장막 끝자락이 강풍에 휙 하고 올라간 찰나, 장막 안으로 번개가 번쩍 하고 쳤다. 진나이는 얼핏 갑옷 밑에 받쳐 입은 붉은색 비단옷과 여덟 마리 용이 새겨진 투구를 보았다.

"나는 개의치 마라. 어서 나가 싸워라!"

성마른 목소리로 주위에 있는 장수와 부장 들에게 호통을 치는 사람은 분명 요시모토였다.

"당황하지 말고 적을 물리쳐라. 자진해서 목을 바치러 온 노부나가 놈을 죽여라! 나를 보호하지 말고 나가 싸워라!"

요시모토 역시 삼군의 지휘관이었다. 그는 그 누구보다 빨리 전체적인 형세를 파악하고 있었다. 섣불리 우왕좌왕하거나 자신의 곁에서 무의미하게 고함만 치고 있는 장수와 병사 들이 한심해서 화를 내고 있었던 것이다. 그의 질책을 듣고 부끄러운 생각이 든 부하들이 그의 곁을 벗어나 난전 속으로 뛰어들었다.

땅에 고인 빗물을 차며 달려가는 그들의 발소리가 멀어지자 몸을 숨기고 있던 구와바라 진나이는 대장인 요시모토를 발견한 장소를 엿보다 창끝으로 장막 자락을 들어올렸다.

"아니?"

장막 안에는 아무도 없었다. 밥이 담긴 커다란 나무 대접이 엎어져 있을 뿐이었다. 새하얀 밥알은 빗물에 퉁퉁 불어 있었고 불에 타다 만 네다섯 개의 장작에서 연기가 피어오르고 있었다. 진나이는 요시모토가 무사 두세 명만을 데리고 도망친 것을 깨닫고 다음 장막 안을 엿보았다. 대부분의 장막은 찢겨지거나 피로 물든 채 땅에 떨어져 있었다.

'그래, 말이다!'

뛰어서 도망칠 리가 없었다. 말을 메어둔 곳으로 도망친 것이 분명했다. 하지만 수많은 장막과 난전이 벌어진 진영 안에서 말을 메어둔 곳을 찾기는 쉽지 않았다. 더군다나 이런 난전에서는 말도 가만히 있을 리가 없었다. 비가 내리고 피가 튀는 난전 속에서 몇십 마리의 말들이 여기저기서 내달리고 있었다.

'어디에 숨었을까?'

진나이는 창을 세운 채 코끝을 따라 떨어지는 빗방울로 바짝 메마른 목을 축였다. 그때 무사 한 명이 바로 눈앞에서 미처 날뛰는 푸른색 말 한 마리를 부지런히 끌고 갔다. 금박 가루로 장식한 나전 안장에 붉은 방울이 달려 있고 은색 재갈과 자백색*白色 고삐를 단 말이 진나이의 눈을 사로잡았다. 분명 대장이 타는 말이었다. 가만히 지켜보니 무사는 말을 앞쪽에 있는 소나무 숲 그늘로 끌고 들어갔다. 그곳에도 장막들이 쓰러져 있었는데 그중에 아직 쓰러지지 않은 장막 하나가 비바람에 펄럭이고 있었다.

진나이는 한달음에 그곳으로 달려가서 장막을 들추었다. 그곳에는 요시모토가 있었다. 요시모토는 장막 안에서 몸을 숨기고 있다 가신이 말을 끌고 와 성급하게 고하는 소리를 듣고 밖으로 몸을 피하려던 참이었다.

"스루가 대장을 발견했다. 오다 가문의 식객, 구와바라 진나이가 그대의 수급을 가져가기 위해 왔다. 각오하라!"

진나이가 그렇게 외치며 요시모토의 등을 향해 창대를 휘두른 순간, 챙 하는 소리가 울렸다. 요시모토의 마쓰구라고 장검이 그것을 막은 것이었다.

"아뿔싸!"

뒤로 펄쩍 물러난 진나이의 손에는 네 척밖에 되지 않는 창대만 남아 있었다. 진나이는 잘려나간 창대를 집어 던지며 외쳤다.

"비겁하구나! 이름을 대는 적을 향해 등을 보이며 도망칠 셈이냐!"

진나이가 허리에 찬 칼을 뽑아 요시모토의 등을 향해 다시 달려든 순간이었다.

"어딜 감히!"

이마가와 쪽 히라야마 주노조^{平山十之丞}가 등 뒤에서 달려들어 진나이를 물웅덩이로 집어 던졌다. 그 순간 옆에 있던 시마다 사교가 칼로 진나이의 옆구리 쪽을 벴다. 주노조에게 발목이 잡혀 있던 진나이는 사교의 칼을 채 피하지 못하고 두 동강이가 난 채 쓰러지고 말았다.

"주군, 어서 빨리 이곳에서 피하십시오. 적의 기세에 눌려 아군을 수습할 수 없으니 분하지만 일단 이곳을 떠나야 합니다."

숨을 헐떡이며 고하는 시마다 사교의 얼굴은 누군지 알아볼 수 없을 만큼 새빨갛게 변해 있었다.

"자, 어서 빨리."

온몸이 진흙투성이가 된 주노조도 벌떡 일어나 재촉했다. 그 순간 다시 고함 소리가 들렸다.

"지부노타유 요시모토, 오다 가문의 가신 핫도리 고헤이타가 여기 있다!"

검은 가죽끈에 검은색 강철 투구를 눈썹까지 눌러쓴 무사가 한 발 뒤로 물러서는 요시모토를 향해 붉은색 장창을 겨눈 채 달려들었다.

"웬 놈이냐!"

시마다 사교가 몸으로 막아서며 칼을 내리치는 순간 고헤이타도 창을 내리쳤다. 결국 시마다 사교는 나가떨어지고 말았다. 뒤를 이어 히라야마 주노조가 앞을 막아섰지만 그 역시 고헤이타의 무시무시한 창끝에 찔려 피를 흘리며 사교의 시체 위로 쓰러지고 말았다.

"멈춰라, 어딜 도망치느냐!"

고헤이타의 창끝이 요시모토를 쫓아갔다. 요시모토는 커다란 소나무 밑동을 한 바퀴 돌아 고헤이타를 노리며 마쓰구라고 장검을 내리쳤다.

"으윽!"

고헤이타의 긴 창이 한발 빨리 요시모토의 갑옷 옆구리를 파고들었지만 갑주의 미늘은 단단했다. 요시모토 역시 호락호락한 상대가 아니었다.

"이놈!"

요시모토가 고함을 치며 칼을 내리치자 고헤이타의 창이 두 동강이가 났다. 고헤이타는 당황하지 않고 즉시 창을 내던지며 온몸으로 육박해 들어갔다.

"어림없다!"

요시모토는 왼쪽 무릎을 세우고 오른쪽 무릎을 꿇더니 여덟 마리 용이 새겨진 투구를 앞으로 숙이며 달려드는 고헤이타의 무릎 부분을 향해 칼을 휘둘렀다. 고헤이타의 무릎이 석류처럼 벌어지더니 새하얀 뼈가 드러났다.

"악!"

고헤이타는 엉덩방아를 찧었다. 요시모토도 앞으로 고꾸라지는 바람에 투구가 땅바닥에 부딪히고 말았다. 요시모토가 고개를 든 순간이었다.

"모리 신스케 히데다카毛利新助秀高!"

한 사내가 자신의 이름을 외치며 옆쪽에서 요시모토의 목을 향해 달려들었다. 이윽고 두 사람은 함께 굴러떨어졌다. 요시모토가 몸을 뒤틀자 조금 전 창을 맞은 곳에서 피가 솟구쳐 올랐다. 밑에 깔린 요시모토는 모리 신스케의 오른손 검지를 필사적으로 물어뜯었다.

하지만 요시모토의 목은 어느새 떨어져나갔고, 그의 앙다문 자줏빛 입술과 검게 물들인 치아 속에는 신스케의 하얀 검지가 물려 있었다.

교훈

아군이 이긴 것일까, 적군이 이긴 것일까. 지금까지 도대체 어떻게 싸웠을까.

도키치로는 숨을 내쉬며 정신을 차리려고 애썼다.

"어이, 여긴 어디인가?"

도키치로가 사방을 둘러보며 외쳤다. 대체 여기가 어디이며 어디까지 와 있는지 아는 사람은 아무도 없었다. 그의 곁에는 열여덟 명 정도의 부하가 살아남아 있었는데 모두들 꿈인지 현실인지 분간이 안 되는 표정을 짓고 있었고, 모습도 사람의 몰골이라고 할 수 없었다.

"응?"

도키치로는 귀를 기울였다. 비가 멎고 바람도 잦아들자 구름 사이로 다시 강렬한 햇볕이 내리쬐었다. 소나기가 그칠 무렵부터 덴가쿠하자마의 아비규환도 천둥소리와 함께 멀리 사라졌고, 그 뒤에는 마치 아무 일도 없었다는 듯 매미가 울고 있었다.

"정렬!"

도키치로가 명령하자 부하들이 횡대로 늘어섰다. 머릿수를 세어보니 서른 명이었던 부하는 열일곱 명으로 줄어 있었다. 그런데 그중 네 명은 도키치로도 처음 보는 얼굴이었다.

"어이, 네 번째."

"예!"

"자넨 어느 부대 소속인가?"

"도오야마 진타로遠山甚太郎 님의 휘하입니다. 덴가쿠하자마 서쪽 벼랑에서 싸우던 도중에 미끄러져 본대와 떨어졌는데 마침 적을 쫓아온 이 부대에 가세해 여기까지 오고 말았습니다."

"그렇군. 그럼 일곱 번째는?"

"예, 저도 난전 중에 제 부대와 함께 싸우고 있는 줄 알았는데 정신을 차리고 보니 기노시타 님의 부대에 있었습니다. 하지만 어느 부대에서 싸우든 봉공은 같은 거라 생각합니다."

"맞다, 맞는 말이다."

도키치로는 그렇게 말한 뒤 나머지 병사들에게는 더 이상 묻지 않았다. 분명 자신의 부하들 중에는 전사한 자도 있겠지만 몇 명은 다른 부대에 섞여 살아 있을 것이라고 생각했다. 아니, 병사들 모두 난전 중에 자신의 소속 부대에서 떨어져 나왔을 것이고, 기노시타 부대 또한 본진과 주력인 아사노 마타에몬 부대에서 떨어져 나와 미아가 되어 있었던 것이다.

"승패는 이미 정해진 듯하다."

도키치로는 중얼거리며 부하들을 이끌고 본래의 길로 되돌아갔다. 폭우가 물러간 뒤, 사방의 산에서 못으로 흘러드는 탁류는 수량이 불어 있었다. 도키치로 부대는 탁류에 잠겨 있거나 벼랑의 도중에 쌓여 있는 수많은 시체를 보면서 자신들이 살아 있다는 것을 기적처럼 느꼈다.

"아군의 승리다. 패배한 것은 적이다. 봐라, 이 주변에 죽어 있는 것은 모두 이마가와 본진의 무사들뿐이다."

188

도키치로는 손으로 시체를 가리키며 부하들에게 말했다. 길가에 널브러져 있는 적의 시체를 통해 궤멸당해서 패주한 적 수뇌부의 경로를 얼마간 헤아릴 수 있었던 것이다. 하지만 아직 정신이 온전히 돌아오지 않아서인지 부하들은 믿겨지지 않는 듯한 표정을 지었고 함성도 내지르지 못했다. 오히려 아군의 주력부대에서 떨어져 나와 전쟁터를 헤매고 있다 보니 불안감이 훨씬 큰 듯했다. 갑자기 전쟁터가 조용해진 것은 아군이 전멸당한 것이라고 생각했다. 그래서 자신들도 언제 적에게 포위당해 근처에 쓰러져 있는 시체와 같은 신세가 될지 모른다는 걱정이 앞섰다.

그때 덴가쿠하자마 고지에서 와하고 천지를 뒤흔드는 함성이 세 번 정도 들렸다. 그런데 군사가 대열을 이루고 전진하는 함성이 어딘지 귀에 익은 듯했다. 스루가 군의 함성과 오다 군의 함성은 저마다 특색이 있었던 것이다.

"이겼다. 아군의 승리다. 자, 가자!"

도키치로가 앞장서서 달리자 방금까지 정신을 차리지 못하고 있던 부하들이 갑자기 와하고 함성을 지르며 달리기 시작했다.

"이겼다. 우리가 이겼다!"

그들은 기백을 되찾고 뒤처지지 않으려고 도키치로의 뒤를 바짝 따라 승리의 함성이 들리는 언덕 쪽을 향해 전력으로 달려갔다.

"어이!"

그때 산 중턱에서 누군가 그들을 부르는 소리가 들렸다. 도키치로가 손 그늘을 만들어 외쳤다.

"아군인가?"

맞은편에서 다시 외쳤다.

"그쪽은 어느 부대인가? 나는 나카가와 긴에몬中川金右衛門이다."

"우리는 아사노 마타에몬 휘하의 보병인 기노시타 부대다."

도키치로가 입가에 손을 대고 큰 소리로 말하자 나카가와 긴에몬이 벼랑의 소로를 달려 내려와서 말했다.

"기노시타 부대란 말이오? 본진과 다른 아군은 모두 이 앞쪽의 마고메 聞米 산에 있소. 아사노 님도 그곳에 계실 것이니 어서 빨리 그곳으로 가시오."

"알았소. 그런데 승패는?"

"당연히 아군의 대승, 방금 함성을 듣지 못했소이까?"

"혹시나 했지만."

"스루가 군은 이미 궤멸당하고 적장 요시모토의 수급도 아군의 손에 있으니 더 이상 적을 추격할 필요가 없다는 명이 내려졌소. 일단 전군은 마고메 산 아래의 진지로 모이라는 명령이오."

전령인 나카가와 긴에몬은 그렇게 말하고는 이내 길을 재촉하다 다시 뒤를 돌아보며 물었다.

"이곳에서 서쪽 산간에 길을 잃은 아군이 있을 텐데 보지 못했소?"

도키치로가 없다고 고개를 젓자 긴에몬은 방향을 바꿔 길을 잃은 아군을 찾으러 달려갔다.

마고메 산은 덴가쿠하자마 앞쪽 오사와★澤 촌 안에 있는 낮고 둥근 언덕이었다. 살펴보니 그 언덕에서 작은 부락에 이르기까지 삼천여 명의 아군 병사들이 진흙과 피와 비에 젖은 채 모여 있었다. 비가 멎고 태양이 내리쬐자 모여 있는 병사들 머리 위로 하얀 수증기가 몽롱하게 피어올랐다. 마을 사람들은 맑은 물을 퍼서 진지로 나르고 고구마를 삶거나 떡을 찧고 있었다. 말들도 입에 풀과 당근을 물고 있었다.

"아사노 님의 부대는?"

도키치로는 무리 지어 있는 무사들 속을 헤집고 다니면서 물었다. 그는 피범벅이 된 사람들의 갑주가 몸에 닿자 왠지 면목이 없는 듯 미안한 마음이 들었다. 자신도 부끄럽지 않게 싸웠다고 생각했지만 이렇다 할 공을 세우지 못했기 때문이다.

도키치로는 간신히 본대로 복귀해 무사들의 거친 숨소리를 듣고서야 비로소 승리를 실감했다. 그리고 언덕 위에서 어느 곳을 둘러봐도 패배한 적군의 모습이 보이지 않자 오히려 의아하게 여겨지기까지 했다.

언덕 위에 있는 노부나가 앞에 모아놓은 적의 수급은 이천오 백에 달했다. 요시모토의 수급도 그 수급들 중 하나에 지나지 않았다. 아군의 사상자도 적지 않았는데, 전령이 사방으로 뛰어다니며 철수 명령을 내렸지만 돌아오지 않는 병사의 수는 수십 명이나 됐다. 하지만 적의 사상자 수에 비하면 아군의 희생은 몇십분의 일밖에 되지 않았다.

비록 적이지만 특히 이이 나오모리 부대의 최후는 비장하기까지 했다. 나오모리는 덴가쿠하자마에서 열 정 정도 떨어진 곳에서 요시모토 본진을 호위하고 있었는데 폭풍우 때문에 노부나가 군이 전위의 경계선을 돌파한 사실을 전혀 깨닫지 못하고 있었다. 그리고 그것을 깨달았을 때는 이미 노부나가 군이 본진을 기습해 요시모토를 죽인 뒤였다. 나오모리 군사들은 그 자책감 때문에 전력을 다해 끝까지 장렬하게 싸웠다. 나오모리가 난전 중에 자결하자 휘하의 군사들도 모두 싸우다 죽거나 자결해서 살아남은 사람이 하나도 없었다. 그 외에도 끝까지 싸우다 죽은 무사가 많았다. 싸움이 끝나고 아군의 승리를 깨달은 순간, 무사들의 마음속에는 떳떳하게 죽음을 맞은 적의 용맹함이 아군의 득의양양한 얼굴 이상으로 가슴 깊이 남아 있었다.

'적이지만 아까운 사람들이다.'

'무사답게 떳떳한 죽음을 맞이했다.'

노부나가의 군사들은 겉으로 표현하지는 않았지만 마음속으로 그들을 추모했다. 어쩌면 당장 내일 자신들에게도 똑같은 일이 일어날지 모른다고 생각했던 것이다. 그리고 새삼 훌륭한 주군을 섬기고 있는 것을 행운이라 여기며 고마워했다.

오다 카즈사노스케 노부나가織田上總介信長는 피와 진흙으로 범벅이 된 채 마고메 산 중턱에 있었다. 그곳에서 몇 걸음 떨어진 곳에서 몇 명의 병사가 괭이와 가래를 들고 큰 구덩이를 파고 있었고 구덩이 주변에는 파낸 흙이 높이 쌓여 있었다.

병사들은 적의 이천여 수급을 하나하나 확인한 뒤 그 구덩이 속으로 던졌다. 노부나가는 합창을 한 채 바라보고 있었고 주위의 장수와 병사 들도 입을 다문 채 엄숙히 서 있었다. 누구 하나 염불을 외지는 않았지만 무사가 무사를 매장하는 최고의 의식을 행하고 있었다. 구덩이로 던져진 수급은 앞으로 세상에 태어날 무사들에게 교훈을 남기고 사라졌다. 시종의 수급 하나도 소홀히 다루지 않았다.

사람들은 발아래 펼쳐진 오묘한 생사의 경계를 바라보며 인간과 무사로서의 삶에 대해 깊이 생각했다. 그러고는 갑옷의 가슴 부분에 손을 모아 합장을 했다. 흙을 다 덮자 봉긋한 봉분이 생겼다. 비가 갠 하늘 위로 어느새 아름다운 무지개가 걸렸다. 그때 일군의 척후병이 그곳으로 돌아왔다. 그들은 덴가쿠하자마 싸움에서 적을 궤멸한 뒤 즉시 오다카 방면을 정찰하기 위해 떠났던 부대였다. 오다카에는 요시모토의 선봉을 맡은 미카와의 마쓰다이라 모토야스가 있었다. 오다 쪽 요새였던 와시즈와 마루네를 함락시켰을 때부터 노부나가는 그를 가장 방심할 수 없는 적으로 간주하고 있었다.

"요시모토가 죽었다는 소식을 들은 오다카의 적들은 한때 당황한 기색이었습니다만 몇 차례 척후를 파견해서 사태를 파악하더니 마침내 조용히 미카와 쪽으로 철수 준비를 시작했습니다. 무모하게 싸움을 걸어올

의사는 없는 듯합니다. 그리고 미카와 군의 퇴각은 필시 밤을 기다렸다 이루어질 듯합니다."

노부나가는 보고를 듣고도 나루미에 남아 있는 적장 오카베 모토노부의 동정을 확인한 뒤 철수를 명했다.

아직 해는 지지 않았다. 한때 희미해졌던 무지개가 다시 선명하게 하늘에 걸렸다. 노부나가의 말안장 옆에는 수급 하나가 기념으로 매달려 있었는데 말할 것도 없이 이마가와 지부노타유 요시모토의 수급이었다. 아쓰다 신궁 앞에 이르자 노부나가는 신에게 보고를 하기 위해 훌쩍 말에서 내려 신불 앞으로 걸어갔다. 신궁의 중문을 가득 메운 병사들도 이마를 땅에 대고 절을 했다.

멀리서 방울 소리가 울렸고 신궁의 숲은 화톳불로 빨갛게 물들어 있었다. 안개와 연기 위로 초저녁달이 떠올랐다.

"자, 기요스로 돌아가자."

노부나가는 다시 길을 서둘렀다. 입고 있는 무구는 무거웠고 몸은 물 먹은 솜처럼 지쳐 있었지만 말을 타고 달이 떠 있는 길을 돌아가는 노부나가의 모습은 이미 목욕을 끝내고 욕의를 입은 사람처럼 가벼워 보였다.

기요스 성 아래 마을은 아쓰다 마을 이상으로 떠들썩했다. 천여 호의 집이 나란히 등을 내걸고 있었다. 네거리에는 큰 화톳불을 피웠고, 남녀노소 할 것 없이 모두 처마 아래로 나와 개선 부대를 기다리다 환호했다. 네거리는 인산인해를 이루고 있었다. 숙연히 성문 안으로 들어가는 군사들의 행렬을 보며 남편을 찾는 부인과 아들이 있다고 외치는 노인, 연인의 모습을 확인하는 젊은 처녀가 많았다. 그리고 사람들은 말 위에 앉은 노부나가의 모습을 발견하고는 일제히 환호성을 내질렀다.

"오, 국주님이다."

"노부나가 님."

그들에게 있어 노부나가야말로 아들이며 남편이며 연인 이상의 존재였다.

　　"이마가와 지부노타유의 수급을 보아라. 내가 오늘 선물로 가져온 것이다. 내일부터 그대들은 국경을 근심할 필요가 없다. 모두 열심히 일하라. 일을 하고 마음껏 즐기도록 하라."

　　노부나가는 말 위에서 백성들의 환호에 화답을 했다. 이윽고 성에 도착한 노부나가가 사이에게 말했다.

　　"사이, 먼저 목욕을 하고 싶구나. 따뜻한 물을 준비해다오."

　　노부나가는 목욕을 하는 동안 마음속으로 싸움에서 전력을 다한 삼천여 군사들에게 내릴 포상을 생각했다. 그리고 목욕을 마친 뒤 곧바로 하야시 사도와 사구마 슈리佐久間修理 두 사람을 불러 그 취지를 전했다.

　　야나다 야지에몬 마사쓰나에게 구쓰카게 성 삼천 관의 영지를 내린다는 내용을 필두로 핫도리 고헤이타와 모리 신스케 등 백이십여 명에 대한 상찬을 정한 뒤 그것을 사도와 슈리에게 기록하게 했다. 노부나가는 아무도 관심을 두지 않는 말단 시종들에게도 상을 내리겠다고 전한 뒤 마지막에는 이누치요의 복권까지 허락했다. 그 소식은 그날 밤 바로 마에다 이누치요에게 전해졌다. 전군이 성안으로 들어갔지만 그는 성 밖에 머물며 노부나가의 처분을 기다리고 있었던 것이다.

　　도키치로에게는 아무런 상도 내려지지 않았다. 도키치로 역시 은전을 받을 생각은 하지 않았다. 하지만 그는 천 관의 지행知行 이상 가야 하는 것을 단 하루 만에 얻었다. 그것은 태어나서 처음으로 생사의 경계선을 넘나들었던 귀중한 체험과 노부나가가 직접 몸으로 가르쳐준 싸움의 형세와 시기, 사람들의 마음을 사로잡는 무장의 그릇과 도량을 본 것이었다.

　　'좋은 주군을 가졌다. 노부나가 님의 뒤를 잇는 사람은 바로 내가 될 것이다!'

도키치로는 그 이래로 노부나가를 주군으로 우러러볼 뿐 아니라 제자의 마음가짐으로 그의 장점을 배우면서 무학둔재無學鈍才인 자신을 수련하는 일에 한층 더 성심을 다했다.

박꽃

세상은 급격한 속도로 변해갔다. 하지만 아무리 세상을 둘러봐도 겉으로는 그런 변혁의 움직임을 감지할 수 없었다.

오케하자마 일전의 대승은 추석과 축제가 함께 찾아온 듯 기요스 성 아래 마을을 열흘이 넘도록 흥분의 도가니로 몰아넣었고 한바탕 난리법석이 벌어졌다. 하지만 다시 일상으로 돌아오자 대장간에서는 망치질 소리가 들렸고 마구간 뒤편에서는 말의 여물을 자르는 소리가 들려왔다. 마을 사람들이 각자 자신의 일터로 돌아가 일에 몰두하기 시작하자 염천 아래의 마을은 사람의 왕래도 드물어졌고 길가는 뿌연 먼지만 날리며 바짝 메말라 있었다.

"기노시타 님."

마루의 방석 위에서 낮잠을 자고 있던 도키치로가 눈을 뜨더니 고개만 들고 대답했다.

"뉘시오?"

"시무라村 아내입니다."

"오, 건너편 집이구먼."

"손으로 만든 메밀국수를 조금 가져왔습니다."

"이거 번번이, 정말 고맙소."

"소쿠리를 부엌에 놔뒀으니 나중에 깨끗한 물로 씻어서 드십시오."

"곤조, 곤조."

"없는 듯합니다."

"그럼 하녀는?"

"부엌 입구 방에서 바느질을 하다 잠든 것 같습니다."

"거참, 주인이 자니 같이 자는구먼. 그럼 소쿠리는 나중에 돌려줄 테니 바깥양반에게도 고맙다고 전해주시게."

도키치로가 안쪽 마룻바닥에 엎드린 채 친근한 목소리로 말했다. 도키치로는 성안에서와 달리 이곳 오동나무밭 근처 변두리에서 대단히 인기가 많았다. 그것도 남자들보다는 아낙들에게, 또 아낙들보다는 소녀들에게 인기가 더 많았다. 하지만 예쁘장한 딸자식이 있는 집에서는 혼자 사는 그를 경계했다. 그는 처녀들에게 부모가 앞에 있는데도 '너무 따분하니 이야기나 나누러 오지 않겠습니까?'라는 말을 아무렇지 않게 건넸다.

도키치로는 근래 엿새 동안 몸을 주체하지 못할 정도로 따분해했다. 노부나가가 먼 나라에 함께 동행할 것을 명한 상태라 떠날 준비를 하고 있었던 것이다. 또 열흘 이내에 출발할 것이니 그때까지 집에서 쉬면서 외출을 삼가고, 또 절대로 누설하지 말라고 단단히 일러두었던 것이다. 도키치로는 집에서 떠날 날을 기다리고 있었다. 집에 곤조와 하녀가 있었던 터라 준비라고 해봤자 딱히 할 것도 없었다.

'뭔가 좀 이상한데. 대체 어디를 가시려는 것일까?'

도키치로는 벌떡 일어나 또다시 생각했다. 그러다가 문득 마당 울타리에 박꽃 넝쿨을 보고는 네네를 떠올렸다. 하명이 있을 때까지 외출을 삼가라고 했지만 저녁바람이 불자 도키치로는 목물을 하고 네네의 집 앞을 지나갔다. 근래에는 왠지 네네의 집을 방문하는 것이 부끄러웠고, 또 딱히 볼일도 없이 네네의 양친을 만나러 가자니 속내가 훤히 들여다보이는 것 같아 지나가는 사람 행색을 하며 괜스레 그녀의 집 앞을 왔다 갔다 하다 가 돌아왔다.

네네의 집 마당 울타리에도 박꽃이 피어 있었다. 어제저녁에는 울타리 밖에서 등잔불을 켜고 있는 네네의 모습을 잠시 엿보다 소원을 이룬 듯 돌아왔는데 그때 본 박꽃보다 하얗던 그녀의 옆얼굴이 문득 떠올랐다.

"일어나셨습니까?"

곤조가 돌아왔다.

"오늘은 유달리 더워서 땅이 갈라질 정도로 메말라 있으니 물이라도 뿌려야겠습니다."

곤조는 바로 두레박에 우물물을 퍼서 도키치로가 혼자 앉아 있는 백 평도 되지 않는 좁은 마당에 몇 차례 뿌렸다.

"그래그래. 곤조, 부엌에 이웃집에서 가져온 메밀국수가 있네."

"예, 돌아오는 도중에 건너편 신조新造 님을 뵈었는데 그렇게 말씀하셨 습니다."

"자넨 어딜 갔다 왔는가?"

"마을 사람들이 장인 마을 네거리에서 사람을 붙잡았다며 소란을 떨 고 있어서 구경하러 갔다 왔습니다."

"사람을 붙잡았다니, 도둑이라도 잡았단 말인가? 기요스 성 아래 마을 에 도둑이 있다니 드문 일이군."

"그뿐이 아닙니다. 장인 마을의 가스가이요코초鎹横丁라는 뒷골목을 아 시는지요?"

"알고 있네."

"그 공터의 모퉁이에 있는 술집과 감물 종이를 만드는 집, 그리고 두건을 만드는 집과 칠기장이 등이 살고 있는 집들이 하룻밤 사이에 모두 털렸다고 합니다."

"그것참."

"새벽녘에 모두 소란을 피우며 관청에 신고하러 갔는데 조사해보니 가스가이요코초의 집들과 장인들이 모두 이나바 산에서 도망쳐온 미노의 간자라는 사실이 밝혀졌습니다. 그래서 아침부터 근처에 있는 흙벽을 만드는 자들을 일일이 엄중하게 조사했는데 수상한 자가 두세 명 더 나타나서 포박을 하려는 순간 칼을 꺼내 들고 덤벼드는 바람에 마을 사람과 역인 대여섯이 다치고 말았지만 간신히 사로잡았습니다."

"미노의 첩자가 그곳에서 한데 모여 살고 있었다는 것인가?"

"적국의 사람이 성 아래에 한데 모여 살며 미노와 내통하고 있었다면 눈치채지 못하는 것도 당연할 것입니다."

"하하하, 피장파장이다. 곤조, 하녀에게 말해서 목욕물을 데우라고 하게."

"또 어딜 나가시려고요?"

"요즘은 매일 한가하니 어디 산책이라도 하고 오지 않으면 몸도 근질근질하고 입맛도 없네."

이윽고 장작을 때는 연기가 부엌에서 집 안으로 흘러들었다. 목욕을 한 뒤에 얇은 홑옷으로 갈아입은 도키치로가 신발을 신고 마당의 사립문을 통해 밖으로 나가는 찰나, 성의 말단 사자가 와서 서찰을 건네고는 바로 돌아갔다. 도키치로는 황급히 집 안으로 들어가 급히 의복을 갈아입고 하야시 사도의 사택으로 달려갔다. 그러고는 며칠 전부터 대기하고 있던 하명을 하야시 사도에게 직접 받은 뒤 집으로 돌아왔다.

"내일 아침, 묘시卯時 무렵까지 행장을 꾸려 성 아래 서쪽 가도 입구에 있는 도게 세이주로道家清十郎의 집으로 오라."

사도는 그렇게 말한 뒤 다른 건 가보면 알 것이라며 아무 말도 하지 않았다. 도키치로는 먼 나라로 잠행하는 노부나가의 동행 속에 자신도 들어 있다는 생각이 들자 별다른 말을 하지 않아도 거기에 주군의 목적이 있다는 것을 깨달았다.

"당분간 돌아오지 못할 듯하군."

도키치로는 한동안 네네와 이별해야 한다는 생각에 네네가 한 번 더 보고 싶었다. 그런 생각이 들자 좀이 쑤셔 견딜 수가 없었다. 그는 한동안 고민하다 네네의 집 쪽으로 달려가 그녀의 집 울타리 밖을 서성거렸다.

유미슈의 사람들이 모여 사는 그곳은 서로 얼굴을 잘 알고 있었기 때문에 도키치로는 길가의 발소리에도 신경이 쓰였고 집 안에 있는 네네의 부모나 가족들에게 들킬까 봐 노심초사했다.

그런 겁 많고 소심한 그의 태도는 누가 보기라도 하면 배꼽을 잡고 웃을 만했다. 만약 자신과 같은 행동을 다른 사람이 했다면 도키치로는 분명 경멸했을 것이다. 하지만 지금 그는 남자로서의 체면이나 추문을 신경 쓸 여유가 없었다.

'네네는 뭘 하고 있을까?'

그가 알고 싶은 것은 그런 시시하고 실없는 일이었다. 울타리 틈새로 그녀의 옆얼굴과 저녁 무렵 생활 모습을 조금이라도 보면 그것으로 만족할 수 있을 듯했다.

'벌써 목욕을 끝내고 화장을 하고 있을까? 부모님과 밥상을 마주하고 저녁을 먹고 있을까?'

그는 천연덕스러운 얼굴로 울타리 밖을 세 번 정도 오갔다. 초저녁이라 지나가는 행인은 한두 명뿐이었다. 도키치로는 울타리 밑에 쪼그리고 앉아 안을 엿보며 자신의 얼굴을 아는 사람이 자신을 발견하고 이름이라도 부를까 봐 불안해했다. 만약 그러면 창피해서 얼굴을 들지도 못할 것이다. 아니, 그보다 이누치요가 네네와의 혼인을 포기한 뒤 근래 마타에몬이 생각을 고쳐먹어 네네와의 혼인이 좋은 방향으로 흘러가고 있는데 괜히 이런 행동 때문에 어긋날까 봐 걱정이 되었다. 그러니 지금은 그저 가만히 내버려두는 것이 최선이었다. 네네와 그녀의 모친은 마음을 정한 듯했지만 부친인 마타에몬이 좀처럼 마음을 정하지 못했다. 딸과 아버지, 어머니와 아버지 사이에 쉽사리 의견 일치를 보지 못한 채 네네의 혼담은 제자리걸음을 하고 있었다. 그런 상황에서 자신이 예전처럼 성급하고 뻔뻔하게 혼례 날짜를 정하자고 하면 오히려 엄한 성격의 마타에몬이 반발할지도 몰랐고, 네네나 모친의 호의까지 잃으면 두 번 다시 되돌릴 수 없을지도 몰랐다.

얼마 전까지는 이누치요라는 연적이 있었던 탓에 소극적으로 마냥 기다리다가는 도저히 승산이 없을 것 같아 모든 지혜를 짜내 열정을 다해 싸웠다. 하지만 자신의 사랑을 위협하던 상대는 그에게 네네를 부탁한다는 말을 남기고 다른 나라로 떠났다. 그 뒤 이누치요는 오케하자마 전투가 끝나고 다시 성으로 돌아왔지만 예전처럼 네네의 집에 드나들지 않았다. 마타에몬이 고심하던 문제인 '이누치요와의 구두 약속'도 저절로 깨진 터라 지금은 아무런 근심도 없는 상태였다.

'더 이상 초조해할 필요는 없다. 지금은 그저 내버려두고 마타에몬 님의 마음이 돌아설 때까지 기다리는 것이 상책이다.'

도키치로는 그렇게 마음먹고 있었다. 하지만 네네를 생각할 때마다 그런 현명한 생각과 지금처럼 울타리에서 엿보는 어리석은 행동이 서로 뒤엉켜 소용돌이쳤다. 집 안에서는 모기향이 흘러나오고 부엌 쪽에서는 그릇 소리가 들렸다. 아직 저녁 전인 듯했다.

'아, 일을 하고 있구나.'

이윽고 도키치로는 불빛이 희미하게 비치는 부엌 근처에서 자신의 아내가 될 네네의 모습을 발견했다.

'저런 마음가짐이라면 가정도 잘 돌보고 꾸려나갈 것이다.'

도키치로는 사람의 눈을 피해 숨은 상태에서 생각에 잠겼다. 네네의 모친이 네네를 부르는 목소리가 들렸다. 울타리 밖에서 엿보고 있던 그의 귀에 네네의 대답 소리가 들려왔다. 도키치로는 걸음을 옮기기 시작했다. 누군가 지나가고 있었던 것이다.

'일도 잘하고 유순하다. 저런 여자라면 나카무라에 계시는 어머니도 마음에 들어 할 것이다. 어머니를 평민이라고 업신여기거나 소홀히 대하지 않을 것이다.'

그의 생각은 꼬리를 물고 이어졌다.

'네네는 가난을 잘 견뎌낼 것이며, 허영에 빠지지도 않을 것이다. 남편을 소중하게 여기고 뒤에서 내조하는 여자가 될 것이다. 내 결점도 용서할 것이다.'

도키치로는 네네에 대해서는 무엇이든 좋게만 생각됐다. 무엇보다 네네의 눈썹이 아름다웠다. 네네 외에는 자신의 아내가 될 여자는 없다고 단정했다. 가슴이 저절로 부풀어 오르고 쿵쾅쿵쾅 요동쳤다. 별을 올려다보며 후 하고 크게 숨을 내쉬었다. 정신을 차리고 보니 유미슈의 집들을 한 바퀴 돌아 다시 네네의 집 앞에 와 있었다.

문득 울타리 안에서 네네의 목소리가 들렸다. 박꽃 넝쿨 사이로 물통을 들고 우물 쪽으로 가는 그녀의 모습이 보였다. 별빛은 쏟아져 내릴 듯 은은했고 그 별빛을 받은 박꽃이 빛을 발해서인지 그녀의 옆얼굴이 하얗게 보였다.

"하녀의 물 긷는 일까지 돕고 저 손으로 거문고도 타다니……."

도키치로는 나카무라의 어머니에게 자신의 색시는 이런 여자라고 하루빨리 보여주고 싶었다. 그는 금방이라도 입에서 침을 흘릴 듯한 얼굴을 울타리 가까이에 댄 채 떨어질 줄 몰랐다. 우물에서 물을 긷는 소리가 들렸다. 그러다 문득 네네가 물통을 들지 않고 가만히 도키치로 쪽을 돌아보고 있었다.

'아, 눈치를 챈 걸까?'

도키치로가 생각하는 동안 그녀는 우물가를 벗어나 뒤편의 사립문 쪽으로 걸어왔다. 도키치로는 불이라도 덴 듯 가슴이 쿵쾅거리기 시작했다. 그녀가 그곳의 사립문을 살짝 열고 밖을 둘러보았을 때, 이미 도키치로는 뒤도 돌아보지 않고 내달리고 있었다. 저 멀리 보이는 네거리를 돌아서고 나서야 그는 뒤를 돌아보았다. 그녀는 하얀 얼굴로 의아해하며 아직 사립문 밖에 서 있었다.

"……."

도키치로는 그녀가 원망하는 듯한 눈빛으로 자신을 보고 있는 것처럼 여겨졌다. 하지만 그는 그 순간 이미 내일 묘시의 여정을 생각하고 있었다. 절대로 발설하면 안 되는 주군과의 동행이었다. 그것은 네네에게도 말할 수 없는 일이었다. 그녀의 모습을 보고 온 도키치로는 이제 평소의 모습으로 돌아와 있었다. 그는 곧장 집으로 돌아가 코를 크게 골며 잠이 들었다.

곤조가 여느 때처럼 아침 일찍 일어나서는 도키치로의 베갯맡에 앉아 그를 깨웠다.

"나리, 슬슬 준비하실 시간입니다."

도키치로는 벌떡 일어나서 얼굴을 씻고 밥을 먹은 뒤 준비를 하기 시작했다. 그런 그의 활발하고 재빠른 행동은 노부나가의 영향 때문인지 무서울 정도로 조급하게 보였다.

"갔다 오겠네."

어디를 가는지 곤조에게도 말하지 않았다. 도키치로는 하명을 받은 묘시를 앞두고 성의 서쪽 변두리 가도 입구에 있는 부농인 도게 세이주로의 집에 도착했다.

적국 순례

"원숭이 님 아니신가? 자네도 동행하러 오신 겐가?"

도게 세이주로의 집 문 앞에 서 있던 시골 무사가 도키치로를 보며 외쳤다.

"이누치요."

도키치로는 의외라는 표정을 지었다. 이누치요가 와 있는 것은 그다지 놀랄 일이 아니었지만 그의 복장이 여느 때와 전혀 달랐기 때문이다. 머리를 묶은 것부터 칼과 단검, 그리고 각반까지 아무리 봐도 벽촌 구석에서 나온 시골 무사로밖에 보이지 않았다.

"대체 그 모습은 어떻게 된 건가?"

도키치로가 묻자 이누치요가 망을 보는 보초처럼 말했다.

"모두들 모여 계시니 어서 들어가게."

"자네는?"

"나 말인가? 나는 잠시 보초를 서는 중이라 나중에 들어가겠네."

도키치로는 먼저 안으로 들어가 정원에 서 있었다. 부농인 도게 세이주로의 집은 도키치로도 처음 보는 낯선 옛날 집이었다. 요시노초吉野朝[13] 시대 이전 건물인지, 아니면 그보다 더 오래전 시대의 건물인지 상상이 가지 않았다. 형제자매 일족이 모두 한집에서 생활하던 대가족 제도의 유풍이 엿보이기도 했다. 어디를 둘러봐도 용마루가 긴 건물과 문 안에 또 문과 통로가 있었다.

"원숭이 님, 여기네."

정원 쪽 문에서 또 다른 시골 무사가 손짓을 했다. 살펴보니 이케다 가쓰사부로였다. 안으로 들어가자 역시 똑같은 시골 무사 복장을 한 가신이 스무 명이나 더 있었다. 도키치로도 사전에 전해 들은 이야기가 있어 시골 무사 차림으로 왔다.

안뜰의 마루 쪽에는 열여덟 명 정도의 무사가 산승으로 변장한 채 휴식을 취하고 있었다. 노부나가는 안뜰 저편의 작은 방에 있는 듯했다. 잠행이었기 때문에 도게 가※에서도 주인과 극소수의 가족밖에 알지 못하는 일이었다. 도키치로는 변장한 가신들과 무리를 지어 쉬고 있었다.

"무슨 잠행일까?"

서로 물었지만 아무도 아는 사람이 없었다.

"오늘 주군의 복장을 보니 얼마 되지 않는 무사를 거느린 시골 향사의 아드님 같은 행색이시던데. '또 장난기가 동하셔서 어디 놀러가는 건가?' 하고 왔더니 그런 것 같지도 않고. 저리 엄중하고 은밀히 사람들이 모이길 기다리고 계시는 걸로 봐서 어디 멀리 다른 나라로 여행을 떠날지도 모르겠네. 그렇다면 행선지가 어디인지 누군가에게 귀띔이라도 해주셨을 텐데."

---

13) 남북조南北朝 시대를 지칭하는 다른 이름이다. 당시에는 황실이 남과 북 두 곳으로 분열되어 있었다.

"잘은 모르지만, 얼마 전에 하야시 사도 님의 저택에 갔을 때 교토 부근이라고 하셨는데."

"뭐, 교토?"

사람들은 목소리를 죽였다. 위험하다는 생각과 함께 교토에 올라가는 이상 노부나가의 마음속에 큰 뜻과 비책秘策이 있는 게 분명했다. 사람들은 그 목적이 무엇인지 한층 더 궁금해졌다.

'드디어.'

도키치로는 혼자 속으로 고개를 끄덕이며 노부나가의 출발 신호가 떨어지기까지 저택 안의 화원을 느릿느릿 걷거나 지붕 위의 고양이를 손짓하며 부르고 있었다.

그로부터 며칠 뒤, 드디어 노부나가를 둘러싼 시골 무사 일군과 그들을 멀리서 보호하는 산승 일군이 교토로 떠났다. 동쪽 지방 시골 무사 가문의 숙부와 조카, 친구들로 변장한 그들은 니오瀬 호수를 건너 수도인 교토를 구경하러 가는 일행으로 행세했다.

노부나가를 비롯한 일행들은 오케하자마에서 보인 날카로운 안광을 감추고 유유자적한 표정과 말투를 쓰며 어딘지 투박함이 묻어나는 동쪽 지방 무사가 되어 있었다. 숙소는 도게 세이주로가 미리 수배해둔 교토의 도성 밖에 있는 하라오비 지조腹帶地藏의 집이었다. 산승들은 부근 농가와 싸구려 여인숙에 흩어져서 머물렀다.

'자, 이제 무엇을 하며 노실 것인가!'

도키치로는 노부나가의 계획에 큰 기대와 흥미를 가지고 지켜보았다. 노부나가는 도키치로에게 함께 가지고 하기도 하고, 또 다른 사람을 데리고 도성 안으로 들어가기도 했는데, 늘 햇빛을 피하는 삿갓을 눈썹 깊이 눌러쓰고 야인처럼 투박하고 검소한 차림을 했다. 시종은 기껏해야 네댓 명 정도였고 산승 차림의 가신 몇 명이 멀리 떨어져서 지켜보았는데, 혹

자객이 노부나가의 정체를 알고 다가가려 한다면 쉽게 그 목적을 이룰 수 있을 정도였다.

"오늘은 구경이나 하자."

노부나가는 그렇게 말하고는 완전히 방심한 채 성안의 인파에 묻혀 하루 종일 먼지를 뒤집어쓰며 걸어 다니다 돌아왔다. 또 어떤 날은 불시에 밖에 나가 공경당상公卿堂上의 집을 찾아가 밀담을 나눈 뒤 저녁에 서둘러 돌아오는 날도 있었다. 모든 것은 노부나가의 마음속에 있었기 때문에 젊은 무사들은 무슨 목적으로 위험한 난세의 수도에 와서 굳이 이런 모험을 하는 것인지 알 수가 없었다. 하지만 그동안 저간의 소식을 알 방법이 없던 도키치로는 많은 것을 보고 배우고 있었다.

"교토도 많이 변했군."

도키치로는 바늘을 팔며 떠돌아다니던 무렵 바늘을 사기 위해 교토에 온 적이 있었다. 손꼽아보니 육칠 년밖에 되지 않았지만 황성皇城의 세태는 완전히 달라져 있었다. 무로마치 막부는 그대로였지만 십삼 대 장군인 아시카가 요시데루足利義輝는 이름뿐인 장군 가문에 불과했다. 장군을 보좌해서 정무를 총괄하는 간레이管領인 호소가와 하루모토細川晴元가 있었지만 그역시 이름만 있을 뿐 실권이 없었다. 오래된 연못처럼 이곳의 민심과 문화는 탁해져 있었고 모든 곳에서 말기 증상이 느껴졌다.

실질적인 권력은 노신인 마쓰나가 단조 히사히데松永彈正久秀의 손에 있었다. 정무를 대행하는 간레이다이管領代 직책을 맡은 미요시 나가요시三好長慶조차 마쓰나가의 손안에서 좌지우지되어 조정은 추한 갈등과 무능과 폭정으로 가득 차 있었다. 그러다 보니 민중들 사이에서까지 모반의 징후가 싹트고 있었다. 그 시류가 어디를 향해 어떻게 움직일 것인가를 생각하면 사람들은 그저 암담할 따름이었다. 그래서인지 교토의 밤은 경박할 정도로 화려했지만 사람들의 마음속에는 감출 수 없는 어둠이 깃들어 있었다.

사람들은 '내일은 내일'이라는 듯 방향을 잡지 못하고 그저 솟아나는 탁류에 몸을 맡기며 살고 있었다.

간레이를 맡고 있는 미요시와 마쓰나가를 믿지 못하는 세상에서 장군 가문과 똑같은 대접을 받고 있는 야마나山名, 잇시키一色, 아카마쓰赤松, 도기土岐, 다케다武田, 교고쿠京極, 호소가와細川, 우에스기上杉, 시바斯波와 같은 다이묘들은 무엇을 하고 있었을까. 그들 역시 자신들의 나라에서 똑같은 고민에 직면해 있었다. 교토는 교토이고 장군 가문은 장군 가문일 뿐, 자국의 국경과 내부 문제에 쫓기다 보니 세상을 생각하고 다른 것을 돌볼 여유가 없었다.

도키치로는 교토에 와서 조정의 쇠락이 상상했던 것 이상이라는 사실을 두 눈으로 보고 두 귀로 들었다. 백성들 사이에서 떠도는 소문을 듣지 못한 것은 아니었지만 실제로 보니 황궁의 축토는 퇴락하고 수문을 지키는 군사의 모습조차 보이지 않았다. 황궁 안으로 다람쥐와 들개마저 드나들고 있었다. 황궁 전각에는 구멍이 나서 비가 새고 겨울에는 천왕이 입을 어의조차 없다 보니 백성들까지 근심할 정도였다. 그 무렵 누군가가 공경인 도키와이尙盤井와 함께 배알을 청하자 천황은 때에 전 의관조차 없어 12월 중순이었는데도 여름철 홑옷을 그대로 입고 나왔다고 했다. 근위전近衛殿에서는 일 년에 한 번뿐인 축일에 빈객이 먹을 만한 음식은 시루떡밖에 없었다고 했다.

조정의 영지도 먼 곳의 어전御田은 물론이고 야마시나山科와 이와쿠라巖倉 부근의 어전과 삼림까지 도적떼와 향사들에게 약탈당해 쌀 한 톨도 올라오지 않았다. 조정에는 그런 적폐를 바로잡을 다이묘도 없었고 그 죄를 물어 처벌할 힘조차 없었다. 조정의 상황이 그러니 힘없는 백성들의 논밭은 두말할 것도 없었다.

노부나가는 그런 교토로 잠행을 떠나온 것이었다. 어느 나라의 다이묘도 생각하지 못한 일이었다. 아니, 교토에 입성해서 삼군의 위세를 과시하고 윤지綸旨를 받아 장군과 간레이를 위협해 천하에 임하려고 하는 야심가는 앞서 상락 도중 좌절한 이마가와 요시모토뿐이 아니었다. 세상 곳곳에서 할거하는 다이묘 호걸의 무리가 그것을 이상으로 삼고 있었지만 단신으로 교토에 올라와서 원대한 포부를 이룰 만큼 담력을 가진 사람은 노부나가뿐이었다.

노부나가는 그렇게 삼공구경三公九卿[14]의 집을 은밀히 왕래하면서 후일을 기약하는 정치적인 밀알을 뿌리고 있었다. 그는 몇 번이나 미요시 나가요시를 찾아가 그를 통해 십삼 대 장군인 요시데루를 만났다. 물론 평소처럼 동쪽 지방 무사의 행색을 하고 미요시의 저택으로 들어간 뒤 의복을 갈아입고 무로마치 장군 가문의 진영으로 갔기 때문에 두 사람의 회견을 아는 사람은 아무도 없었다. 무로마치 장군의 진영은 지난 시절의 현란함을 연상시키는 폐허와 같았다. 그리고 지금 그 폐허는 아시카가 장군 가문이 십삼 대 동안 향유한 향락과 호사, 그리고 독선적인 정사의 흔적을 대변하는 낡고 오래된 연못에 불과할 뿐이었다.

장군 요시데루가 노부나가를 보고 말했다.

"그대가 노부히데 님의 아들인 노부나가인가?"

요시데루의 목소리에는 힘이 없었다. 틀에 박힌 관습과 예법에 따라 의식이 열렸지만 생기를 찾아볼 수 없었다. 장군직이라는 허울 좋은 이름만 있을 뿐 그에게 실권이 없다는 게 느껴졌다.

"처음 인사 올립니다. 노부나가입니다."

노부나가는 엎드려 말했다. 오히려 엎드려 있는 그의 모습이 주위를 제압하는 듯했고 목소리에도 상좌에 앉아 있는 요시데루를 압박하는 힘

---

14) 태정대신, 우대신, 좌대신 삼공과 조정에 출사하는 귀족인 아홉 명의 대신을 일컫는다.

이 있었다.

"제 아버님을 알고 계시는지요?"

"알고 있네."

요시데루는 고개를 끄덕이며 노부히데를 알게 된 연고에 대해 들려주었다. 일찍이 황거가 너무나 황폐해진 나머지 조정의 이름하에 제국의 호족들에게 '황거를 수리하기 위한 봉납을 바치라'는 명이 내려진 적이 있었다. 그런데 칙명에 따르는 다이묘가 한 사람도 없었다. 끊임없는 전란으로 제국들의 존립이 급급하던 시절임을 감안해도 무례하기 그지없는 일이었다.

"천황의 나라에서 있을 수 있는 일인가!"

조정의 신하들은 비가 새고 바람도 막지 못하는 황폐한 궁궐을 바라보며 탄식할 뿐이었다. 그 당시는 덴분天文 12년(1543년) 겨울이었는데, 그때 노부나가의 부친인 노부히데는 미약한 병력으로 사방의 강적들에 둘러싸여 악전고투하고 있었다. 간신히 한쪽을 이겨도 다른 한쪽에서 다시 패배하며 좁은 영토를 지켜내야 하는 최악의 상황이었다. 그럼에도 노부히데는 칙명을 받자마자 사자를 교토로 올려 보내 사천 관을 헌상하고 뜻있는 사람들과 함께 축토와 사각문四脚門, 당문唐門 등을 수리했다.

"그대의 부친은 근왕가勤王家일 뿐 아니라 무인으로서도 드물게 신을 공경하는 사람이었네."

요시데루는 기분이 좋은지 처음 만나는 노부나가에게 많은 말을 했다.

"송구한 일이지만 이세 신궁의 내궁은 예부터 21년마다 새로 개조하는 것이 관례였는데 오닌의 난 이후에는 그런 관례마저 쇠퇴해져 이렇게 황폐해지고 말았네. 하나 그대의 부친인 노부히데는 그런 옛 의식의 복구에도 성심과 전력을 다하였으니 참으로 어진 사람이었네."

요시데루는 잡담을 나누는 동안에도 넌지시 노부히데에 대한 이야기를 건넸다. 그럴 때마다 노부나가는 새삼 죽은 부친이 떠올라 이따금씩 고개를 숙였다. 그는 자신의 아버지를 그다지 대단한 무인이라고 생각하지 않았다. 하지만 실제로 세상과 마주하게 되자 부친이 자신을 위해 여기저기 남기고 간 사석捨石을 깨닫게 되었다. 근래 들어 노부나가는 부친의 원모遠謀와 큰 사랑을 절절히 깨닫고 있었던 것이다.

예를 들어 자신이 죽은 뒤 남겨질 자식을 위해 히라데 나카쓰카사뿐 아니라 좋은 가신들을 남기고 간 것도 지금 생각하면 뼈에 사무칠 정도로 고마운 일이었다. 또 얼마 전 치른 오케하자마 전투만 해도 그러했다. 한때는 자신의 건곤일척이 성공한 것이라고 생각했지만 나중에 곰곰 생각해보니 이마가와의 상락 계획은 이미 부친이 살아 있을 때부터 진행되던 일이었고, 그의 부친은 아즈키자카나 그 외의 전쟁터에서 몇 번이나 이마가와의 선봉을 무찔렀던 적이 있었다. 그리고 오다 가문의 군사들에게 뼛속 깊이 강한 적개심을 심어주면서 오랜 세월 훈련을 시켜왔다. 바로 그런 유산이 있었기 때문에 덴가쿠하자마의 싸움에서 승리할 수가 있었던 것이다. 자신이 아무리 죽음을 결심하고, 또 군사들을 향해 죽기를 각오하라고 외친다 해도 주군의 자리에 올라 덕을 쌓지도 못한 채 얼마 되지 않은 짧은 시간 동안 훈련시킨 군사들만 가지고 어찌 그런 무모한 싸움에서 승리할 수 있었겠는가 하고 생각했다.

노부나가는 오케하자마 전투 후 혼자 그런 생각을 해왔다. 그리고 장군 요시데루에게서 뜻하지 않게 부친의 유덕에 대한 이야기를 듣게 되자 요시데루가 자신을 만나준 것도 부친의 유덕 중 하나인 듯싶어 부친에게 새삼 고마움을 느꼈다.

"이번 상락은 아무도 몰래 온 것이고 오와리의 시골 무사로서 무엇 하나 마음에 드실 것이 없을 듯한 봉납입니다만."

세상 이야기 말미에 노부나가가 들고 온 선물 목록을 바치고 물러가려고 하자 요시데루가 그를 만류했다. 그리고 곧 해가 질 터이니 저녁을 들고 가라며 응접실로 자리를 옮겨 술자리를 함께했다. 팔 대 장군인 아시카가 히가시야마 요시마사足利東山義政의 풍류와 풍아를 엿볼 수 있는 정원에 자양화 빛을 띤 땅거미가 내렸고, 정원의 이끼에 내려앉은 이슬은 등불을 받아 빛나고 있었다.

노부나가는 어떤 자리든, 설사 자신보다 지체가 높은 사람의 앞이라도 전혀 불편해하지 않는 기질이라 시중들이 술병을 눈높이까지 받쳐 들고 오거나 오가사와라小笠原류의 요리와 격식을 엄격하게 따지는 선부膳部 앞에서도 전혀 주눅이 들지 않았다.

"한잔 받게."

요시데루가 술을 따르자 노부나가가 공손히 받았다.

"여기 젓가락이 있네."

요시데루가 노부나가에게 젓가락을 권했다.

"황송합니다."

노부나가는 고개를 숙이며 젓가락을 받아들고 음식을 먹었다.

요시데루는 노부나가의 왕성한 식욕을 신기한 듯 바라보았다. 화려함이나 따분한 의식에 식상해 있던 요시데루와 장군 가문의 사람들은 노부나가의 먹는 모습을 바라보며 '나이도 젊고 시골 사람이라 교토의 어떤 음식을 먹어도 맛이 있는가 보군'이라고 생각하면서 우월감에 빠지기도 했다.

"노부나가."

"예."

"이곳의 음식은 어떠한가?"

"좋습니다."

"맛이 있는가?"

"저와 같은 무골에게 모든 요리가 그렇듯 소금기가 드물고 이렇다 할 맛이 나지 않는 음식은 처음인 듯합니다."

"하하하, 그런가. 그럼 차는 즐기는가?"

"어릴 적부터 물을 끓이는 것과 마시는 법은 배웠습니다만, 어른들이 즐기는 다도에는 익숙하지 않습니다."

"정원을 보았는가?"

"예, 보았습니다."

"어찌 생각하는가?"

"작다고 생각했습니다."

"작다?"

"아름답기는 하지만 제가 있는 시골인 기요스 언덕의 풍광과 비교하면……."

"자네는 아직 아무것도 모르는 듯하군. 하하하, 어설픈 지식보다 오히려 아무것도 모르는 천진난만함이 좋기도 하지. 하면 그대가 잘하는 것은 무엇인가?"

"활쏘기입니다. 그 외에는 아무것도 알지 못합니다. 그 대신 무슨 일이 생기면 오와리에서 미노의 오우미지 적지를 넘어 사흘 안에 이곳까지 달려올 수 있다는 것이 저의 능사能事입니다. 난마와 같은 시절, 궁성에 언제 무슨 변고가 생길지 가늠하기 어렵사오니 부디 이 노부나가가 있다는 것을 기억해주신다면 황송할 따름입니다."

노부나가가 빙긋 웃으며 말하자 요시데루는 그리 말하는 사람은 처음 대한다는 듯 노부나가의 보조개를 바라보았다. 사실 노부나가는 예전에 난세를 틈타 장군 가문이 지방의 수호직守護職으로 임명한 시바 가문을 무너뜨리고 무단으로 국주 자리에 올랐던 것이다. 장군 가문의 권위로서 그를 시라스白州에 있는 몬추조問注所[15]로 넘겨도 될 일이었다. 하지만 근래 요시데루는 휘하에 이렇다 할 다이묘가 없어 고적과 적막에 사로잡혀 있었다. 그러다 보니 그는 노부나가가 방문하자 무료함을 달래기 위해서라도 좀 더 이야기를 나누고 싶었다. 노부나가는 이야기를 나누던 중에 관직이나 지위를 원하는 듯하다 그렇지도 않은 듯 아무 말 없이 물러갔다.

노부나가는 교토에서 한 달 정도 머문 뒤 돌아가자는 명을 내렸다. 그것도 갑자기 당장 내일 돌아가자고 말했다. 산승과 시골 무사 차림으로 모습을 바꾸고 따로 숙소를 잡아 머물던 부하들이 바쁘게 떠날 채비를 하던 그날 밤, 오와리에서 사자가 서찰을 가지고 왔다. 기요스를 떠난 뒤부터 계속해서 풍설이 떠돌고 있으니, 귀도 도중 각별히 주의하길 바란다고 쓰여 있었다. 이가이세지伊賀伊勢路로 나가 돌아가든, 고슈江州에서 미노를 넘어 돌아가든 어디든 적국이었다. 이세에는 적년積年의 적인 기타바타케北畠가 있고 미노에는 사이토가 있었다. 한 치의 땅이라도 적지를 밟지 않고는 돌아갈 수 없었다.

"어떤 길을 선택하는 것이 안전할까? 배편도 고려해볼 수 있지만."

그날 밤 가신들은 노부나가가 머물고 있는 토호의 집에 모여 이마를 맞대고 의논했지만 좀처럼 결론을 내리지 못했다.

"모두들 아직 안 잤는가?"

이케다 가쓰사부로가 들여다보며 말하자 한 사람이 괘씸하다는 듯한 얼굴로 말했다.

"중차대한 일을 의논하고 있는데 아직 안 잤느냐니. 무례하오."

"의논 중이었나? 몰랐네. 대체 무엇을 의논하고 있는가?"

---

15) 가마쿠라鎌倉와 무로마치 막부 시절에 소송과 재판을 처리하던 기관으로, 오늘날의 법원과 유사하다.

"주군을 모시면서 한가로운 소리를 하고 계시오. 초저녁에 서찰이 도착했다는 것을 모르시오?"

"알고 있네."

"돌아가는 도중에 만에 하나라도 변고가 생기면 큰일이니 어떤 길을 택해 돌아가면 좋을지 고민하고 있던 참이오."

"하하하, 그런 걱정은 필요 없네. 주군께서는 이미 결정하고 계시니 말이네."

"결정을 하셨단 말이오?"

"상락 무렵에는 인원수가 다소 많아 오히려 사람들 눈에 띄었으니 돌아갈 때는 네댓 명이 좋을 것이네. 가신들은 가신들끼리 각자 좋아하는 길을 선택해 돌아가면 된다고 생각하고 계시네."

사람들은 한 대 얻어맞은 듯 멍하니 있다가 그대로 아침이 오기를 기다렸다.

아직 어슴푸레한 새벽녘, 채비를 끝낸 노부나가는 이케다 가쓰사부로의 말대로 각자 알아서 돌아가라며 서른 명의 가신들을 남겨두고 교토를 출발했다. 그의 뒤를 따르는 사람은 네 명에 불과했는데, 물론 그 안에는 가쓰사부로도 있었다. 하지만 그중 가장 영광스럽게 느낀 사람은 도키치로였다.

"사람이 너무 적은 것은 아닐까?"

"괜찮으실까?"

남겨진 가신들은 불안감을 떨쳐낼 수가 없어서 오쓰大津 부근까지 몸을 숨기고 노부나가를 따라갔다. 하지만 노부나가 일행은 도중에 태평하게도 역참에서 말을 빌려 타고 세다瀨田 대교 동쪽으로 달려갔다.

관문의 검문소가 몇 곳이나 있었지만 별 어려움 없이 지나갈 수 있었다. 노부나가는 검문소를 지날 때마다 관인에게 미요시 나가요시에게 받

은 '간레이 가※의 사람으로 동쪽으로 내려가는 사람'이라는 왕래 증명서
를 보여주었다.

중매

　근래에는 벽촌 시골의 초가집에서도 차를 즐겨 마셨다. 사람들은 그렇게 함으로써 급박하게 돌아가는 세상과 피비린내 나는 시절 속에서 잠시나마 피로 얼룩진 속세를 벗어나 '정靜'을 구하며 한숨을 돌렸다. 본래 다도는 히가시야마도노東山殿라는 별칭으로도 불린 무로마치 막부의 팔 대 장군인 아시카가 요시마사의 사치와 여유에서 비롯된 귀족적 취미였다. 하지만 어느 순간부터 그 히가시야마도노의 아시카가 문화는 서민들 사이에서 일상생활과 가까운 평민적 풍류로 변해갔다.

　다도를 '동動'의 생활에 대한 '정靜'의 한순간으로 더없이 사랑한 계층은 파괴적이고 피비린내 나는 일상을 보내는 무인들이었다. 그리고 그것을 지켜보는 초옥의 백성들까지 차를 즐기게 됐다. 그렇게 되기까지는 차를 오직 하나의 도道로 여기며 그 전통을 이어받아 일류일파一流一派를 이루고 칭하기 시작한 각지의 다인茶人들 영향이 컸다.

　누구에게 배웠는지 네네도 차를 즐겼다. 부친인 마타에몬이 차 마시는 것을 좋아했기 때문에 차를 만드는 일은 혼자 거문고 연습을 하며 울타리 밖을 지나는 사람들에게 들려주는 것과는 다른 보람이 있었다. 그리고 찻잔에 이는 녹색 거품이 고요한 아침을 열고 부녀간의 온화한 미소를 짓게 만드는 만큼 차는 단순한 유희가 아니라 생활 속에서 없어서는 안 되는 것이었다.

"국화꽃 봉오리는 아직 열리지 않았고 마당의 풀은 아침 이슬을 한층 더 머금고 있구나."

마타에몬이 이슬에 젖은 툇마루에서 열 평 정도 되는 울타리를 바라보며 중얼거렸다.

"······."

네네는 화로 앞에서 차 국자를 손에 쥔 채 있었다. 솥에서는 방 안의 적막을 깨며 물이 끓고 있었다. 네네가 물을 떠서 찻잔에 따르더니 살짝 고개를 돌리며 말했다.

"아니에요. 울타리 쪽 국화 두세 송이는 벌써 좋은 향기를 풍기고 있는 걸요."

"그래, 국화가 피었느냐? 아침에 빗자루를 들고 마당을 쓸었는데도 몰랐구나. 꽃도 무골의 처마 아래 피면 정이 없다고 모른 체하는가 보구나."

"······."

네네의 손끝에서 빠르고 가볍게 돌아가는 다선茶筅 소리가 났다. 그런데 무슨 일인지 마타에몬의 말에 네네는 얼굴을 붉히며 부끄러워했다. 마타에몬은 그것을 알아차리지 못하고 찻잔을 끌어당겨 입가에 대면서 좋은 아침이라고 생각했다. 그러다 문득 '네네를 시집보내면 이 차도 더 이상 마시지 못할 거라고 생각했다.

"실례하겠습니다."

작은 장지문 밖에서 목소리가 들려왔다.

"당신이오?"

마타에몬이 아내인 고히를 보고는 네네에게 찻잔을 건네며 말했다.

"어머니에게도 한 잔 만들어주거라."

"아닙니다. 나중에."

고히는 편지함을 들고 있었다. 방금 집으로 사람이 왔다고 했다. 마타에몬은 편지함을 무릎에 놓고 뚜껑을 열어보았다. 그러고는 의아한 표정을 지었다.

"주군의 사촌이신 나고야 이나바노가미名古屋因幡守 님이 무슨 일로 서찰을 보내신 걸까?"

마타에몬은 급히 자리에서 일어나 입을 헹구고 손을 씻고 와서는 서찰을 펼쳐보았다. 주군의 일족은 서찰을 볼 때도 그 사람이 앞에 있는 것처럼 예의를 갖춰야 했다. 마타에몬은 서찰을 읽고는 이내 아내의 얼굴을 바라보았다.

"사자는 기다리고 있는가?"

"예, 답신은 구두라도 괜찮다고 합니다."

"아니네. 그건 실례이니 벼루를 이리 내오게."

"예."

마타에몬은 종이에 답신을 써서 사자에게 건네주었다. 하지만 고히는 서찰의 내용이 신경 쓰였다. 사실 주군 노부나가의 사촌인 나고야 이나바노가미가 마타에몬과 같은 말단 가신의 집에 직접 사자를 보내 서찰을 전하는 것은 극히 드문 일이었다. 마타에몬 역시 그것을 의아해하는 듯했다. 더욱이 서찰의 내용이 한가롭기 그지없었다. 은밀히 볼일이 있다는 말도 없었다.

나는 오늘 하루, 호리堀 강 강가의 한거에 와서 온종일 책을 읽고 있네. 내가 심은 국화가 이 좋은 날 청향淸香을 풍기고 있지만 찾아오는 이가 없음을 한탄하고 있네. 그대의 사정은 어떠한가? 혹여 한가하다면 자문紫門을 두드려주게나.

서찰의 내용은 이러했지만 그것이 다일 리가 없었다. 마타에몬이 차에 대한 조예가 깊거나 특별한 독서가이거나 풍류를 즐기는 사람이라면 모르겠지만 마타에몬은 자신의 집에 핀 국화조차 알아차리지 못하는 사람이었다. 활에 묻은 먼지라면 바로 발견할 수 있지만 국화꽃은 그냥 밟고 지나갈 사람이었다.

"좌우지간 가봐야겠으니 고히, 의복을 내오게."

마타에몬이 자리에서 일어서자 고히와 네네가 그의 양옆에서 의복을 갖추는 것을 도왔다.

"다녀오겠네."

밝은 가을햇살 아래 마타에몬은 집을 나서다 문득 자신의 집을 돌아다보았다. 네네와 고히가 문 앞에 나란히 서서 배웅을 하고 있었다. 그는 드물게 태평한 마음이 들었다. 난세 속에서도 오늘과 같은 날이 있구나 하고 씽긋 웃음을 짓자 네네와 고히도 그를 보며 방긋 웃었다. 그는 등을 보이며 뚜벅뚜벅 걸어갔다. 유미슈 동료의 집을 지날 때에는 마당과 창 너머에서 아는 체하는 사람에게 화답을 하기도 했다. 근처의 모든 집들은 변함없이 가난하고 검소한 모습이었다. 그는 오다 가문 가신들의 집들은 모두 저리 무탈하구나 생각하며 걸었다. 가난하고 검소한 집에는 모두 그렇듯 아이가 많았다. 역시 유미슈의 집들에도 아이가 많았다. 울타리 너머로 빨랫줄에 널어놓은 기저귀들이 눈에 띄었다. 아들이 없다 보니 그런 풍경마저 부럽게 느껴졌다.

'머지않아 우리 집에도 저렇게 손자의 기저귀를 말릴 날이…….'

어느덧 하나밖에 없는 딸의 나이가 차자 이런 생각이 들었다. 하지만 그것은 마타에몬에게 그다지 좋은 일이 아니었다. 손자가 자신에게 할아버지라고 부르는 날을 상상하는 것은 즐거운 일이 아니었다. 할아버지가 되기에는 아직 그는 혈기왕성했다. 얼마 전 덴가쿠하자마 싸움에서도 다른 사람들에게 뒤처지지 않기 위해 분전하면서 공명첩 맨 앞에 이름을 올리는 것을 포기하지 않았다.

'어느새 도착했군.'

마타에몬은 성 아래 마을 호리 강 강가에 다다른 뒤 걸음을 멈추고 이제부터 찾아가려는 사람의 고아한 별장을 바라보았다. 작은 절이었던 별장을 노부나가의 사촌인 이나바노가미가 별택으로 다시 만든 집이었다. 현관에 매달려 있는 당목橦木으로 종을 치자 사람이 나타났다. 그의 안내를 받아 안으로 들어가자 이나바노가미가 마타에몬을 기쁘게 맞이했다.

"잘 왔네. 올해도 전란이 끊이질 않지만 국화를 심었네. 나중에 국화밭에 나가서 보도록 하세."

이나바노가미는 그렇게 말하며 격의 없이 대했지만 마타에몬은 그가 주군의 일족이다 보니 멀리 자리를 잡고 예를 취하지 않을 수 없었다. 게다가 마음 한구석으로는 무슨 일이 있나 싶어 신경이 쓰였다.

"마타에몬, 방석을 깔고 편하게 앉게."

"예."

"여기에서도 국화를 볼 수 있네. 국화를 보는 것은 꽃을 보는 것이 아니라 단정丹精을 감상하는 것이네. 다른 사람에게 국화를 보이는 것은 자랑하기 위해서가 아니라 기쁨을 함께 나누고자 하는 것이네. 이런 좋은 날, 국화 향을 맡는 것도 군주의 은혜 중 하나일 걸세."

"지당한 말씀이십니다."

"우리는 요즘 좋은 주군을 섬기고 있다는 것을 통감하게 되었네. 오케하자마 싸움에서 본 노부나가 님의 모습은 평생 우리들 기억에서 지울 수 없을 것이네."

"송구스럽지만, 그날 주군의 모습은 흡사 무신의 현신現身이 아닌가 하는 생각이 들 정도였습니다."

"우리들 모두 함께 잘 싸웠네. 자네는 활 부대였는데 그날은 창 부대가 되지 않았나."

"그렇습니다."

"이마가와의 본진으로 쳐들어갔는가?"

"언덕 위에서 공격해 들어갔을 때, 적과 아군을 구분할 수 없는 난전 속에서 스루가 대장의 수급을 벴다는 함성 소리를 들었습니다. 나중에 물어보니 모리 신스케 님이 그리하셨다고 합니다."

"자네 부대 중에 기노시타 도키치로라는 자가 있는가?"

"있습니다."

"마에다 이누치요는?"

"주군의 노여움을 샀던 몸이라 다른 부대에 가세해서 싸웠다고 합니다. 오케하자마에서 돌아온 뒤 아직 만나지 못했는데 복권이 되었는지요?"

"되었네. 자네는 아직 모르겠지만 얼마 전 주군과 함께 교토로 올라갔다가 무사히 성으로 돌아왔네."

"교토에 말씀입니까? 주군께서 교토에 가신 것은 무슨 연유인지요?"

"이제는 말해도 별다른 지장은 없을 테지. 불과 삼사십 명만 거느리고 직접 동쪽 지방 무사로 행세하며 사십 일이나 성을 비우셨네. 그동안 가신들도 주군이 성에 계신 것처럼 행동했네."

"아아."

마타에몬은 놀란 표정을 지었다. 그뿐 아니라 그 사실을 나중에 알게 된 사람들 모두 마타에몬과 똑같은 표정을 지었다.

"자, 일어나게. 내 국화밭으로 안내를 하겠네."

이나바노가미는 그렇게 말하고 툇마루로 걸어갔다. 댓돌에는 새 신발이 놓여 있었다. 마타에몬은 이나바노가미의 뒤를 따라 정원으로 나갔다. 이나바노가미는 국화를 기를 때 생기는 이런저런 어려움을 이야기했다. 어린잎에서 꽃을 피우기까지 아침저녁으로 비가 오나 바람이 부나 자식을 키우는 것처럼 세심한 주의와 사랑을 기울이지 않으면 안 된다는 이야기를 했다.

"자네에게도 네네라고 하는 딸이 있다고 하던데, 자식은 하나인가?"

이나바노가미는 그렇게 묻고는 툇마루로 걸음을 옮겨 다시 자리에 앉았다. 그러고는 딸을 시집보낼 생각은 없는지, 외동딸이라면 다른 집에 줄 수 없으니 데릴사위를 맞을 생각은 없는지 등 이런저런 질문을 했다. 마타에몬은 그제야 용건이 네네의 혼담이라는 것을 짐작했다. 그렇지만 주군의 일족이 그런 이야기를 꺼낼 줄은 상상도 못 했던 터라 그저 황송한 마음만 들 뿐이었다.

"제 여식인 네네는 실은 저희 부부가 낳은 아이가 아닙니다. 양녀입니다. 네네를 낳은 부모는 반슈播州의 다쓰노龍野에서 이곳 아이치愛知의 아사히朝日 촌으로 옮겨와 살고 있는 기노시타 시치로베 이에도시木下七郎兵衛家利의 일남 이녀 중 한 명인데, 저희가 맡아 키운 것입니다. 기노시타 시치로베의 선조는 상국相國의 직책을 역임하던 고레모리維盛의 후손으로 스기하라 호기노가미杉原伯耆守가 십 대 자손인 혈통 있는 가문입니다."

마타에몬은 여느 부모들처럼 기쁨을 감추지 못하고 구구절절 딸자식 자랑을 늘어놓았다. 이나바노가미가 고개를 끄덕이며 말했다.

"혈통도 그렇지만 무엇보다 마음씨가 고운 처자라는 소문을 왕왕 들었네."

"송구스럽습니다."

"무슨 일이 있어도 가명을 이어야겠구먼."

"그렇습니다."

"자네 사위를 내가 알아보려 하는데, 어떠한가?"

"예?"

마타에몬은 허리가 부러질 정도로 이마를 바닥에 댔다. 왠지 망설이는 기색이었다. 네네의 혼담 얘기만 나오면 망설여지는 것이 있었다. 이나바 노가미는 그런 망설임 따위는 안중에도 없다는 듯 혼자서 흡족한 표정을 지었다.

"좋은 사윗감이 한 명 있으니 내게 맡기게. 자네에게 해가 되는 일은 결코 없을 테니 말일세."

"황송합니다. 분에 넘치는 말씀입니다. 집에 돌아가서 아내와 딸아이에게 나리의 뜻을 전하도록 하겠습니다."

"잘 의논하도록 하게. 내가 다리를 놓으려고 하는 사위는 신기하게도 네네의 생가와 같은 성을 가진 기노시타 도키치로네. 자네도 잘 아는 사람이 아닌가?"

"예?"

마타에몬은 자신도 모르게 그렇게 말하고는 무례하다는 생각이 들었는지 바로 자신을 힐책했다. 하지만 의아해하는 표정은 감출 수가 없었다.

"답을 기다리겠네."

"예, 곧……."

마타에몬은 그렇게만 말하고는 그대로 물러갔다. 무엇 때문인지, 어떤 연유인지 묻고 싶은 마음이 태산 같았지만 주군의 일족인 만큼 꼬치꼬치 캐물을 수도 없었다. 집에 돌아오니 아내가 기다리고 있었다. 마타에몬에게서 이야기를 들은 그녀는 오히려 마타에몬이 즉답을 하지 않고 돌아온 것을 힐책했다.

"좋은 말씀이니 받아들이세요. 혼담에는 때라는 것이 있고 이렇게까지 도키치로 님의 얘기가 나오는 것은 전생의 연이 깊기 때문인 듯합니다. 주군의 일족이신 이나바 님의 말씀이라 어쩔 수 없이 따라야 한다고 생각하지 마시고, 그런 이나바 님조차 중매를 설 정도로 도키치로 님에게 좋은 점이 있다고 생각하세요. 당장 내일이라도 따르겠다고 답을 하시는 게 좋겠어요."

"하나 네네의 마음도 한번 물어봐야 하지 않겠소?"

"그건 언젠가 네네도 말하지 않았습니까."

"흠, 하지만 지금도 그때와 같은 마음인지 모르지 않소."

"속마음을 입 밖으로 잘 내지 않는 아이인 만큼 한번 결심한 마음을 바꾸는 법도 좀처럼 없습니다."

"……."

부성애가 강한 마타에몬은 혼자 쓸데없이 이런저런 걱정과 고민에 빠졌다. 근래 얼굴도 내밀지 않았던 탓에 제풀에 지쳐 포기했다고 여겼던 도키치로의 얼굴이 다시 눈앞에 커다랗게 떠올랐다.

다음 날, 마타에몬은 서둘러 나고야 이나바노가미에게 답을 하고 돌아왔다. 그리고 집으로 돌아오자마자 급히 아내를 불렀다.

"그것참, 알 수가 없군. 뜻밖의 이야기를 들었네."

아내는 남편의 얼굴빛을 보고 이내 어떻게 됐는지 눈치를 챘다. 이야기가 잘 풀려 남편의 마음도 풀어지고 네네의 문제에 드디어 밝은 빛이 비추기 시작한 것이라며 웃음을 지었다.

"오늘은 단단히 마음먹고 이나바노가미 님이 무슨 연유로 네네의 혼담에 관심을 가지게 되셨는지 여쭈어보았더니, 글쎄 마에다 이누치요 님이 부탁했다고 하시더군."

"예? 이누치요 님이 이나바노가미 님께 말이에요? 네네와 도키치로 님을 맺어주라고 부탁하셨다는 말씀이에요?"

"얼마 전 주군께서 교토에 잠행하시는 도중에 이야기가 있었던 모양이네. 그래서 노부나가 님의 귀에도 들어간 것이 아닌가 싶네."

"어머나, 황송하게도."

"참으로 송구스러운 일이네. 잠행 도중에 이누치요 님과 도키치로가 주군 앞에서 네네에 대해 이런저런 이야기를 한 듯하네. 그래서 주군께서 이나바 님께 도키치로의 소원이 이루어지도록 중매를 서라고 하신 듯하네."

"그럼 이누치요 님도 승낙을 했다는 것이군요."

"이누치요 님이 그 뒤에도 이나바노가미 님을 찾아뵙고 부탁했다고 하니 그런 걱정은 전혀 할 필요가 없네."

"그럼 오늘은 이나바노가미 님께 분명하게 답을 하고 오신 건가요?"

"음, 잘 부탁드린다고 말씀드리고 돌아왔네."

마타에몬은 이로써 마음속 근심이 완전히 걷혔다는 듯 가슴을 쫙 폈다.

"이젠 마음이 놓이시는지요?"

고히는 남편과 함께 기뻐했다.

조금 떨어진 작은 방에서 네네는 바느질을 하고 있었다. 조모 대부터 내려온 옷가지를 꺼내놓고 낡은 실을 뽑아 실타래에 감은 뒤 천을 한 조각 한 조각 대어 부엌에서 일할 때 입는 옷으로 다시 만들고 있었다.

네네는 혼자 방 안에서 거문고를 연주하기도 했다. 마타에몬은 네네의 거문고를 들을 때마다 낡은 거문고의 오래된 현을 새로 갈아주어야겠다고 마음먹었지만 전쟁에서 이렇다 할 공을 세우지 못해 딸에게 새 거문고를 사줄 형편이 못 되었다. 그동안 가난한 살림에도 혼수 준비를 하고 있었지만 막상 사위를 맞아들인다고 생각하자 마타에몬과 고히는 왠지 마음이 더 조급해졌다.

해가 바뀌어 에이로쿠 4년이 되었지만 여전히 험준한 전운이 감돌고 있었다. 세상은 이들 일가를 위해 잠시도 쉴 틈을 주지 않았다. 다시 여름이 가고 가을인 8월이 됐다. 혼인 결정이 난 뒤 사위가 될 사람은 모습을 일절 보이지 않았다. 그리고 마침내 길인인 8월 3일, 아사노 가에서 혼례를 올리게 되었다.

데릴사위

"참으로 바쁘군."

도키치로가 중얼거렸다. 하지만 기분 나쁜 일로 바쁜 것은 아니었다. 그리고 어차피 바쁜 사람은 곤조와 하녀, 그리고 일손을 도와주러 온 사람들이었다. 도키치로는 아침부터 유유자적 집 안팎을 어슬렁어슬렁 걸어다니기만 했다.

'오늘이 8월 3일이군.'

도키치로는 이미 알고 있으면서도 몇 번이나 날짜를 속으로 뇌까렸다. 때때로 벽장을 열어보거나 요 위에 앉아보기도 했지만 좀처럼 마음이 진정되지 않았고 아무것도 손에 잡히지 않았다.

'네네와 결혼을 한다. 내가 사위로 들어간다. 드디어 오늘 밤인데 왠지 거북스럽군.'

혼례 날짜가 알려지고 난 뒤부터 그는 어울리지 않게 하인들 앞에서도 부끄러워하는 기색이 역력했다. 소식을 전해 들은 근처의 아낙들과 동료들이 축하 선물을 가지고 왔을 때에도 마찬가지였다.

"그것참, 이리 축하해주니…… 아내를 맞는 것이 다소 이른 감이 없진 않으나, 앞으로 할 일도 많고 해서 어쩔 수 없이…….”

그는 얼굴을 붉히며 그렇게 체면치레를 하기도 했다.

“듣기로 이나바노가미 님이 중매를 서고, 아사노 마타에몬 님이 사위로 맞아들인 것을 보니 역시 원숭이 님에게 뭔가 대단한 구석이 있는 듯하군.”

마에다 이누치요가 양보를 하고 이나바노가미를 움직여 열심히 도와준 덕에 마침내 소원을 이루게 된 사정을 모르는 동료들이나 사람들은 도키치로의 혼례에 대해 다들 좋은 이야기만 했다. 하지만 도키치로는 사람들의 평판 따위는 아무래도 좋았다.

도키치로는 가장 먼저 나카무라 촌에 있는 어머니에게 혼례 소식을 알렸다. 그는 직접 달려가서 그동안 쌓인 이야기와 함께 색시의 소생이나 됨됨이 등에 대해 자세히 이야기하고 싶었다. 하지만 어머니가 했던 말 중에 아들이 세상에 떳떳한 구실을 할 때까지 자신은 나카무라에서 지낼 테니 마음 쓰지 말고 성심을 다해 주군을 섬기라는 말이 떠올라 마음을 다잡고 편지를 보냈다.

도키치로의 어머니도 가끔 소식을 전해왔다. 그동안 온 편지나 심부름을 온 사람의 이야기를 들어보면 어머니가 얼마나 기뻐하는지 눈으로 보지 않아도 잘 알 수 있었다. 특히 도키치로는 나카무라 촌에 자신의 출세가 알려진 데다 어엿한 무가의 딸과 결혼하게 되었고, 중매를 선 사람이 노부나가 님의 사촌에 해당하는 사람이라는 사실이 알려진 뒤 나카무라 촌 사람들이 어머니와 누이를 보는 눈이 완전히 달라지다 보니 조금이나마 마음의 위안을 받았다. 곁에 있으면서도 어머니에게 효도할 수 없었던 상황이라 더더욱 이번 일은 적잖이 위안이 돼주었고, 고향 사람들 앞에서도 자긍심을 갖게 해주었다.

“나리, 머리를 올려드리겠습니다.”

곤조가 빗 상자를 꺼내 들고 그의 뒤에 앉았다.

"머리도 땋아야 하는가?"

"오늘 밤에 새신랑이 되시니 그런 머리로는 안 됩니다."

"대충 하도록 하게."

도키치로는 진지한 얼굴로 경대를 향해 앉았다. 머리를 올리는 일은 대충할 수 있는 일이 아니었다. 도키치로는 빗을 들고 연신 머리를 빗거나 머리를 올리라거나 내리라고 말했다.

머리 준비가 끝난 뒤 도키치로는 마당으로 나갔다. 부엌에서는 이웃 아낙과 하녀 들이 물을 끓이고 있었다. 문 쪽에서 축하 인사를 하러 온 손님들의 목소리가 들리자 곤조가 급히 달려 나갔다.

"아, 곧 저녁이구나."

벌써 하얀 개밥바라기가 오동나무밭 나뭇가지 사이로 보이기 시작했다. 도키치로는 무척이나 기뻐했다. 그렇게 기쁜 일이 생길 때면 나카무라의 어머니가 떠올랐다. 하지만 한편으로는 기쁨을 함께할 수 없는 지금의 현실을 안타깝게 여겼다.

'욕심을 내면 끝이 없다. 세상에는 어머니가 돌아가신 사람도 있는데.'

도키치로는 홀로 마음을 달랬다. 비록 떨어져 있지만 어머니는 살아 있었고, 또 이렇게 떨어져 있는 것도 도키치로가 오직 봉공에 전념해 훗날 큰일을 이루길 바라는 어머니의 마음인 것이다.

'나는 행복한 사람이다.'

도키치로는 그것을 절실히 느꼈다. 어릴 적부터 어떤 역경이 닥쳐와 눈물을 흘리더라도 불행하다고 생각한 적이 없었지만 오늘은 유달리 더 그렇게 느껴졌다. 흔히 불행한 사람들은 왜 인간으로 태어났을까, 세상이 너무 혐오스럽다, 혹은 자신만큼 불운하고 불행하게 태어난 사람은 없을 거라고 생각한다. 하지만 도키치로는 지금까지 한 번도 세상과 인생을 그런 눈으로 바라보거나 원망한 적이 없었다. 역경도 즐거웠다. 그리고 그 역경을 뛰어넘어 뒤를 돌아다보았을 때는 더 유쾌했다.

도키치로는 아직 스물여섯밖에 되지 않았다. 전도前途의 다사다난을 각오하고 있었고 앞으로 닥쳐올 곤란을 불평하는 날이 있으리라고는 생각하지 않았다. 어떤 파도라도 뛰어넘으려는 각오가, 굳이 각오라고 의식하지 않는 마음이 가슴속에 자리 잡고 있었다. 그런 만큼 양양한 즐거움이 눈앞에 펼쳐지고 있었다. 파란만장할수록 세상이 재미있게 보였다.

그렇다고 성안의 젊은이들이 모였을 때 소매를 걷어 올리며 '자신이야말로 천하의 주인이다'라거나 '무사로 태어난 이상 백세에 이름을 남기고 살아 있는 동안에는 일국일성의 주인이 되자'며 호언장담을 하거나 허언을 내뱉지 않았다. 실제로 그렇게 생각하지도 않았다.

도키치로의 바람은 남들만큼 하는 것이었다. 그는 늘 현재 자신의 직분에 충실하고 그 소임을 완수하는 것 외에 딴마음을 품지 않았다. 그 대신 그는 무슨 일을 하더라도 그 일에 없어서는 안 될 사람이 되었다. 그를 향한 비방도 많았고 위험한 간계에 걸려들기도 쉬웠지만 막상 무슨 일이 닥치면 역시 없어서는 안 될 사람이다 보니 기요스의 중신들도 그를 손쉽게 내칠 수가 없었다. 게다가 근래에는 노부나가도 도키치로의 재능을 인정하고 있었으니 지위가 여전히 낮지만 내침을 당할 걱정 없이 봉공에 성심을 다할 수 있었다.

네네와의 결혼을 계기로 나카무라에서 어머니를 모셔 올 수도 있었지만 아사노 가 쪽에서 네네를 쉽게 내줄 수 없었던 만큼 데릴사위가 되기로 이야기를 마친 상태였다. 그런 이유 때문에라도 아직 어머니를 모실 수 있는 시기가 아니었다. 그리고 조상은 예외로 치더라도 평민이었던 어머니에게 이런저런 눈치를 보게 하거나 부끄러움을 느끼게 할 수는 없었다.

"앞으로 일이 년 뒤에는……."

도키치로는 혼잣말로 중얼거리며 뜨거운 물을 받아놓은 목욕통에 들어가서 더러운 목덜미와 등을 더욱 정성 들여 씻었다.

목욕을 끝내고 욕의를 입고 안으로 들어오자 이미 집 안은 사람들로 가득 차서 복닥거리고 있었다. 자신의 집인지 다른 사람의 집인지 모를 정도였다. 모두들 뭐가 그리 바쁜지 방과 부엌을 정신없이 오갔다. 도키치로는 잠시 방 한쪽에서 모기를 쫓으며 남의 일인 양 그런 모습을 바라보고 있었다. 그리 깊은 인연이 있는 사람도 아닌데 모두 친척이나 부모라도 된 듯 열심히 일하고 있었다.

'아, 성벽 공사 때 만난 곰보 도편수도 도와주러 왔구나. 미장이의 아내부터 숯과 장작 봉행을 하던 무렵에 친했던 산사람과 마을 사람도 와주었군. 모두들 잊지 않고 이렇게…….'

구석에서 오도카니 모기를 쫓고 있던 도키치로는 사람들의 얼굴을 기억해내며 마음속으로 기뻐했다. 그중에는 혼례의 관례를 엄하게 따지는 노인들도 있었다.

"신랑의 짚신이 닳아서 해지지 않았는가. 헌 짚신은 안 되네. 새 신발을 신고 신부의 집에 도착하면 그 댁 사람이 그 신발을 벗겨가지고 들어가서 건네면 장인과 장모가 그 신발을 한 짝씩 품고 자는 것이 예부터 내려온 관례이네."

또 다른 노파가 말했다.

"횃불 외에 지촉紙燭 준비도 했는가? 덮개가 없는 등불을 들고 가면 불이 꺼질 테니 잘 감싸서 신부 집까지 들고 가게. 그리고 그 댁에서도 지촉을 준비해놓았을 테니 인사하고 그 불을 이쪽 불에 옮겨서 사흘 동안 꺼지지 않도록 감실에 밝혀놓아야 하네. 알았는가? 신랑을 따라가는 사람들이 잘 기억해야 할 것이네."

노인들은 마치 자신의 아들이 장가라도 가는 듯 친절히 알려주며 걱정했다. 도키치로는 모든 일을 사람들에게 맡겼다. 그러는 동안 신부 집에서 신랑에게 보내는 문서함을 들고 사람이 왔다는 소리가 들리는가 싶더니 이웃 아낙이 그 문서함을 들고 와서 물었다.

"그러고 보니 신랑은 대체 어디에 계시는지요? 혹시 아직도 목욕하고 계신 건 아닌가요?"

도키치로가 툇마루 끝에서 대답했다.

"여기, 여기 있습니다."

"어머나, 그런 곳에 계셨군요."

아낙이 문서함을 공손히 내밀며 말했다.

"신부 댁에서 보낸 첫 문서함입니다. 무가의 가문이라 관례와 격식을 중히 여기는 듯하니 신랑 쪽에서도 한 자 써서 보내는 것이 예의입니다. 어서 쓰시지요."

"뭐라고 써야 하는지요?"

"호호호."

아낙은 웃기만 할 뿐 가르쳐주지도 않고 그저 종이와 벼루 상자를 가져와 도키치로 앞에 내밀었다. 혼례를 올릴 때 두 가문이 서로 문서를 보내는 후미가요이文通나 후미하지메文初라는 의식은 헤이안 시대 무렵부터의 관례였는데 근래에는 전란이 끊이지 않는 난세였고, 또 신랑이 악필인 경우 당황할 것을 염려해 거의 행해지지 않았다. 하지만 아시카가 요시미쓰 장군 무렵 무가의 혼례 의식에서는 예의범절이 엄하게 정해져 있다 보니 가문이 오래된 무가에서는 지금까지도 그런 풍습을 따르고 있었다. 그런 풍습에 대해 전혀 몰랐던 도키치로는 그저 몸만 가면 된다고 쉽게 생각하고 있었다. 그런데 아사노 마타에몬 부부가 관례에 따라 문서를 보냈던 것이다.

"흠, 뭐라고 써서 보내야 하지."

도키치로는 붓을 들고 당혹해했다. 고향에서 어린 시절 절에 들어갔을 때나 다완집에서 일을 할 때 습자 연습을 한 적이 있어 남들에게 보이지 못할 만큼 악필은 아니었다. 단지 뭐라고 써야 할지 그것이 문제였다.

'경사스런 밤입니다. 곧 찾아뵙고 인사 올리겠습니다.'

도키치로는 그렇게 쓴 뒤 벼루 상자를 가져다준 이웃 아낙에게 보이며 물었다.

"이렇게 쓰면 되겠습니까?"

아낙은 고개를 갸웃거리며 말했다.

"아마 괜찮을 겁니다."

"아주머니도 혼례를 올릴 때 남편에게 받았을 텐데 기억이 나지 않습니까?"

"까맣게 잊어버렸습니다."

"하하하, 본인이 잊어버렸다니 그다지 큰일은 아닌 듯하군요."

문서를 들고 사람이 돌아가자 떡이 다 됐다는 소리가 들려왔다. 사람들이 한자리에 모여 떡과 술을 마시며 신랑에게 축하의 말을 건넸다. 짐말을 파란 천과 붉은 천으로 장식한 뒤 말에 떡을 실어 편지와 함께 나카무라 촌의 어머니에게 보냈다.

"자, 이제 갈 준비를 하시지요."

사람들이 신부의 집으로 출발할 신랑에게 의복과 부채 등을 내밀었다.

"예, 예."

도키치로는 아낙들이 시키는 대로 의복을 갖춰 입었다. 모든 준비가 끝났을 무렵, 하늘에 8월의 초가을 저녁달이 떠올랐고 처마 밑에는 빨간 횃불이 밝혀졌다.

도키치로는 새 신을 신고 말 한 필과 창 두 자루를 가지고 터벅터벅 걸어갔다. 앞에는 두세 명이 횃불을 들고 걸어갔다. 화려한 장식이나 짐도 없이 갑주를 넣는 궤와 옷을 담은 상자가 전부였지만 부하 서른 명을 거느린 무사로서 기죽을 것 없는 당당한 모습이었다.

기가 죽기는커녕 도키치로는 속으로 자부심을 느끼고 있었다. 오늘 밤에 혼례 준비를 한 사람들과 지금 함께 가는 사람들은 모두 자신을 도와주러 온 사람들이었다. 그들은 마치 자신의 일인 양 자진해서 오늘 밤 혼례를 기뻐하고 걱정해주었다. 신부의 집에 건넬 화려하고 사치스런 짐은 없지만 도키치로는 이렇게 사람들의 인망을 짊어지고 갔다.

유미슈의 집집마다 문 앞에 빨간 불빛이 넘실댔다. 아사노 마타에몬 일가의 경사를 위해 모두 문을 활짝 열어놓고 있었다. 문 앞에 화톳불을 피워놓은 집도 있었고 지촉을 들고 곧 도착할 신랑을 기다리며 서성거리는 사람들도 있었다. 아이를 안거나 손을 모으고 있는 이웃 사람들의 얼굴이 불빛을 받아 발갛게 빛났다.

저편 네거리에서 한 아이가 달려와 외쳤다.

"왔다, 왔어."

"신랑이 왔다."

아이들의 어머니가 조용히 하라며 아이의 이름을 불러 곁으로 끌어당겼다. 초저녁 달빛이 길을 물들였다. 아이들이 떠들썩하게 외친 뒤 사람들은 숨을 죽이고 정숙하게 신랑을 기다렸다.

네거리를 빨갛게 물들이며 횃불 두 개가 모퉁이를 돌자 그 뒤에서 걸어오는 신랑의 모습이 나타났다. 도키치로는 더없이 침착한 모습이었다. 몸집은 작았지만 지나치지 않을 만큼 의복을 갖춰 입었고 일부 사람들이 험담을 할 만큼 못생기지도 않았으며 잘난 체하는 사람처럼 보이지도 않았다.

그날 밤 집 앞이나 길가에서 지켜본 사람들에게 신랑의 인물을 어떻게 보았는가 물어보면 모두들 '저 정도면 그저 평범한 사람으로 네네의 신랑이 되어도 이상할 것이 없다'고 말했을 것이다. 아녀자들이나 이웃 무사들의 평도 대체로 평범한 인물로 모아졌다. 이른바 남자로서 볼품이 없는 정도도 아니고 그렇다고 뛰어나게 잘나지도 않았다는 것, 그리고 장래에 크게 출세는 하지 못하겠지만 유미슈의 일가에 장가를 오는 사내로서 부족함이 없다는 것이 중론이었다.

"도착하셨습니다."

"신랑이 오십니다."

마타에몬의 집 문 앞에서 목을 길게 빼고 신랑을 기다리고 있던 친척과 가족 들은 도키치로가 모습을 드러내자 흔들리는 불빛 아래 한바탕 난리법석을 떨었다. 신부의 집 하녀가 신랑의 집에서부터 꺼지지 않도록 소중하게 들고 온 지촉 등불을 바로 신부의 집 지촉으로 옮겨 붙이더니 안으로 뛰어 들어갔다.

양가 사람들이 문 앞에서 서로 인사를 나누었다. 신랑이 아무 말도 하지 않고 현관으로 들어서자 하녀가 그의 신을 집어 소중하게 들고 가지고 갔다. 잠시 기다리라는 듯 신랑만 다른 별실로 안내되었다.

도키치로는 오도카니 방 안에 앉아 있었다. 예닐곱 간이 되는 작은 집이었다. 장지 바로 옆에서 도와주는 사람들의 웅성거리는 소리가 손에 잡힐 듯 들렸다. 작은 안뜰 바로 건너편 부엌에서 그릇을 씻는 소리가 들리고 음식 냄새도 풍겨왔다. 중매를 섰던 나고야 이나바노가미의 집에서도 도와줄 사람이 와 있는 듯했다. 도키치로는 이곳에 오는 동안에는 그다지 긴장을 하지 않았지만, 막상 신부의 집에 앉자 갑자기 심장이 뛰고 입술이 바싹바싹 말랐다.

모두가 도키치로의 일은 까맣게 잊은 듯했다. 그는 아무도 보고 있지 않은 방 안에 홀로 있었지만 위엄 있고 단정한 자세로 앉아 있었다.

"……."

다행히 도키치로는 예전부터 심심한 것을 모르는 사람이었다. 더욱이 곧 화촉 아래에서 신부를 맞이할 신랑이 따분함을 느낀다는 것 자체가 이상했지만 그럼에도 그는 어느새 자신이 신랑이라는 것을 잊어버리고 이런저런 공상에 빠져 있었다.

어처구니없게도 도키치로는 지금 산슈三州의 오카자키 성에 대한 공상에 홀딱 빠져 있었다. 근래 그의 머릿속을 가득 채우고 있는 가장 큰 관심사이자 흥밋거리는 오카자키 성의 앞날이었다. 신부가 내일 아침 자신에게 무슨 말을 할지, 어떤 모습으로 자신에게 아침 인사를 할지를 생각하는 것보다 훨씬 더 흥분되는 일이었다.

오카자키 성은 이마가와에게 가담할지 아니면 오다에게 가담할지, 운명의 기로에 서 있었다. 작년 오케하자마 싸움에서 이마가와가 대패한 뒤 산슈 오카자키의 마쓰다이라 가문은 종전대로 이마가와에게 계속 가담할 것인지, 아니면 이번 기회에 이마가와나 오다에게 속하지 않고 독립을 천명할 것인지, 또 아니면 오다와 화친의 길을 취할 것인지 세 개 기로에서 하나를 선택해야 하는 상황에 처해 있었다.

오랜 세월 마쓰다이라 가문은 이마가와 가문이라고 하는 거목에 의지해 존립해온 기생목이었다. 그런데 그 근간이 오케하자마에서 무너졌던 것이다. 자립하기에는 아직 힘이 부족했고, 이마가와 요시모토 사후에 이마가와 가문은 물론이고 요시모토의 아들인 우지자네를 믿기에는 부족함이 많았다. 그러다 보니 오카자키 성은 고민에 빠져 있었다. 그렇듯 은밀히 들려오는 세간의 풍문이나 상층부 정책에 대한 정보를 알고 있는 도키치로는 '지금이 바로 마쓰다이라 모토야스의 역량을 알 수 있는 기회'라며 비상한 관심과 흥미를 가지고 상황을 지켜보고 있었다.

도키치로는 무슨 연유인지는 몰라도 오카자키 성의 주인인 마쓰다이라 모토야스에게 남다른 관심을 가지고 있었다. 그것은 그가 여러 나라를 떠돌아다닐 때 오카자키 성의 기풍이나 다년간의 고난과 예속적인 모멸을 참고 견뎌온 그들의 실상을 목격한 탓도 있었지만, 더 큰 이유는 마쓰다이라 모토야스가 살아온 지금까지의 내력 때문이었다. 일국일성의 주인으로 태어났지만 도키치로보다 고난을 더 겪은 불운한 모토야스의 처지를 사람들의 이야기를 통해 들은 뒤부터 그에게 강하게 마음이 끌렸던 것이다. 게다가 모토야스는 올해 스무 살밖에 되지 않았다고 했다. 나이는 어리지만 오케하자마 싸움에서 요시모토의 선병을 맡아 와시즈와 마루네 요새를 함락시킨 수완도 뛰어났다.

요시모토가 죽었다는 소식을 들은 그날 밤 즉시 마카와로 물러난 것만 봐도 판단력이 좋다는 것을 알 수 있었다. 오다의 진중에서도, 그 후의 기요스에서도 모토야스에 대해 좋은 평가를 하고 있다 보니 모토야스는 화제에 자주 올랐다. 도키치로는 오카자키 성이 머지않아 어떤 선택을 할 것인지 홀로 상상하고 있었다.

"여기 계십니까?"

장지문이 열렸다. 도키치로는 정신을 차리고 새신랑으로 돌아왔다.

"아니, 이게 누구십니까?"

나고야 이나바노가미의 가신이자 그를 대신해서 온 니와 호조丹羽兵藏 부부가 들어왔다.

"주인이신 이나바노가미 님을 대신해서 저희 니와 호조 부부가 왔으니 무엇이든 말씀하십시오."

"저 때문에 괜히 고생하시는군요."

도키치로는 인사를 하고 다시 점잖게 앉았다.

"일가친척 중에 부득이한 일로 조금 늦게 오시는 분이 있어 다소 늦어지고 있다고 합니다. 하여 바로 '도코로아라와시'를 하고자 합니다."

"도코로아라와시가 대체 무엇인지요?"

"신부의 부모님을 비롯한 일가친척들과 신랑이 처음 대면해서 술잔을 주고받는, 오래전부터 내려오는 격식입니다. 근래에는 그저 인사만 하다 보니 격식이나 예의범절을 그다지 크게 따지진 않습니다."

곧바로 니와 호조의 아내가 장지문을 열고 옆방에서 대기하고 있던 사람들을 불렀다.

"들어오십시오."

가장 먼저 평소에도 너무나 잘 알고 있던 아사노 마타에몬 부부가 인사를 하러 들어왔다. 그들은 격식을 차리며 잘 부탁드린다고 인사를 했고, 도키치로는 황망해서 어쩔 줄 몰라 했다.

"아, 아닙니다. 오히려 제가 잘 부탁드립니다."

장인과 장모의 차례가 지나고 열입곱 정도로 보이는 소녀가 부끄러운 듯 손을 바닥에 짚고 인사를 했다.

"저는 네네 언니의 동생인 오야야라고 합니다."

도키치로는 깜짝 놀란 듯 눈이 커졌다. 네네보다 예쁘고 아름다운 소녀였다. 네네에게 저런 동생이 있었다는 것을 그는 지금까지 전혀 몰랐다. '심창深窓의 가인'이라는 말처럼 어디에 저런 아름다운 꽃이 있었는지, 그는 무가의 가문은 아무리 작아도 그 깊이를 알 수 없다고 생각했다.

"아, 예. 저는 오늘 혼례를 치르게 된 기노시타 도키치로입니다. 잘 부탁드리겠습니다."

오야야는 소녀다운 눈빛으로 '앞으로 형부라고 부르게 될 언니의 신랑이 이 사람인가' 하며 도키치로의 얼굴을 보려고 고개를 들었다. 그 순간 다음 순서를 기다리던 친척이 곧바로 인사를 건넸다.

"저는 네네와 오야야의 숙부이자 마타에몬 님의 부인의 오빠인 기노시타 마고베 이에사다木下孫兵衛家定라고 합니다. 처음 뵙겠습니다. 앞으로 잘 부탁드리겠습니다."

"저는 고히 님의 언니의 남편 되는 의원인 산세쓰르라고 합니다."

도키치로는 누가 누구의 백부이고 질녀이고 사촌인지 다 기억할 수도 없을 만큼 신부의 친척들을 한 번에 모두 만났다.

'친척이 정말 많구나.'

도키치로는 속으로 생각하며 혀를 내둘렀다. 하지만 한편으론 갑자기 예쁜 동생과 말이 잘 통할 것 같은 백부와 숙모와 같은 친척이 늘어난 것이 즐겁기도 했다. 그는 친척이 적은 데다 홀어머니 슬하에서 자랐지만 성격상 친척이 많은 것을 좋아했다. 많은 사람이 시끌벅적하게 열심히 일하고 웃음이 가득한 가정을 꾸리고 싶었다.

"자, 그럼 사위님, 저쪽 혼례식 자리로."

니와 부부는 방 두 칸 너머 그리 넓지 않은 방에 마련한 자리로 도키치로를 데려가서 앉혔다.

미즈가케이와이 水掛祝

가을이라고는 하지만 집 안에 아직 무더운 기운이 남아 있는 8월의 밤이었다. 창문과 처마에는 여름에 쓰던 그대로 여전히 발이 쳐져 있었다. 그 발 사이로 흘러 들어오는 벌레 소리와 밤바람에 등잔불이 희미하게 흔들렸다. 먼지 하나 없는 깨끗한 혼례 자리는 화촉이라는 말이 무색할 정도로 어슴푸레했다.

여덟 평 정도 되는 방 안은 아무런 장식도 없어서 오히려 더 말끔하게 보였다. 바닥에는 갈대와 대나무를 엮어 편 뒤 그 위에 얇은 돗자리를 깔아놓았다. 뒤쪽 바닥에는 하늘에서 내려와 일본을 만들었다는 이자나기노미고토^{伊弉諾尊}와 이자나미노미고토^{伊弉冉尊} 두 신에게 제사를 지내는 신등^{神燈}과 신목이 하나씩 있었고 떡과 제주가 진상되어 있었다.

도키치로는 바짝 긴장이 됐다. 자리에 앉은 뒤부터 계속 생각이 이어졌다.

'오늘 밤부터…….'

남편으로서의 책임과 앞으로 달라질 생활, 또 그에 수반되는 일가친척의 운명까지 자신과 연관된 신성한 의식 속에서 자신을 되돌아보았다. 그

242

중에서도 네네는 자신이 무척이나 좋아하는 여인이었다. 벌써 다른 곳으로 시집을 갔을지도 모를 그녀의 운명을 자신에게로 향하게 해서 오늘 밤에 혼례까지 치르게 되었다.

'불행하게 하면 안 된다!'

신랑의 자리에 앉았을 때, 도키치로는 가장 먼저 그런 생각을 했다. 여자란 남자의 힘에 따라 움직일 수밖에 없는 가녀린 운명의 존재였다. 네네 역시 그런 가련한 여인이라고 생각했다.

오래 지나지 않아 혼례식이 시작됐다. 모든 것이 실로 검소했다. 먼저 신랑이 자리에 앉자 얼마 뒤 신부인 네네가 양쪽에서 여자의 도움을 받으며 소리도 없이 신랑의 곁으로 와서 앉았다.

"오래 기다리셨습니다. 경하드립니다. 백년해로하시길 바랍니다."

수모手母가 그렇게 말하며 단정하게 앉아 있는 신랑 신부 앞으로 나와 술병을 집었다. 니와 부부와 일가친척들은 장지문 근처에서 대기하고 있었다.

"……."

도키치로가 잔을 들자 작인酌人이 네네에게 건넸다.

"……."

네네가 술잔을 받아 입에 갖다 댔다. 도키치로는 얼굴이 상기되었고 가슴이 뛰었지만 네네는 의외로 차분해 보였다. 일생 동안 앞으로 어떤 일이 닥치더라도 자기 스스로가 원한 일이니 부모와 신을 원망하지 않겠다는 가련하고도 비장한 결의가 술잔에 닿은 입술에 보이는 듯했다.

신랑과 신부의 술잔 의식이 끝나자 문 뒤에서 기다리고 있던 니와 호조가 축하 노래를 부르기 시작했다. 그러자 박꽃이 듬성듬성 핀 울타리 밖에서 누군가 노래를 따라 불렀다. 모든 사람들이 숨을 죽이며 조용히 호조의 축하 노래를 듣고 있었던 만큼 울타리 밖에서 노래를 이어받아 부르는 사내의 목소리는 한층 더 크게 들렸다.

"응?"

호조는 깜짝 놀라 노래를 멈췄고 사람들도 깜짝 놀라 서로 얼굴을 바라보았다. 신랑인 도키치로는 자신도 모르게 마당 너머를 바라보았다.

"누구냐?"

옆집에서 누군가가 못된 장난을 치는 사내를 꾸짖었다. 그러자 울타리 밖의 그림자가 사립문을 열고 안으로 들어오면서 낭랑한 목소리로 사루가쿠 가락으로 노래를 부르듯 화답했다.

"규슈 히고노구니肥後國, 아소궁阿蘇宮의 간누시 도모나리神主友成가 바로 이 몸인데, 내 아직 교토를 보지 못했던 터라 이번에 마음먹고 올라온 김에 마침 반슈의 다카사고高砂 포구도 볼까 해서 왔소이다."

도키치로는 자리에서 일어나 툇마루까지 뚜벅뚜벅 걸어갔다.

"아, 이누치요가 아닌가!"

"신랑이시군."

이누치요가 얼굴을 감싸고 있던 삼베 두건을 벗으며 말했다.

"미즈가케이와이水掛祝를 하러 왔네. 들어가도 되겠는가?"

도키치로가 손뼉을 치며 외쳤다.

"잘 왔네. 어서 올라오게, 어서."

"벗들도 많이 데리고 왔는데 괜찮겠는가?"

"괜찮고말고. 걱정할 게 뭐가 있겠는가. 방금 혼례도 끝났으니 오늘 밤부터 나는 이 집의 사위일세."

"좋은 사위를 맞이한 마타에몬 님께 한 잔 받아야겠군."

이누치요는 울타리 밖을 돌아보더니 어둠 속을 향해 손짓을 했다.

"어이, 모두들. 이 집의 사위에게 미즈가케이와이를 하러 어서 들어오게. 어서."

"미즈가케이와이를 하자. 미즈가케이와이를 하세."

그렇게 이구동성으로 외치며 마당 한가득 사람들이 몰려들어 왔다. 얼굴을 보니 이케다 가쓰사부로와 사와키 도하치로, 가토 야지로부터 오랜 벗인 간마쿠, 곰보 도편수도 있었다. 그 외에 마구간과 부엌일을 할 때 함께 지낸 동료들이 이누치요를 따라 방으로 올라와 자리를 잡고 앉았다.

미즈가케이와이라는 것은 평소에 사위와 친한 친구들이 사위를 맞아들인 집에 몰려가서 물을 뿌리며 축하하는 풍습이었다. 무로마치 시대부터 전국 시대 무렵까지 혼례 때 행해지던 풍습 중 하나로, 신부의 집은 환대를 할 의무가 있었고 축하객들은 마음껏 행동하고 소란을 피우다가 신랑을 마당으로 끌어내서 물을 끼얹고 돌아갔다.

하지만 오늘 밤 미즈가케이와이는 조금 빠른 듯했다. 보통 때 같으면 혼례를 올린 지 반년이나 일 년째 되는 날에 하는 것이 풍습이었지만 술잔을 나누는 의식이 방금 끝난 참이었는데 이누치요가 미즈가케이와이를 하러 왔다며 많은 사람과 함께 들이닥쳤던 것이다. 그래서 마타에몬 일가는 물론이고 니와 호조도 놀라고 말았다. 하지만 도키치로는 오히려 잘 왔다며 반갑게 맞이하고는 방금 술잔을 나눈 신부를 붙잡고 말했다.

"네네, 우선 뭐라도 좋으니 안주, 그렇지 술을 많이 내오도록."

"예."

네네도 아까부터 깜짝 놀라 눈을 크게 뜨고 있었지만 이 정도 일에 놀라면 그의 아내로서 평생 함께할 수 없을 것이라는 사실을 진작에 깨달은 듯했다.

"알겠습니다."

신부는 바로 옆방에서 눈처럼 흰 예복을 벗고 평상복으로 갈아입고 일을 하기 시작했다.

"이런 혼례가 다 있는가."

다른 방에서 화를 내는 친척의 목소리가 들려왔다.

"저게 무슨 짓인가. 이건 마치 혼례를 망치러 온 자들 같군. 신랑도 그렇지, 신부에게 무슨 짓인가. 당장 그만두라 하게."

친척 중에는 화를 내는 사람도 있었지만 말리는 사람도 있고 여자들도 있다 보니 어쩔 수 없이 참을 수밖에 없었다. 마타에몬 부부는 처음에는 방 안을 들여다보며 사람들을 달랬지만 많은 사람이 동요하자 안절부절 못하며 어쩔 줄 몰라 했다. 사실 마타에몬은 이누치요라는 소리를 들은 순간 가슴이 쿵하고 내려앉았지만 사위인 도키치로와 사이좋게 어울려 이야기를 나누고 있는 모습에 가슴을 쓸어내렸다. 난세와 같은 전국 시대에서 자랐고 앞으로 세상이 어떻게 뒤집어지고 일변할지 모르는 시절을 살아갈 젊은이들에게 이 정도의 일은 아무것도 아니었다. 아니, 기백이 저 정도가 아니면 오히려 미덥지 못할 것이었다. 마타에몬은 당황해하는 사람들 속에서 혼자 그렇게 생각했다. 그리고 무의식중에 이미 사위가 된 도키치로의 편을 들고 있었다.

"네네, 네네야. 술이 모자라지 않도록 술집에 가서 술을 구해 오너라. 고히, 고히!"

마타에몬은 네네에게 그렇게 말하더니 아내를 불렀다.

"뭘 그리 우물쭈물하고 있는 게요. 안주만 있고 술잔이 없지 않은가. 진수성찬은 아니더라도 뭐든지 있는 건 다 내오게. 이거, 이누치요 님, 그리고 여러분. 이리 찾아주시니 이 늙은이는 그저 기쁘기 그지없습니다."

"마타에몬 님, 오랜만입니다. 이누치요입니다. 축하주 한잔 주십시오."

"자, 여기 있습니다."

마타에몬은 술잔을 집어 들어 이누치요에게 건네고는 술을 따랐다. 이누치요는 지금 이 순간이 감개무량했다. 처음에 사위와 장인이 될 사람은 이 두 사람이었다. 그러고 보면 인연이란 참으로 신기하고 오묘한 것이었다. 이누치요가 앞으로 무사로서 서로 깊이 교류를 나누기를 바란다고 하자 마타에몬도 그에 화답하며 술을 따랐다.

"마타에몬 님, 이렇게 좋은 사위를 맞이하시다니 이 이누치요가 진심으로 축하드립니다."

이누치요는 술잔을 들며 말을 이었다.

"네네 님과 기노시타는 행복한 사람입니다. 이 좋은 날, 실컷 술을 마시지 않겠느냐고 여기 사람들에게 말하고 몰려왔습니다. 괜찮겠습니까?"

"괜찮습니다, 괜찮고말고요. 밤새 마셔도 괜찮습니다."

마타에몬이 흥에 겨워 술잔을 받아 마시며 말했다.

"하하하, 밤새 술을 마시면 신부님이 화를 내시지 않을까요?"

그러자 도키치로가 말했다.

"무슨, 내 아내는 그런 사람이 아닐세. 더없는 현모양처일세."

이누치요가 무릎을 가까이 대며 놀렸다.

"어이, 벌써 뻔뻔하게 아내의 편을 드는 겐가?"

"이런 미안하네. 사죄함세."

"그냥 용서해줄 수는 없지. 이 큰 잔으로……."

"큰 잔은 사양하네. 작은 잔에다 주시게."

"신랑이 이렇게 소심해서야."

"미안, 미안하네."

흡사 아이들의 장난처럼 보였다. 하지만 도키치로는 그날 밤뿐 아니라 술자리에서 폭주를 한 적이 없었다. 어릴 적 쓰라린 기억이 있기 때문이었다. 술버릇이 나쁜 사람이나 술을 억지로 강요하는 사람을 보면 의붓아버지 지쿠아미의 얼굴이 떠올랐고 그의 나쁜 술버릇에 늘 눈물짓던 어머니의 얼굴이 떠올랐다.

게다가 도키치로는 자신의 건강에 대해 잘 알고 있었다. 한창 자랄 무렴 가난 때문에 제대로 먹지 못해서 남들에 비해 기골이 장대하지 않았다. 그는 젊은 나이에 어울리지 않은 왜소한 체격이라는 것도 알고 있었다.

"큰 잔은 무리이니 작은 잔으로 주게. 그 대신 노래를 부르겠네."

"노래를 부르겠다고?"

도키치로는 대답 대신 무릎을 두드리며 노래를 부르기 시작했다.

"인간 오십 년, 하천에 비하면 몽환과 같구나. 한바탕 생을 얻어 멸하지 않을 자가 있으랴."

"아니, 잠깐."

이누치요가 노래를 부르는 도키치로의 입을 막았다.

"그 노랜, 자네 노래가 아니지 않은가. 주군께서 자주 부르시는 아쓰모리 노래가 아닌가."

"그렇네. 평소에 기요스의 상인인 유칸友閑을 불러 춤과 노래를 부르시는 것을 듣다 보니 어느새 기억하게 되었네. 딱히 금지된 노래도 아니니 부른다 하여 나쁠 것은 없을 것이네."

"안 되네. 안 돼."

"어째서?"

"경사스런 혼례식에 어울리지 않는 노래를 부를 이유가 없네."

"오케하자마로 출전하시는 날 아침, 주군께서 춤을 추시고 출전한 노래인데 이제부터 가난한 우리 젊은 부부가 세상에 나감에 있어 어울리지 않을 이유도 없을 듯하네만."

"그렇지 않네. 전장으로 떠나는 각오는 각오이고, 신부를 맞은 경사는 경사이네. 머리가 파뿌리가 될 때까지 오래 함께 살려고 마음먹는 것이 오히려 진정한 무사일 걸세."

"바로 그것이네."

도키치로가 무릎을 치며 말했다.

"실은 내 바람도 바로 그것이네. 전쟁이 나면 어쩔 수 없지만 적에게 죽지 않고 오십 년은커녕 백 살까지 네네와 사이좋게 함께 살고 싶네."

"이런 뻔뻔한 사람. 자, 춤이나 추게."

이누치요가 재촉하자 뒤에 있던 사람들도 춤을 추라고 아우성을 쳤다.

"잠, 잠깐만. 지금 추겠네."

도키치로는 사람들을 잠시 그렇게 달래고는 부엌 쪽을 돌아보며 손뼉을 쳐 네네를 불렀다.

"네네, 술병에 술이 없네. 여기도 없군."

"예."

네네가 대답을 하더니 술병을 들고 종종걸음으로 들어와서 도키치로가 말하는 대로 순순히 손님들에게 술을 따랐다. 언제까지나 네네를 아이라고 여기고 있었던 마타에몬 부부는 그런 방 안 광경을 어이없는 얼굴로 바라보았다. 하지만 네네의 마음은 어느새 남편과 하나가 되어 있었고 도키치로도 그런 아내에게 아무런 거리낌이나 어색함이 없었다.

이누치요는 막상 네네와 얼굴을 마주하자 술기운과 함께 어쩔 수 없이 옛 감정이 얼굴에 드러나고 말았다.

"네네 님이시군요. 이거 오늘 밤부터 기노시타 님의 부인이 되셨으니, 새삼 축하의 말씀을 드립니다."

이누치요는 술잔을 그녀 앞으로 건네며 말을 이었다.

"숨기려 해도 다 알고 있는 것이 친구 사이이니, 이제 와서 가슴속에 담아두기보다 속 시원히 털어놓는 것이 좋을 걸세. 그렇지 않나, 기노시타?"

"뭘 말인가?"

"잠시 부인을 빌려도 되겠는가?"

"하하하, 그리하게나."

"고맙네. 자 그럼, 네네 님께 하고 싶은 말이 있소이다. 한때는 세상 사람들이 다 알 만큼 나는 그대를 좋아했고 지금도 그 마음은 변함이 없소이다. 네네 님은 내가 좋아했던 여인 중 한 명이오."

"……."

갑자기 이누치요의 말투가 진지해졌다. 그렇지 않아도 네네의 마음은 방금 혼례를 올려 한 남자의 아내가 된 감상으로 가득했고 오늘 밤이 지나면 앞으로 이누치요는 처녀 시절의 한 남자로 기억될 것이었다.

"네네 님, 감히 묻겠소만 그대는 여기 도키치로를 선택하셨소이다. 사랑이란 본시 어리석은 마음이라 좋아했던 그대를 기노시타 님께 양보한 것도 실은 나 역시 그대 이상으로 기노시타 님에게 반했기 때문이오. 사내가 사내에게 사랑의 징표로 그대를 그에게 준 것이오. 이렇게 말하면 마치 물건처럼 생각될지 모르지만 사내란 그런 것이오. 하하하, 그렇지 않은가, 기노시타?"

"맞네, 자네의 마음을 나도 짐작은 하고 있었네."

"이렇게 좋은 부인을 사양했더라면 내가 사람을 잘못 본 것이니 나는 오히려 자네를 경멸했을 것이네. 자네에게는 과분한 부인이네."

"바보 같은 소리."

"하하하, 참으로 기쁘네. 기노시타, 자네와 내가 평생 사귐에 있어 오늘처럼 경사스러운 밤은 없을 걸세."

"음, 없을 걸세."

"니와 님은 어느새 가버리셨군. 네네 님, 소고가 있소이까?"

"있습니다."

"내가 소고를 치면 누가 일어서서 고와카마이幸若舞[16]나 덴가쿠마이田樂

---

16) 무로마치 시대에 유행한 노래를 부르며 추는 춤의 일종으로, 옛이야기에 곡을 붙여 노래로 부르거나 무사에 관한 노래를 부르며 추는 춤을 말한다.

舞[17)를 한번 추게나."

"그럼 부족하나마 제가 춤을 추도록 하겠습니다."

네네가 자리에서 일어섰다. 이누치요와 이케다 가쓰사부로를 비롯한 사람들이 눈을 크게 떴다. 이 시대에 춤을 추는 것은 그리 특별한 일이 아니었다. 일상생활 중 하나라고 할 정도로 자주 춤을 췄고 무가의 자녀라면 당연히 배워야 할 소양 중 하나였다. 특히 덴가쿠마이나 고와카마이 등은 무가에서 좋아하는 춤이었다.

다케다 신겐이 덴타구天澤 화상에게 '오다의 취미는 무엇인가?' 하고 물었을 때, '오다 님의 취미는 춤과 노래입니다'라고 대답했다는 일화도 있었다. 노부나가는 가끔 기요스 상인인 유칸이라는 사람을 성으로 불러 춤을 구경하거나 직접 춤을 추기도 했다.

또 훨씬 이후의 일이지만, 아즈치安土의 총견사總見寺에서 이에야스에게 대향연을 베풀 때도 고와카幸若와 우메와카梅若라는 극단이 춤을 췄는데 우메와카가 춤을 제대로 추지 못하자 노부나가가 다시 추라고 질책했다는 일화도 있다. 이렇듯 그 무렵에는 삶과 죽음의 기로에서 무인이 춤을 추었다는 일화가 헤아릴 수 없을 만큼 많다.

이에야스가 다카텐진高天神 성을 포위했을 때 성의 장수인 아와다 교부栗田刑部가 '이번 생에서 마지막으로 한 차례 춤을 추고 싶다'고 청하자 흔쾌히 수락하고 적과 아군 모두 교부가 추는 고와카마이를 구경했다는 이야기도 있다.

덴쇼天正 10년, 히데요시가 추고쿠中國 지방의 다카마쓰高松 성을 물을 이용해서 공격했을 때에도 시미즈 쵸자에몬 무네하루淸水長左衛門宗治가 고립된

---

17) 헤이안 시대 중기 이후로 민간에서 모내기를 할 때 피리나 북을 치고 노래를 부르며 추던 춤을 말한다.

성의 오천 병사의 목숨을 대신해 탁류에 배 한 척을 띄우고 양군이 지켜보는 가운데 적장인 히데요시가 보낸 한 통의 술을 마신 다음 서원사誓願寺의 춤을 한바탕 추고 할복했다는 일화가 후세까지 전해져오고 있다.

이런 일화와는 달리 네네는 기쁨에 겨워 부채를 펼치며 자리에서 일어나 이누치요의 소고에 맞춰 고와카幸若 중에 나오는 겐지모노源氏物 한 대목을 추기 시작했다.

"좋구나. 잘 춘다."

도키치로는 마치 자신이 춤을 추는 듯 손뼉을 쳤다.

술기운이 거나하게 오른 탓인지 사람들의 흥은 한층 고조되었다. 누군가가 스가구치須賀口로 가자고 했다. 스가구치는 기요스의 역참이자 가장 번화한 홍등가였다. 누구 하나 싫다고 하는 사람이 없었다. 새신랑인 도키치로가 어서 가자며 가장 먼저 자리에서 일어섰다. 미즈가케이와이를 하러 온 일행은 어이없어 하는 친척들을 무시하고 도키치로의 목에 들러붙어 등을 떠밀고 비틀거리고 손을 휘저으며 수선을 피우다 일진광풍처럼 밖으로 나갔다.

"신부가 불쌍하구나."

친척들은 혼자 남겨진 네네가 걱정이 되어 그녀를 찾아보았지만 방금까지 춤을 추고 있던 그녀의 모습은 보이지 않았다.

그녀는 어느 틈엔가 미닫이문을 열고 밖으로 나가 있었다. 그리고 술이 취한 무리들에 둘러싸여 걸어가는 남편을 쫓아가더니 잘 다녀오라며 도키치로의 품 안에 돈이 든 주머니를 넣어주었다. 도키치로는 그것도 모를 만큼 취한 상태는 아니었다. 그렇다고 아내에게 잘했다고 할 만큼 어리석지도 않았다. 도키치로는 벗들에게 둘러싸여 강물에 떠밀려 흘러가듯 빨갛게 물든 저녁 안개 저편으로 조금씩 사라졌다.

언제나 성안의 젊은이들이 몰려와서 술자리를 벌이는 누노가와布川라는 술집이 있었다. 이곳 스가구치의 오래된 역참에 오다와 시바 등지의 영주들보다 훨씬 이전부터 있었던 오래되고 허름한 술집이었는데, 기요스의 젊은이들은 그곳이 마음에 들어 술에 취하거나 무슨 일이라도 생기면 누노가와에 가자는 말을 입에 달고 살았다.

도키치로도 몇 번이나 누노가와에 갔다. 이곳에서 모일 때 도키치로의 얼굴이 보이지 않으면 술집 사람이나 친구들도 이가 하나 빠진 듯 허전함을 느꼈다. 그래서 그를 데려오지 않은 날에는 결국 기노시타를 데려오라며 성화를 부리기도 했다. 그런데 그 도키치로가 오늘 밤에는 새신랑이 되어 무리와 함께 시끌벅적하게 누노가와의 문 앞까지 몰려왔던 것이다. 이케다 가쓰사부로와 마에다 이누치요가 문 앞의 주렴에서 안에다 대고 고함을 질렀다.

"어이, 모두들 이리 나와 손님을 맞지 않고 뭣들 하느냐! 삼국 제일의 신랑을 데리고 왔다. 신랑이 누군지 아느냐? 기노시타 도키치로라는 사내이니라. 신부는 누구인 줄 아느냐? 기요스의 미녀라고 불리는 네네 님이시다. 자, 어서 축하해주어라. 미즈가케이와이를 해주거라."

그들은 서로 발이 엉켜 비틀거렸다. 도키치로도 그들 속에서 부대끼다 토방 안으로 비틀거리며 들어갔다.

영문을 몰라 어리둥절해하던 술집 사람들도 이윽고 일의 전말을 알게 되자 웃으며 요란을 떨었다. 혼례 자리에서 축배를 들고 있던 신랑을 빼앗아왔다는 말을 듣고 놀라기도 했다. 신부 보쌈이 아니라 신랑 보쌈이라며 배를 부여잡고 웃기도 했다. 도키치로는 도망치듯 방으로 들어갔다. 일행들은 새벽까지 절대 신랑을 돌려보내면 안 된다며 빙 둘러앉아 술을 재촉했다. 얼마나 마셨는지, 또 무슨 노래를 부르고 춤을 췄는지 아무도 기억하지 못했다. 마침내 모두들 널따란 바닥에 제각각 술에 취해 곯아떨어지고 말았다.

밤이 이슥해지자 가을색이 한층 완연해졌다. 8월의 마당에는 벌써 가을 화초가 피어 있었다. 술에 곯아떨어진 사람들이 조용해지자 벌레가 울기 시작했고 풀잎 위에는 하얀 밤이슬이 내려앉았다.

"응?"

갑자기 이누치요가 고개를 벌떡 들더니 주위를 둘러보았다. 살펴보니 도키치로도 고개를 들고 있었다. 이케다 가쓰사부로도 눈을 뜬 상태였다.

"……."

그들은 서로 눈을 맞추며 귀를 기울였다. 마당 너머 길가에서 들려오는 소리였다. 한밤중의 정적을 가르며 지나가는 재갈 소리에 눈을 뜬 것이었다.

"뭐지?"

"무슨 일일까?"

"꽤 많은 사람인 듯한데?"

이누치요가 뭔가 짐작 가는 것이 있는지 무릎을 딱 치며 말했다.

"그래. 얼마 전에 미카와의 마쓰다이라 모토야스에게 사자로 간 다키가와 카즈마스瀧川一益 님이 돌아오실 때인데, 그것이 아닐까?"

"맞다. 오다 가문에 가담할지, 이마가와 가문에 붙을지 미카와의 대답을 가지고 돌아오셨을 것이다."

다른 사람들도 차례로 눈을 뜬 듯했지만 세 사람은 그들을 기다리지 않고 누노가와를 뛰쳐나와 재갈 소리와 인마의 뒤를 쫓아 성문 쪽으로 달려갔다.

화전 和戰

　다키가와 카즈마스가 사자로 미카와를 찾은 것은 작년 오케하자마 전투 이후 지금까지 몇 번인지 모를 정도였다. 그가 미카와의 마쓰다이라 모토야스를 설득해오다 가문과 제휴를 맺게 하려는, 외교적으로 중대한 사명을 띠고 있다는 사실은 기요스의 백성들에게까지 널리 알려져 있었다.

　본래 미카와는 지금까지 이마가와에 예속되어 있던 약소국이었다. 비록 오와리는 작은 나라였지만 강대국인 이마가와에게 치명적인 일격을 가해 천하의 군웅들에게 노부나가의 존재를 강하게 각인시킨 신흥 세력이자 승전국이었다. 따라서 맹약을 맺는다고 해도 그것은 마쓰다이라가 오다의 산하로 들어가는 것과 다름없기 때문에 거기에는 외교적인 수완과 어려움이 뒤따랐다. 물론 오와리에 이런 의도에 대해 미카와 측에서도 자신들이 의도하는 바가 있는 것은 당연했다. 작고 약한 나라일수록 단호하고 의연한 태도가 필요했다. 미카와를 얕잡아 보았다면 사자를 보내면서까지 공과 시간을 들이지 않았을 것이다. 무력을 사용해 일거에 집어삼키면 될 뿐이었다.

　하지만 요시모토 사후 미카와는 바야흐로 사활의 기로에 서 있었다.

우지자네의 이마가와에게 계속 가담할 것인지, 아니면 지금 절연할 것인지, 그리고 오다와의 관계는 어떻게 할 것인지 고민할 수밖에 없었다. 오랜 세월 국경을 두고 뺏고 빼앗기는 싸움을 반복해온 '고립무원 미카와'의 상황을 유지하며 역경에서 벗어날 타개책을 도모하는 것이 좋을지, 아니면 끊임없이 제휴를 권하는 오다와 손을 잡고 후일을 도모하는 것이 좋을지를 두고 오카자키 성에서 몇 번의 회의와 격론이 벌어졌는지, 또 몇 번의 사자들이 오갔는지 모른다.

그런 와중에도 미카와는 이마가와 우지자네뿐 아니라 오다 쪽과도 끊임없이 국지적인 싸움을 벌이고 있었다. 그리고 그것이 도화선이 되어 언제 다시 양국 간에 사활을 건 전면전이 벌어질지 한 치 앞도 예측할 수 없는 상황이었다. 언제 전쟁이 벌어질까, 하며 기다리고 있는 나라는 오다와 마쓰다이라 외에도 미노의 사이토, 이세의 기타바타케, 고슈의 다케다, 스루가의 이마가와 우지자네까지 수없이 많았다.

상황은 불리했다. 마쓰다이라 모토야쓰는 싸울 마음이 없었다. 오다 노부나가도 승전에 취해 지금 미카와와 싸우는 것이 얼마나 어리석은 일인지 잘 알고 있었다. 그렇지만 싸우고 싶지 않다는 내색을 해서는 안 됐다. 그런 속내를 상대가 알아차리면 상대에게 휘둘릴 수밖에 없었다. 일전도 불사하겠다는 의지를 표명하며 외교적으로 해결해야만 했다. 그리고 상대가 받아들일 수 있는 제안을 할 필요가 있었다. 노부나가는 미카와 무사의 강골과 끈기 있는 기질을 알고 있었기 때문에 그들의 체면을 충분히 고려하고 배려하는 것이 무엇보다 중요하다고 생각했다.

미즈노 시모쓰케노가미 노부모토水野下野守信元는 치타知多 군의 오가와緒川를 다스리는 오다 쪽 신하였지만, 혈연으로 보면 미카와의 마쓰다이라 모토야스의 백부에 해당하는 사람이었다. 노부나가는 미즈노에게도 모토야스를 설득하라고 했다. 노부모토는 그런 뜻을 품고 오카자키를 방문해 모토야스를 비롯해 미카와 누대의 가신인 이시가와, 혼다本多, 아마노, 고리키 등의 신하들을 만났다.

정면과 측면을 가릴 것 없이 모든 외교적 노력을 기울인 끝에 마침내 미카와를 설득하는 데 성공한 듯 얼마 전 마쓰다이라 모토야스가 이 건에 대해 명확한 답을 하겠다는 뜻을 전해왔다. 그래서 다키가와 카즈마스가 최종 답변을 확인하기 위해 미카와로 떠났던 것이다. 그리고 그날 밤 카즈마스는 도착하자마자 바로 기요스 성으로 들어갔다.

카즈마스의 통칭은 히코에몬彦右衛門이었다. 오다 쪽에서는 한 부대의 장이자 철포에도 정통한 사격의 달인이었다. 하지만 노부나가는 그의 사격술보다 그의 재능을 더 높게 사고 있었다. 웅변가는 아니었지만 이치를 따져 말을 하는 그의 언변은 듣는 이의 마음을 사로잡는 능력이 있었다. 거기에 성실하고 상식이 풍부하며 눈치도 빨랐기 때문에 외교에 적합한 인물이라고 생각했다.

"기다리고 있었네."

한밤중이었지만 노부나가는 벌써 나와 앉아 있었다.

"지금 돌아왔습니다."

카즈마스는 행장 차림 그대로 무릎을 꿇고 있었다. 그는 예전에 지금처럼 급박한 시기에 한 사신이 더러운 행장 차림 그대로 주군 앞에 나서는 것이 예의가 아니라 여겨 목욕을 하고 의복과 머리를 단정히 하고 오자, 노부나가가 어디 꽃구경이라도 갔다 왔는가 하고 질책했던 것을 기억하고 있었다. 노부나가 역시 사신을 오래 기다리게 하면서 유유히 나왔던 예가 거의 없었다.

"어찌 되었나?"

이제나저제나 기다리고 있었던 듯했다. 하지만 대답에도 요령이 필요했다. 종종 사자로 간 사람이 돌아와서 임무 보고를 할 때 도중에 있었던 시시콜콜한 일이나 지엽적인 일들만 장황하게 늘어놓고 중요한 결과는 좀처럼 이야기하지 않는 경우가 있었다. 노부나가는 그런 것을 너무나 싫어했다. 사자가 쓸데없는 얘기만 늘어놓으면 곁에 있는 사람들도 느껴질 만큼 노부나가의 눈썹 위로 초조함과 싫은 기색이 역력히 나타났다. 그런데도 그것을 사자가 알아차리지 못하고 계속 허튼소리만 하면 노부나가가 곧바로 '결과는?' 하고 주의를 주었다.

어느 날 노부나가가 신하들에게 그런 상황에 대해 이렇게 말한 적이 있었다.

"기다리는 사람은 사자의 임무가 성공인지 실패인지 걱정하기 마련이다. 쓸데없는 지엽적인 이야기는 뒤에 해도 될 것이다. 돌아오면 주군에게 가장 먼저 사자로 갔던 일에 대한 결과부터 이야기하고 그 뒤 느긋하게 자세한 사유와 상대편의 이야기 등을 하는 것이 좋다."

히코에몬 카즈마사도 그 말을 전해 들었고, 이번처럼 중대한 외교에 뽑혀서 사자로 갔다 올 정도의 사람이었기 때문에 노부나가를 올려다보며 일례를 한 뒤 바로 말을 했다.

"주군, 기뻐하십시오. 마침내 미카와와 화친을 맺었습니다. 그것도 우리가 바라는 대로 거의 대부분 이루어졌습니다."

"성공인가?"

"예, 그렇습니다."

"그렇군."

노부나가는 당연하다는 듯한 표정을 지었지만 속으로는 안도의 한숨을 내쉬었다.

"상세한 조항은 후일 나루미 성에서 저와 마쓰다이라 가문의 이시가와 카즈마사 님과 만나 협의를 하자는 약속을 받고 돌아왔습니다."

"그렇다면 마쓰다이라를 비롯한 신하들 모두 우리와의 맹약을 별다른 이의 없이 받아들였다는 것인가?"

"그렇습니다."

"수고했네."

노부나가는 그제야 그의 노고를 치하했다. 군신 간에 상세한 보고와 여담이 오간 것은 그 뒤였다.

다키가와 카즈마스가 노부나가 앞에서 물러나 성을 나선 것은 새벽이 가까울 무렵이었다. 새벽의 여명이 성안 곳곳을 비출 무렵에는 미카와와의 화친이 이루어졌다는 소문이 사람들 사이에서 돌고 있었다. 가까운 시일 안에 양국의 대표가 나루미 성에서 회견을 하고 정식으로 조인을 한 뒤 내년, 즉 에이로쿠 5년 정월에 마쓰다이라 모토야스가 기요스 성을 처음으로 방문해 노부나가와 대면한다는 이야기도 은밀하게 가신들 사이에 전해졌다.

어젯밤 스가구치에서 성으로 돌아오는 사자를 발견하고 뒤를 쫓아와 노부나가와 같은 심정으로 성안의 일실에 앉아 미카와와의 화전和戰이 어떻게 되었는지 침을 삼키며 소식을 기다리던 마에다 이누치요와 이케다 가쓰사부로를 비롯한 젊은 무사들 중에는 도키치로도 있었다. 가장 먼저 소식을 듣고 온 사와키 도하치로가 사람들에게 알렸다.

"기뻐하시오."

"결정된 것인가?"

어느 정도 예기하고 있던 일이었지만 결정됐다는 사실을 알게 되자 모두의 표정에서 밝은 빛이 떠오르고 전도양양한 기운이 퍼졌다.

"이제 싸워볼 만하다!"

누군가가 중얼거렸다. 그들은 전쟁을 피했다는 뜻으로 미카와와의 동맹을 기뻐하는 것이 아니었다. 또 다른 적과 전력을 다해 싸울 수 있기 때문에 배후에 있는 미카와와의 동맹을 진심으로 기뻐했던 것이다.

"잘됐다."

"무운武運이다."

"미카와로서도 마찬가지다."

"축하할 일이다."

시시각각 상황이 변해가는 추세 속에서 젊은 사람들은 누구보다 일희일비에 민감했다.

"결과를 알고 나니 갑자기 졸리는군. 그러고 보니 어젯밤부터 잠도 못 잤네."

서로 축하하기에 여념이 없는 사람들 중에서 누군가가 말하자 도키치로가 큰 소리로 나섰다.

"나는 그 반대네. 어젯밤도 경사, 오늘 아침도 경사, 이렇게 경사가 겹치니 다시 스가구치로 돌아가서 새로 술을 마시는 게 어떤가?"

그러자 이케다 가쓰사부로가 말했다.

"거짓말 말게. 신부님에게 돌아가고 싶을 걸세. 신부님은 첫날밤을 어떻게 새웠을까. 하하하. 기노시타 님, 괜스레 참을 필요 없네. 오늘 하루 휴가를 얻어서 집으로 돌아가는 것이 어떻겠소? 기다리는 사람도 있으니 말일세."

"바보 같은 소리."

도키치로가 짐짓 역성을 내자 새벽녘 복도에 한바탕 웃음소리가 흘러나왔다.

이윽고 성 위에서 북소리가 울리자 그들은 자신의 직분에 맞는 곳으로 서둘러 흩어졌다.

"지금 왔네."

도키치로의 목소리가 크고 모습이 밝은 탓인지 넓지도 않은 아사노 마타에몬의 집 현관 앞에 선 그의 모습이 크게 느껴졌다.

"어머."

현관 마루에서 공을 차고 있던 네네의 동생인 오야야가 눈을 흘기며 도키치로를 올려다봤다. 손님인 줄 알고 놀랐던 것인데 언니의 새신랑이라는 것을 알게 되자 쿡쿡 웃으며 안으로 뛰어 들어갔다.

"하하하."

도키치로는 별 이유도 없이 웃었다. 왠지 멋쩍은 생각이 들었다. 축하연에서 친구들과 술을 마시러 나갔다가 그대로 성에서 일을 마치고 돌아와보니 바로 어젯밤 혼례 시간에 가까운 저물녘이었던 것이다. 마당에 화톳불은 없지만 사흘 동안에는 집안 행사나 손님 내왕의 관습이 있어서 그날 밤에도 집 안에는 손님들이 가득했고 현관에는 신발도 많이 보였다.

"지금 돌아왔네!"

마구간이나 객실도 분주해서 아무도 마중을 나오지 않자 도키치로는 집 안을 향해 쾌활하게 다시 한 번 소리쳤다. 도키치로는 어젯밤부터 자신은 이 집의 사위다, 장인어른을 빼면 이 집의 주인이다, 나와서 마중을 하지 않으면 들어가지 않겠다고 생각하고 있었다.

"네네, 지금 돌아왔소."

문 옆의 낮은 울타리 저편으로 부엌인 듯한 곳에서 부드럽지만 깜짝 놀란 듯한 목소리가 들려왔다.

"예에."

네네의 대답과 동시에 마타에몬 부부와 오야야, 그리고 친척과 하인들이 무슨 일인가 의아해하며 우르르 몰려나오더니 도키치로를 보고는 다소 어이없다는 표정을 지었다. 팔을 걷어 올리고 설거지를 하고 있던 네네가 다가와서 바닥에 앉아 머리를 조아리며 도키치로를 맞이했다.

"이제 오셨습니까."

사람들도 일제히 머리를 숙였다. 하지만 무슨 일인가 하고 나왔던 마타에몬 부부는 인사를 하지 않았는데, 그것은 당연한 일이었다.

도키치로가 머리를 숙이고 있는 네네와 사람들을 향해 고개를 한 번 끄덕이더니 마루에 올라 안으로 들어가서 장인 장모에게 공손히 인사를 했다.

"지금 돌아왔습니다. 오늘은 성에서도 별일이 없었고 주군께서도 하루 종일 기분이 아주 좋으셨습니다."

실은 마타에몬은 어젯밤부터 기분이 썩 좋지 않았다. 일가친척 앞에서, 또 네네의 심정을 헤아려서라도 한마디 해주고 싶은 심정이었다. 돌아오면 손님들에게 보이기 위해서라도 한 차례 혼을 내야겠다고 마음먹고 있었는데, 막상 아무런 걱정도 없는 도키치로의 밝은 얼굴을 보니, 그리고 자신까지 현관에 나와 마중을 하고 있는 상황이라 그러지 못했다.

'어처구니가 없어서 화도 나지 않는군.'

마타에몬이 어이없는 얼굴로 한숨을 내쉬고 있는데, 도키치로가 오늘 하루 성이 무사했다는 것과 주군의 소식까지 고하는 것이었다. 마타에몬은 마음과는 달리 아무 소리도 못 하고 자리에 앉아 사위에게 위로의 말을 건네고 말았다.

"음, 지금 퇴성했는가. 수고했네."

그날 밤도 도키치로는 술자리에서 손님들을 접대했다. 한차례 축하객들이 돌아갔지만 먼 곳에 살고 있는 친척들은 자고 가야만 했다. 새신부인 네네는 피곤에 지친 일꾼들의 얼굴을 보고는 부엌을 벗어날 수 없었고, 도키치로 역시 기껏 집에 돌아왔지만 네네와 단둘이 있을 시간은커녕 얼굴을 마주할 시간도 없었다.

이윽고 밤이 깊었다. 네네는 술상을 부엌으로 물린 뒤 내일 할 일을 지시하고 술에 취해 잠든 손님들의 잠자리를 살핀 뒤에야 한숨을 돌릴 수 있었다. 그리고 그제야 처음으로 자신의 남편이 된 사람을 찾아보았다.

'뭘 하고 계시지?'

두 사람을 위한 일실에 노인과 아이를 데리고 온 친척 일행이 잠을 자고 있었다. 술을 대접하던 방에는 아직 그녀의 아버지와 가까운 친척이 이야기를 나누고 있었다.

'어디에 계실까?'

마루를 서성거리고 있는데 불빛도 없는 한쪽 작은 방에서 그녀를 부르는 소리가 들렸다.

"네네."

남편의 목소리였다. 네네는 목이 메고 가슴이 뛰었다. 혼례를 올릴 때까지는 그러지 않았는데 어젯밤부터는 도키치로의 얼굴을 쳐다볼 수도 없었다.

"들어오게."

네네의 귀에는 아직 잠을 자지 않고 이야기를 나누는 양친의 목소리가 들렸다. 망설이고 있는데 문득 마루 끝에 피워놓은 모기향이 눈에 띄었다. 그녀는 모기향 그릇을 들고 조심스레 말했다.

"모기가 있는데 그런 곳에서 쉬고 계셨습니까?"

방석 위에서 잠을 자고 있던 도키치로가 벌떡 일어서며 말했다.

"아, 모기가 있군."

"피곤하신 듯합니다."

"당신이 더 피곤할 것이오."

도키치로는 네네를 위로하며 말을 이었다.

"친척분들이 돌아가지 않고 계신데 설마 연로하신 분들을 하인들 방에서 주무시게 하고 당신과 내가 금침에서 잘 수는 없지 않소. 하여 저 방에서 주무시라고 했소."

"그렇다고 자리도 펴지 않고 그런 곳에 누워 계시면……."

"괜찮소."

도키치로가 일어서려는 네네를 만류하며 말했다.

"나는 예전에 땅바닥이나 마룻바닥에서 자기도 해서 익숙하오."

도키치로가 정좌를 하더니 말했다.

"네네, 이리 앞으로 오시오."

"예, 예……."

"말해둘 것이 있소. 이렇듯 우리 두 사람의 엄숙하고 순수한 마음과 부부지간의 예의범절도 시간이 흐르면 잃어버리게 될 것이오."

"무엇이든 잘못된 점이 있으면 꾸짖어주십시오."

"누군가 아내란 새로운 나무 밥통과 같은 것이라고 했소. 익숙지 않은 동안에는 나무 냄새도 나고 별 도움도 되지 않고, 낡으면 고리의 틀도 벗겨지오. 하지만 그것은 남편도 마찬가지일 것이니 나도 때때로 반성하도록 하겠소."

"……."

"인간이란 부족한 것이 많은 존재이고, 그런 사람들이 오랜 세월 백발이 될 때까지 함께 살아간다는 것은 쉬운 일이 아닐 것이오. 하여 지금의 이 마음으로 맹세해둘 것이 있는데 당신은 어떻게 생각하오?"

"예. 어떠한 맹세라도 반드시 지키겠습니다."

네네는 분명하게 말했다. 정좌를 하고 앉아 있던 도키치로는 진지하다 못해 다소 무서운 표정을 짓고 있었다. 하지만 네네는 도키치로가 근엄한 표정을 짓는 것을 처음 보고는 오히려 더 기뻐하고 있었다.

"먼저 남편으로서 아내에게 바라는 것부터 말하겠소."

"예."

"내 어머님이오. 축하연에는 모시지 못했지만 내가 아내를 맞은 것을 세상 어느 누구보다 기뻐할 사람은 나카무라의 어머님일 것이오."

"예."

"언젠간 한 가정에서 그대와 함께 살게 될 것인데, 남편의 내조는 두 번째여도 괜찮소. 어머님을 가장 먼저 생각하고 모셔주었으면 하오."

"……예."

"내 어머님은 무사의 가문에서 태어나셨지만 내가 태어나기 훨씬 전부터 나카무라의 소작농이셨소. 빈곤하게 생활하시며 나를 비롯해 많은 자식을 키우셨고, 자식을 키우는 일과 빈곤을 헤쳐나가는 일 외에는 무엇하나 자신을 위해 하신 적이 없는 분이시오. 그래서 세상에서 보면 말투도 촌스럽고 예의범절에도 어두우시오. 그대는 그런 어머님을 며느리로서 진심으로 섬길 수 있겠소? 아니, 공경하고 따를 수 있겠소?"

"어머님의 기쁨은 당신의 기쁨이니 무엇이 어렵겠습니까."

"그대의 부모님은 내게도 소중한 분들이오. 나도 당신에게 지지 않을 정도로 마음을 다해 섬길 것이오."

"그리 말씀해주시니 기쁠 따름입니다."

"일가를 이루어 결코 남편을 기쁘게 하기 위해 남편의 주변 일에만 신경을 써서는 아니 되오. 가벼운 말 한마디라도 애정은 저절로 통하는 법이오. 나의 어머님이나 누이, 또 하인에게는 그것으로 될 것이오. 특히 나는 집에서 어머님이 웃으시고 가족들 모두가 즐겁게 생활하는 것을 가장 큰 즐거움이라 생각하는 사람이오."

"부족하지만 성심을 다해 그런 가정을 만들도록 하겠습니다."

"그리고 또 한 가지, 나에 관한 일이오."

"예."

"아마도 당신은 혼례를 올릴 때까지 장모님께 여자로서, 또 아내로서 갖춰야 할 많은 소양과 교훈을 엄하게 배웠겠지만 내가 그대에게 부탁하고 싶은 것은 단 하나뿐이오."

"그것이 무엇인지요?"

"그것은 남편의 봉공, 남편의 일, 평소의 내 모든 행동을 아내로서 함께 기뻐해주면 되오. 그것뿐이오."

"……?"

"한편으로 생각하면 쉬운 일이지만 쉬운 일이 아니오. 오랜 세월을 함께 지내온 부부를 보시오. 남편이 무슨 일을 하고 있는지 모르는 아내, 남편이 아무리 기쁘게 해주려 노력해도 기뻐하지 않는 아내가 너무나 많소. 그리되면 남편은 하나의 보람을 잃게 되고 마오. 천하와 나라를 위해 봉공을 하는 사내도 가정에서는 소심하고 불쌍하고 약해질 것이오. 특히 사내에게는 자신의 아내를 기쁘게 만드는 것이 큰 보람이오. 아내가 기뻐하면 사내는 다시 용기를 얻고 싸움터로 나갈 것이오. 그것을 내조라고 하기도 하오."

"알겠습니다."

"이번에는 나에 대한 당신의 바람을 말해보시오. 나도 맹세하겠소."

도키치로가 그렇게 말했지만 네네는 아무 이야기도 하지 않고 잠자코 있었다.

"아내가 남편에게 원하는 것, 당신이 말할 수 없다면 내가 대신 말하겠소."

네네는 고개를 살짝 끄덕이더니 다시 머리를 숙였다.

"남편의 사랑이 아니오?"

"……."

"아니오?"

"맞습니다."

"변함없는 사랑일 것이오."

"예에."

"착한 아이를 낳아주시오."

네네는 흐느꼈다. 촛불이 있었다면 그녀의 얼굴을 빨갛게 물들였을 것이다.

사흘 동안의 축하연이 끝난 다음 날이었다. 도키치로와 네네는 옷을 갖춰 입고 자신들의 혼례에 중매를 선 주군의 사촌인 나고야 이나바노가미의 호리가와 저택을 방문했다.

"제 아내와 함께 인사를 드리러 왔습니다."

도키치로가 인사를 하자 이나바노가미가 말했다.

"두 사람이 아주 잘 어울리네."

이나바노가미는 크게 만족한 듯 덕담을 건넸다.

"사랑스런 부인이니 부부 싸움은 하지 말게나."

두 사람은 얼마간 술을 마시다 다시 찾아뵙겠다고 하고 물러나왔다.

도키치로와 네네는 그 뒤 두세 곳을 더 방문했는데 이날 기요스 마을 사람들이 온통 자신들만 바라보는 듯한 기분이 들었다. 도키치로는 네네의 아름다운 모습을 보고 뒤를 돌아보는 행인들에게 오히려 호의를 느끼기도 했다.

"그렇지. 아저씨 집에도 잠시 들르도록 하세."

하급 무사들이 사는 마을 골목으로 들어가자 노래를 부르며 장난을 치는 아이들로 가득했다.

"아저씨 계십니까?"

부서진 사립문을 밀고 들어갔다.

"아니, 원숭이……."

비번이었는지 수세미외 선반 아래에서 손수 만든 대나무 삿갓에 옻칠을 하고 있던 오토가와가 황망히 자신의 입을 막으며 다시 말했다.

"도키치로구나."

"아내와 함께 왔습니다. 앞으로 잘 부탁드립니다."

"무슨 그런 소릴, 오히려 내가 잘 부탁하네. 아사노 님의 따님이 아니신가. 도키치로, 자네 복 받은 것이니 장인어른께 잘해야 하네."

오토가와는 진심으로 그렇게 말했다. 불과 칠 년 전이었다. 도키치로는 때에 전 목면 한 장 걸친 바늘 장수 행색으로 이 집에 들어와 밥을 주자 툇마루에서 며칠이나 굶은 배를 움켜쥐고 게걸스럽게 먹으며 꿈같은 이야기를 했다. 그때 오토가와는 도키치로를 꾸짖으며 돌려보냈는데 그 원숭이가 어떻게 오늘과 같은 신분이 된 것인지, 눈앞에 있는 도키치로를 보면서도 믿지 않는 심경이었다.

"좌우지간 누추하지만 올라오게."

오토가와가 자신의 아내에게 알리며 자리에서 일어서려 할 때, 누군가가 울타리 밖에서 고함을 치는 소리가 들렸다.

"출진 포고가 내려졌다. 모두 즉시 모이시오."

"소집이다. 출진을 알리는 나팔이 대기소 쪽에서 울리고 있다."

신랑과 신부를 이끌고 집 안으로 들어가려던 오토가와가 그대로 토방 입구에 멈춰 섰다. 도키치로도 그의 뒤에 우뚝 선 채 멀리서 울리는 나팔 소리와 근처 사람들의 웅성거림에 잠시 귀를 기울이다 급히 오토가와를 불렀다.

"소집령이죠? 당장 준비하고 대기소로 달려가야 할 듯합니다."

"음, 또 급작스레 싸움에 동원될 듯하군."

"한가로운 포고령이 아닌 듯하니 어서 나가십시오. 저도 실례하겠습니다."

"기껏 신부를 데리고 왔는데, 그것참."

"아닙니다."

"그럼 나중에 다시."

"싸움에서 돌아오면 다시 찾아뵙겠습니다."

"살아서 만날 수나 있을지 어떨지."

"하하하, 무슨 불길한 소리를 하세요. 출전하기도 전에 그런 약한 소리를 하시니 아주머니가 뒤에서 울고 계시지 않습니까. 그보다 적장의 수급이나 베어 오십시오."

"단 한 번이라도 좋으니 내가 그런 공을 세우면 처자식도 좀 더 잘살게 해줄 수 있을 텐데. 그리 못하니 빈곤한 하급 무사의 신세에서 영원히 벗어나질 못하는구먼. 게다가 내 나이도 있고 하니."

"오토가와 님, 들었소이까? 급한 포고령이오. 어서 빨리 준비해서 대기소로 가십시다."

울타리 밖에서 근처에 사는 동료들이 전립과 창을 들고 오토가와를 부르며 우르르 몰려가고 있었다.

"네네."

"예."

"있소?"

"뭘 말씀인지요?"

"돈 말이오."

"어젯밤, 당신 품에."

"아, 그 가죽 주머니 말이오?"

도키치로는 허리춤을 더듬거리더니 가죽 주머니를 네네에게 건네며 말했다.

"이것을 아저씨께 드리시오. 아주머니가 저리 울고 계시고 아이들도 울먹이고 있으니, 아주머니께 드리면 오토가와 아저씨도 분명 마음이 든든해져서 잘 싸우실 것이오. 당신이 뒤에 남아 모두 힘을 낼 수 있도록 잘 달래고 위로해주시오."

"알겠습니다. 그런데 당신은?"

"내게도 소집령이 떨어졌을 것이니, 한발 먼저 서둘러 가야겠소."

"오동나무밭 집으로 말입니까?"

"아니오. 혼례식 날, 내 무구들을 우리 방에 넣어두었소. 갑옷이 있는 곳이 내가 돌아갈 곳이오. 그럼 나중에 오도록 하시오."

도키치로는 어느새 골목 밖으로 달려 나갔다.

아침까지는 아무런 기색도 없었고 이나바노가미를 만났을 때에도 지극히 무사태평한 모습이었는데 대체 어디로 출진을 하는 것인지 도키치로는 전혀 예상할 수가 없었다. 싸움이 일어날 때마다 상대가 누구인지에 대한 도키치로의 직감은 대체로 적중했다. 하지만 근래 며칠 동안 새신랑인 그는 시류에서 다소 멀어져 있는 듯했다.

도키치로는 무구를 짊어지고 무가의 저택 골목에서 달려 나오는 몇몇 사람들과 부딪혔다. 성 쪽에서 예닐곱의 기마가 심상치 않은 속도로 달려오는 것도 목격했다. 싸움이 벌어진 곳이 왠지 멀지 않을 거라는 예감이 들었다.

"기노시타, 기노시타!"

유미슈 집 근처까지 오자 누군가가 그를 불렀다. 뒤를 돌아보자 마에다 이누치요가 말을 타고 달려오고 있었다. 그는 무구를 갖추고 오케하자마에서 보았던 매화 문양 깃발을 등에 꽂고 있었다.

"지금 마타에몬 님께 들려 말씀을 드리고 오는 참이네. 준비해서 마장까지 바로 모이게."

"출진인가?"

도키치로가 발길을 돌려 안장 옆으로 다가오자 이누치요가 말에서 뛰어내리더니 인사 대신 씽긋 웃으며 말했다.

"그 뒤로 어떻게 되었나?"

"어떻게 되다니?"

"뻔한 걸 묻는군. 첫날밤은 어땠는가 이 말일세."

"묻지 않아도 뻔하지 않은가."

"자넨 당할 수가 없군. 하하하. 마침 좋은 때에 출진이군. 혹여 늦으면 마장에서 큰 웃음거리가 될 걸세."

"상관없네. 단지 네네가 마음고생이 심하겠군."

"벌써부터 부인 걱정인가?"

"미안하네."

"기소 강까지 기마 이천 정도의 병력으로 급히 공격하는 걸세. 저물녘까지이니 아직 조금 시간이 있네."

"하면 미노로 들어가는 것인가?"

"이나바 산의 사이토 요시다쓰가 급작스레 병으로 죽었다는 첩보가 들어왔네. 그래서 참인지 거짓인지 시험 삼아 공격해보자는 뜻이네."

"5월 중순 무렵에 요시다쓰가 병사했다고 하여 소란이 일어난 적도 있었는데."

"이번에는 아무래도 사실인 듯하네. 어찌 됐든 요시다쓰는 이전에 주군의 장인인 도산 님을 죽인 인물이네. 인륜으로 봐도 불구대천의 원수이자 미노는 중원으로 진출하는 데 발판으로 삼아야 하는 땅이니 오와리와는 숙적이네."

"그날도 멀지 않았군."

"멀지 않기는커녕 당장 오늘 밤에 기소 강으로 출진하는 것이네."

"주군께서는 아직 출진하지 않으실 거네."

"시바타 님이 감독하고 사구마 님이 지휘하니 주군께서는 출진하지 않겠군."

"비록 요시다쓰가 죽고 그 적자인 다쓰오키龍興가 어리석다고는 하나 미노의 삼인三人이라 불리는 안도 이가노가미安藤伊賀守, 이나바 이요노가미稻葉伊予守, 우지이에 히타치노스케氏家常陸介가 있고, 또 주가主家를 떠나 지금은 구리하라栗原 산의 한거에 숨어 있다고는 하지만 다케나카 한베 시게하루竹中半兵衛重治와 같은 인물이 있는 동안에는 그리 쉽게 공격할 수 없네."

"한베 시게하루?"

이누치요는 고개를 갸웃했다.

"세 사람의 이름은 일찍부터 인접국에 알려져 있지만 다케나카 한베도 그런 인물인가?"

"다른 사람은 몰라도 나는 내심 감복하고 있네."

"자네는 어떻게 그런 것까지 알고 있는가?"

"미노에 오래 머문 적이 있었네."

도키치로는 단지 그렇게만 말했다. 바늘 장수 행상을 하며 떠돌아다니던 일이나 하치스카 촌의 고로쿠 일족과 함께 이나바 산의 빈틈을 노리던 소년 무렵의 일들은 입에도 담지 않았다.

"이거 나도 모르게 이러고 있었군."

이누치요가 말 위로 다시 오르며 나중에 마장에서 보자고 말했다.

"알았네. 나중에 보세."

두 사람은 마을 네거리에서 푸른 청운의 꿈을 가슴에 품고 헤어졌다.

"지금 돌아왔네."

도키치로는 늘 집으로 돌아오면 현관에서 마루로 오르기 전에 그렇게 큰 소리로 외쳤다. 그러면 그가 돌아왔다는 것을 창고에서 일하는 하인부터 부엌에 있는 사람까지 알 수가 있었다. 그는 그날만은 마중을 나오는 것을 기다리지 않고 안으로 들어가다 네네와 마주쳤다.

"응?"

도키치로가 놀란 표정을 지었다.

"어서 오십시오."

네네는 여느 때와 변함없이 이내 도키치로의 발아래서 손을 짚고 머리를 숙였다. 어떻게 자신보다 먼저 네네가 집에 돌아온 것인지, 천하의 도키치로도 간담이 서늘해졌다. 뒤에 남아서 오토가와 아주머니를 위로하고 아이들에게 뭔가 사준 뒤에 돌아가라고 말했는데 한발 먼저 나왔던 것이다.

"네네, 언제 돌아왔소?"

"방금 돌아왔습니다."

"방금이라니?"

"예, 뒤에 남아 말씀하신 일을 한 뒤에."

"흐음······."

"서방님이 말씀하신 대로 선물을 드리니 두 분 다 눈물을 흘리며 기뻐하셨습니다. 병졸 되는 분들의 마음은 전장에 나가는 자신보다 집에 남아 있는 아이와 부모님의 생활을 걱정하기 마련인데 그걸로 안심하고 나갈 수 있다고 하시며."

"그런데 당신은 어떻게 나보다 먼저 집에 돌아온 것이오?"

"서방님께서도 출진하시는데 늦으면 안 된다고 생각해서 아주머니께 부탁해 근처의 말을 빌려 지름길로 서둘러 돌아왔습니다."

"말을 타고 온 것이오?"

도키치로는 그제야 네네가 자신보다 빨리 온 연유를 이해했다. 그런데 방으로 들어간 도키치로는 다시 한 번 감명을 받고 말았다. 바닥에 내놓은 청결한 방석 위에 무구가 놓여 있었다. 갑옷과 복대, 토시 등은 물론이고 약을 담은 작은 비단 상자와 부싯돌, 화약 주머니 등이 가지런히 준비되어 있었다.

"어서 준비하시지요."

"흐음, 어느 틈에! 잘했소."

도키치로는 자신도 모르게 칭찬을 했다. 그리고 한편으로 네네에 대해서만은 자신이 다소 잘못 판단하고 있었다고 생각했다. 혼례를 올리기 전에 생각했던 이상으로 네네는 사리분별이 깊은 여자였던 것이다. 아사노 가문의 훈육이나 좋은 환경 탓도 있겠지만 본래 네네는 소양과 자질이 뛰어난 여성이었다. 자칫하면 아내의 그늘을 벗어나지 못하는 남편으로 끝날 수도 있었지만 그래도 도키치로는 기뻤다. 이런 여인이 내조를 하면 자신은 바깥일에 전력을 기울일 수 있을 듯했다. 도키치로가 무구를 다 갖추자 네네가 말했다.

"아무 걱정 말고 다녀오십시오."

네네는 토기로 된 술잔에 신주와 승리를 기원하는 밤과 다시마를 얹은 쟁반을 내밀었다.

"내가 없는 동안 잘 부탁하오."

"예."

"장인어른께 인사를 드릴 시간도 없으니 당신이 잘 말씀드려주시오."

"어머님은 오야야를 데리고 쓰시마에 참배를 가서 아직 돌아오시지 않았습니다. 아버님은 성을 지키라는 명을 받들어 오늘 밤부터 집에 들어오시지 못한다는 전갈이 왔습니다."

"외롭지 않겠소?"

"아, 아닙니다."

네네는 고개를 숙였지만 눈물은 흘리지 않았다. 그녀는 바람을 맞으며 무거운 듯 고개를 숙이고 있는 꽃봉오리처럼 남편의 투구를 무릎에 둔 채로 머리를 숙이고 있었다.

"이리 주시오."

도키치로는 투구를 받아 머리에 쓴 뒤 투구 끈을 졸라맸다. 그리고 온몸으로 퍼져나가는 침향의 향기를 느끼고는 네네의 얼굴을 바라보며 씽긋 웃었다.

봄 손님

에이로쿠 5년(1562년) 정월, 노부나가는 스물아홉 번째 새해를 맞이했다.

그는 아직 날이 채 밝기도 전에 일어나 욕실에서 몸을 정갈하게 씻었다. 바깥 날씨보다 오히려 하얀 김이 피어오르는 우물물이 따뜻해 보였는데 우물물을 길어 올리는 동안 물통의 바닥이 얼어붙었다.

"아, 춥다."

우물 주위에서 시종들이 하얀 입김을 불며 중얼거리자 근신 무사가 꾸짖었다.

"쉿!"

노부나가가 그 소리를 들으면 무슨 일이냐고 할 게 뻔했기 때문이다. 정월 초하루, 사소한 일로 주군의 기분을 상하게 하면 안 된다고 생각했던 것이다.

"물을 가져오너라. 물을!"

우물물을 길어 나르기가 무섭게 욕실 안에서 그것을 들이붓는 물소리가 들리더니 이내 노부나가의 우렁찬 목소리가 들렸다.

"그만 됐다."

근신과 시종 들이 황급히 뒤를 쫓아갔지만 노부나가는 벌써 욕실에서 나와 온데간데없었다.

그날 아침, 노부나가는 의복을 단정히 하고 기요스 성의 뒤편 숲을 찾았다. 서리가 내린 나무 사이 샛길에는 멍석이 깔려 있었다. 그는 기요스 성의 역사보다 오래된 구니노미하시라노가미國御柱神[18] 앞에 온몸이 꽁꽁 얼어붙는 것도 잊은 채 꿇어앉아 절을 올렸다.

지금 그는 노부나가도 아니었고 국주도 아니었다. 하늘과 땅 사이에, 무슨 기연인지 인간이라는 허울과 연을 맺어 태어난 하나의 물건에 지나지 않았다. 그는 그러한 생명을 무엇을 위해 바치고, 그 연후에는 다시 하늘과 땅으로 되돌려주어야 한다는 것을 잘 알고 있었다. 매년 정월 아침, 노부나가는 그러한 생각을 깊이 하기 위해 서리 위에 앉아 교토를 향해 엎드려 절을 했다.

자리에서 일어난 노부나가는 그곳에서 멀지 않은 곳에 있는 사당 앞으로 걸음을 옮겼다. 그곳은 그가 성에 들어온 뒤에 만든 선조의 영묘였다. 그리고 그곳에는 분명 지금과 같은 난세에 태어나 나라를 어떻게 보존하며 살아갈지 걱정하다 세상을 떠난 부친 오다 노부히데의 위패도 있을 터였다.

노부나가는 정화수를 떠놓고 향을 피운 뒤 공물을 바친 다음 근신과 시종 들을 돌아보며 말했다.

"저쪽에 가 있거라."

"예!"

---

18) 아마노미하시라노가미天御柱神와 함께 바람을 다스리는 풍신風神으로 다쓰다龍田 신사의 제신이다.

부하들이 단을 내려간 다음 열 걸음 정도 물러나 정렬해 섰다. 그러자 노부나가가 손을 저으며 다시 말했다.

"더, 더 멀리 저편으로 물러가 있거라."

사람들의 모습이 완전히 시야에서 사라지자 노부나가는 부친의 위패 앞에서 흡사 살아 있는 사람에게 말하는 것처럼 말을 했다. 그리고 품에서 종이를 꺼내 눈가를 닦았다.

부친이 살아 있을 때 그는 사람들에게 어리석고 미친 아이라는 뜻인 '치광아痴狂兒'라는 말을 들었고 부친이 죽은 뒤에도 오랫동안 '멍청한 도련님'으로 불렸다. 그러다 보니 그는 지금까지 불사공양佛事供養을 거의 하지 않았다.

자신에게 고간苦諫을 하고 자결한 히라데 나카쓰카사를 위해서는 정수사까지 건립했지만 부친의 영전 앞에서 손을 합장한 적이 한 번도 없었다. 가신들도 평소에 그런 노부나가의 모습을 본 적이 없었다.

하지만 노부나가는 돌로 만든 부친의 위패를 보자 그저 합장만 하고 있을 수만은 없었는지 '미친 아이'의 본성이 되살아난 것처럼 소리를 내며 울음을 터뜨리고 말았다. 노부나가는 그런 자신의 어리석음을 가신들에게 보이지 않기 위해 멀리 물리고 홀로 있었던 것이다.

새해 첫 까마귀 울음소리에 나뭇가지들이 붉게 물들고 있었다. 노부나가가 새해 참배를 마치고 본성의 넓은 정원을 우회해서 대현관 쪽으로 오자 새벽하늘 아래 진흙투성이의 무장과 부하 들이 입김으로 수염이 하얗게 얼어붙은 채 숙연히 정렬해 있었다.

"……"

부하들은 노부나가의 모습을 보자 자세를 바로 하며 머리를 숙였다.

"수고가 많았다. 어서 돌아가서 느긋하게 정월을 보내도록 하라."

그들은 작년에 미노로 출전해서 기소 강의 동쪽 기슭에 진을 치고 있던 군사들이었는데, 연말에 귀환 명령을 받고 오늘 새벽에야 성으로 돌아왔다.

작년 초가을부터 미노 출전이 빈번하게 이루어졌고, 그때마다 기소 강의 국경을 공격하고 철수하기를 반복하면서 미노 쪽의 반응을 살폈다. 각각 부대를 이끌고 있던 시바다 가쓰이에와 사구마 노부모리도 먼저 돌아왔으니 기소 강 쪽에는 척후병 정도만 남아 있는 상황이었다.

미노 공략을 단념한 것 아니냐는 목소리도 들렸지만 노부나가는 반 년 동안의 목적을 대략 이루었다고 생각했다. 또 국경에서 군사를 철수시켜도 별일은 없을 것이라고 판단했다. 작년 8월 사이토 요시다쓰가 병사했다는 소문이 있었는데, 그 뒤 적들의 전의戰意나 첩보를 봤을 때 확실하다는 생각이 들었기 때문이다. 다행히 요시다쓰의 아들인 다쓰오키가 아둔하고 어리석기 때문에 노부나가는 그를 그리 대수롭지 않게 여겼고, 그를 치는 데 있어 자신의 장인이었던 도산 야마시로노가미의 원수를 갚는다는 인륜적인 명분도 있었다.

단지 노부나가가 신중을 기하는 이유는 다쓰오키에게는 도산 야마시로노가미 이래 부강한 나라와 좋은 가신들이 있기 때문이었다. 이마가와 요시모토를 격파했지만 그렇다고 하루아침에 오다가 부강해지거나 오다의 병력이 급증할 리가 없었다. 동쪽에서 이기고 서쪽에서 패한다면 덴가쿠하자마에서의 대승은 하룻밤 사이의 일장춘몽처럼 산산이 부서지고 말 것이었다.

"먼저 미카와와 화친을 맺은 뒤……."

중신들도 그렇게 직언을 했고, 노부나가도 충분히 숙고한 뒤 그러한 책략을 세웠다. 작년 반년 동안의 가장 큰 수확은 마쓰타이라 모토야스와 화친을 맺은 일이었다.

미카와의 마쓰타이라 모토야스는 회담을 위해 정월 15일 안에 기요스 성을 방문할 예정이었다. 노부나가는 성대하게 환대할 준비를 하며 즐거운 마음으로 그날을 기다렸다. 미노와의 경계에서 중신들을 불러들인 것도 가능한 그날의 의식을 성대하고 화려하게 열고 싶은 생각에서였다.

노부나가가 안으로 들어갔다. 오랫동안 주군의 모습을 보지 못했던 무사들은 노부나가가 전중의 넓은 마루로 사라질 때까지 유심히 그를 바라보았다.

"해산! 각자 대기소로 물러가서 지시가 있을 때까지 휴식을 취하라."

부장의 명을 받고 해산하는 무사들 머리 위로 새해의 첫 태양이 솟아올랐다. 그중에는 약 오십 명의 보병들을 이끌고 구석으로 가는 도키치로의 모습도 보였다.

도키치로의 얼굴은 그동안 성을 지키고 있던 동료들이 가까이에서 봐도 알아볼 수 없을 정도로 검게 그을려 있었다. 수염이 잘 나지 않는 체질탓도 있었지만 피부는 나무껍질처럼 거칠었고 이마는 투구에 쓸려 벗겨졌으며 빨갛게 짓무른 콧등과 볼 때문인지 눈동자와 이빨은 유독 새하얗게 도드라져 보였다.

"정월이군. 어떤가? 돌아올 성이 있다는 것이 얼마나 좋은 일인가!"

부하들에게 말을 걸며 걸어가는 도키치로의 얼굴은 신혼 첫날 출전할 때보다도 활기차 보였다.

네네는 남편이 오랫동안 집을 비운 사이 양부인 아사노 마타에몬의 집에서 나와 오동나무밭에 있는 남편의 작은 집으로 이사를 했다.

처음부터 서로 상의해서 정한 일이었다. 데릴사위로 혼례를 올렸지만 도키치로는 아사노 가문의 대를 이을 수 없는 사정이 있었다. 언젠가는 나카무라의 어머니와 가족을 책임져야 할 가장이기 때문이었다. 네네도 장녀지만 밑에 동생인 오야야가 있다 보니 양친의 곁을 떠나 따로 살 수 있었다.

　하지만 오야야는 언니와 함께 있고 싶다며 연말부터 오동나무밭 집으로 와 있었다. 네네가 급작스레 유부녀로 변한 것에 비하면 오야야는 여전히 공을 차고 노래를 부르는 어린 소녀였다.

　꽃 위에 맺힌 이슬처럼 하나가 되어, 후지 산 구름처럼 높을 사랑이여.

　공은 이따금 울타리보다 높이 튀어 올랐고, 새해 첫날에 내린 새하얀 서리가 투명하게 녹아내렸다.

　폭풍이여 꽃으로 불어라, 님이 계신 곳으로 날아가면…….

"오야야."
　울타리 안쪽 부엌에서 네네가 부르자 오야야가 손으로 공을 잡더니 대답했다.
"예, 왜요?"
"대체 넌 몇 살이니?"
"열네 살."
"이웃분들이 시끄러워하실 게다. 거문고를 뜯든가, 글자 연습이나 하거라."
"비웃어도 난 괜찮아요. 언니처럼 시집을 가면 더는 공도 찰 수 없을 테니."

　목면 도키치로, 쌀 고로자五郎左, 우거진 시바타柴田에 자빠진 사구마佐久間.

"오야야!"

"또 왜요?"

"그런 노랠 부르면 안 된다고 했잖니."

"어머."

"저잣거리에서 유행하는 노래 따위가 아닌 공을 차면서 부르는 좋은 노래가 있잖아."

"언닌 정말 제멋대로야. 이 노랜 언니가 마을에서 배워와 나한테 가르쳐줬잖아요."

오야야의 말에 네네는 할 말이 없었는지 입을 다물고 말았다. 오야야는 울타리 틈새에 얼굴을 갖다 대고 부엌에 있는 네네를 놀렸다.

"마나님, 젊은 마님. 목면 도키치로의 젊은 마님, 어째서 그리 잠자코 계시는지요?"

"오야야!"

집 주변은 아사노 가가 있는 집들보다 훨씬 이웃집 소리가 잘 들렸다. 네네는 새빨개진 얼굴로 눈을 흘기면서 집 안으로 들어가버렸다.

"호호호, 언니가 토라졌대요."

오야야가 기뻐하며 공을 위로 던지더니 뻥하고 차올렸다. 공이 하늘 높이 솟아올랐다가 내려오자 다시 차올렸다. 이윽고 오야야는 공을 차며 걷기 시작했다. 그러자 웬 무사가 손을 내밀어 공을 잡더니 서툰 동작으로 공을 찼다. 공은 옆으로 날아가고 말았다.

"어머!"

오야야는 눈을 동그랗게 뜨고 무사의 얼굴을 노려보았다. 그런데 자세히 뜯어보니 무사는 도키치로였다. 어젯밤 성안에서 지내고 아침에 집으로 돌아오는 길이었는데, 아직 전쟁터 모습 그대로라 꼼꼼히 뜯어보지 않으면 알아볼 수 없을 만큼 얼굴이 변해 있었다.

"언니! 형부가 돌아오셨어요."

집으로 달려 들어온 오야야가 절규에 가까운 목소리로 외쳤다.

네네는 도키치로가 온다는 전갈을 미리 받았다. 도키치로는 어제 성에 도착한 뒤 네네에게 '처리해야 할 일들이 있어서 오늘 밤은 성에서 자고 내일 가겠다'며 사람을 보냈던 것이다. 그래서 네네는 아침부터 목이 빠져라 기다리고 있었다.

네네는 평소와 똑같이 아침 화장도 하고 집안일을 하는 듯했지만 오야야가 보기에도 어딘지 몸이 붕 떠 있는 듯한 모습이었다. 그런 언니의 모습에 오야야까지 마음이 들떠서 네네를 놀리거나 공을 들고 밖에 나가보기도 했던 것이었다. 네네는 오야야가 호들갑을 떨며 외치는 소리를 듣고는 곤조에게 남편이 돌아왔다는 사실을 알리고 곤조와 함께 문 앞으로 마중을 나갔다.

오야야를 비롯한 하인과 하녀가 네네의 곁에 섰다. 모두 대여섯 명, 이들이 기노시타 가의 식솔들이었다. 도키치로가 싱글싱글 웃으며 앞서 달려온 오야야보다 한 발 늦게 걸어왔다. 가족도 적었고 작은 집 한 채의 주인이었지만 엄숙했다. 마치 개선하는 일성의 주인과 같은 모습이었다. 모두 네네를 따라 무릎까지 머리를 숙였다.

"돌아왔소."

도키치로의 말에 식솔들이 입을 모아 말했다.

"어서 오십시오."

그새 네네의 눈가는 젖어 있었다. 그녀의 하얀 눈동자가 정월 초이틀의 태양을 받아 빛나고 있었다.

"네네, 집을 비운 동안 고생이 많았소. 진중에서 보낸 편지는 보았소?"

"잘 받았습니다."

"그때는 언제 돌아올지 확실치 않다고 했는데, 이렇듯 정월에 얼굴을 보리라고는 생각하지 못했소. 이거, 집이 정말 깨끗해졌군."

도키치로가 자신의 집과 깨끗하게 빗질이 되어 있는 문 앞을 둘러보며 말했다.

"역시 아내가 있다는 게 이리 좋은 일이군. 흔히 전쟁에서 홀몸인 편이 아무 신경도 쓰지 않고 싸울 수 있다고들 하지만 거짓말이었나 보오. 전쟁 터에서 좋은 아내가 집을 잘 돌보고 있다고 생각하면 안심이 되어 얼마나 마음이 든든한지 모르오."

"그리 말씀하시니 송구합니다."

네네는 미소를 지으며 남편과 함께 집으로 들어갔다.

같은 집이었지만 도키치로 혼자 있을 때와는 완전히 달랐다. 어디를 둘러봐도 아내의 손길이 닿은 흔적이 느껴졌고 먼지 하나 없이 빛이 났다. 무엇보다 편백나무 판자로 새로 만든 감실에 밝혀져 있는 한 촉의 신등과 그 옆방에 있는 불단의 등은 도키치로의 마음속 깊은 곳까지 환하게 밝혀 주었다.

혼자 살 때는 감실이나 불단도 없었고 지금처럼 집 안을 밝혀주는 빛 도 없었다. 네네는 아직 남편의 먼 조상이나 가까운 친척 중에 죽은 사람 이 누구인지 몰랐기 때문에 아미타여래 불상을 모셔놓았는데 도키치로가 그것을 보며 만족한 듯 아무 말 없이 불상에 절을 하자 내심 안도했다.

도키치로는 갑주를 벗고 옷을 갈아입었다. 그러고는 자리에 비스듬히 앉아 발을 쭉 뻗으며 말했다.

"네네, 정월이니 먼저 목욕을 하고 싶군."

"네, 준비해두었습니다."

"뭐요, 목욕물을 벌써 준비해놓았단 말이오? 그럼 면도를 할 칼도 준 비해주시오. 그 뒤 당신이 손수 지은 밥을 먹고 싶소."

도키치로는 목욕을 한 뒤 나카무라에서 어머니가 직접 만들어 보냈다는 떡도 먹고 네네가 정성을 들여 만든 요리와 막걸리도 마셨다.

"아주 잘 먹었소."

곧이어 도키치로는 크게 만족한 얼굴로 잠이 들었다.

새해 둘째 셋째 날은 축하객이 찾아왔고, 또 그에 대해 답례를 하기 위해 인사를 하러 다녔다. 그렇게 눈 깜짝 할 사이에 새해의 한 주가 지나가 버렸다.

여섯째 날 아침이었다. 도키치로는 아침 일찍 출사해서 오십 명의 부하를 이끌고 아쓰다로 향했다. 그날 아침, 아쓰다 마을은 길가에 티끌 하나 없을 정도로 청결했다. 작은 도랑의 물은 바닥이 훤히 들여다보일 정도로 투명했다. 역참 입구에서 아쓰다 궁 부근에 이르기까지 길가에는 오다 가의 사람들이 정렬한 채 누군가를 기다리고 있었다.

드디어 미카와의 오카자키 성에 있는 마쓰타이라 모토야스가 기요스 성을 방문하는 날이었다. 사람들은 그를 마중하기 위해 나와 있었던 것이다. 노부나가의 명을 받고 이곳까지 사람들을 이끌고 마중을 나온 중신은 하야시 사도와 다쓰가와 카즈마사, 스가야 구로우에몬菅谷九郎右衛門이었다. 도키치로도 그중 한 부대에 속했지만 그의 부대는 저 멀리 마을의 처마 끝에 서서 주군의 빈객이 지나갈 길의 말똥을 치우거나 들개를 쫓는 일을 맡고 있었다.

아쓰다 궁의 숲 위로 태양이 높이 떠올랐다. 마쓰타이라 모토야스의 선진인 활 부대가 대오를 이루고 행군해왔다. 그리고 그와 조금 거리를 두고 일군의 기마대가 번쩍이는 말고삐를 가지런히 하고 다가오는 것이 보였다. 그 중간쯤에 스물둘셋으로 보이는 약관의 모토야스가 태연한 모습으로 말을 타고 오고 있었다.

그에 비해 앞뒤에서 모토야스를 둘러싸고 있는 미카와 누대의 노신인 이시가와 카즈마사와 사카이 타다쓰구를 비롯한 가신들은 한순간도 긴장의 끈을 놓지 않으려는 듯 강철과 같이 경직된 얼굴을 하고 있었다.

아무리 화친을 맺고 평화를 강조해도 그들이 밟고 있는 땅은 부친의 대부터 사십 년 가까이 치열한 싸움을 반복해온 적지였다. 그들은 사십 년 만에 처음으로 이렇듯 평화로운 복장을 하고 국경을 넘어온 것이었다. 감개가 무량하면서도 아직 마음 깊은 곳에서는 안심할 수 없다는 긴장감이 요동치고 있었다.

사당 앞에 이르자 모토야스는 말에서 내려 마중을 나온 사람들에게 인사를 했다. 그러고는 다시 말에 올라 앞으로 나아갔다. 미카와 쪽 일행은 모두 백이십 명이었다. 모토야스의 가신들은 기요스 성 아래 마을에 들어오자 마을의 분위기를 느꼈는지 처음으로 표정이 부드러워졌다. 기요스의 백성들은 말 위에 앉은 모토야스를 냉담하게 대하지 않았다. 화친이 성사된 것을 진심으로 기뻐하고 평화의 손님, 봄의 빈객으로 모토야스 일행을 맞이했다.

성안으로 들어가자 노부나가가 직접 본성으로 나와 모토야스에게 빙그레 웃음을 지어 보였다. 모토야스가 말을 신하에게 맡기고 똑같이 미소를 띠며 노부나가 앞에 섰다.

"모토야스입니다."

두 사람 모두 젊었다. 모토야스는 스물하나였고, 노부나가는 스물아홉이었다.

모토야스는 유모의 손에서 벗어나지 못했던 여섯 살 무렵에 이곳 오다가에 볼모로 보내졌던 적이 있었다. 그로부터 십오 년이 지난 오늘은 평화의 손님, 봄의 빈객으로 환대를 받고 있었다. 그동안 겪은 간난신고를 잊지 못하는 미카와 누대의 노신들은 만감이 교차하는 듯 눈시울을 붉히며 두 명의 젊은 성주를 바라보았다.

이윽고 객전에서 연회가 열렸다. 오다 쪽에서는 국빈인 모토야스에게 최대한 예를 취하고 호의를 베풀었다. 노부나가는 주빈인 모토야스와 나란히 앉았다. 어느 쪽이 상좌이고 하좌인가 하는 구분은 두지 않았다. 두 사람이 끊임없이 온화한 미소를 나누는 모습이 멀리 말석에 앉은 군신들의 눈에도 똑똑히 보였다.

그 풍경은 멀리 있는 도키치로도 볼 수 있었다. 그의 자리는 객전의 가장 끄트머리였고 게다가 한 단 낮은 복도 밖이었다. 그래도 술잔이 복도 밖의 말석까지 차례로 돌아왔다. 드디어 술잔이 몇백 명을 지나 도키치로의 손에도 전해졌다.

"이렇듯 기쁘고 경사스런 날이 또 있을까."

"태평성대와 같군."

"몇십 년 만에 이와 같은 평화가 찾아온 것인가. 선대이신 노부히데 님 이래로는 없었던 듯하군."

"그건 미카와 님도 마찬가지일 걸세. 천추만세千秋萬歲, 술 한 잔 더 돌아오면 좋겠구먼."

복도 밖의 사람들은 화기애애한 분위기 속에서 은밀히 주빈에 대해 이런저런 하마평을 나누었다.

어떤 사람은 모토야스가 말이 적고 온화한 인품인 듯하지만 무략은 어떨지 모르겠다고 했다. 또 어떤 사람은 모토야스보다 오늘 함께 온 가신들 중에 뛰어난 무장과 좋은 신하가 있는 듯하다고 했다. 모두들 보는 눈은 각양각색이었다.

도키치로도 사람들이 속삭이는 말을 곁에서 듣고 있었지만 그들의 의견 중 동감할 만한 말은 찾지 못했다. 그는 자신이 본 생각을 가슴속에 담아두었다. 그는 모토야스와 노부나가가 시종일관 대등한 관계를 유지하고 있다고 느꼈다. 모토야스는 자신을 낮추지도 않았고 그렇다고 잘난 체도 하지 않았다.

본래 모토야스는 오다에 대패를 당한 이마가와 요시모토의 볼모였으니 요시모토 휘하의 부하에 지나지 않았다. 국력으로 봐도 미카와의 재정은 오다보다 훨씬 열악한 상태였다. 그런데 오케하자마의 패전 뒤 불과 이 년밖에 지나지 않았는데 전승국인 오다 가가 이 정도로 환대를 하고, 스물아홉 살인 노부나가와 평등한 자리에 앉아 있어도 조금도 주눅 들지 않는 스물한 살의 모토야스는 그리 간단하게 평할 수 있는 인물이 아니었다.

도키치로는 그런 생각을 하며 문득 복도 밖 마룻바닥에 앉아 있는 자신의 나이를 속으로 가늠해보았다.

'나도 한 살 더 먹어 스물일곱이 됐구나.'

스물일곱의 도키치로는 보병 오십 명을 이끌고 있었다. 몸은 건강하고 나카무라 촌에는 무슨 일이든 기뻐해주는 어머니가 있고 집에는 좋은 아내가 있었다. 도키치로는 아무런 불평이나 불만이 없었다. 오히려 지금의 자신을 축복했고 주군의 은혜라 생각했다. 만약 십 년 전, 노부나가가 쇼나이 강 기슭에서 자신을 거둬주지 않았다면 오늘 같은 날 술 한 잔조차 마실 수 없는 사람으로 살았을 것이다. 도키치로는 진심으로 그렇게 생각하며 술잔을 비웠다.

연회가 한창일 무렵 모토야스와 노부나가의 대화 중에 다음과 같은 말이 나왔다.

"만약 마쓰타이라 님이 천하의 장군이 된다면 오다는 그 휘하에 들어가겠습니다. 만약 오다 가가 천하의 장군이 된다면 마쓰타이라 님이 오다의 휘하에 들어와주십시오."

후일 측근들의 입을 통해 두 사람이 이런 약속을 나눴다는 말이 전해지고 있지만 그 진위 여부는 알 수가 없다. 사실 여부를 떠나 그 정도로 두 사람의 대화가 친밀했다는 것은 의심할 여지가 없었다.

한편 맹약을 맺은 바로 다음 날 오다의 군신들을 크게 놀라게 한 일이 벌어졌다. 그것은 모토야스가 이마가와 영지인 가미노고^{上之鄕}의 성을 공격해서 성주인 오도노 나가데루를 죽이고 성을 차지했던 것이다.

스노마타 洲股

그해 3월이었다. 한낮이었지만 꽃들의 향기와 봄 햇살이 닿지 않아 어두컴컴한 회의실 곳곳에 촛불이 밝혀져 있었다. 입구에는 무사들이 날카로운 눈빛으로 경계를 서고 있었다.

"누구라도 의견이 있으면 말해보라."

노부나가의 목소리가 들렸다.

"……."

침묵을 지키고 있는 가신들의 얼굴에 붉은 불빛만 일렁거렸다.

화창한 봄날, 멀리서 새소리가 들렸지만 어슴푸레한 촛불과 무사들의 얼굴은 전의로 불타오르고 있었다.

"아무도 없는가?"

노부나가가 다시 물었다.

"한 가지 있기는 합니다."

"가쓰이에인가?"

"예."

시바타 가쓰이에가 말했다.

"방금 말씀하신 스노마타洲股 축성 계획은 지략智略임은 분명하나 다소 무모하지 않은가 싶습니다."

"지략이라고 칭찬하면서 무모하다고 하니, 어느 쪽인가? 가쓰이에, 기탄없이 말해보게."

"그곳에 아군의 요새를 쌓는 일은 애초에 불가능하기 때문입니다."

"어째서?"

"지세가 험준하니 사람이 자연을 이길 수는 없습니다. 또한 적들도 그저 수수방관하며 보고 있지 않을 것입니다. 분명 무수한 희생자를 내고 결국 성사시키지 못할 것이 불을 보듯 뻔합니다."

"동감입니다."

"시바타 님의 의견이 옳은 듯합니다."

"제 의견도 같습니다."

가쓰이에의 말에 사람들 대부분이 동의하자 노부나가가 신음 소리를 흘리며 입을 다물고 말았다. 마음에 들지 않았던 것이다. 무모하다는 가쓰이에의 주장에 대부분이 동의하는 듯했다. 노신인 하야시 사도는 물론 일족인 오다 카게유職田勘解由와 나고야 이나바노가미, 또 사구마와 니와도 마찬가지였다.

노부나가는 가신들의 중지衆智를 구하면서도 그들의 의견에는 동조하지 않았다. 중지는 상식에서 벗어나지 않았다. 노부나가가 원하는 것은 그런 평범한 상식이 아니라 좀 더 새롭고 고차원적인 지혜를 구했던 것이다. 새로운 지혜도 시간이 지나면 상식이 되어버렸다. 노부나가는 그러한 경험적인 지식을 가지고 상식 있는 사람처럼 행동하는 사람들의 중지에 식상함을 느끼고 있었다.

지금 문제로 삼고 있는 스노마타는 미노의 국경이었다. 미노를 공략하기 위해서는 반드시 그 일대에 오다의 교두보가 될 요새를 만들어야 했다.

눈이 녹고 2월이 되자 노부나가는 다시 미노를 공략하기 위해 군사들을 속속 국경으로 보냈다.

쥬구죠十九條 부근에 군사를 배치하고 가끔씩 적의 빈틈을 노려 불을 지르거나 기습 공격을 해서 작은 전과를 올리고 퇴각하고 있었다. 하지만 그 정도로는 요시다쓰가 죽고 다쓰오키龍興가 어리석다고는 해도 대국인 미노가 꿈쩍하지 않았다. 그러니 안정적인 요새를 확보한 뒤 공격하기 위해서라도 스노마타에 반드시 아군의 성이 필요했다.

하지만 아무리 작은 요새라고 해도 성을 쌓는 일은 그렇게 쉬운 일이 아니었다. 게다가 적국의 목전에 성을 쌓는 일이었고 하루라도 비가 내리면 기소 강과 스노마타 강의 대하가 범람해서 아군 쪽에 홍수가 날 수도 있었다. 적이 그런 틈을 노려 일거에 공격을 가하면 원병을 보낼 시간도 없고, 설사 원군이 제때 도착하더라도 전멸당할 것이 뻔했다.

가쓰이에를 비롯한 가신들은 이러한 상식적인 주장을 펼쳤다. 상식은 만고불변의 진리처럼 언제나 그것을 주장하는 사람의 논리를 한층 공고하게 해주었다. 노부나가는 얼핏 보기에는 가신들의 의견을 듣고 있는 표정이었지만 그들의 논리에 절대로 수긍하고 있지 않았고 오히려 불만으로 여기고 있었다.

하지만 노부나가는 신념은 있지만 그들의 상식을 설파할 논거를 찾지 못한 채 그저 불만스런 얼굴로 침묵할 수밖에 없었다.

"……"

가쓰이에와 하야시 사도 등의 가신들은 자신들의 주장을 탐탁지 않게 여기는 주군의 표정을 보고 그만 입을 다물고 말았다. 그렇게 회의 자리에는 한동안 깊은 늪처럼 무거운 침묵만이 흘렀다.

"도키치로."

갑자기 노부나가의 시선이 멀리 말석에 있는 도키치로에게 닿았다.

"도키치로, 그대의 생각은 어떠한가? 어디 기탄없이 말해보게."

"옛!"

상좌의 중신들이 돌아봤지만 모습이 보이지 않을 정도로 멀리 말석 쪽에 앉은 도키치로가 대답했다.

"말해보라."

노부나가가 거듭 물었다. 노부나가는 자신을 대신해서 의견을 말할 수 있는 사람은 도키치로밖에 없다고 생각했던 것이다.

"시바타 님이나 하야시 님과 같은 중신들의 의견은 지극히 응당한 듯합니다."

도키치로는 그렇게 말하고는 노부나가 쪽으로 조금 몸을 틀면서 머리를 숙였다.

"하지만 우리가 생각할 수 있는 일이라면 적들도 그에 대해 충분히 대비해서 대책을 세울 것이니 그것을 병법이라고 할 수 없을 것입니다. 적이 예측하지 못하는 장소에서 싸우고, 적이 예상하지 못하는 곳에 방비를 해야 할 것입니다. 그런 점에서 스노마타의 축성은 반드시 필요하다고 생각합니다. 물을 두려워하면 강에 성을 쌓을 수 없고, 적을 두려워하면 적지를 공격할 수 없습니다. 모두의 눈에 지난하고 무모해 보이는 일이기 때문에 오히려 지난하고 무모하지 않을 수 있고 지智와 성誠으로써 밀고나가는 데 승산이 있다고 생각합니다."

"흐음!"

노부나가는 몇 번이나 고개를 끄덕였다. 그러고는 여전히 침묵을 지키고 있는 가신들을 둘러보았다. 그러더니 이번에는 의견을 묻는 것이 아닌 엄명을 내리듯 말했다.

"미노에 들어가지 않고는 스노마타에 보루를 쌓고 교두보를 확보할 다른 병법은 없다. 누구든 이 노부나가를 위해 신명을 바칠 각오로 스노마타에 일성을 구축할 자는 없는가? 그것을 성공한 자는 미노 공략에 있어 최고의 무공을 세운 것으로 간주하겠다."

"……."

도키치로는 몸을 틀어 다시 본래의 자리로 들어가서 자신과는 관계가 없는 일이라는 표정으로 정면을 바라보았다.

'누군가, 곧……'

도키치로가 짐작한 대로 이윽고 시바타 가쓰이에가 노부나가의 엄명에 대해 입을 열었다.

"그렇게까지 주군의 결의가 굳으시다면 신하 된 자로서 더 이상 무슨 말씀을 올릴 수 있겠습니까. 군명은 태산보다 무거울진대, 저희 중신들은 오로지 신중을 기하시기를 바라는 마음에서 간한 것뿐이옵니다."

가쓰이에는 일부러 도키치로의 이름을 입에 담지 않았다. 그의 입장에서 본다면 도키치로가 논쟁의 상대가 되는 것 자체가 불쾌하기도 했고, 또 논쟁을 하면 도키치로를 인정하는 모양새가 되기 때문이었다.

가쓰이에는 노부나가가 도키치로에게 군명을 내리기라도 할까 봐 급히 사구마 노부모리를 적임자로 추천했다. 노부나가도 가쓰이에의 의견을 받아들여 즉석에서 군사 삼천 명과 인부 오천 명과 막대한 군비를 내려 노부모리를 스노마타로 보냈다.

5월 우기에 접어들자 비노尾濃의 땅은 날마다 여름장마에 잠겼다.

"스노마타로 간 아군은 어떻게 됐을까?"

"축성은 조금이라도 진척이 됐을까?"

기요스 사람들은 구름으로 뒤덮인 흐린 하늘을 바라보며 걱정했다. 사구마 노부모리가 오천 인부와 삼천 군사를 이끌고 스노마타로 떠난 것이 3월 초순 무렵이었으니 벌써 두 달이 지났다.

"불초소신, 대임을 맡고 축성에 임하는 이상, 늦어도 여름까지는 완수하고 돌아오겠습니다."

노부모리는 이렇게 다짐을 두고 떠났지만 그 뒤로 아무 소식이 없었다.

그 무렵 오와리의 영지 내에 있는 쇼나이 강과 각지의 하천이 범람해 막대한 수해가 발생했다. 스노마타 축성의 목재와 돌, 막사가 모두 하룻밤 사이에 홍수에 떠내려가고 말았다는 소식이 성에 전해졌다. 그리고 그날 밤부터 다음 날에 걸쳐 비참한 몰골을 한 사람들이 국경에서 퇴각해 기요스로 돌아왔다. 사구마 노부모리 휘하의 병사와 인부 들이었다.

그들은 홍수 때문에 도망쳐온 것이 아니었다. 그날 미노의 군사들은 우기를 기다렸다는 듯 스노마타 일대가 탁류에 잠기자 뗏목을 타고 강을 건너와 산야에 매복하고 있던 병사들과 연합했다. 그들이 일제히 사구마 노부모리의 진영을 공격하자 오와리 군사들은 대패를 당하고 말았다. 그리고 축성 중이던 스노마타 진지와 몇백 명의 전사자를 버리고 겨우 목숨만 건져서 기요스로 도망쳐온 것이었다. 또 홍수에 빠져 죽거나 적에게 죽임을 당한 병사가 모두 구백여 명이었고, 인부 오천 중 절반만이 기요스로 돌아왔다.

"자연의 힘은 이길 수 없다."

노부모리는 가까운 친족에게 그렇게 탄식했다. 그리고 노부나가에게 보고를 한 뒤 처분을 기다리는 심정으로 근신했다. 하지만 노부나가는 불가항력이었다고 여기고 노부모리의 대패를 문책하지 않았다.

노부나가는 그날 바로 시바타 가쓰이에를 총사령관으로 삼아 다시 스노마타로 군사를 보냈지만 가쓰이에도 얼마 뒤 미노의 기습과 비에 곤혹을 치르다 아무런 공도 없이 돌아오고 말았다.

"무리다. 애초에 무모한 계획이었다. 미노의 사이토에게 인물이 없다면 모르지만 누가 지휘를 한다고 해도 적국의 코앞에서 지리적 어려움을 극복하고 성을 쌓는다는 것은 불가능하다."

가쓰이에가 말하지 않아도 살아서 돌아온 사람들은 한결같이 축성의 지난함과 연일의 고전을 호소하며 무모함을 비난했다.

"카게유, 그대가 대신 가라."

노부나가의 사촌인 오다 카게유자에몬에게 세 번째 군명이 내려졌다. 이제는 일족 외에 적당한 인물이 없었다. 하지만 카게유자에몬은 임지에 도착해서 목재와 돌을 옮기기도 전에 나루미 부근의 격전에서 부하 절반과 함께 전사하고 말았다.

사구마, 시바타, 오다 카게유가 차례로 축성에 실패하고 적에게 참패를 당해 무수한 사상자를 내자 그 책임을 노부나가에 돌리며 그의 어리석음을 한탄하는 목소리가 높아졌다.

"오케하자마의 요행이 나라에 해를 끼쳤다. 승리한 뒤 삼가지 않고 기고만장해진 것이다."

가신들 중에는 이렇게 노골적으로 손가락질하는 사람도 있었다.

전사자들의 장례식을 비롯한 뒷수습이 일단락되자 가을바람이 불기 시작했다. 노부나가는 여론에 귀를 닫은 듯 침묵을 지키며 여름을 보냈었다. 시바타와 사구마 등은 자신들의 말이 옳다는 것을 이제야 알았냐는 듯 의기양양한 얼굴로 성안을 느릿느릿 걸어 다녔다. 그때 무사 한 명이 대기소를 일일이 들여다보며 도키치로를 찾고 있었다.

"기노시타는 어디에 있는가?"

"여기에 있습니다."

도키치로가 어디선가 나오더니 무슨 일인지 물었다.

"어서 빨리."

무사는 재촉을 하며 앞서 사라졌다.

'드디어.'

도키치로는 마음속으로 그렇게 생각하고 잠시 방에 들어가 칼집에 꽂

아둔 비녀로 머리를 빗은 뒤 밖으로 나왔다.

그는 스노마타 문제라는 것을 직감하고 있었다. 그 임무가 언젠가 자신에게 돌아올 것이라고 믿어 의심치 않았던 것이다. 그의 예상대로 노부나가는 그를 보자 즉시 명령을 내렸다.

"도키치로, 이번에는 그대에게 명하겠다. 내일 중으로 스노마타로 출발하라."

"예?"

도키치로의 반응을 물끄러미 바라보던 노부나가가 다시 물었다.

"어떤가?"

"제게는 과분한 대임이오나 신명을 다하겠습니다."

"묘책이 있는가?"

"아닙니다."

"없는가?"

"묘책은 없습니다만 다소 승산은 있습니다."

"그 승산이란 무엇인가?"

"축성에 실패한 원인은 치수治水와 지리地理의 불리함 때문일 것입니다."

"모두 그리 말하고 있다."

"자연의 힘은 저도 이길 수가 없습니다. 얼핏 듣기로 앞의 세 장군께서는 치수의 어려움을 알면서도 공사를 할 때 인력으로 자연의 힘을 이기려고 하셨습니다. 잘못은 그런 마음가짐이 아닌가 싶습니다. 저는 범인이기 때문에 물의 마음 그대로, 물이 흐르는 대로 물을 이끌어 치수의 효험을 얻고자 합니다."

"물의 마음이란?"

"본래 빗물이나 대하의 격류와 같은 물에도 마음이란 것이 있습니다.

미력한 사람의 지혜와 힘으로 그 본연의 마음을 억지로 막거나 돌리려고 하면 그것이 설사 하룻밤 폭풍우라 해도 반드시 성난 홍수로 변해 공사의 목재와 돌은 물론이고 무수한 인명을 집어삼킬 것입니다.”

“도키치로.”

“예.”

“그대는 내게 정도正道를 설교하는 것인가?”

“아닙니다. 스노마타의 축성에 관한 말입니다.”

“어려움은 수해를 방지하는 것뿐이 아니다. 그대는 축성 중에도 끊임없이 공격해올 미노의 군사를 물리칠 확실한 계책이 있는가?”

“제가 그에 대해서는 그다지 중요하게 생각하지 않으니 주군께서도 그리 마음을 쓰지 않으셔도 무방할 줄 압니다.”

“중요하지 않다고?”

“그렇습니다.”

도키치로가 웃음을 짓더니 노부나가의 진지한 얼굴을 올려다보며 말했다.

“사구마 님, 시바타 님, 카게유 님과 같은 이름 있는 분들이 모두 차례로 참패를 당하고 물러난 지금, 적들은 승리에 도취되어 자만하고 방심하고 있을 것입니다. 이러한 때에 오다 가의 말단인 제가 네 번째 수장으로 가면 필시 적들은 비웃을 것입니다.”

“흐음.”

“봐라, 오다의 가신 중에서 저와 같은 미천한 자가 왔으니 이번에는 어디 어떤 성을 쌓을지 지켜본 뒤 성을 완성하면 일거에 무너뜨리자고 생각할 것입니다.”

“만약 자네의 생각대로 되지 않았을 때는 어찌하겠는가?”

“임기응변입니다.”

"그건 그렇군."

"하지만 아마도 제 예상이 틀리지 않을 것입니다. 적에게 책사가 있다면, 저희에게 성을 쌓게 하고 그것을 공격해서 빼앗은 뒤에 저희가 미노 공략의 발판으로 삼으려던 성을 자신들이 오와리를 공략하는 발판으로 삼고자 하는 책사가 사이토 가에도 있을 것입니다."

"그렇군. 그러면 다시 묻겠네. 그대는 그 정도 계책을 지니고 있으면서 어찌 처음부터 그것을 말하고 자진해서 대임을 맡지 않았는가?"

"저도 맨 처음 스노마타로 갔다면 시바타 님이나 사구마 님과 마찬가지로 대패를 당했을 것입니다. 책략에 있어 저는 그분들에게 미치지 못합니다. 게다가."

도키치로가 숨을 한 번 내쉬자 노부나가는 가슴을 비스듬히 펴며 감탄한 듯한 표정을 지었다. 도키치로가 자신을 대단하게 보이려고 하거나 득의양양한 모습을 보이려고 하지 않았기 때문이다. 노부나가는 그런 도키치로의 모습에서 가늠하기 어려운 무언가를 느낀 듯했다.

'방심할 수 없는 자다.'

노부나가가 속으로 그런 생각을 하는 동안 도키치로는 아무런 허식이나 꾸밈도 없이 다시 말을 이었다.

"그래서 저는 일부러 처음부터 삼가고 있었던 것입니다. 아니, 좀 더 솔직하게 말씀드리면 저와 같은 말단이 시바타, 사구마 님 등을 제쳐두고 가장 먼저 스노마타 축성의 대임을 맡으면 다른 가신들이 가만히 있지 않았을 것입니다. 모두들 주군께서 저를 두둔한다고 생각했을 것입니다. 하지만 지금과 같은 상황이라면 그 누구도 시샘하거나 비방하는 일이 없을 것입니다. 오히려 '원숭이가 회의 자리에서 함부로 입을 놀린 탓에 스노마타에 가게 되었구나' 하고 말할 것입니다. 하여 적과 아군의 입장에서 보더라도 오늘 제가 군명을 받는 것은 극히 자연스러운 때가 아닌가 싶습니다."

"······."

눈을 감은 채 듣고 있던 노부나가는 정사와 병법에 능한 군사軍師가 자신을 위해 스노마타를 예로 들어 강의를 하고 있는 것처럼 여겨졌다. 하지만 눈을 뜨자 그의 앞에는 다른 사람보다 체구가 왜소하고 고작 보병 오십 명을 이끄는 한 명의 평범한 무사가 머리를 조아리고 있었다.

"좋다. 가라."

노부나가는 시종을 통해 옆에 있는 상자를 도키치로에게 내렸다. 지휘를 하는 채를 내린 것이었다. 노부나가는 처음으로 도키치로를 한 장수로 임명한 것이었다.

"네네, 돌아왔소."

때 이른 남편의 귀가에 네네가 놀라 물었다.

"평소보다 시간이 이르지 않으신지요?"

"금방 다시 성으로 들어가야 하오. 잠시 이별을 고하러 온 것이오."

도키치로가 집 안으로 들어가 자리에 앉으며 말했다. 늘 무사의 아내는 언제 찾아올지 모를 '이별'을 예감하면서 마음의 준비를 해야 했다. 네네의 눈썹이 가늘게 떨렸다.

"이별이라 하시면?"

"내일 스노마타로 떠나야 하오."

"예? 스노마타로요?"

검은 먹물처럼 절망에 가까운 무언가가 네네의 가슴에 번졌다.

"너무 걱정하지 마시오. 오히려 당신을 기쁘게 해주려 잠시 집에 들른 것이오. 오래 걸리지 않을 게요."

도키치로는 오른손 손바닥을 네네에게 내밀어 보였다.

"이 손으로 일성을 세울 것이오. 나도 드디어 일성의 주인이 될 수 있소. 비록 작은 성이지만 성은 성이 아니겠소."

"……."

네네의 의아해하는 얼굴을 보고는 도키치로가 웃으며 말했다.

"그럴 만도 하오. 아직 세상에 없는 성이니 말이오. 이제 내가 가서 내 손으로 성을 쌓을 것이오. 하하하."

도키치로는 따뜻한 차 한 잔을 마시고 바로 일어섰다.

"내가 없는 동안 집을 잘 부탁하오. 나카무라의 어머님께 자주 안부를 전하는 것도 잊지 말고 장인, 장모님께도 모쪼록 인사를 잘 전해주시오. 그리고."

도키치로는 다른 사람이 있나 주위를 둘러보더니 함께 일어선 네네의 얼굴을 양손으로 감싸며 말했다.

"당신도 감기 조심하고."

"……."

지금까지 약한 눈물을 보인 적이 없던 네네는 도키치로가 두 손으로 자신의 얼굴을 감싸자 눈물을 흘렸다. 네네는 도키치로가 이토록 밝은 모습을 보이는 것은 아내를 불안해하지 않게 하기 위한 배려라는 것을 잘 알고 있었다. 그만큼 스노마타로 출정해서 살아 돌아온 사람은 드물었던 것이다.

도키치로는 한동안 네네의 두 뺨을 감싼 채 물끄러미 바라보았다. 네네의 눈물을 처음 보았던 것이다. 도키치로는 갑자기 네네의 얼굴을 자신의 가슴 깊이 끌어당겼다.

"바보같이."

도키치로는 그렇게 말하면서 매정하게 네네를 자신의 품에서 떨어뜨렸다.

"머지않아 일성의 안주인이 될 사람이 왜 우는 것이오. 하하하."

도키치로가 큰 걸음으로 젖은 툇마루로 나가더니 외쳤다.

"곤조, 있느냐?"

"예, 무슨 일이십니까?"

곤조가 달려와서 도키치로의 앞에 무릎을 꿇었다.

"이 서찰을 가지고 급히 심부름을 다녀오너라.

품속에 있던 서찰은 이미 성에서 써서 가지고 온 듯했다.

"어디로 전할까요?"

"수신은 밀봉한 서찰 속에 적어두었으니 가이도海東 군의 하치스카 촌에 전하면 된다."

"하치스카 촌 말입니까?"

"고로쿠 님의 저택을 아느냐? 토호인 고로쿠 님 말이다."

"아, 노부시……."

"혹시라도 그와 같은 무례한 말을 해서는 안 된다. 내가 성에서 타고 온 말이 문 앞에 있으니 그것을 타고 바로 다녀오너라."

"예, 알겠습니다."

"집에는 없을 테니 답신은 성으로 가져오너라."

그날 밤 도키치로는 무장을 하고 성안에서 대기하고 있었다.

도키치로에게 군명으로 대임이 내려졌다는 사실이 알려지자 가신들은 이를 둘러싸고 의견이 분분했다. 당연히 옳지 않다고 말하는 사람이 많았다. 하지만 이미 마음을 굳힌 도키치로는 그러한 비난과 반목과 멸시에는 일절 귀를 기울이지 않고 성안의 무사 대기소에서 밤새도록 출병하는 병력의 대오와 군수품 등을 점검했다. 노부나가도 그날 밤에는 잠을 이루지 못하는 듯 침소에서 끊임없이 도키치로에게 전언이나 지시를 내렸다. 그러던 중 부하 한 명이 와서 고했다.

"방금 곤조라고 하는 자가 찾아왔습니다."

어느덧 사경 무렵이었다. 도키치로는 곤조를 보자마자 기다렸다는 듯 말했다.

"곤조, 빨리 왔군. 고로쿠 님은 있던가? 내 서찰은 전했는가?"

"예, 여기 답신을 가지고 왔습니다."

"수고했네. 그만 돌아가게."

"예. 그럼 바로 출발하시는 것인지요?"

"이대로 있다 내일 출발할 것이네. 내가 집을 비우는 동안 네네를 잘 부탁하네."

곤조가 돌아가고 얼마 뒤 다시 노부나가의 근신이 달려와 노부나가가 찾는다는 말을 전했다. 도키치로는 서둘러 본성으로 달려갔다. 노부나가는 밖에 장막을 치고 그곳을 참모 본부로 삼아 이따금 옆에 있는 다실에서 휴식을 취하며 밤을 새우고 있었다.

"도키치로입니다."

장막 안에는 니와, 시바타, 사구마 등의 중신들이 모두 모여 있었다. 흘 낏 차가운 시선이 일제히 새로 발탁된 장수인 도키치로에게 쏠렸다.

"도키치로, 뭔가?"

"주군의 명을 받고 왔습니다만."

"주군은 조금 피곤하신지 지금 다실에서 쉬고 계시네."

"그렇습니까? 그럼 이만."

도키치로는 물러나 나무숲 사이에 있는 다실을 살폈다. 노부나가는 시 녀들이 만든 차를 마시고 있었는데, 도키치로의 목소리가 들리자 바로 일어나 다실 끝으로 다가와 앉았다.

"도키치로인가? 내가 내린 삼천 군사 중 불과 오분의 일인 삼백 명만 있으면 된다고 자네가 중신들에게 말했다고 하는데 대체 무슨 연유인가?

시바타와 사구마와 같은 노신들조차 군사 삼천과 인부 오천을 이끌고서도 대패를 당했네. 아무리 그대에게 묘책이 있다고 해도 삼백의 소수로 임무를 완수할 다른 방책이 있을 리가 없지 않은가."

"절대로 그렇지 않습니다."

"방책이 있다는 것인가?"

"연래의 전화와 패전이 계속되어 이대로라면 설사 싸움에서 이긴다고 해도 나라의 재정과 내정이 어려울 것입니다."

"지금과 같은 시기에 어찌 그런 것을 따지겠는가."

"아닙니다. 재정뿐 아니라 지금까지 스노마타에서 많은 인명을 잃었습니다. 더 이상 소중한 군사를 잃는 것은 현명하지 않을 것입니다. 하여 제가 지휘하는 이상, 적의 식량을 먹고 적지의 자재를 가지고 성을 쌓을 것이며, 오와리의 군사 이외의 인력을 이용해서 스노마타 성을 완성할 것입니다."

아군의 병력을 소비하지 않고, 또 영내의 자재도 소모하지 않고 목적을 완성해 보이겠다는 도키치로의 말에 노부나가는 의심스러운 표정을 지었다. 그런 노부나가의 표정을 헤아린 도키치로가 먼저 안심하라는 말을 한 뒤 심중의 비책을 밝히기 위해 주위 사람을 물려주기를 청했다.

"저기 나무들 사이로 멀리 물러가 망을 보고 있거라."

노부나가가 시종들에게 말하자 이윽고 두 사람만 남게 되었다.

"도키치로, 적지의 자재를 이용해서 적지에 성을 짓겠다는 뜻은 알겠지만 아군의 병사를 이용하지 않고 싸우겠다는 말은 도무지 이해가 가지 않는군. 그러한 묘책이 있다면 내 무릎을 꿇어서라도 자네에게 가르침을 구하고 싶네."

"당치도 않은 말씀이십니다."

도키치로는 머리를 한층 낮게 숙이며 말했다.

"실은 소년 무렵 먹고살기 위해 미노와 오우미, 이세, 그리고 오와리 근방 등 여러 나라를 떠돌아다니던 중 가이도 군에 사는 토호인 노부시들과 각별히 지내게 됐습니다. 알고 계실지 모르겠습니다만, 하치스카 촌의 고로쿠라고 하는 자의 저택에서 얼마 동안 일을 했던 인연도 있습니다."

"흐음, 그래서?"

"그들은 때를 얻지 못한 초야의 세력입니다. 비록 무용은 있지만 그들을 부릴 사람이 없습니다. 또 영주와 같은 자가 있어서 자신들을 이끌어줄 지도자를 만날 수도 없기 때문에 애석하게도 하늘의 구름만 허무하게 바라보며 신세를 한탄할 뿐입니다."

"……."

"그래서 때때로 폭력을 휘두르고 세상을 어지럽히며 도당을 이루어 군도로 변해서 양민들을 약탈하기 때문에 노부시라는 이름으로 불리고 있습니다. 하지만 그들의 본질은 호방하고 의협심이 강합니다. 세상의 정도에서 벗어난 용맹한 무골인 만큼 그들을 잘 이끌기만 하면 난세를 평정하는 데 큰 도움이 될 것입니다."

"흐음……."

"그러한 노부시는 영지 내에만 삼사천은 족히 있을 것입니다. 오바타小幡, 미쿠리아御厨, 시나오科野, 시노키篠木, 가시와이柏井, 하타가와秦川 등지에 산재해 있으며 모두 우두머리가 있고 무기와 마구도 비축해놓고 있기 때문에 자칫하면 세상을 어지럽힐 가능성도 있습니다."

"……."

"저는 일찍부터 그들을 쓰지 않는 것은 국력의 낭비라고 생각했습니다. 다만 그러한 기회가 없었던 것인데 이번에야말로 주군을 위해, 더 나아가 천하의 양민을 위해 그들을 활용하고 소중한 병사들은 후일을 위해 보존해야 합니다. 부디 이러한 저의 비책을 거두어주시길 바랍니다."

"좋네. 알았네."

노부나가는 그렇게 말하고는 그저 고개만 끄떡였다.

새벽녘 도키치로는 짐을 운반하는 부대를 포함해도 약 육백에 미치지 않는 군사를 이끌고 서쪽 국경을 향해 출발했다. 그때 그가 다시 살아 돌아오리라고 믿는 사람은 아무도 없었다.

재회

"뭐지?"

길가의 사람들은 도키치로가 이끄는 군사를 설마 스노마타로 출병하는 군사라고는 생각하지 못하고 한가로이 쳐다보고 있었다. '목면 도키치로, 쌀 고로자, 우거진 시바타柴田에 자빠진 사구마佐久間'라는 노래에 나오는 그 목면 도키치로가 대장이 되어 선두에서 말을 타고 가고 있었다. 군사가 얼마 되지 않다 보니 위풍당당해 보이지도 않았으며, 사기도 그리 높지 않아 보였다.

그전에 시바타와 사구마가 많은 군사를 거느리고 위풍당당하게 스노마타로 갈 때와 비교한다면 영내를 순시하거나 전선에 있는 일부 부대와 교대를 하러 가는 것으로밖에 보이지 않았다.

기요스에서 일이 리 떨어져 있는 이노구치井之口를 지나 정원사正願寺 부근까지 왔을 무렵, 뒤에서 한 기마 무사가 쫓아왔다.

"잠깐 기다리시오."

"마에다 님이다."

부대의 후방에 있는 인부 우두머리가 옆에 있는 병사를 시켜 도키치로에게 전했다. 기요스를 출발해서 얼마 지나지 않았는데 앞쪽에서부터 휴식하라는 명령이 전달되자 각 대오의 부장들은 영문을 몰라 했다. 승산이 없는 출정이다 보니 불안감에 휩싸인 병사들의 얼굴에서는 전혀 전의를 느낄 수 없었다.

"휴식이다."

"벌써?"

"쓸데없는 말은 하지 말고 쉬라면 쉬는 게지."

말을 맡기고 대오 사이를 급히 지나가는 이누치요의 귀에 병사들의 목소리가 들렸다.

"이거, 이누치요 님 아니시오."

도키치로는 이누치요를 보자마자 말에서 훌쩍 뛰어내려 다가갔다.

"이누大 산 방면의 정세는 어떠하오?"

도키치로가 묻자 이누치요는 뭔가 급한 다른 볼일이라도 있는 듯 짧게 말했다.

"아직 진정되지 않았네. 잠시 퇴각하라는 명을 받고 허무하게 군사를 물려 돌아왔네."

얼마 전부터 이누 산 방면에도 오다 가의 내환이 생겼다. 이누 산의 성주인 시모쓰게노가미 노부기요下野守信淸는 오다 일족이었는데 노부나가에게 반감을 가지고 있었다. 그는 하구리葉栗 군의 와다和田나 니와丹羽 군의 나가시마 분고中島豊後와 같이 기요스에서 등용하지 않는 불만 세력과 손을 잡고 모반을 일으키기 위해 은밀히 미노의 사이토 가와 내통을 하고 있었던 것이다.

노부나가는 그들이 일족인 만큼 어떻게 처리해야 할지 고심할 수밖에 없었다. 그는 고심 끝에 그들을 치기로 결심하고 이와무로 나가토를 보냈지만 전사하고 말았다. 미노의 사이토가 전적으로 지원을 하고 있었던 탓에 동족 간에 피만 흘릴 뿐 아무런 성과도 올리지 못하고 있는 상태였다.

"잠시 군사를 물리라고 하셨단 말인가. 현명한 판단이시군."

도키치로가 기요스 쪽 하늘을 바라보며 중얼거리자 이누치요가 급히 말을 꺼냈다.

"그보다 자네의 싸움이야말로 오다 가의 흥망이 걸린 갈림목이네. 나는 자네를 믿고 있지만 가신들의 불평과 영민들의 불안이 이만저만하지 않네. 걱정이 되어 이렇듯 작별 인사를 하러 온 것이네. 기노시타, 장수가 되어 일군을 지휘하는 것은 그 책임에 있어서도 지금까지와는 전혀 다를 텐데 괜찮겠는가?"

"걱정하지 말게."

도키치로는 자신의 의지를 명확하게 보이고는 이어 말했다.

"묘책이 있네."

묘책이 있다는 도키치로의 말에 이누치요가 더 걱정이 된다는 듯 눈썹을 찡그리며 말했다.

"자네, 군명을 받자마자 곤조를 하치스카 촌으로 보냈다고 하던데?"

"들었는가?"

"실은 네네 님께."

"여인의 입이란 참으로 무섭군."

"아니네. 출진을 축하하러 잠깐 들렀는데, 마침 새벽에 아쓰다 신궁에 자네의 무운을 빌러 갔다 온 곤조와 이야기를 나누던 끝에 나온 얘기네."

"그렇다면 내가 말하지 않아도 자네가 짐작하고 있을 것이네."

"그렇네. 하나 괜찮겠는가? 자네가 믿고 있는 상대는 상궤를 벗어난 노부시 무리라네. 자칫 손을 잡았다가 다칠 수도 있지 않겠나?"

"그럴 염려는 없네."

"어떤 연유이고 무슨 조건을 내세웠는지는 모르겠지만 하치스카 촌의 노부시 두목이 자네가 보낸 서찰을 보고 승낙을 했는가?"

"그건 말할 수 없네."

"기밀인가?"

"이것을 보게."

도키치로는 아무 말 없이 갑주에서 한 통의 편지를 꺼내 이누치요에게 건넸다. 어젯밤 곤조가 가지고 온 하치스카 고로쿠의 답신이었다. 이누치요는 그것을 잠자코 읽은 뒤 되돌려주었다. 그러고는 놀란 눈빛으로 도키치로의 얼굴을 바라보면서 한동안 아무 말도 하지 않았다.

"이제 알겠나?"

"기노시타."

"왜 하지만?"

"이건 거절하는 답신이 아닌가? 하치스카 일족은 선대 이래로 사이토가와 떼려야 뗄 수 없는 오랜 인연으로 묶여 있는 사이라 의義 때문이라도 오다 쪽에 가담할 수 없다고 명백하게 거절한 것을 자네도 읽지 않았나?"

"쓰여 있는 그대로이네."

"……?"

도키치로가 머리를 숙이며 말했다.

"나를 걱정해서 여기까지 온 자네의 마음을 모르는 것은 아니네만, 내게 생각이 있으니 아무 걱정 말고 자네는 맡은 바 일에 전념해주면 좋겠네."

"그렇게까지 말하는 걸 보니 자신이 있는 모양이군. 그렇다면 무사히 잘 다녀오게."

"고맙네."

도키치로는 옆에 있는 무사에게 이누치요의 말을 끌고 오라고 명했다.

"아니네. 자네가 먼저 가게."

"그럼 먼저 가겠네."

도키치로가 말에 올랐을 때, 무사가 이누치요의 말을 끌고 왔다.

"그럼."

도키치로는 말 위에서 인사를 하고 바로 출발했다. 그의 깃발에는 아직 아무런 문장도 없었다. 병마들 사이에서 펄럭이는 문장도 없는 붉은 깃발이 이누치요의 눈에서 멀어졌다.

도키치로는 반 정^丁도 가지 않아서 이누치요의 모습을 돌아보았다. 초가을의 밝은 태양에 웃고 있는 도키치로의 하얀 이가 보였다. 고추잠자리 떼가 청명한 하늘을 날아다니고 있었다. 이누치요는 아무 말 없이 홀로 말을 타고 기요스 성으로 돌아갔다.

땅에 깔려 있는 이끼의 깊이에 놀랄 정도였다. 출입이 허용되지 않는 금단의 사원에 있는 정원처럼 이곳 토호 저택의 넓은 정원 일대에는 몇백 년인지 모를 푸른 이끼가 깔려 있었다. 정원석 뒤편은 대나무밭이었고 샘에는 부용꽃이 피어 있었다. 그야말로 한적한 가을 오후였다.

"참으로 긴 세월이었다."

고로쿠는 정원에 서면 늘 그렇게 생각했다. 오에이^{應永}, 다이에이^{大永} 시절의 먼 선조부터 지금에 이르기까지의 전통을 생각했다.

"내 대에서도 제대로 가명을 세우지 못하고 끝이 나는 것인가. 하나 지금과 같은 시절에 이 정도로 잃은 것 없이 보존한 것만으로도 선조들은 기특하다고 여기실지 모른다."

그렇게 위로하는 가슴 한편에는 늘 무엇으로도 위로받을 수 없는 서글픔과 탄식이 깃들어 있었다.

이렇듯 더없이 고적한 날, 울창한 숲으로 둘러싸인 성곽과 같은 오래된 저택을 바라보면 그곳의 주인이 가이도 군의 들판에 묻힌 채 이천여 노부시를 거느린 우두머리라고는 도저히 생각되지 않았다. 게다가 영주의 힘으로는 제거할 수 없는 기반과 세력을 지닌 채 난세에 비노濃尾를 넘나들며 암약하고 있다고도 보이지 않았다.

"가메이치."

정원을 거닐던 고로쿠가 문득 안채 쪽 방을 향해 아들을 불렀다.

"가메이치, 준비를 하고 나오너라."

"예!"

올해 스무 살이 된 고로쿠의 장남 가메이치는 실내에서 연습용 창 두 자루를 들고 정원으로 내려왔다.

"뭘 하고 있었느냐?"

"책을 읽고 있었습니다."

"서책만 읽느라 무도는 소홀히 하고 있는 건 아니더냐?"

"……"

가메이치는 눈을 내리깔았다.

무골인 고로쿠와는 달리 그는 온화하고 지적이었다. 하지만 고로쿠는 자신의 뒤를 이을 아들이 이렇듯 평범하고 착한 것이 오히려 걱정이었다. 휘하에 있는 이천여 노부시들은 모두가 무학이고 반골이었으며 사납고 용맹한 야인이었다. 그런 그들을 통제하지 못하면 하치스카 일족을 유지할 수가 없었다. 맹수들 사이에서는 약육강식의 법칙이 자연스러운 이치였다.

그래서 고로쿠는 자신과 다른 가메이치를 볼 때마다 유순하고 학문을 좋아하는 천성을 걱정했다. 그래서 틈만 있으면 정원으로 불러내 무예를 통해 사나운 기질과 용맹한 피를 길러주었다.

"창을 들어라."

"예."

"여느 때처럼 자세를 취하고 나를 아비라 생각하지 말고 공격하거라."

고로쿠는 냉정한 눈빛으로 창을 겨눴다.

"간다!"

무시무시한 아버지의 고함 소리에 가메이치는 나약한 눈빛으로 물러섰다. 그 순간 고로쿠의 창이 인정사정없이 그의 어깨를 찔렀다. 가메이치는 앗, 하고 비명을 지르며 창을 내던지고 엉덩방아를 찧으며 까무러치고 말았다.

"어머, 너무하십니다."

방 안에 있는 가메이치의 모친인 마쓰나미松波가 정원으로 달려 내려와서 가메이치를 품에 안으며 소리쳤다.

"가메이치, 어디 다친 데는 없느냐? 가메이치!"

남편의 무자비한 행동을 원망하듯 그녀가 하인들에게 물과 약을 가져오라며 요란을 떨자 고로쿠가 그녀를 꾸짖었다.

"대체 무슨 짓이오. 당신이 그리 대하니 가메이치가 더 나약해지는 것이오. 멈춰라, 저리 물러가 있거라!"

물과 약을 가져온 하인들은 고로쿠의 험악한 표정을 보고는 멀리서 지켜만 보고 있었다.

아내인 마쓰나미는 눈물을 닦으며 품에 안고 있는 가메이치의 입술에서 흐르는 피를 종이로 눌러 닦았다. 고로쿠의 창에 나가떨어진 충격으로 입술을 깨물었든지 아니면 돌에 부딪힌 듯했다.

"어디 다른 데 다친 곳은 없느냐?"

남편이 무슨 말을 해도 그 앞에서 말대답을 하지 않는 것이 당시의 가풍이었다. 그녀는 그저 눈물만 흘렸다. 가메이치가 간신히 정신을 차리고 말했다.

"괜찮습니다. 다친 곳은 없으니 어머니는 물러나 계십시오."

가메이치가 이를 앙 물고 아픔을 참으며 창을 들고 다시 일어섰다. 그런 아들의 기특한 행동이 마음에 들었는지 고로쿠가 빙긋 웃음을 지어 보이며 격려하듯 외쳤다.

"좋다! 그런 투지로 덤벼라."

그때 하인이 황망히 중문을 돌아와서 고로쿠에게 말을 전했다.

"방금 오다 노부나가의 사자라고 칭하는 자가 대문 앞에 말을 매어두고 은밀히 뵙고 싶어 합니다."

그러더니 하인은 덧붙여 말했다.

"어딘지 이상해 보이는 사내입니다. 홀로 뚜벅뚜벅 문 안으로 들어와서는 이쪽저쪽을 무례하게 둘러보더니 '아, 여전하구나' '여전히 산비둘기가 울고 있군' '감나무가 많이 컸구나' 하며 혼자 중얼거리는데 아무래도 오다 가의 사자로는 보이지 않습니다."

고로쿠가 고개를 갸웃하다 하인에게 물었다.

"이름이 뭐라 하더냐?"

"기노시타 도키치로라고 합니다."

"하하하."

고로쿠는 그제야 의문이 풀린 듯 말했다.

"이제 알겠군. 얼마 전 서찰을 보낸 오다의 신하군. 만날 일이 없으니 쫓아버려라."

하인은 그럼 그렇지 하며 고개를 끄덕인 뒤 의기양양 달려 나갔다.

"청이 있습니다."

그 틈에 마쓰나미가 고로쿠에게 말했다.

"오늘은 가메이치의 연습을 여기서 그만하게 해주십시오. 아직 안색이 이렇듯 창백합니다. 입술도 부어오른 듯하고……."

"흠, 데리고 가게."

고로쿠가 아내에게 창과 아들을 맡기며 덧붙여 말했다.

"너무 오냐오냐하지 마시오. 또 책만 읽도록 하지 말고."

고로쿠가 그대로 서원 쪽으로 걸어가 댓돌에서 신발을 벗으려고 하는데 조금 전에 다녀간 하인이 고개를 저으며 달려왔다.

"나리, 아무래도 수상한 사내입니다. 도무지 돌아가지 않습니다. 그뿐 아니라 어느 틈엔가 쪽문을 지나 마구간 쪽의 부엌에 들어가서 마구간지기와 정원을 청소하는 자들과 친한 듯 잡담을 하고 있습니다."

"썩 쫓아내거라. 오다 가의 첩자 따위를 어찌 그대로 두었느냐!"

"그렇지 않아도 방에 있던 무사들이 나와 돌아가지 않으면 담장 밖으로 던져버리겠다고 위협을 했는데, 십 년 전에 야하기 강에서 만났던 히요시라고 하면 분명 기억하고 계실 것이라며 한 발짝도 움직이지 않을 심사인 듯합니다."

"야하기 강?"

고로쿠는 기억이 나지 않았다. 야하기 강이나 히요시라고 해도 십 년 전의 작은 일까지 기억하고 있을 리가 없었다.

"기억에 없으십니까?"

"없다."

"이 수상쩍은 놈이 난처해지자 궤변을 늘어놓은 듯합니다. 알겠습니다. 흠신 두들겨 패서 기요스로 쫓아버리겠습니다."

하인은 자신을 번거롭게 만든 도키치로에게 화가 머리꼭대기까지 난 듯했다. 잘 걸렸다는 표정으로 정원 쪽 문까지 달려갔을 때, 서원의 댓돌에 선 채 생각에 잠겨 있던 고로쿠가 그를 불렀다.

"잠깐!"

"무슨 일이신지요?"

"흠, 잠깐 기다려라. 혹시 그 사내가 원숭이를 닮지 않았느냐?"

"원숭이 말입니까? 그러고 보니 그자도 히요시를 모른다면 원숭이라고 말씀드리라고 했습니다."

"원숭이군."

"아는 자인지요?"

"이곳에 잠시 머물며 정원 청소나 가메이치를 돌봤던 눈치가 빠른 아이였는데."

"그런 사람이 오다 노부나가의 사자로 왔다는 건 뭔가 이상하지 않은지요?"

"그렇긴 하다만, 옷차림은 어떠하더냐?"

"범상치 않았습니다."

"어떻게 말이냐?"

"무구에 진바오리를 입고 꽤 멀리서 온 듯 말의 등자까지 이슬과 진흙으로 범벅이 되었고 도시락을 담은 주머니와 짐을 매달고 있었습니다."

"흠, 어디 한번 보자."

"데려오라는 말씀이십니까?"

"혹시 모르니 얼굴이라도 봐야겠다."

고로쿠 마사카쓰는 툇마루에 걸터앉아 그 수상한 사내를 기다렸다.

오다 노부나가가 있는 기요스 성과 이곳은 불과 몇 리 떨어지지 않은 가까운 거리였다. 당연히 오다의 영내였지만 고로쿠 마사카쓰는 노부나가를 따르지 않았다. 또한 예전부터 오다 가의 녹은 쌀 한 톨도 먹고 있지 않았다.

조부가 살아 있을 무렵 미노의 사이토 가와 서로 돕고 지내는 사이였다. 노부시라고 해도 의리가 두터웠다. 아니, 오히려 약속과 의협義俠을 중시하는 가풍은 난세의 무문보다 훨씬 뛰어났다. 살벌하고 약탈을 업으로 삼고 있는 그들 일족은 부모와 자식과 같은 관계로 묶여 있다 보니 경박하게 의리를 저버리는 것을 용서하지 않았다. 고로쿠는 그러한 철칙을 지키는 대가족의 가장이었던 것이다.

도산 야마시로노가미가 양자인 요시다쓰에게 죽음을 당하고, 그 요시다쓰가 작년에 병사한 뒤 미노는 내분이 끊이지 않았고, 도산이 살아 있었을 때 해마다 보내주었던 녹미나 지원도 끊긴 상태였다.

사실 그것은 사이토 가의 의지라기보다 오다 쪽이 미노와의 통로를 차단했기 때문이다. 하지만 고로쿠는 길이 끊어졌어도 의義는 끊지 않았다. 오히려 반오다의 전의를 고취해서 근년에는 이누 산성의 시모쓰게노가미 노부기요와 손을 잡고 암암리에 오다 영내를 교란하고 있는 숨은 주역이기도 했다.

"데리고 왔습니다."

안쪽 나무 문에서 하인이 말했다. 만약의 사태를 위해 노부시 대여섯 명이 손님 한 명을 둘러싼 채 함께 왔다.

"이쪽으로 데려오너라."

고로쿠는 힐끗 쳐다보며 크게 턱짓을 했다. 이윽고 고로쿠 앞에 평범하게 생긴 사내가 다가와 섰다. 사내는 인사도 극히 평범하게 했다.

"오랜만에 뵙습니다."

고로쿠가 사내의 얼굴을 뚫어져라 쳐다보더니 중얼거렸다.

"역시 원숭이군. 모습도 그리 변하지 않았군."

고로쿠는 생각했던 만큼 변하지 않은 얼굴과는 달리 너무나 달라진 도키치로의 모습에 놀라지 않을 수 없었다.

고로쿠는 십 년 전, 야하기 강에서의 일이 선명하게 떠올랐다. 소매가 짧은 하얀 목면 한 장을 입고 목덜미와 손발은 때에 절은 상태로 어디서 묵을 돈도 없어 굶주린 채 강가의 배 안에서 잠을 자고 있던 그를 부하가 흔들어 깨웠더니 큰소리를 쳤다. 고로쿠는 부하가 들이민 불빛을 통해

보았던 기묘한 소년의 모습이 눈에 잡힐 듯 선명하게 떠올랐다.

도키치로는 이전의 자신과 지금의 자신의 달라진 모습을 전혀 개의치 않는 듯 공손한 자세로 말했다.

"이거, 그 뒤로 격조했습니다. 이렇듯 건승하신 걸 보니 기쁘기 그지없습니다. 가메이치 님도 분명 잘 자랐을 줄 압니다. 마님도 변함이 없으신지요? 십 년 만에 이곳을 찾으니 모든 것이 그립기만 합니다."

도키치로는 그렇게 말하고 추억에 잠긴 듯 정원의 나무들과 건물을 둘러보면서 매일 아침 돌우물의 물을 길었던 일이나 저편에 있는 돌 옆에서 고로쿠에게 혼이 났던 일, 가메이치를 업고 매미를 잡았던 일들을 이야기했다.

하지만 고로쿠는 그런 지난 이야기에 일절 장단을 맞추지 않았다. 그는 계속해서 도키치로의 일거수일투족을 지켜보다 이윽고 예전처럼 엄한 목소리로 말했다.

"원숭이, 너는 무사가 된 것이냐?"

고로쿠는 모습을 보면 알 수 있는 사실을 짐짓 물었다. 도키치로는 조금도 불쾌하지 않은 듯 답했다.

"예, 보시는 바와 같이 아직 적은 녹이지만 말단 무사가 되었습니다. 기뻐해주십시오. 실은 그 기쁨을 나누고자 겸사겸사 저 멀리 스노마타 임지에서 몰래 빠져나온 것입니다."

고로쿠가 쓴웃음을 지으며 물었다.

"자네와 같은 자를 무사로 거둬준 사람이 있다니, 참 고마운 시절이구면. 한데 주군은 누구인가?"

"오다 카즈사노스케 노부나가 님입니다."

"그 멍청한 도련님 말인가?"

"한때는 그리 불리셨습니다."

도키치로는 다소 어투를 바꿔서 말했다.

"그만 사담을 먼저 늘어놓았습니다. 오늘은 노부나가 님의 가신인 기노시타 도키치로로 은밀히 제 주군의 뜻을 받들어 찾아뵈었습니다."

"그런가. 자네가 사자인가?"

"그렇습니다."

도키치로는 신발을 벗고 고로쿠가 앉아 있는 툇마루 끝의 댓돌을 지나 위로 올라가더니 서원의 안쪽 상좌에 유유히 자리를 잡고 앉았다.

"흐음."

고로쿠는 툇마루에 앉은 채 미동도 하지 않았다. 그러다 올라오라는 말도 하지 않았는데 거침없이 위로 올라가서 서원의 상좌에 앉아 있는 도키치로를 돌아보며 불렀다.

"원숭이."

도키치로가 이번에는 대답하지 않고 힐끗 눈을 들어 바라보기만 했다. 고로쿠가 도키치로의 치기를 비웃듯 말했다.

"어이, 원숭이. 갑자기 자네 태도가 달라졌는데 하하하, 지금까지는 한 개인으로 인사를 했다면 이제부터는 노부나가의 사자라는 격식을 차리겠다는 것인가?"

"그렇습니다."

"그렇다면 바로 돌아가게."

"……."

"원숭이, 돌아가라!"

고로쿠는 댓돌에서 벌떡 일어섰다. 거친 말투와 눈빛이 지금까지의 모습과는 전혀 딴판이었다.

"너의 주인인 노부나가는 이 하치스카 촌을 자신의 영내라고 생각할지 모르지만 이곳은 물론이고 가이도 군의 대부분은 이 고로쿠 마사카쓰가 다스리고 있다. 나는 선조 대대로 노부나가에게 좁쌀 한 톨도 받은 적이 없다. 그럼에도 내 앞에서 영주인 양 행세하는 것은 두고 볼 수 없다. 원숭이, 돌아가라. 더 이상 허튼소리를 하면 용서치 않겠다."

고로쿠가 도키치로를 노려보며 이어 말했다.

"돌아가서 고하거라. 노부나가와 나는 대등하다. 내게 용건이 있으면 직접 오라고. 알았느냐, 원숭이."

"모르겠습니다."

"뭐라?"

"애석하게도 당신도 그저 한낱 무지한 노부시의 우두머리에 지나지 않았나 봅니다."

"뭐, 뭐라! 이 건방진!"

고로쿠가 서원의 가운데로 뛰어가더니 칼잡이에 손을 대고 우뚝 섰다.

"원숭이, 다시 한 번 지껄여보아라."

"앉으시오."

"닥쳐라."

"앉으시오. 내가 말하려고 하는 것은."

"시끄럽다!"

"나는 당신의 무지몽매함을 깨우쳐주려는 것이오. 가르쳐주려는 것이니 앉으시오."

"이놈이!"

"고로쿠 님, 여기서 칼을 들고 나를 두 동강이 내는 일은 그리 서두르지 않아도 될 것이오. 하나 나를 베어버리면 누가 당신에게 가르침을 주겠소."

"바보 같은 소리."

"좌우지간 앉으시오. 편협한 아집을 버리시오. 내가 진심으로 당신에게 고하려고 하는 것은 일개 노부나가나 일개 하치스카와 같은 그런 작디작은 것을 의논하려는 게 아니라 일찍이 이 땅에 태어나서 만난 인연으로 고하려는 것이오. 당신은 노부나가가 영주가 아니라고 하였소. 그 말은 지극히 당연한 말로 나도 동감하오. 하지만 하치스카 촌이 당신의 땅이라고 하는 생각은 잘못된 것이오!"

"무엇이 잘못됐다는 것이냐?"

"하치스카 촌은 물론이고 오와리 일국, 또 전국 방방곡곡에 있는 한 치의 땅도 자신의 땅이라는 것은 없소. 고로쿠, 있다고 말할 수 있소이까?"

"……."

"황송하게도 이 땅을 다스린다는 대군에게 이렇듯 말하는, 아니 가르쳐주려는 내게 칼을 들고 우뚝 서 있는 것은 무슨 무례란 말이오. 비록 야인이라고는 하나 당신도 이천 명의 노부시를 거느린 우두머리가 아니오. 어서 앉아서 들으시오."

깊은 곳에서 뿜어져 나온 듯한 도키치로의 마지막 일갈이 그의 귓가를 울렸다. 그러자 저택 안쪽 깊은 곳에서 갑자기 누군가 호통을 쳤다.

"고로쿠 님, 앉으십시오. 어서."

누구일까, 주인인 고로쿠가 뒤를 돌아보았고 도키치로도 놀라 목소리가 들렸던 곳을 쳐다보았다. 그러자 안쪽 복도 입구에 정원에서 비치는 빛을 받고 서 있는 사람이 보였다. 몸의 절반은 벽의 그늘에 가려져 있었는데 법의 소매가 얼핏 보였다.

"아, 에케이惠瓊19) 님이시군."

---

19) 전국 시대부터 오다 노부나가와 도요토미 히데요시가 중앙의 정권을 잡은 아즈치모모야마安土桃山 시대의 임제종 승려. 모리毛利 가문의 외교 교섭을 담당한 승려로 도요토미 히데요시와의 교섭 창구 역할을 했다. 이후 세키가하라關ヶ原의 전투에서 서군에 가담했다가 도쿠가와德川 쪽에 잡혀 교토에서 참수당했다.

고로쿠가 말하자 저편에서 대답했다.

"그렇습니다. 함부로 끼어드는 것이 실례인 줄 알지만 무슨 논쟁을 하기에 두 분의 목소리가 그리 큰지 걱정이 되더이다."

에케이가 여전히 그곳에 서서 웃음을 머금고 말하자 고로쿠가 부드러운 목소리로 대답했다.

"이거 귀에 많이 거슬린 듯합니다. 걱정하지 마십시오. 이 건방진 사자를 당장 쫓아내면 조용해질 것입니다."

"고로쿠 님, 잠깐."

그때까지 서원으로 들어오는 것을 삼가고 있던 에케이가 자신도 모르게 문턱을 넘어오더니 타이르듯 말했다.

"무례를 범하지 마십시오."

에케이는 고로쿠의 저택에 손님으로 머물고 있는 마흔 안팎의 행각승이었는데 무사와 같은 체구와 굵은 눈썹을 가지고 있었다. 특히 크고 붉은 입술이 시선을 끌었다. 고로쿠는 자신의 집에 있는 객승이 오히려 도키치로의 편을 드는 것이 의아했다.

"스님, 무엇이 무례라는 것입니까?"

"저기 계시는 사자의 말에 부정할 수 없는 도리가 있기 때문입니다. 고로쿠 님은 이 땅도, 오와리 일국도 모두 일개 노부나가나 하치스카의 것이 아닌 천하를 다스리는 군주의 것이라는 말을 틀렸다고 할 수 있습니까?"

"……."

"그의 말을 틀렸다고 한다면 군주에 역의를 품는 것과 마찬가지라고 질책을 당할 것이 분명합니다. 하여 일단 앉아서 사자의 말을 들은 뒤 쫓아버리거나 받아들이는 것이 현명한 생각인 듯합니다."

고로쿠는 결코 무지하고 무학한 야인이 아니었다. 이 나라의 국풍이 어떠한지, 자신들의 피가 어디에서 전해져 내려와 지금의 자신이 있고 가문을 이루고 있는지에 대한 초보적인 역사는 열두 살의 가메이치가 읽는 책에도 나와 있었다. 오히려 굉장히 잘 알고 있어서 평소에 깊이 생각해본 적이 없는 일이었다.

"죄송합니다. 설사 저런 자가 하는 말이라 해도 그러한 대의를 무시하지 않아야 하는데 제가 어리석었습니다. 그럼 사자가 하는 말을 들어보도록 하겠습니다."

고로쿠가 냉정을 되찾고 자리에 앉자 에케이가 만족한 듯 말했다.

"그럼 제가 이 자리에 있는 것은 무례일 테니 저는 저쪽으로 물러가 있도록 하겠습니다. 하지만 고로쿠 님, 사자에게 답을 하기 전에 잠깐 제 방에 들려주시길 부탁드립니다. 잠깐 할 이야기가 있으니 말입니다."

에케이는 그렇게 말하고 자리를 떴다. 고로쿠는 고개를 끄덕이고는 사자인 도키치로를 향해 말했다.

"원숭이, 노부나가의 사자님. 대체 내게 무슨 볼일인지, 짧게 들어보세."

대기大器의 상相

도키치로는 자신도 모르게 입술에 침을 발랐다. 그는 고로쿠를 세 치 혀로 설득해 자신의 사람으로 만들지 못 만들지 하는 갈림목에 서 있었다. 스노마타 축성도, 앞으로의 자신의 생애도, 더 나아가 주가의 흥망도 모두 고로쿠의 말 한 마디에 걸려 있다고 생각했다.

"실은."

도키치로는 온몸이 경직되는 듯했다.

"다른 것이 아니라 얼마 전 곤조라고 하는 시종을 통해 일견 의향을 전한 그 일입니다."

"그 일이라면 답신을 한 대로 분명하게 거절하네. 내 답신을 보지 못했는가?"

고로쿠가 냉정하게 잘라 말했다.

"보았습니다."

상대가 강경한 태도로 나오자 도키치로는 일단 순순히 머리를 숙여 보였다.

"하지만 그때는 제가 보낸 서찰이었고, 오늘은 노부나가 공의 뜻을 전하고자 합니다."

"누구의 청이든 오다 쪽에 가담할 생각은 없네. 나는 두말하지 않는 사람이네."

"그럼 애석하게도 당신의 대에서 선조들이 물려주신 가문과 땅을 멸망의 길로 인도할 생각이십니까?"

"뭐라?"

"노여워하지 마십시오. 사사롭게는 이 도키치로도 십 년 전에 하룻밤과 한 끼의 은혜를 받은 곳입니다. 그리고 시류상으로 보아도 당신과 같은 인물이 초야에 숨어 등용을 받지 못하는 것이 유감일 따름입니다. 공과 사, 어느 쪽에서 생각해도 하치스카의 가문과 땅을 고립시켜 자멸하게 만드는 것은 무척이나 안타까운 일이라 이렇게 찾아온 것입니다. 아니, 하치스카를 위해 예전의 은혜를 갚기 위해 활로를 열기 위해 온 것입니다."

"도키치로."

"예."

"자네는 아직 젊네. 세 치 혀로 상대의 화를 돋우는 말만 하니 사자의 소임을 맡을 자격이 없네. 나도 자네와 같은 풋내기를 상대로 화를 내고 싶지 않으니 그만 돌아가는 것이 어떻겠는가?"

"소임을 다하기 전까지 돌아가지 않겠습니다."

"그 열의는 칭찬할 만하지만 그것은 흡사 바보가 억지를 부리는 것과 같네."

"칭찬은 고맙습니다. 하지만 그런 바보의 일심一心을 잘 헤아려보십시오. 인력을 벗어난 대업은 모두 그와 같은 일심과도 같은 것입니다. 그 때문에 때론 현자도 일견 현명해 보이는 길을 버리기도 합니다. 가령 당신은 나보다 현명하다고 믿고 있을 것입니다. 하지만 그것은 더 큰 관점에서 보면 바보가 지붕에 앉아서 아래에 난 불을 구경하고 있는 것과 같다고 할 수 있습니다. 사방에서 불길이 타오르고 있는데 혼자서 버티고 있습니다. 기껏 이천 명의 노부시를 거느리고 말입니다.”

“원숭이! 자네는 끝내 자네의 가는 목이 내 칼에 달아나는 걸 보고 싶은 것인가!”

“위험한 것은 당신의 목입니다. 의를 지키는 것도 상대를 보고 판단해야 할 것입니다. 미노의 사이토는 어떤 자입니까? 군신과 부자, 형제간에 서로 죽고 죽이는 내분과 폭거의 참상을 보지 못했습니까? 다른 나라에서 그들과 같이 인륜을 저버리고 부패한 모습을 본 적이 있습니까? 당신에게는 아들이 있지 않습니까? 일족도 없습니까?”

“…….”

“또 머리를 들어 도카이東海의 미카와를 보십시오. 마쓰타이라 모토야스 님은 이미 오다 가와는 떼려야 뗄 수 없는 맹약을 맺었습니다. 사이토 가가 무너지면 당신은 이마가와에 의지하려 할 테지만 미카와에게 차단당할 것이고, 오다의 포위망에 갇혀 있다 보니 이세의 도움도 받지 못할 것입니다. 그런 상황에서 당신은 어디에 의지해서 자손과 가문을 지키려 하십니까? 남은 것은 오직 고립과 자멸밖에 없습니다.”

고로쿠는 기가 막힌 듯, 또 도키치로의 열변에 다소 기가 눌린 듯 침묵하고 있었다. 하지만 도키치로는 상대를 멸시하거나 잘난 체하는 태도를 보이지 않고 진심 어린 표정으로 이야기를 이어나갔다.

“거듭 현명하게 생각하시길 청합니다. 세상천지 그 누구도 양식이 있는 사람이라면 사이토 일족의 패륜과 폭정에 눈썹을 찌푸리지 않는 자가 없습니다. 그러한 불충하고 사악한 나라의 편을 들어 자진해서 고립을 초래하고 멸망의 길로 들어선들 당신의 무문을 두고 본분을 지키다 죽은 의인이라고 할 사람은 아무도 없을 것입니다.”

“…….”

"상황이 이러하니 선대 이래의 사이토 가와의 악연을 끊고 제 주인인 노부나가 님을 한번 만나보십시오."

"……."

"당대에 무장이 많다고는 하나 노부나가 님 정도의 인물은 없습니다. 당신도 천하가 지금과 같은 상태로 계속 이어질 것이라고 생각하지 않을 것입니다. 송구한 말씀이지만, 아시카가 장군가도 이미 말로에 접어들었다고 생각하지 않습니까?"

"……."

"오닌의 난 이래로 막부에 굴하지 않고 간레이管領의 통치를 받지 않으며 각 지방에서 자신들의 영지를 지키고 군사를 양성하고 실력을 갈고닦으며 철포를 비축하고 있는 것은 헛된 일이 아닙니다. 그러한 많은 군웅 중에서 누가 오랜 제도를 일신하고 다음 세대를 일으켜 세울 인물인지, 그것을 깨닫는 일이야말로 지금과 같은 난세를 살아가는 데 무엇보다 중요한 것이 아니겠습니까?"

"흐음……."

고로쿠는 미세하지만 처음으로 고개를 끄덕였다. 그러고는 무릎을 도키치로에게 향했다.

"있습니다! 지금과 같은 시대에는 분명 그러한 인물이 있기 마련입니다. 단지 범인의 눈에는 보이지 않을 뿐입니다. 이미 당신의 눈앞에는 오다 노부나가라고 하는 영웅이 서 있습니다. 그럼에도 당신은 단지 사이토 가와의 작은 의리에 얽매여 대의를 보지 못하고 있는 것뿐입니다. 저는 그것이 참으로 애석할 따름입니다. 당신을 위해서도 노부나가 님을 위해서도 말입니다."

"……."

"작고 사사로운 일은 머리에서 떨쳐내고 더 큰 관점에서 생각하십시오. 마침 시기도 좋습니다. 불초 도키치로는 이번에 스노마타 축성의 명을 받고 이것을 발판으로 미노 공략의 선진에 서게 되었습니다. 오다 가에도 용장과 지모에 뛰어난 참모가 결코 적지 않습니다. 그중에서 저와 같이 미천한 자를 과감하게 등용한 것만 보더라도 노부나가 님이 세상에서 말하는 그런 평범한 주군이 아니라는 사실을 알 수 있을 것입니다. 게다가 스노마타 성은 성을 쌓은 자가 다스리게 할 것이라며 성을 쌓으면 제게 성주가 되라고 명하셨습니다. 저는 신명을 다해 그 명을 받들지 않을 수 없었습니다."

"……."

"지금과 같은 시대가 아니면 저희와 같은 자가 입신할 기회가 언제 다시 오겠습니까? 하지만 저만의 힘으로는 어떻게 할 수가 없습니다. 하여 당신을 끌어들이기 위해 온 것입니다. 솔직하게 말하겠습니다. 나는 이번 기회야말로 당신을 이용할 때라고 생각하고 목숨을 걸고 함께하기를 청하러 온 것입니다."

"……."

"하여 빈손으로는 돌아갈 수 없습니다. 그리고 얼마 되지는 않지만 휘하의 사람들에게 줄 군비로 제게 있는 금과 은을 말 세 필에 싣고 왔으니 부디 받아주시면 더할 나위 없이 기쁠 것입니다."

도키치로가 말을 마쳤을 때였다. 서원의 정원 앞에서 고로쿠를 향해 숙부님이라고 하며 엎드리는 낯선 무사가 있었다.

"나를 보고 숙부라고?"

고로쿠는 의아해하며 정원에 있는 무사를 유심히 바라보았다. 그러자 엎드려 있던 사내가 얼굴을 들며 말했다.

"오랜만에 뵙습니다."

고로쿠는 깜짝 놀랐다.

"아니, 너는 와타나베 덴조가 아니냐?"

"면목이 없습니다."

"어찌 여기에?"

"살아서 다시 뵐 날이 없으리라고 생각했습니다만 기노시타 님이 이번 사자로 가는데 말고삐를 잡으라고 명하셔서 함께 오게 되었습니다."

"뭐라, 함께 왔다고?"

"숙부님을 배신하고 하치스카 촌을 도망친 뒤 오랫동안 다케다 가에 몸을 의탁하여 첩자로 활동하고 있었습니다. 그런데 삼 년 전, 오다의 동정을 파악하고 오라는 명을 받고 기요스 성 아래 마을을 돌아다니던 중에 오다 님의 무사에게 발각되어 붙잡혀 한동안 감옥에 갇혀 있던 것을 기노시타 님이 구해주셨습니다."

"그럼 지금은 여기 기노시타 님을 따르고 있다는 것이냐?"

"아닙니다. 감옥에서 나온 뒤 기노시타 님의 소개로 성안에 있는 간마쿠라고 하는 간자 아래서 일하고 있었습니다. 그런데 이번에 기노시타 님이 스노마타로 출전하신다는 말을 듣고 제가 함께 가기를 청한 것입니다."

"흐음……."

고로쿠는 망연히 조카의 변한 모습을 바라보고만 있었다. 모습보다 더 변한 것은 조카의 성격이었다. 일족 중에서도 흉폭하고 야만적이어서 어떻게 할 수 없었던 조카가 몰라볼 정도로 예의가 바르게 변해 있었다. 게다가 눈빛도 부드러워져 있었고, 이전에 자신이 저지른 죄를 뉘우치며 사죄까지 하고 있었다.

십 년, 실로 십 년 전이었다. 고로쿠는 육시戮屍에 처하고 싶을 만큼 덴조의 악행에 분노해 멀리 고슈 국경까지 일족을 이끌고 추격했다. 하지만 지금 덴조의 정직한 눈을 보고 있자니 그때의 분노를 떠올릴 수 없었다.

혈연의 정 때문만이 아니라 인간 자체가 완전히 변해 있었기 때문이다.

"이거 그만 이야기한다고 하면서도 이렇듯 잊고 있었습니다. 조카님에 대한 처벌은 제게 맡기시고 부디 용서해주시길 바랍니다. 이미 덴조 님도 오다 가의 신하입니다. 평소에도 이전의 죄를 깊이 뉘우치며 입버릇처럼 숙부님을 뵐 낯이 없어 이대로 하치스카 촌으로 돌아갈 수 없다고 했습니다. 당신에게 사죄할 때를 기다리고 있었던 터라 이번에 마침 좋은 때가 아닌가 하여 일부러 제 말고삐를 잡게 하고 함께 온 것입니다. 피는 물보다 진하다고 하지 않습니까. 숙부와 조카 사이이니 부디 예전처럼 잘 지내며 앞날의 번영을 함께 도모하시길 바랍니다."

도키치로가 옆에서 그렇게 중재를 하자 고로쿠도 지금에 와서 십 년 전 조카의 죄를 책할 마음이 들지 않았다. 도키치로는 고로쿠의 그런 마음의 틈을 놓치지 않고 덴조에게 물었다.

"덴조, 말에 싣고 온 금은을 문 안으로 들였는가?"

덴조에게 말할 때는 당연히 부하에게 명을 하는 말투였다.

"예, 안으로 들인 뒤 내려놓았습니다."

"그럼 다른 하인에게 말해서 목록과 함께 이리로 가져오게."

"옛!"

덴조가 달려가려고 하자 고로쿠가 급히 만류했다.

"덴조, 잠깐 기다려라. 그것을 받으면 내가 오다 가를 따르겠다는 약조를 한 것이 된다. 숙고할 동안, 잠시 기다려라."

고로쿠의 얼굴에 고뇌하는 흔적이 역력했다. 곧이어 그는 자리에서 일어서더니 안으로 들어가버렸다.

갑자기 저택 안이 찬물을 끼얹은 듯 조용해졌다. 방으로 돌아가서 여행일지를 적고 있었던 에케이가 문득 자리에서 일어나 거실을 둘러보며 고로쿠를 불렀지만 그는 보이지 않았다.

"이쪽인가?"

에케이가 조상의 위패를 모신 사당인 지불당持佛堂을 들여다보자 고로 쿠는 선조의 위패 앞에서 팔짱을 끼고 앉아 있었다.

"노부나가 님의 사자에게 어찌 답을 하셨습니까?"

"아직도 돌아가지 않았습니다. 상대하기 귀찮아서 일단 내버려두었습니다."

"그의 태도를 보니 돌아가지 않을 듯합니다."

그렇게 말하고 에케이가 입을 다물자 고로쿠도 침묵을 지키고 있었다.

객승인 에케이는 자가 요호瑤甫이고 아키노구니安藝國의 누마다沼田 태생으로 교토의 동복사東福寺에 들어가서 승려가 되었다. 삼 년 전부터 동복사를 나와 여러 나라를 순례하다 한동안 슨뿌의 가신의 집에 머무르다 요시모토가 죽은 뒤 내정도 어지럽고 자신의 말에 귀를 기울이는 사람도 없자 그곳을 떠나 하치스카 촌에 와 있었다. 그런데 마침 고로쿠 마사카쓰의 집에 법요가 있어서 그대로 반 년 정도 머물고 있었던 것이다.

"고로쿠 님."

"예."

"듣자 하니 오늘 온 사자는 예전에 이 집의 일꾼으로 있었던 자라고 하더이다."

"원숭이를 닮은 것 외에는 이름도 모르고 소생도 모르는 자를 야하기 부근에서 데려와 일을 시킨 적이 있습니다."

"그것이 나쁘다는 것입니다."

"나쁘다니?"

"고로쿠 님의 머릿속에서 그런 생각을 버려야 합니다. 원숭이라고 부르며 마음대로 부리던 때의 선입관 때문에 지금 저자의 올바른 모습을 보지 못하는 것입니다."

"정말 그리 보십니까?"

"나는 오늘만큼 놀란 적이 없었습니다."

"무엇이 말입니까?"

"저 사자의 얼굴을 본 순간 말입니다. 저 얼굴은 세상에서 흔히 말하는 이상異相이라는 상입니다. 나는 골상骨相을 공부하였고 사람의 관상을 보는 것을 업으로 삼고 있지는 않지만 사람의 골상과 인품을 통해 그 사람의 됨됨이를 헤아려 가슴속에 담아두곤 했는데, 그것이 후일 의외로 많은 도움이 되었습니다. 하여 놀란 것입니다."

"저 원숭이 얼굴에 말입니까?"

"그렇습니다. 저 사내는 후일 천하를 움직일 인물이 될지 모릅니다. 다른 나라에서 태어났더라면 제왕帝王의 상이라고 할 수 있을 정도입니다."

"대체 지금 무슨 말씀을 하는 것입니까!"

"분명 비웃을 듯하여 조금 전 미리 말했던 것입니다. 머릿속에서 선입관을 버리시지요. 사람을 봄에 있어 눈으로 보지 말고 마음으로 보아야 합니다. 만약 오늘 저 사자를 저대로 돌려보낸다면 당신은 천추의 한을 남기게 될 것입니다."

"스님은 무슨 근거로 타인의 대사에 대해 그리 단정하는 것입니까?"

"인상人相만 보고 하는 말이 아닙니다. 저 사자의 말에는 귀를 기울여 들여야 할 것이 있기 때문입니다. 시대의 흐름을 파악하거나 정의와 정도를 논하는 데 있어 하늘의 뜻과도 통하고 있습니다. 게다가 당신의 멸시와 위협에도 굴하지 않고 성심과 성의를 다해 상대를 논파하려는 열정을 보면 정직한 자입니다. 그러한 생김새와 태도는 대기大器입니다. 반드시 후일 큰 그릇이 되리라 믿어 의심치 않습니다."

고로쿠가 급히 몸을 굽히더니 두 손을 짚으며 말했다.

"스님 말씀에 따르겠습니다. 허심탄회하게 저와 그의 성품을 깊이 비교해보니 분명 제가 떨어지는 듯합니다. 편협했던 제 생각을 버리고 지금 바로 답을 하도록 하겠습니다. 스님의 충고대로 따르도록 하겠습니다."

그렇게 말하는 고로쿠의 눈은 새로운 시대의 흐름에 자신의 갈 길을 발견한 듯 반짝이고 있었다.

산천 개병 山川皆兵

도키치로가 하치스카 촌을 찾은 날 밤이었다. 말을 탄 두 사람과 말고삐를 잡은 사내 하나가 어둠을 틈타 하치스카 촌에서 기요스로 달려갔다. 그들이 고로쿠 마사카쓰와 도키치로라는 사실을 아는 사람은 아직 아무도 없었다.

또 깊은 밤 성안의 일실에서 노부나가가 그 두 사람을 만나 장시간에 걸쳐 밀담을 나눈 사실도 극히 일부의 사람과 말고삐를 잡고 따라온 와타나베 덴조 외에는 아는 사람이 없었다.

다음 날 고로쿠가 직접 쓴 서찰이 하치스카 촌에서 팔방으로 전해졌고, 그 격문을 받은 사람들이 무슨 일인가 싶어 본가인 고로쿠의 저택으로 달려왔다. 그중에는 시노기고篠木鄉의 가와구치 규스케河口久助, 시나노科野 촌의 나가이 한노죠長井半之丞, 가시와이柏井의 아오야마 신시치青山新七, 하타가와秦川의 히비노 로구다유日比野六太夫, 모리야마守山의 가지타 하야토梶田隼人, 오바타고小幡鄉의 마쓰바라 타쿠미松原内匠 등이 있었다.

말할 것도 없이 모두 노부시들이었는데 그들은 장군 휘하의 다이묘처럼 다년간 고로쿠 밑에서 마을과 부락과 산촌 등지에 산재해 각자 무사들을 양성하며 때를 기다리고 있었다. 그 외에 고로쿠의 아우인 시치나이와 마타쥬로又十郎, 그리고 숙부와 사촌에서 먼 친척 일족들까지 모여 있었는데, 다들 십 년 전 일족의 반역자였던 미쿠리야의 와타나베 덴조의 모습을 보고 깜짝 놀랐다.

모두 모인 뒤 자리가 정돈되자 고로쿠는 오늘부터 사이토 가와 절연을 하고 오다 가의 밑으로 들어갈 것이라고 선언했다.

"그리고 덴조의 일은……."

고로쿠는 덴조를 다시 받아들이게 된 사연을 상세하게 이야기한 뒤 마지막에 한마디를 덧붙였다.

"불복하는 자도 있을 것이고 여전히 사이토 가에 미련이 있는 자도 있을 것이다. 그런 자는 굳이 붙잡지 않을 테니 지금 자리를 떠서 사이토 쪽에 알린다고 해도 원망하지 않겠다."

하지만 아무도 자리를 뜨는 사람이 없었다. 그렇다고 해서 완전히 동조하는 듯한 기색도 보이지 않았다. 그러자 도키치로가 고로쿠의 양해를 구해 사람들 한가운데로 나가 인사를 겸해 다음과 같이 말했다.

"주군인 노부나가 님께서 스노마타 성을 쌓고 다스리라고 말씀하셨소이다. 이제까지 모두들 중요하고 어려운 일을 많이 했을 터이지만, 일성을 빼앗은 적이 있소이까? 더욱이 세상은 날로 변해가고 있소. 그러다 보면 지금까지 살아왔던 안락한 산야는 점점 사라질 것이오. 그렇게 되지 않으면 세상은 발전하지 않을 것이오. 무로마치 장군에게 정치적인 힘이 없어 이제까지 노부시로서 살아올 수 있었지만, 그 장군가도 이젠 변해야 할 것이오. 천하는 일변할 것이고 새로운 시대가 오고 있소. 모두가 자신의 생애뿐 아니라 자자손손을 위해서라도 일가를 일으키고 본연의 무문으로 들어가 올바른 무사도의 길을 가는 사람이 될 기회는 지금이 아니면 다신 없을 것이오."

도키치로가 말을 마쳤지만 사람들은 여전히 아무 말도 하지 않았다. 불평이나 불만이 있는 듯한 기색도 아니었다. 평소에 아무런 생각 없이 생활하던 사람들은 어딘지 깊은 충격과 감동을 받은 듯했다.

"이의는 없습니다."

마쓰바라 타쿠미가 입을 열자 그것을 계기로 여기저기서 그의 말에 동조했다.

"따르겠습니다."

"저도."

"저 역시."

사람들의 생각이 비로소 하나로 모아졌다.

"그렇게 결정한 이상 목숨을 걸겠습니다."

모두들 결의를 보이기도 했다.

나무를 자르는 도끼 소리가 울려 퍼지고 그 나무를 기소 강으로 밀어넣을 때면 큰 물보라가 일었다. 뗏목처럼 나무를 묶은 뒤 강에 띄워 흘려보냈다. 그 뗏목을 따라 북쪽과 서쪽에서 흘러온 이비揖斐 강과 야부藪 강이 합류하는 하류에 이르면 미노와 오와리의 경계인 드넓은 모래톱이 모습을 드러냈다. 바로 스노마타洲股였다. 한자로 '黑股스노마타'라고도 썼다.

《짓긴쇼十訓抄》[20]에 "당唐에는 촉강蜀江이라고 하는 비단을 씻거나 시가를 짓는 곳이 있는데 일본의 스노마타처럼 넓어서 사람은 건널 수 없는 큰 강이다"라고 나와 있는 것을 보더라도 이 부근의 원시적인 풍광을 상상할 수 있을 듯했다. 이전에 사구마와 시바타 등이 같은 전철을 밟아서 실패했

---

20) 가마쿠라鎌倉 시대인 겐쵸 4년(1252년)에 지어진 세 권짜리 설화집으로 작자는 미상이나 스가하라노 타메나가菅原爲長나 로쿠하라니 로사에몬 뉴도六波羅二臈左衛門入道가 지었다는 설이 있다. 고금의 일본과 중국의 교훈적인 설화를 열 개 항목으로 분류하여 수록했다.

던 성을 지을 땅은 오와리에 인접한 곳이었다.

"바보처럼 헛수고를 하는군. 차라리 돌로 바다를 메우는 것이 더 나을 것이다."

건너편 동쪽 미노에서 손 그늘을 만들어 바라보고 있던 사이토 쪽 병사들이 '또 시작이군' 하며 비웃어댔다.

"네 번째 바보가 왔군."

"하하, 질리지도 않는가 보군."

"그저 구경이나 하세."

"이번에 온 바보는 누구인가? 적이지만 가엾기 짝이 없구먼. 이름이나 알아두세."

"기노시타 도키치로라고 하던데 들은 적도 없네."

"도키치로? 그자는 원숭이와 친하다고 하더군. 오다 가의 말단인데 아마 지금도 오륙십 관밖에 녹을 받지 못하는 보병 부장이라더군."

"그렇게 미천한 자를 대장으로 삼다니 오다는 제정신이 아닌가 보군."

"계략이 아닐까?"

"아마 그럴 것이네. 우리 주의를 이곳에 붙들어놓고 다른 방면에서 강을 넘어올 작전일지도 모르네."

미노 쪽 병사들은 강 건너편에서 성을 쌓고 있는 광경을 보고도 그것이 진짜라고 생각하지 않는 듯했다.

근래 한 달 동안 하치스카 일족의 노부시들을 이끌고 스노마타에 도착하자마자 즉시 공사를 시작한 뒤 두세 번의 큰비가 내렸지만 오히려 강을 통해 목재를 운반하기가 좋았다. 모래톱이 하룻밤 사이에 쓸려 내려가도 전혀 개의치 않았다. 하치스카의 이천 명의 노부시들은 날씨가 먼저 흐려질지, 아니면 먼저 성을 쌓을지 시합이라도 하는 듯 침식도 잊은 채 일을 했다.

하치스카 촌을 출발할 때, 이천이었던 노부시들은 이곳에 도착하자 육천으로 늘어나 있었다. 노부시들이 자신의 친구를 불러 모으고 그 친구들이 다시 놀고 있는 사람들을 이끌고 왔다.

"땅을 파고 돌을 채워라!"

"흙주머니에 흙을 채워서 쌓아라."

"강물을 이쪽 물길로 끌어오자."

그들은 도키치로의 지휘가 필요 없을 정도로 머리를 써가면서 기민하게 일을 했다. 공사는 하루하루 눈에 띄게 진척되었다. 본래 그들은 산야에서 태어나 자연의 습성에 익숙한 노부시들이었다. 치수의 방법, 흙을 쌓는 법 등에 대해서는 오히려 도키치로보다 능했다. 거기에다 그들에게는 그곳은 머지않아 자신들이 살 땅이라는 희망이 있었다. 이제까지 나태하고 방종하게 생활했던 그들은 진심으로 땀 흘려 일하는 노동의 만족감과 쾌감도 느끼고 있었다.

"이젠 홍수가 나거나 강물이 아무리 역류해도 꿈쩍하지 않을 것이다."

아직 한 달도 지나지 않았는데 성을 쌓고도 남을 면적이 볼록하게 다져져 있었고 육지와의 도로도 완전하게 연결되었다.

"어디 한번 볼까."

강 건너편에 있는 미노의 병사들이 한가로운 표정으로 바라보았다.

"조금은 모양을 갖춰가고 있는 듯하군."

"적의 공사 말인가?"

"음, 아직은 성의 담장은 보이지 않지만 토대는 꽤 진척된 모양이네."

"목수와 미장이도 보이지 않는군."

"그러려면 백 일은 걸릴 걸세."

미노의 병사들은 따분함을 주체하지 못하고 구경을 하고 있었다.

강폭은 넓었다. 맑은 날일수록 대하의 수면에서 피어오르는 옅은 강안

개가 반짝반짝 빛을 발해 멀리서는 잘 가늠할 수 없지만, 어떤 날에는 일하는 소리나 돌을 자르는 소리 등이 바람을 타고 들려오기도 했다.

"이번엔 공사 도중에 기습을 하지 않나?"

"후와 헤이시로不破平四郎 님의 엄명도 있고 하니 하지 않을 듯하네."

"뭐라고 하셨는가?"

"적들이 실컷 일을 하게 철포 한 발 쏘지 말라고 하셨네."

"성이 완성될 때까지 구경이나 하라는 것인가?"

"지금까지는 적이 성을 쌓기 시작하면 기습을 해서 무너뜨리고 다시 새로운 자가 와서 칠분의 일쯤 공사가 진척된 듯하면 일거에 기습을 가해 산산조각 냈지만, 이번엔 최종 마무리를 할 때까지 팔짱을 끼고 구경하라는 군명이네."

"어쩔 생각이신 걸까?"

"당연히 빼앗을 생각이시겠지."

"그렇군. 적으로 하여금 성을 만들게 한 뒤 빼앗을 생각이시군."

"그게 작전일 걸세."

"묘책이군. 오다 쪽 시바타나 사구마는 다소 만만치 않지만 이번 장수인 기노시타 도키치로는 별 볼일 없는 자인 듯하니……."

그때 한 명이 엇, 하고 눈짓을 하자 함부로 입을 놀리던 사람이 황망히 보초 초소로 들어갔다.

상류에서 한 척의 배가 내려오더니 미노 쪽 강기슭에 배를 댔다. 호랑이 수염을 한 무장이 내려서자 서너 명의 종자가 뒤에 있던 말 한 필을 끌고 내렸다.

"호랑이가 왔다."

"우누마鵜沼의 호랑이가 왔다."

초소의 병사들은 서로 눈짓과 표정으로 속삭였다. 이곳 강줄기에서 몇

리 상류에 있는 우누마 성의 장수이자 미노의 맹장으로 알려져 있는 오사와 지로자에몬大澤治郎左衛門이었다.

호랑이가 왔다고 하면 이나바 산의 성 아래에서는 울던 아이도 울음을 그칠 정도로 그는 소문이 자자했다. 그 오사와 지로자에몬이 호랑이 수염을 휘날리며 걸어오자 초소의 병사들이 눈 한번 깜짝하지 않은 채 긴장을 했다.

"후와 님은 계시느냐?"

지로자에몬이 물었다.

"옛! 진영에 계십니다."

"모시고 오너라."

"옛!"

"내가 진영으로 가도 되지만 이야기를 하기에 이곳이 좋으니 와달라고 고하고 즉시 모셔오너라."

"예, 알겠습니다."

병사가 달려갔다.

잠시 뒤 그 병사를 앞세우고 여섯 명의 부하를 거느린 후와 헤이시로 타네가타種賢가 큰 걸음으로 걸어왔다.

'저 호랑이 수염이 대체 무슨 말을 하려고.'

후와는 귀찮고 기분이 상한 얼굴이었다.

후와 헤이시로는 적들이 성을 쌓고 있는 스노마타의 서쪽 강기슭의 정면에서 좌우 이 리에 걸친 지역에 약 육천의 상비군을 배치하고 일체의 작전권을 가지고 있었다. 그리고 이나바 산의 본성에서 직접 명을 받고 있었다.

"후와 님, 번거롭게 했소이다."

"진중에 수고라고 할 것이 뭐가 있겠소. 그런데 내게 볼일이 있다니 무엇이오?"

"저것에 대해서 할 말이 있소."

후와 헤이시로는 오사와 지로자에몬이 손으로 가리키는 강 건너편을 바라보면서 말했다.

"스노마타의 적 말이오?"

"그렇소. 아침저녁으로 빈틈없이 감시하고 있으리라 생각하오만."

"이곳 일대는 내 지휘하에 있으니 걱정할 필요가 없소이다."

"그리 말씀하시니 내 입으로 말하기 거북하오만 나도 비록 상류이긴 하나 수비를 맡고 있소. 우누마 입구만 지킨다고 안전한 것은 아닐 것이오."

"맞는 말씀이오."

"하여 때때로 배를 타거나 강기슭을 따라 하류까지 살피러 오는데, 오늘 이곳에 와서 깜짝 놀랐소이다. 이미 너무 늦었다고 할 만한 상황인데 그런 적들의 모습을 보고 한가로이 있다니 대체 무슨 생각이시오?"

"늦었다니 무엇을 말하는 것이오?"

"적의 축성이 저리 진척된 것을 말하는 것이오. 이곳에서 아무 생각 없이 바라보면 두 겹의 제방과 성토, 그리고 성벽이 반 정도밖에 완성되지 않은 듯 보이지만 그것은 적의 계략일 것이오."

"흐음."

"적들은 분명 배후의 산기슭 일대에 목수들이 조립만 하면 될 정도로 성곽에 쓰일 큰 목재들을 완성해놓았을 것이고, 성루와 해자는 말할 것도 없이 해자의 다리에서 내부의 자재까지 모두 완성했을 것이라고 생각하오만."

"흐음, 그렇군."

"적들은 공사로 인해 지쳐 있을 것이고 밤에는 방비도 소홀한 것이오.

지금쯤이면 병사들은 인부들과 뒤엉켜 잠에 빠졌을 것이오. 그러니 정면과 상류와 하류, 세 방면에서 야음을 틈타 일제히 강을 건너 기습을 가하면 화근을 뿌리 뽑을 수 있을 것이오. 하지만 지금처럼 방심하고 있으면 머지않아 하룻밤 사이에 강 건너에 홀연히 서 있는 적의 견고한 성을 볼 수도 있을 것이오."

"맞는 말이오."

"이제 알았소이까?"

"하하하, 오사와 님, 귀공은 그것을 염려하여 일부러 나를 이곳으로 부른 것이오?"

"눈이 있는지 없는지 의심이 들어 이 강기슭에서 설명해주려 했던 것이오."

"말씀이 지나치오. 귀공이야말로 무장으로서 애석하게도 생각이 짧소이다. 스노마타의 적성을 이번에는 일부러 적의 의도대로 내버려두는 것이오. 내 말이 무슨 말인지 아직도 모르겠소?"

"뻔하지 않소. 적의 의도대로 마음껏 성을 쌓게 하고 후일 빼앗아 미노가 오와리를 공략할 발판으로 삼고자 하는 계책이 아니오."

"맞소이다."

"이나바 산의 지시는 그러했소. 하나 그것은 적을 모르는 위험한 작전이오. 나는 아군의 멸망을 좌시하고 있지 않을 것이오."

"어찌 아군의 멸망이라 하는지 이해할 수가 없소이다."

"건너편에서 들려오는 석공이나 인부의 함성과 이런저런 소리를 귀 기울여 들어보시오. 또 축성의 진척 상황 등을 예의 주시하면 알 수 있소. 흡사 산과 강, 모든 것이 병사가 된 양 활기에 차서 일을 하고 있소. 이전의 사구마와 시바타와는 달리 이번에는 오다 쪽에서 상당한 인물이 지휘를 하고 있음이 분명하오."

"하하하하."

후와 헤이시로는 배를 움켜잡고 웃었다. 또한 적을 과대평가하지 말라며 지로자에몬을 비웃었다. 아군 사이라고 해도 반드시 마음이 하나일 수는 없었다. 지로자에몬이 호랑이 수염으로 덮인 입속에서 크게 혀를 차며 말했다.

"어쩔 도리가 없군. 어디 그리 계속 웃으며 지켜보시오. 머지않아 알게 될 것이니."

그는 그렇게 말하고 부하들과 함께 말을 타고 분연히 사라졌다.

미노에도 안식이 있는 인물이 없지는 않았다. 오사와 지로자에몬의 예언은 적중했다. 그로부터 열흘도 지나지 않은 어느 날, 스노마타 성의 공사는 불과 이삼일 밤 사이에 급속하게 진척되었다.

"믿을 수가 없을 만큼 빠르군."

미노의 병사들이 아침에 일어나 강가에서 눈을 비비는 사이 성은 웅장한 위용을 갖춰가고 있었다. 후와 헤이시로가 손에 침을 뱉으며 말했다.

"자, 가로채러 가볼까."

미노의 부대는 야습과 도하전에 숙련된 부대였다. 그들은 야음을 틈타 일거에 스노마타로 쳐들어갔다. 그런데 상황이 이전과는 완전히 달랐다. 그들을 기다리고 있던 도키치로와 하치스카의 이천 명의 노부시들은 전의에 불타 있었다.

"이 성은 우리의 피와 땀이 담긴 성이다. 감히 어딜 넘보느냐!"

전법도 완전히 달랐다. 한 사람 한 사람의 실력도 이전의 사구마나 시바타의 부하들과는 비교가 되지 않았다. 흡사 늑대와 같았다. 싸우는 동안, 미노 쪽 뗏목과 배의 절반이 기름에 젖어 불타버리고 말았다. 불리하다는 것을 깨달은 후와 헤이시로가 퇴각하라고 외쳤을 때는 이미 늦었다. 미노의 군사는 새로 지어진 성벽 아래에서 강기슭에 걸쳐 일천 명에 가까운 시체를 남기고는 간신히 목숨만 부지해 도망쳤다. 하지만 그것도 일부에 지나지 않았다. 돌아갈 뗏목이 불타버린 병사들은 상류와 하류로 도망칠 수밖에 없었는데 하치스카 군사가 그들을 가만둘 리 없었다.

"놓치지 마라."

산과 들에 익숙하고 민첩한 노부시들에게서 도망칠 수는 없었다.

하루가 지난 뒤, 후와 헤이시로는 새벽녘에 두 배의 병력으로 다시 스노마타를 빼앗으려고 공격을 가했다. 스노마타의 모래톱과 강물이 새빨갛게 물들었다.

해가 떠오를 무렵, 성안에서 밥을 먹는 소리가 들렸다.

"오늘 아침은 한층 밥이 맛있군."

헤이시로는 분통을 터뜨리며 비바람이 부는 밤을 기다려 세 번째 총공격을 기도했다. 그때는 하류와 상류에 있는 미노 쪽 군사를 모두 모아 공격을 감행했지만 유일하게 상류에 있는 우누마 성의 오사와 지로자에몬의 군사만은 총공세에 응하지 않았다.

스노마타 강의 탁류가 소용돌이치는 한밤중, 성의 노부시들조차 처음으로 경험할 만큼 처절한 싸움이 벌어졌다. 아군의 사상자도 많이 나왔지만 미노 쪽은 그날 밤 처절하게 패배를 당하고 말았다.

그것에 기가 질렸는지 미노 쪽에서는 에이로쿠 5년인 그해에는 공격을 가해오지 않았다. 그러는 동안 도키치로는 남아 있는 성의 내부와 외부 공사를 대부분 완성시키고, 해가 바뀌자마자 하치스카의 고로쿠와 함께 노부나가에게 보고를 겸해 새해 인사를 하러 갔다.

그동안 노부나가가 있는 기요스 성에도 커다란 변화가 있었다. 그것은 예전부터 진행하고 있었던 계획이기도 했는데, 지세와 수리가 나쁜 기요스를 버리고 고마키小牧 산으로 거성을 옮긴 것이었다. 기요스 성 아래 마을 백성들도 모두 노부나가를 따라 새로운 성 아래로 옮겨가 고마키 산에 새로운 마을들이 생기고 있었다.

새로운 성에서 도키치로를 본 노부나가가 그의 공을 치하하며 말했다.

"약속한 대로 스노마타 성에는 그대가 머물도록 하라. 그리고 녹 오백 관을 내리겠다."

노부나가는 기분이 아주 좋은 듯 이야기를 나누던 말미에 그때까지 자字를 가지고 있지 않았던 기노시타 도키치로에게 히데요시秀吉라는 이름을 내렸다.

일종일금一縱一擒

"성을 쌓으면 가져도 좋다. 공사를 온전히 완성하면 그 성은 네 것이다."

당초에 노부나가는 그렇게 약속했다. 하지만 도키치로가 성의 완성을 알리자 그는 성에서 살라고 할 뿐 성을 준다는 말은 하지 않았다. 도키치로는 아직 노부나가가 자신에게 일성의 주인이 될 자격을 허용하지 않았다고 생각했다. 자신의 천거로 새로이 오다 가의 가신이 된 하치스카 고로쿠에게 히데요시를 도우며 스노마타에서 대기하라는 명령이 내려졌기 때문이다.

"새로 하사받은 오백 관의 녹지綠地는 적으로부터 빼앗고자 합니다."

도키치로는 불만을 품는 대신 그렇게 청했다. 그러고는 노부나가의 허락을 받은 뒤 정월 이렛날 스노마타 성에 머물고 있었다.

"이 성은 아군의 병사를 단 한 명도 잃지 않고, 주군의 영지에 있는 나무나 돌 하나 사용하지 않고 완성시킨 것이다. 하여 오백 관의 녹지 역시 적으로부터 빼앗고자 하는데 히코에몬을 비롯한 그대들의 생각은 어떠한가?"

도키치로가 병사들에게 물었다.

하치스카 마사카쓰는 새해부터 고로쿠라는 옛 이름을 버리고 히코에몬 마사카쓰彦右衛門正勝라는 새 이름을 쓰고 있었다.

"재미있을 듯합니다."

히코에몬은 이제 완전히 도키치로에게 복종을 했다. 노부나가가 '뒤에서 도키치로를 도우라'는 명을 내리자 도키치로와의 지난 관계에 집착하지 않고 아무 불평 없이 신하로서 예를 취했다.

도키치로는 그달부터 병사들을 근처에 있는 미노 쪽 마을로 보내 공격을 시작했다. 노부나가에게 받은 녹은 오백 관이었지만 적에게 빼앗은 영지는 일천 관이 넘었다. 그 소식을 듣고 노부나가는 웃음을 지었다.

"미노 일국을 공략하는 데 원숭이 한 마리로 족할 듯하군. 세상에 아무런 불평도 하지 않는 사내도 다 있구나."

여건이 갖춰지자 노부나가의 마음은 벌써 미노를 집어삼키고 있었다. 이나바 산에서 멀리 떨어져 있는 벽촌과 같은 땅은 빼앗았지만 강 하나를 사이에 둔 사이토 가 본성의 영지는 아직 견고하기만 했다.

노부나가는 새로 지은 스노마타 성을 발판으로 두 번 정도 돌파를 시도했지만 흡사 철벽을 두드리는 듯 아무런 전과를 올리지 못했다. 도키치로와 히코에몬은 오히려 당연하다고 생각했다. 이번에는 적들도 죽음을 각오하고 저항했던 것이다. 대국이 전력을 집중해서 강을 지켰기 때문에 오와리의 소규모 병력의 정공법으로는 뚫을 수가 없었다. 게다가 적은 자신들의 실패를 뼈저리게 반성하며 도키치로 히데요시를 다시 보고 있었던 것이다.

"오다 가에서는 원숭이, 원숭이 하고 무시하며 온전히 대접을 받지 못하는 듯 미천한 신분임에도 기략이 뛰어나고 부하들을 잘 부리는 유능한 인재다."

도키치로는 오히려 오다 쪽보다 적들 사이에서 높은 평가를 받았다.

"방심할 수 없는 자다."

적들은 그렇게 말하며 한층 포진을 강화했다.

노부나가는 두 번의 공격이 실패로 돌아가자 전군을 고마키 산으로 물린 뒤 올 한 해는 기다려보기로 마음을 먹었다. 하지만 도키치로는 기다리지 않았다. 그는 미노 평야에서 츄부中部 산맥을 일망할 수 있는 성에 서서 팔짱을 낀 채 미노를 공략할 방법에 대해 생각하고 있었다. 그가 불러오려고 하는 대군은 고마키나 스노마타에 있는 것이 아니라 그의 가슴속에 있었다. 성의 망루를 내려와 거실로 들어간 도키치로가 부하에게 히코에몬이 있는지 묻자 부하가 있다고 대답했다.

"잠깐 의논할 것이 있으니 히코에몬에게 즉시 와달라고 전하거라."

하치스카 히코에몬 마사카쓰는 노부나가의 명으로 수장인 도키치로의 휘하에 있었지만 도키치로의 가신은 아니었다. 또 이전에 인연도 있고 해서 도키치로도 그를 함부로 대하지 않았다.

"부르셨다고 하는데 무슨 일인지요?"

하치스카 촌 시절의 고로쿠 마사카쓰와는 달리 예의 바른 태도였다. 그는 도키치로를 대할 때에도 이전의 관계 따위는 전혀 개의치 않았다. 오히려 자신보다 훨씬 젊은 도키치로를 성의 수장으로 깍듯하게 대했다.

"좀 더 가까이 오시오."

"그럼 실례하겠습니다."

"내가 부를 때까지 너희는 물러가 있거라."

도키치로가 옆에 있던 무사들을 멀리 물린 뒤 말했다.

"다름이 아니라 상의할 것이……."

"무슨 일인지요?"

"그 전에."

도키치로는 목소리를 낮췄다.

"미노의 내정에 대해서는 나보다 그대가 훨씬 잘 알고 있을 듯하오. 미노가 지금도 여전히 대국의 면모를 유지하는 까닭은 무엇이오? 이곳 스노마타에서도 베개를 높이 하고 잠을 잘 수 없는 저력은 대체 어디에 있는 것이오?"

"인물 말입니까?"

"그렇소. 인물 말이오. 어리석은 사이토 다쓰오키라는 국주의 힘은 아닌 듯한데."

"미노의 삼인三人이라고 불리는 자들이 히데다쓰와 요시다쓰 시대부터 이어진 맹약을 지키며 지금까지 사이토 가를 돕고 있기 때문이라고 해도 과언이 아닐 것입니다."

"그 삼인이라 불리는 자들은 누구요?"

"잘 알고 계신 줄 압니다만, 아쓰미厚見 군郡 가가미지마鏡島의 성주인 안도 이가노가미 노리도시安藤伊賀守範俊입니다."

"흐음."

도키치로는 머리를 끄덕이면서 손을 무릎에 놓은 채 손가락 하나를 접었다.

"그리고 안파치安八 군 소네曾根의 성주인 이나바 이요노가미 미치도모稲葉伊予守通朝."

"으음."

"다음으로는 같은 안파치 군 오가기大垣의 성주인 우지이에 히타치노스케氏家常陸介입니다."

"그 외에는?"

"예?"

히코에몬이 고개를 갸웃거리며 말했다.

"그 외에 미노에서 큰 인물이라고 하면 후와不破 군 이와데巖手 사람인 다케나카 한베 시게하루竹中半兵衛重治가 있습니다만, 그자는 몇 년 전부터 주가인 사이토 가에 출사하지 않고 구리하라 산속에서 한거하고 있으니 개의치 않는 편이 좋을 것입니다."

"그럼 현재는 오직 그 세 명의 힘으로 미노의 국력을 지탱하고 있다고 보아도 무방하겠소?"

"그리 생각합니다만."

"의논할 것은 바로 그것이오. 그 버팀목을 뽑아버릴 방법은 없겠소?"

"없을 듯합니다!"

히코에몬은 그렇게 단언한 뒤 말을 이었다.

"진정한 호걸은 약속을 중시하고 명리名利에 움직이지 않습니다. 가령 도키치로 님이라면 건강한 이빨 세 개를 뽑을 수 있겠습니까? 결단코 뽑을 수 없을 것입니다."

"꼭 그렇지도 않소. 법法으로 행한다면 말이오. 스노마타 성을 쌓을 때, 적은 때때로 총공격을 해왔소. 그런데 그때 한쪽에 께름칙한 적이 있었소."

"그게 누구입니까?"

"항상 몸을 움츠린 채 움직이지 않았던 적이오. 이곳에서 몇 리 위쪽에 있는 우누마의 성주."

"아, 오사와 지로자에몬 말씀이군요. 우누마의 호랑이라고 불리는 맹장입니다."

"그대는 그 사내, 그 호랑이와 접촉할 만한 인연 같은 게 없소?"

"없지는 않습니다만."

"있소이까?"

"지로자에몬의 동생 중에 오사와 몬도大澤主水라는 자가 있는데, 그와 오랫동안 친밀한 사이입니다."

"그대와 말이오?"

"저는 물론이고 제 동생인 마타쥬로 역시."

"그거 참으로 잘됐소."

도키치로는 손뼉을 치며 환한 웃음을 지어 보였다.

"그 몬도라는 자는 어디에 있소이까?"

"지금도 이나바 산의 성에 있는 줄 압니다."

"마타쥬로를 밀사로 보내 몬도와 연락을 취해주지 않겠소?"

"필요하다면 보내도록 하겠습니다."

히코에몬은 곧바로 답을 한 뒤 다시 물었다.

"한데 무슨 일로?"

"몬도를 이용해 오사와 지로자에몬을 사이토 가에서 쫓아낸 뒤 다시 그를 이용해 이를 뽑듯 미노의 세 사람을 하나씩 뽑아내려고 하오."

"그 세 사람은 어떨지 모르겠지만, 다행히 몬도는 형과 달리 이욕利慾에 민첩한 자이니 이利로써 움직인다면 가능할 것입니다."

"아니오. 우누마의 호랑이를 움직이게 하려면 몬도만으로는 부족하오. 그 호랑이를 이쪽의 우리에 집어넣기 위해서는 또 한 사람의 조연이 필요하오. 바로 그대의 조카인 와타나베 덴조가 적임이오."

"알겠습니다. 그런데 그 두 사람을 이용해 어떤 묘책을 쓰려는지요?"

"바로 이것이오."

도키치로는 히코에몬 곁으로 가까이 다가가 작은 목소리로 계책을 속삭였다.

"흐음, 그렇군요."

히코에몬은 신음하듯 말하더니 한동안 도키치로의 얼굴을 바라보았다. 어디에서 그런 기책과 신산神算이 나오는지 도무지 알 수 없다는 듯한 표정이었다.

"바로 마타쥬로와 덴조를 보내고 싶소만."

"알겠습니다. 적지에 들어가는 것이니 밤을 기다렸다가 강을 건너게 하겠습니다."

"두 사람에게는 그대가 계책에 대해 상세히 일러주고 주의하도록 말해주시오."

"예."

히코에몬은 대답하고 물러갔다.

현재 스노마타 성안의 병사 중 절반 이상이 이전 하치스카 촌의 노부시들이었다. 그중에는 히코에몬의 동생인 하치스카 마타쥬로나 조카인 와타나베 덴조도 있었는데, 모두 무사 대기소에서 생활하고 있었다.

두 사람은 히코에몬의 명을 받고 행상으로 변장한 뒤 그날 한밤중에 성을 빠져나갔다. 목적은 말할 것도 없이 미노의 본거지인 이나바 산성 아래 마을이었다. 덴조와 마타쥬로는 본래 그런 임무에 안성맞춤인 사람들이었다. 얼마 뒤 두 사람은 임무를 완수하고 다시 스노마타로 돌아왔다.

그 한 달 동안 대하를 사이에 두고 미노의 상황을 살펴보니 '우누마의 호랑이가 수상하다'라는 소문이 조금씩 들려오기 시작했다.

"이전부터 지로자에몬은 오와리와 내통을 하고 있었다."

"그래서 적이 스노마타 성을 쌓는 중에도 후와 헤이시로의 지휘에 따르지 않고 총공격을 한다고 해도 군사를 움직이지 않았던 것이다."

또 이런 풍문도 돌았다.

"가까운 시일 안에 오사와 지로자에몬은 이나바 산성으로 불려가 문책을 당할 것이다."

"이나바 산에 호랑이를 불러들인 뒤 우누마의 영지도 몰수할 것이다."

그러한 소문은 미노의 전역으로 퍼져나갔다. 소문의 진원지는 두말할 것도 없이 와타나베 덴조와 스노마타 성에 앉아 있는 도키치로였다.

"이젠 때가 된 듯하군. 히코에몬, 우누마로 가주지 않겠소?"

"밀사입니까?"

"서찰을 적어두었으니 오사와 지로자에몬에게 건네주면 되오."

"알겠습니다."

"핵심은 그를 어떻게 설득할지에 대한 것이지만, 날짜와 장소를 정하고 내가 가서 그를 만나기 전까지 일을 잘 꾸미는 것이 무엇보다 중요하오."

"무슨 말씀인지 잘 알겠습니다."

히코에몬은 도키치로의 서찰을 가지고 은밀히 우누마 성을 찾았다. 성주인 오사와 지로자에몬은 스노마타의 밀사가 왔다는 말을 듣고 무슨 일인가 싶어 고개를 갸웃거렸다.

우누마의 맹호로 불릴 정도로 호방한 지로자에몬은 근래 마음이 편치 않았다. 그러다 보니 병을 사칭해 일절 사람들을 만나지 않고 있었다. 게다가 얼마 전부터 이나바 산의 사이토 다쓰오키에게서 성으로 출사하라는 호출장이 계속 날아왔다. 일족이나 가족들은 지로자에몬이 이나바 산으로 가는 것을 걱정하고 있었고, 그도 병을 핑계로 가려는 기색을 보이지 않았다.

당연히 그가 있는 곳에도 소문이 들려왔고 그는 신변의 위험을 느끼고 있었다. 가신들의 음계를 원망하면서도 사이토 가의 분란과 주군의 어리석음을 한탄할 수밖에 없었다. 하지만 어쩔 도리가 없었다. 그는 자신의 배를 갈라야 할 날이 다가오고 있다고 생각했다.

그러한 상황에서 적의 스노마타 성에서 하치스카 히코에몬이 은밀히 찾아오자 그도 마음이 동했다. 히코에몬이 도키치로의 서찰을 건네자 지로자에몬이 그것을 읽고는 즉시 불태워버리며 말했다.

"가까운 시일 안에 이쪽에서 정식으로 장소와 날짜를 알려드릴 테니 도키치로 님도 함께 와주시길 바랍니다."

그로부터 반달이 지났을 무렵, 우누마에서 서찰이 도착했다.

도키치로는 히코에몬 외에 믿을 수 있는 부하를 열 명만 데리고 지로자에몬이 지정한 장소로 향했다. 장소는 우누마와 스노마타의 중간 부근에 있는 민가였다. 양쪽의 부하들은 강가에 남아 망을 보았고 도키치로와 지로자에몬만 작은 배를 타고 기소 강으로 나아갔다.

두 사람이 무릎을 맞대고 밀담을 나누는 사이 한 척의 작은 배는 아름다운 풍광 속에서 세상의 이목을 멀리한 채 꽤 오랜 시간 대하의 강물에 몸을 맡겨야 했다. 회담은 무사히 끝이 났다. 도키치로는 스노마타에 돌아와서 히코에몬에게 속삭여 말했다.

"일주일 안에 올 것이오."

며칠 뒤 정말로 오사와 지로자에몬이 극비리에 스노마타를 찾았다. 도키치로는 예를 취해 지로자에몬을 맞이한 뒤 성안의 병사들도 모르게 그날 바로 그를 데리고 고마키 산으로 가서 노부나가를 만났다.

"미노의 맹호라고 불리는 사이토 쪽의 오사와 지로자에몬을 데려왔습니다. 그는 이미 제 설득에 넘어와 변심을 하였습니다. 사이토 가를 버리고 저희 쪽에 들어오고자 하니 주군께서 직접 말을 하시면 얻기 어려운 맹장과 우누마 성을 얻을 수 있을 것이니 부디 만나보시길 청합니다."

노부나가는 놀란 표정을 지으면서도 도키치로의 이야기를 면밀히 숙고하는 기색이었다. 도키치로는 기뻐하지 않는 노부나가의 모습이 다소 불만스러웠다. 자신의 공을 자랑하는 것은 아니지만 미노의 맹호로 불리는 지로자에몬을 주군 앞에 데려온 것은 큰 선물이었으니 당연히 노부나가도 기뻐하리라 생각했던 것이다.

하지만 생각해보면 이번 일은 노부나가가 도모한 일이 아니었다. 도키치로의 계책이었고 모든 일은 도키치로 혼자 결정하고 진행한 일이었다.

'그 때문인가?'

노부나가의 얼굴 표정을 보니 아무래도 그런 듯했다.

평소 노부나가는 '튀어나온 못이 정을 맞는다'는 속담을 자신의 신조에 따라 '튀어나온 못은 내리쳐라'고 해석했다. 도키치로도 그것을 잘 알고 있었다. 그래서 도키치로는 노부나가의 눈에 자신의 머리가 못의 머리처럼 보일까 봐 늘 주의를 했다. 그렇다고 아군을 위해 좋은 일이라는 것을 알면서도 팔짱만 끼고 아무것도 하지 않을 수는 없었다.

"흠, 일단 만나보도록 할 테니 데려오너라."

노부나가는 달갑지 않은 얼굴로 허락을 했다.

"예, 그럼 데려오겠습니다."

도키치로는 즉시 별실에서 대기하고 있는 지로자에몬을 데려왔다.

"이제 성인이 다 되셨습니다. 노부나가 님은 처음이겠지만 저는 노부나가 님을 두 번째 뵙는 것입니다. 처음 뵌 것은 지금부터 십 년 전, 도미타富田의 정덕사에서 돌아가신 사이토 도산 야마시로노가미 님과 회견 자리였는데, 그 자리에 제가 있었습니다. 그때 멀리서 뵌 적이 있습니다."

"그렇군. 그랬었군."

노부나가는 지로자에몬의 성품을 살피는 듯 말수가 적었다. 지로자에몬 역시 억지로 아첨을 하거나 보기 흉하게 아양을 떨지 않았다.

"비록 적이지만 노부나가 님의 활약에 감탄하고 있었습니다. 처음 도미타다의 정덕사에서 모습을 뵀을 때는 열여섯 정도의 개구쟁이였는데, 오늘 고마키 성에 와서 뵈니 이전의 평판과는 완전히 다릅니다. 정연한 풍모와 나라의 모습에 융성한 기운의 연유를 짐작할 수 있을 듯합니다."

지로자에몬은 잡담을 할 때에도 자신과 대등한 위치의 사람을 대하듯 편한 태도를 보였다. 그러한 태도는 거부감이 들지 않았고 허심탄회했다.

그리고 용맹할 뿐 아니라 인품도 뛰어났다. 도키치로는 그런 생각을 하며 지로자에몬을 바라보았다.

"오늘은 내가 다망하니 후일 다시 날을 잡아 천천히 보도록 하세."

노부나가는 그렇게 회견을 끝내고 자리에서 일어나버렸다. 그러고는 도키치로만 따로 안쪽으로 부르더니 은밀히 말을 건넸다. 무슨 말을 듣고 왔는지 도키치로의 표정이 심히 곤혹스러워 보였다. 하지만 지로자에몬 에게는 아무 말도 하지 않았다. 도키치로는 직접 지로자에몬을 대접하며 고마키에서 하룻밤을 보냈다.

"자세한 얘기는 돌아가서 하겠습니다."

도키치로는 지로자에몬을 데리고 스노마타 성으로 향했다.

"지로자에몬 님, 참으로 난처하게 되고 말았습니다. 지로자에몬 님에 게 어찌 사죄의 말씀을 드려야 할지 모르겠습니다."

도키치로는 성에 돌아오자 지로자에몬을 아무도 없는 방으로 데려가 서 이런저런 설명을 했다.

"저는 주군인 노부나가 님께서도 분명 저와 같은 마음으로 기뻐하며 귀공을 맞아들이실 것이라고 믿고 말씀을 드렸습니다만, 주군께서는 귀 공에 대해 전혀 다르게 생각하고 계셨습니다."

도키치로는 한숨을 내쉬더니 한동안 침통한 표정으로 고개를 숙이고 있었다. 지로자에몬도 노부나가가 자신을 그다지 마음에 들지 않아 한다 는 것을 느끼고 있었다.

"심히 당혹스러워하는 듯한데 대체 무슨 연유입니까? 제가 노부나가 님의 녹을 먹지 않으면 살아갈 수 없는 것도 아니니 너무 심려치 말고 말 씀해주시지요."

"실은 그것만이라면 괜찮겠지만."

도키치로는 입이 떨어지지 않는 듯 잠자코 있다가 이윽고 마음을 굳힌 듯 자세를 바로 고쳐 앉았다.

"그럼 모든 것을 솔직히 말씀드리겠습니다. 제가 돌아올 때 주군인 노부나가 님께서 은밀히 저를 부르시더니 병법의 반간고육지책反間苦肉之策을 모르는가 하며 꾸짖으셨습니다. 미노에서 명성이 자자한 오사와 지로자에몬과 같은 인물이 어찌 저와 같은 자의 언변에 넘어와 자신에게 항복할 리가 있는가, 하고 말씀하셨습니다."

"흐음, 그렇군."

"또 말씀하시길 우누마 성의 오사와야말로 다년간 국경의 수장으로 미노를 지켜내며 오와리를 괴롭힌 적군의 호랑이라며 오히려 제가 귀공의 언변에 속아 넘어가 조종을 당하고 있음이 틀림없다고 의심까지 하시며……."

"흐음……."

"귀공을 고마키 산에 오래 머무르게 하는 것은 아군의 내정을 마음껏 염탐하게 하는 것과 같으니 즉시 스노마타로 데리고 돌아가라 하셨습니다. 그리고 돌아가서는……."

도키치로는 목이 막힌 듯 침을 꼴깍 삼키며 지로자에몬의 얼굴을 응시했다. 그러자 지로자에몬도 동요하는 기색으로 다음 말을 재촉하듯 도키치로의 눈을 응시했다.

"말씀드리기 죄송하지만 주군의 명을 그대로 말씀드리는 것이니 그리 들어주십시오. 실은 스노마타로 귀공을 데리고 돌아가면 절호의 기회이니 한 치의 소홀함도 없이 베어버리라고 말씀하셨습니다."

"……."

맹호라고 불리는 지로자에몬은 자신에게는 군사도 하나 없다는 것을, 그리고 이곳은 적의 성안이라는 것을 깨달았다. 그의 목덜미에 소름이 돋는 것을 본 도키치로가 말을 이었다.

"하지만 제가 주군의 명을 따르면 귀공에게 한 약조를 어기는 게 될 것이며 무사도의 신의를 스스로 저버리는 것이 됩니다. 그렇다고 무사의 신의를 저버리지 않으면 주군의 명을 어기는 것과 마찬가지입니다. 지금 저는 진퇴양난에 처했습니다. 고마키에서 돌아오는 길에 의아한 생각이 들어 마음이 편치 않으셨겠지만 이제 부디 의심을 거두어주십시오. 제게 해결책이 있으니 앞으로는 마음을 편히 가지십시오."

"어떤 해결책을 가지고 있다는 것입니까?"

"제 배를 갈라 귀공과 주군께 사죄하려고 합니다. 그 길밖에 다른 길은 없습니다. 결단코 귀공을 쫓는 일이 없도록 하겠으니 야음을 틈타 이곳에서 도망치십시오. 저는 상관하지 마시고 부디 몸을 보존하십시오!"

"……."

시종일관 잠자코 듣고 있던 지로자에몬의 눈에 눈물이 고였다. 호랑이라는 별칭으로 불리는 강골은 이면에 보통 사람보다 더 눈물에 약하고 의(義)에 민감한 성정을 지니고 있었다.

"고맙소이다."

지로자에몬은 주먹을 눈가에 대고 코를 훌쩍였다. 그가 바로 천군만마를 이끄는 맹장인가 하고 의심이 들 정도였다.

"하, 하지만 도키치로 님, 그대가 배를 가르는 것은 어불성설이오. 설사 그대가 가른다고 해도 나는 그렇게 내버려둘 수 없소."

"하지만 그 길밖에는 귀공에게 사죄할 방도도 없고 주군에게도……."

"아니오. 무슨 말을 해도 그대에게 배를 가르게 하고 나 혼자 목숨을 부지하는 것은 의로운 일이 아니오. 무사로서의 내 체면도 서지 않을 것이오."

"귀공을 설득하고 권유한 것도 이 도키치로이고, 주군의 생각을 잘못 읽은 것도 이 도키치로입니다. 그렇다면 두 분에게 사죄하는 뜻으로 할복하는 것은 당연한 것입니다. 부디 만류하지 마십시오."

"당치도 않소. 잘못을 따지면 내 생각이 짧았던 것이 잘못이니 그대가 배를 가를 필요는 없소이다. 귀공의 의로운 마음에 감읍하여 이 지로자에몬의 목을 귀공에게 바치겠소. 자, 더 이상 아무 말도 하지 말고 내 목을 가지고 고마키로 가시오."

지로자에몬이 단검에 손을 대고 그 자리에서 자결을 하려고 하자 도키치로가 황망히 그의 손을 잡으며 소리쳤다.

"아니, 무슨 짓입니까!"

"놓으시오."

"그럴 수 없습니다. 귀공을 죽게 할 바에야 차라리 제가……."

"알고 있소. 하여 내 목을 주려는 것이오. 만약 그대가 비열한 방법을 써서 내 목을 치려고 했다면 이 오사와 지로자에몬도 필사적으로 도망을 쳤을 것이지만 그대의 의로운 마음에 감복하였기 때문에……."

"잠시, 잠시 생각할 시간을 주십시오. 서로 죽음을 다툰다고 해도 무용한 일이니 지로자에몬 님, 이 도키치로를 믿으신다면 제게 귀공도 살고 저도 살 수 있고, 더불어 무문의 체면도 살릴 수 있는 방법이 있으니 부디 한 발만 더 오다 가에 가담하겠다는 의지를 보여주실 수는 없는지요?"

"한 발 더라니요?"

"노부나가 님은 귀공을 진중한 인물로 보고 계시기 때문에 의심을 하는 것입니다. 그러니 귀공이 오다 가의 편이라는 사실을 증명할 행동을 하나라도 보여준다면 그 의심도 풀릴 것이고 그러면 귀공과 저도……."

도키치로는 갑자기 목소리를 낮추더니 지로자에몬의 귀에 대고 자신의 생각을 속삭였다.

그날 밤 오사와 지로자에몬은 스노마타 성을 나와 어디론가 사라졌다. 지로자에몬이 도키치로에게 들은 계책이 무엇인지 그 당시에는 아무도 알 수 없었지만 시간이 지나자 저절로 알게 되었다. 얼마 뒤 니시미노의 삼인인 이나바 이요노가미, 안도 이가노가미, 우지이에 히타치노스케 세 사람이 함께 오다 가를 따르겠다고 청해온 것이다. 그들을 차례로 찾아가서 설득한 사람은 바로 오사와 지로자에몬이었다.

당연히 도키치로도 배를 가르지 않았으며 지로자에몬도 건재할 수 있었다. 노부나가는 가만히 자리에 앉아 미노의 명장 네 명을 자신의 휘하에 두게 되었다. 노부나가의 지략인지 도키치로의 기지인지는 알 수 없었지만, 군신인 두 사람 사이에는 미묘한 경쟁심이 생겨난 듯했다.

〈3권에 계속〉

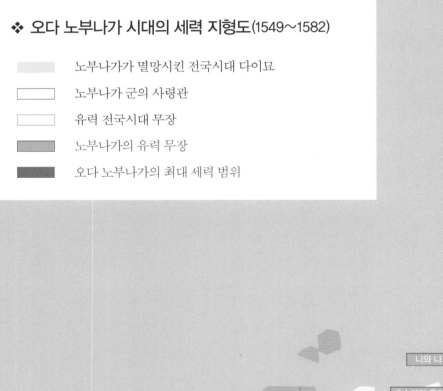

❖ 오다 노부나가 시대의 세력 지형도(1549~1582)

- 노부나가가 멸망시킨 전국시대 다이묘
- 노부나가 군의 사령관
- 유력 전국시대 무장
- 노부나가의 유력 무장
- 오다 노부나가의 최대 세력 범위

니와 나가히데

호소카와 후지타카

하타노 히데하루

아케치 미쓰히데

모리 데루모토

도요토미 히데요시

아자이 나가마사

오토모 요시시게

류조지 다카노부

조소카베 모토치카

시마즈 요시히사